KB053417

| PREMIUM LABEL op. 009

토끼와
흑표범의
공생관계

A.TEMPO MEDIA Inc

Copyright 2021, 야식먹는중 and A.tempo media Inc., all rights reserved.

이 책은 (주)에이템포 미디어가 저작권자와의 계약에 따라 발행한 것으로 저작권법의 보호를 받는 저작물입니다.
본서의 내용을 무단 전재 및 무단 복제하는 것을 금합니다. 작가와 협의하여 인지는 생략합니다.

이 도서의 국립중앙도서관 출판시도서목록은 서지정보유통지원시스템 홈페이지(http://seoji.nl.go.kr)와 국가자료공
동목록시스템(www.nl.go.kr/kolisnet)에서 이용하실 수 있습니다.

III

토끼와 흑표범의 공생관계

야식먹는중 장편소설

PREMIUM
LABEL

CONTENTS

토끼와 흑표범의 공생관계 | Romance Fantasy
crescendo

페로몬 발작

13

페로몬 발작

지배계 페로몬이 발작을 일으키는 주기가 점점 짧아지고 있었다. 인적 없는 방에서 반강제로 본모습이 되어 버린 아힌은 한참을 발작에 허덕이다 침실로 돌아온 참이었다.

깊은 새벽, 시간이 지나 자연스레 인간으로 돌아온 아힌이 무거운 눈꺼풀을 깜박였다. 지끈거리는 이마를 짚은 그가 몸을 일으켜 앉았다. 스르륵, 이불이 흘러내리며 잘 다듬어진 상반신이 드러났다.

고개를 튼 아힌은 습관적으로 춤바람 난 토끼를 찾았다. 솜뭉치가 아닌 덕분에 침대를 가로지르며 누운 비비가 금세 시야로 들어왔다.

기술도 모자라 자신도 못 본 춤을 사자한테 보여드렸다 이거지. 이걸 어떻게 할까 고민하던 그는 비비의 페로몬 향을 맡자 순간적으로 머리가 핑 돌았다. 발작 당시에 치유계 페로몬을 받아들였을 때처럼, 의식이 멀어지는 꺼림칙한 감각이었다.

천천히 옮겨진 시선이 네글리제 위로 드러난 비비의 목덜미에 머물렀다. 초점을 잃은 붉은 눈 위로 옅은 섭식 욕구가 넘실거렸다.

아힌은 비비의 목덜미에 고정된 시선을 떼어낼 수가 없었다. 은은히 흘러나온 치유계 페로몬의 단내가 계속해서 코끝을 간질였다.

쿵, 쿵, 쿵.

온몸의 혈관이 심장으로 변한 양 맥동했다. 부드러운 목덜미를 물어뜯고 싶을 만큼 목이 말랐다. 마치 치유계 페로몬을 흡수하는 것 같다고 느꼈던 그때처럼. 금방이라도 의식이 끊길 듯한 아슬아슬함이었다.

까드득, 그는 일부러 입술을 피나게끔 깨물었다. 아릿한 통증이 찾아오며 안개 낀 머릿속이 미세하게나마 맑아졌다. 헝클어진 은발 사이로 드러난 붉은 눈동자가 점차 초점을 되찾았다.

스스로도 이해할 수 없는 욕망을 가라앉힌 아힌이 입술을 쓸었다. 손등에 새빨간 피가 묻어났다. 입가의 피를 닦아 낸 그는 이런 상황은 전혀 모른 채 잠에 취한 비비를 응시했다.

미간을 심각하게 찌푸리고 있던 비비는 대뜸 발을 파바박 굴렀다. 꿈속에서마저 맹수에게 쫓기는 중인 모양이었다.

잠깐이지만 분명 비비의 목을 뜯을 뻔했다. 자의를 벗어난 상태에서. 간담이 서늘해진 아힌은 제 손이 떨리고 있다는 것조차 인지하지 못했다.

"비비."

그는 제 앞에 있는 하얀 발을 검지로 살살 간질였다. 파바박, 또다시 빠르게 발을 구르는 생동감이 불안한 아힌의 마음을 조금이나마 진정시켰다.

이디스의 죽음 이후, 아힌은 늘 제 뒤에 죽음의 그림자가 따라다니는 것을 알기에 딱히 두려울 게 없었다. 그러나 어느 순간부터 비비가 무서웠다. 작은 솜뭉치가 자신이 잠깐 눈을 뗀 사이에 죽어버리진 않을지. 또는 인간화에 성공하자마자 이곳을 벗어나지 않을지. 바람기가 다분한 만큼 한가로운 사자를 마음에 들어 한다거나. 발작을 말미암아 제 스스로 비비를 떠나보내게 되진 않을까.

비비만 관련되었다 하면 아힌은 낯선 두려움에 뒤덮이곤 했다. 위험한 감정이었다. 오늘만 해도 저로 인해 붉게 상기된 비비의 얼굴을 떠올릴 때마다 뱃속이 쉴 새 없이 조여 왔다.

그리고 페로몬 발작에 대해 집요하게 물어오는 그녀가 난감하면서도 만족스러웠다. 발작이라는 족쇄가 있는 이상, 상냥한 토끼는 혹여 사랑이 아니더라도 아힌의 곁에 남을 테니까. 동정도 제법 괜찮지 않나. 아힌은 문득 비비의 모든 감정을 가지면 이 불안이 해소되지 않을까 생각했다.

홀린 듯 비비의 발을 살짝 집어 든 아힌이 발등에 입술을 내렸다. 짧은 시간이 지나갔다.

깨지 않도록 조심스레 발을 내려놓던 그는 스스로의 몸을 내려다봤다. 흑표범에서 사람으로 돌아온 탓에 전라의 상태나 다름없었다. 만일 이 장면을 비비가 보게 되면 좋아할 것 같긴 하지만…….

'……안 되지.'

흑표범으로 변한 자신을 추궁하는 꼴이 우스워서 조금 놀렸는데, 사자와 춤바람이 났다는 상상도 못 한 실토가 돌아올 줄이야.

아힌의 입매가 일자로 굳었다. 시각적 자극은 바람둥이 토끼에게 가장 잘 통하는 방법이기에 아껴 둬야 했다.

드레스 룸에서 바지를 입은 후, 대충이나마 셔츠를 걸친 그가 테라스 쪽으로 다가섰다.

"나와."

두꺼운 커튼 너머로 움직임이 일었다. 커튼 뒤에 숨어 있던 퀸은 총총걸음으로 모습을 드러냈다.

"오늘 내가 테라스에 있으란 명령을 내렸던가."

"……."

"왜 시키지도 않은 짓을 하지?"

소매 단추를 잠근 아힌은 서늘한 눈으로 퀸을 내려다봤다.

"네 입으로 자신했지 않나. 이브린처럼 토끼한테 물려질 일은 없을 거라고."

이번만은 반박할 말이 없었던 퀸이 날개로 얼굴을 감쳤다. 하필 인성을 운운한 이브린 때문에 괜히 테라스를 서성인 건 사실이었으니. 낯이 뜨거웠다.

한편, 날개로 의사소통에 임하는 퀸을 마주한 아힌은 어이가 없었다. 초반부터 토끼의 감시를 맡겼던 게 화근인지, 앞발을 휘두르는 비비한테 자연스레 전염된 꼴이었다. 심지어 퀸은 제가 그런다는 것을 인지조차 못 하고 있었다.

"멋대로 행동한 벌로 일주일간 딸기는 없어."

몰래 주방에 찾아갈 생각도 하지 마, 아힌은 냉담하게 덧붙였다. 마른하늘에 날벼락을 맞아 버린 퀸은 충격에 비틀거렸다.

그사이 짧은 서신을 작성한 아힌이 그것을 퀸의 다리에 묶었다.

"이건 룬 마니언츠한테 보낼 서신."

끄덕인 퀸은 침통한 심정으로 테라스 난간에 올라섰다.

"……그래도 오늘 자체적으로 테라스를 지킨 건 나쁘지 않았어. 마니언츠가(家)에 다녀온 후로는 계속 테라스에 붙어 있는 걸로 하지."

매의 뒷모습을 바라보던 아힌이 나지막이 입술을 뗐다.

"비비 말고, 나를 감시해."

날갯짓을 멈춘 퀸이 부리부리한 눈으로 아힌을 훑었다. 오늘을 합쳐 두 차례. 퀸은 아힌이 본모습으로 돌아간 건 토끼를 놀리기 위한 수작 따위가 아님을 알았다.

아무것도 묻지 않은 그가 높이 날아올랐다.

\\/

마니언츠가. 막 아힌 그레이스의 서신을 전달받은 룬이 교목에서 뛰어내렸다.

언제부터 앙숙이었더라. 정원 한가운데 선 그는 까마득한 어린 시절을 상기했다. 그가 여섯 살 되던 해, 마니언츠가는 차기 후계 간택이 한창이었다. 어차피 룬의 누이인 레오나 마니언츠가 공공연한 내정자였기에 절차는 복잡하지 않았다. 다만, 누이를 미는 지지층의 위협을 우려한 사자 영토 수장이 간택 기간 동안 룬을 그레이스가(家)에 맡긴 게 화근이었다.

그때 처음 만나게 된 여섯 살의 아힌 그레이스는 무법자였다. 포기만 배운 룬과 달리 세상이 제 건 줄 알고, 오만하고, 여유롭고, 욕심도 많았다.

룬은 어린 마음에 마음껏 욕심을 부릴 수 있는 아힌이 부러웠던 것 같다. 그래서였을까. 내내 남의 영토에서 눈칫밥을 먹던 설움이 터져 괜히 화풀이를 한 건.

'다 클 때까지도 구린 인형이나 끼고 자는 게! 네가 그러고도 흑표

범 영토의 차기 수장이야?'

'토끼의 매력도 모르는 주제에 함부로 말하네.'

어린 아힌은 품에 안고 있던 토끼 인형을 자랑하듯 내밀었다. 매일같이 끼고 잔 탓에, 조금은 때 탄 솜 인형을 마주한 룬이 손을 내저었다.

'못생긴 토끼 치워!'

'다시 말해 봐.'

분개한 아힌이 토끼 인형을 사정없이 휘둘렀다. "악!" 엎어진 룬이 으앵 울음을 터뜨리자, 관전에 임하던 이브린이 새싹 보좌관의 임무를 다하고자 나섰다.

'진정하세요, 룬 님, 아힌 님. 싸움은 숨어서 하셔야 합니다. 어른들께 혼나요.'

아힌은 눈을 모나게 뜨며 물었다.

'이브린, 왜 사자의 이름을 먼저 불러? 넌 누구 편이지?'

나름 심각하게 고민한 이브린은 솔직하게 답했다.

'저는 이기는 사람 편이요.'

'무능한 녀석.'

'무, 무능…… 앗!'

힘차게 공중을 가로지른 토끼 인형이 이브린의 얼굴에 명중했다. 그렇게 두 번째 희생자가 된 이브린은 닭똥 같은 눈물을 또르르 흘렸다.

뒤늦게 달려온 릴리언은 우는 두 아이를 허둥지둥 안아 들었다.

'룬의 말이 맞다, 아힌. 너는 후에 흑표범 영토를 이끌 자가 아니더냐. 인형을 끼고 잘 나이는 지났느니라.'

'영감은 왜 매일 나한테 하지 말라고만 해?'

그리고 그날, 이디스가 세상을 등졌다.

그를 기점으로, 어느 순간부터 아힌이 때 탄 토끼 인형을 든 모습은 볼 수 없었다. 뭐든 가지려 드는 욕심은 여전했지만, 버리는 것 또한 빨랐다. 가끔 보면 당장 죽어도 이상할 게 없는 사람처럼 굴기도 했다.

까마득한 어린 날을 돌아본 룬은 서신의 내용을 다시 한번 뇌까렸다.

탄생일, 오면 이번에는 진짜 죽여 버릴 줄 알아.

아마도 토끼 때문이겠지. 난생처음 아힌의 서신을 받아본 그는 어이없는 웃음을 흘렸다. 앞뒤 분간 없이 살아가던 정신 나간 자가 몸을 사리는 게 퍽 신선했다.

"오지 말라니 가지 맙시다, 룬 님. 다른 형제분들께 맡겨도 되는 일정입니다."

룬의 어깨너머로 고개를 내민 레스틴이 외알 안경을 만지작거렸다.

"주인의 서신을 이렇게 마음대로 훔쳐봐도 되나?"

"농담이 아니에요. 제가 생각해 봤는데, 이브린 경이 사는 흑표범 영토는 불길한 땅입니다. 더군다나 이번에 가십지에도 실리셨으니, 분명 아힌 님의 탄생일에 참석하면 화제의 중심이 될 거라고요."

"님프를 만나기가 무서운 건 아니고?"

"제가 사자가 돼서 토끼를 왜 무서워합니까?"

참석 여부로 대화를 나누는 그들의 뒤로 음습한 그림자가 드리워졌다. 이윽고 예고 없이 멱살을 잡힌 두 사람은 발끝이 땅에서 반쯤 떠올랐다. 사색이 된 레스틴이 공손히 가슴에 손을 얹었다.

"……차기 수장을 뵙습니다."

분홍색 곱슬머리에 화사한 금안을 지닌 룬의 누이, 레오나가 질린 낯을 하는 룬과 레스틴을 올려다봤다.

"군말 말고 참석하는 편이 좋을 거야, 동맹의 일환이니까. 그리고 내가 동맹 대리를 맡긴 건 너희지."

"누이, 꼭 멱살부터 잡고 말해야 돼요?"

"이러면 패야 할 경우가 생겼을 때 굳이 잡으러 가는 수고를 거치지 않아도 된단다."

가지 말자고 잘만 떠들던 레스틴은 반드시 참석하겠노라 연거푸 고개를 끄덕였다. 만족스러운 답을 얻어낸 그녀가 룬을 응시했다.

"네 답은?"

"모르겠어요."

"……가십지의 님프 때문에?"

정곡을 찔린 그의 어깨가 눈에 띄게 경직됐다.

동태눈에 초점이 돌아오는 현상을 목격한 레오나는 흥미진진한 표정을 띠었다. 나태하고 욕심이라곤 없던 동생에게서 오랜만에 보게 된 반응이었다. 탁, 두 사람의 멱살을 놓아준 그녀가 그레이스가의 초청장을 내밀었다.

"가서 훔쳐 와. 일단 훔쳐 오면 미친놈은 이 누이가 최대한 막아 볼 테니."

미친놈은 아힌 그레이스를 지칭하는 말이었다. 웬일로 발 벗고 나서주는 레오나의 시선을 피한 룬이 기지개를 켰다.

"혼자 마니언츠가로 돌아온 거 보면 모르겠어요? 님프한테 차인 거."

"네?!"

묵묵히 침묵을 지키던 레스틴은 눈을 휘둥그레 떴다.

"차, 차였습니까? 언제 차였죠? 왜 차였어요? 토끼 영토에서 차인 겁니까?"

"레스틴, 차인 걸 몇 번을 말하는 거야."

"왜 저한테 조언을 구하지 않았습니까? 룬 님이라면 분명 물러터진 대사나 날렸을 게 분명한데-!"

한없이 답답하고 속상해진 레스틴이 발을 동동 굴렀다. 한심한 두 사자를 번갈아 본 레오나가 짜증스레 혀를 찼다.

"잘난 얼굴은 뒀다가 뭐 한다니? 정 안 되면 본모습으로 돌아가서 구애의 춤이라도 춰."

가서 짐이나 싸라고 호통친 그녀가 공평하게 두 사람의 엉덩이를 걷어찼다. 이번엔 엉덩이에 멍이 들었을 거라고 생각한 룬이 잔디를 나뒹굴었다.

진짜 사자로 돌아가서 구애의 춤이라도 춰 볼까. 어렴풋이 기억나는 발레리나의 삼단 회전을 떠올린 그가 엷게 웃었다.

\\//

옷자락 스치는 소리가 단잠을 깨웠다. 눈을 비비자 몽롱한 시야로 베스트를 걸치는 중인 아힌이 보였다. 깔끔한 뒷모습은 엉덩이나 내밀던 경망스러운 흑표범과 괴리감이 너무나도 컸다.

왜 유안의 시중도 없이 혼자 채비하는 걸까. 군청색 제복을 완전히 갖출 때까지 멍하니 바라보던 내가 베개에 얼굴을 파묻었다. 아침은 용기가 가장 부족한 시각이라 아힌의 얼굴을 보기가 한층 더 수줍었다.

"왜 자는 척해."

그가 침대에 걸터앉는 기척이 느껴졌다. 자는 척을 할 생각까지는 없었는데. 어쩌다 보니 반응하지 못한 내가 목석처럼 베개에 얼굴을 고정했다. 한차례 정적이 지나갔다.

"막상 얼굴을 보기 부끄러워서 그러는 거면 저의 엉덩이를 때려 주세요."

'이 미친 맹수가⋯⋯!'

애는 분명 살면서 말을 가려 본 적이 없을 거야. 한순간에 잠이 달아난 내가 슬쩍 고개를 들어 노려봤다.

"얌전한 자세로 눈만 사나운 건 변하지를 않네."

시선이 마주친 아힌은 또다시 망언을 내뱉었다. 익숙하게 무시한 나는 본론부터 꺼냈다.

"⋯⋯어제 왜 본모습으로 돌아갔어?"

"춤꾼 토끼를 혼내 주려고."

그런 이유였군. 저 집요함을 상대하고 싶지 않았던 나는 침착히 이불 속으로 들어갔다. 도주를 위해 시동을 걸고 있자니, 그가 박자 느린 목소리로 말했다.

"어디 가? 궁금해하는 걸 말해 주려고 했는데."

토끼의 예민한 청각을 자극하는 음성이었다.

"싫으면 나야 좋고."

미끼임을 알면서도 이불 밖으로 나가지 않을 수 없었다. 경계하며 이불을 눈 아래까지만 내리자, 나를 내려다보고 있는 아힌이 보였다. 청량하게 접힌 그의 눈가를 바라보던 내 시선이 피가 눌어붙은 아랫입술에 머물렀다.

"아힌, 입술이 왜 그래?"

설마하니 아힌이 누군가한테 맞고 다닐 리는 없······.

"네가 발로 찼잖아, 잠결에."

맞고 다니는 모양이었다. 아무리 내가 잠버릇이 안 좋다지만, 나란히 잠들었는데 어떻게 얼굴을 발로 차. 미심쩍은 눈빛을 마주한 아힌이 내 발 쪽으로 눈짓했다.

"확인해 보든지."

스르륵 이불 속에 들어간 나는 발을 확인하곤 눈을 크게 떴다. 한쪽 발등에 미세하게나마 핏자국이 묻어 있었다. 인정하고 싶지 않으나 그 무엇보다 뚜렷한 증거가 아닌가.

'치료······ 해 줘야겠지.'

조심스레 몸을 일으켜 앉은 내가 그의 입가로 손을 가져갔다. 이렇다 할 접촉은 없었지만 괜히 귓바퀴로 열이 올랐다.

미약하게 치유계 페로몬을 운용하자, 동시에 아힌도 지배계 페로몬을 끌어 올렸다. 상처가 완전히 아물었을 즈음 아힌의 입술이 천천히 열렸다.

"열다섯."

"응?"

"페로몬 발작이 처음 일어났을 때야. 첫 번째 성인식 직후에."

갑작스러운 말을 접한 나는 멍하니 얼어붙었다. 그럼 벌써 몇 년째 그런 고통을 겪고 있는 중이란 소리인가. 뒤늦게 정신을 차리고 대답하려 했으나 아힌이 한발 더 빨랐다.

"나머지는 비비가 요령껏 알아봐."

"······뭐라고?"

"그럼 춤바람 날 틈 따위 없이 바쁘겠지. 어차피 조부님이나 어머니까지도 추궁할 심산 아니었어?"

자리에서 일어난 아힌이 세상에서 가장 얄미운 웃음을 걸었다. 잔망스럽기 짝이 없는 미소였다. 이대로 넘어갈 수 없다고 생각한 내가 입을 달싹이는 순간, 누군가 침실 입구를 똑똑 두드렸다.

"아힌 님, 송구하나 일정이 촉박합니다."

전속 시종인 유안의 목소리였다. 그의 재촉에 책상 쪽으로 걸음을 옮긴 아힌은 회중시계를 품으로 챙겼다.

반사적으로 바닥을 디디고 일어선 내가 뒤따라 붙었다. 오른쪽으로 가면 오른쪽으로, 왼쪽으로 가면 왼쪽으로. 자리를 옮겨 가며 채비를 하던 그는 비스듬히 몸을 틀어 나를 내려다봤다.

"-비비?"

"왜?"

"왜 따라와?"

"그야 요즘 아침마다 같이 출근했잖아. 나를 넣어 줘야……."

무심코 주머니를 쳐다보며 말하던 나는 황급히 입을 틀어막았다. 실수를 깨닫자마자 동공이 걷잡을 수 없이 확장됐다. 안타깝게도 눈치 빠른 맹수는 내가 무슨 착각을 했는지 눈치채곤 오묘한 표정을 지었다.

"지금은 안 돼."

"……알아."

가까스로 무너진 얼굴을 관리한 나는 무심하게 답했다.

"덩치가 너무 불어나서 주머니 속에는 못 들어가."

"안다니까, 나도 농담 좀 해 본 거야."

어깨를 으쓱인 내가 뒤돌았다. 이번만큼은 스스로 판단하기에도 불세출의 연기력이었다.

자박자박, 침대까지 의연히 걸음을 옮긴 나는 유난히 조용한 아힌을 슬쩍 확인했다. 그는 벽에 이마를 묻은 채 가만히 있을 뿐이었다. 이윽고 아힌의 고저 없는 음성이 들려왔다.

"방법이 있어."

……무슨 방법? 불안이 짙어질 즈음, 입구로 직행한 아힌이 곧바로 문을 열어젖혔다.

"유안."

"하명하십시오."

"포대 자루 같은 것 좀 가져와."

"네에……?"

설마 어깨에 짊어지고 다닐 심산은 아니겠지. 당연히 명령을 이해하지 못한 유안의 목소리가 갈라졌다.

"송구하지만 어떤 종류의……?"

"비비가 들어갈 만한 크기…….."

"나가!"

등골이 서늘해진 내가 온몸으로 아힌의 등을 들이받아 문밖으로 쫓아냈다. 찰칵, 문고리까지 빠르게 걸어 잠근 나는 밭은 숨을 몰아쉬었다. 날이 갈수록 참신해지는 맹수의 사고 회로가 두려운 하루였다.

🌿

인간으로 변하는 게 가능해진 이후, 나는 처음 자의로 새끼 토끼의 모습이 되었다. 당장의 욕심을 떨쳐 낸 선택이었다. 사람의 모습에 비하여 새끼 토끼일 때 훨씬 수월하게 페로몬을 다룰 수 있으니까.

지난나 교수가 전하길, 러셀은 무의식중에 페로몬을 다룰 수 있게 되었을 때쯤 자연스레 인간화를 치렀다고 했다. 고로 비슷한 원리라 치면, 나도 치유계 페로몬에 능숙해지면 인간화의 고지가 눈앞이란 의미가 아닐까.

그리고 이런 선택을 하게 된 결정적인 원인은 따로 있었다. 바로 열다섯 살 때부터 페로몬 발작을 겪어왔다는 아힌 때문이었다. 열여덟에 처음 발작이 일어났다는 이디스 님보다 지극히 빠르지 않나. 어쩌면 아힌은 그 가식적인 웃음 뒤에 고통을 숨기고 있을지도 몰랐다.

이런 상황에서 내가 최선으로 할 수 있는 것은 한시라도 빨리 치유계 페로몬을 익히는 것이었다. 그의 탄생일쯤이면 페레니움의 세공도 끝난다고 하니, 여차할 때는 사람으로 돌아가면 되고.

아힌은 상의도 없이 급히 새끼 토끼로 돌아간 것에 반발했지만, 이브린의 주머니로 반나절 정도 가출하니 금세 굴종시킬 수 있었다. 저에 대해 스스로 알아보라 말한 자가 누군데.

'우선은 수면과 마취, 치유 능력을 구분해야 한다. 저기 너를 감시하는 매에게 마취 능력을 사용해 보거라.'

'마침 저쪽 복도에 이브린이 있군. 조준하고, 옳지. 움직이는 목표물을 얼마나 정확히 조준하는지도 중요하다.'

다행히 할아버님과의 페로몬 연습은 순조로운 차도를 보이고 있었다.

그리고 탄생일까지 닷새 정도 남은 오늘. 뺨을 두드려 힘낸 나는 제인의 마구간을 찾았다. 정확히는 릴을 만나기 위해서였다.

릴은 제인의 전담이 된 이후, 자연스레 아힌의 마부 일도 도맡게 된 처지였다. 제인이 그가 마부가 아니면 마차 앞에서 온갖 심술을 부린다고 하니.

"토끼야, 망토가 귀엽구나."

'질문에 대답부터 해 줘요.'

이 비비 님은 오늘 일정이 꽉 찬 바쁜 몸이시니까. 미리 작성해 온 질문 종이를 탁탁 두드리며 주의를 환기하자, 턱을 매만진 릴이 고심에 잠겼다.

"아힌 님께서 이상행동을 보이신 적은…… 글쎄다……."

차마 매일매일 이상하다고는 말하지 못하는 눈치였다. 그것만으로도 대답이 된 나는 악수를 나눈 후에 마구간을 나섰다. 릴도 감정이 얼굴로 드러나는 편이니, 혹여 아힌이 밖에서 쓰러지거나 아팠더라면 표정이 조금이라도 흔들렸겠지.

'가자.'

메이미, 애쉬 및 바라와 달린 내가 다음 순번으로 유안을 찾았다. 마침 아힌이 회의에 들어간 덕분에 그는 홀로 복도에 대기 중이었다.

나는 문득 초반에 생각했던, 아힌이 신분에 비해 많은 시종을 부리지 않는 이유에 대한 답을 찾을 수 있었다. 혹시나 불시에 발작이 일어나면 시종이 많을수록 여러모로 성가시니까.

'뭐야 그게…….'

마음이 한없이 심란해졌다.

우리를 발견한 유안은 소년다운 순수한 미소를 띠며 엄지를 들었다.

"토끼님, 아침에도 말씀드리고 싶었는데 망토가 잘 어울리네요. 조사관 같으십니다. 메이미 님이 입혀 주셨나요?"

다가선 나는 유안에게 혼신의 힘을 다해 질문했다. 흑표범처럼 포효하는 온갖 몸짓을 용케 알아차린 그가 수그려 앉았다.

"……아힌 님께서 본모습으로 변한 날 말이죠?"

그렇지. 이어서 어깨를 으쓱거리는 몸짓을 한참 관찰하던 유안이 눈썹을 찌푸렸다.

"언제부터였는지는 모릅니다. 저녁쯤에 심부름을 시키셔서, 저는 그날 마지막에 침실 안내만 맡았으니까요."

역시나 이상했다. 아힌은 나를 놀리기 위해서라며 둘러댔지만, 그럴 거면 침실로 돌아온 후에 변해도 될 일이잖아.

턱을 짚은 내가 확신했다. 그날도 필시 페로몬 발작을 일으켰으리라고.

'유안.'

조금 더 상세한 설명이 필요했던 나는 유안을 벽으로 밀어붙였다. 그때 달칵, 회의실 문이 열리며 여러 명의 수인이 차례로 쏟아져 나왔다. 막 문을 나서던 이브린은 다급히 회의실 안쪽을 향해 말했다.

"아힌 님, 토끼님이 또 미인을 덮치고 있습니다."

"뭘 덮쳐?"

이브린의 추악한 고자질에, 귀족들을 밀치고 고개를 내민 건 아힌이 아니라 할아버님이었다.

떨리는 시선이 움츠린 유안과 그의 다리를 짚고 선 나를 번갈아 오갔다. 왠지 상당히 심기가 불편해 보였다.

'달려!'

"거기 서지 못할까! 어디서 시종을 덮치고, 아니, 저택을 들쑤시고 다니는 게야!"

일단 도주를 택한 내가 흑표범들을 이끌고 저택을 질주했다.

다음 타자는 그레이스가의 주인, 발렌스 님이었다. 약속 없이 집무실을 찾아온 선 처음인 내가 커다란 문 앞에서 마른침을 꼴깍 삼켰다. 다행히 부재중은 아니었는지, 얼마 지나지 않아 흔쾌히 입장 허가가 떨어졌다.

"어서 오너라."

발렌스 님의 집무실은 깔끔하면서도 다소 삭막한 느낌을 줬다. 특유의 분위기에 압도된 애쉬와 바라가 내 양옆으로 얌전히 섰다.

"망토가 참으로 잘 어울리는구나. 까만 것이 아주 새끼 흑표범 같아."

나붓이 웃은 그녀가 집무 책상을 가볍게 두드렸다. 메이미는 나를 공손히 안아 들어 집무 책상 위로 올려 줬다. 한쪽으로 느슨하게 땋아 내린 발렌스 님의 은발이 시야로 들어왔다.

"이쯤이면 나를 찾아오지 않을까 생각했지. 이곳에서 네가 원하는 가장 적절한 답변을 해 줄 수 있으니."

그녀는 서랍에서 손수건을 꺼내어 내 엉덩이 아래에 깔아 줬다. 몇 번 만난 적이 있는 보좌관은 익숙하게 홍차와 건초를 내왔다.

"사람의 모습으로 처음 나와 대화를 나눴을 때, 몇 번이나 물으려다가 결국 묻지 못한 질문일 테지."

복숭아 향이 나는 차를 머금은 발렌스 님이 눈을 날카롭게 빛냈다.

"아가, 하지만 원하는 것을 얻을 때는 그에 걸맞은 대가가 필요한 법이란다."

과연 허울로 한 영토를 다스리는 수장이 아니었다. 오금이 저리게끔 만드는 위압감에 압도당한 나는 숨을 쉬는 것도 잊고 말았다. 시선을 돌린 그녀가 문 쪽으로 고갯짓했다.

"다들 나가 보아라. 휴식 시간이라 생각하도록. 거기 호위들은 남아도 좋단다."

발렌스 님은 몇 명의 보좌관을 비롯하여 메이미까지 밖으로 내보냈다. 졸지에 나와 애쉬, 바라만 남게 되자 집무실이 적막에 휩싸였다. 손을 뻗은 그녀는 조심스러운 손길로 내 망토의 리본을 풀었다. 긴장을 삼킨 나는 얌전히 몸을 맡겼다.

'……왜?'

검은 망토를 완전히 벗긴 발렌스 님은 서랍을 뒤적이더니 풍성한 천을 꺼내 들었다. 그녀는 서툴게 그 천을 내 머리 위로 끼워 넣었다. 고요 속에서 천이 바스락바스락 마찰하는 소리만이 울렸다.

"꽤나 어렵구나."

이내 부드러운 고무줄을 몸통 중간까지 내린 발렌스 님이 이마의 땀을 훔쳤다.

'끝났나?'

어리둥절하게 두 발로 선 나는 몸통을 내려다봤다. 마치 무용수들이나 입을 법한 풍성한 치마였다.

'이게 뭐야.'

불길한 예감에 사로잡힌 내가 발렌스 님을 흘끔거렸다. 마치 고된 일을 끝내고 평화를 찾은 사람처럼 웃은 그녀가 차를 머금었다.

"아힌이 그러더구나. 사자와 춤바람이 났다고."

"……."

원하는 것을 얻기 위한 대가가 이거였구나. 감히 발렌스 님께 화낼 수도 없고.

콧수염을 부들부들 떨던 나는 어느새 앞으로 다가온 그녀의 양 검지에 앞발을 맞췄다. 체념이었다.

검지가 느린 박자로 움직였다. 박자에 따라 휘리릭 한 바퀴 회전한 내가 열심히 뒷발을 굴렀다.

"가십지에 저술된 것처럼 솜씨가 일품이군."

퍽 즐거운 모양인지, 발렌스 님의 눈가가 아름답게 휘어졌다.

'그래……'

이분이 행복하면 됐다고 생각한 나는 온 힘을 다해 삼단 회전을 선보였다. 털이 휘날릴 정도로 돌고 도는 춤사위를 마주한 그녀가 탄성을 자아냈다. 착, 완벽한 마무리 자세까지 선보인 내가 가쁜 숨을 몰아쉬었다.

"연회에서 선보여도 모자람이 없겠구나."

유일한 관객이 극찬과 함께 박수갈채를 보냈다. 그렇게 수치심과 발렌스 님의 호감을 동시에 얻은 내가 책상 위로 주저앉았다. 기절했다가 깨어나면 덜 부끄러울 것 같았다.

"고맙군, 오랜만에 많이 웃었단다."

만개한 미소를 건 그녀가 춤사위로 인해 흐트러진 털을 정리해 줬다. 간지러운 손길이었다.

"춤사위에 대한 보답을 할 차례군. 묻고 싶은 건 이디스나 페로몬 발작에 대해서겠지."

한참 반죽하듯 털을 쓰다듬던 발렌스 님이 말문을 텄다.

"아힌이 얼마 전에 이야기하더구나, 실은 페로몬 발작이 나타나기 시작한 지 꽤 오래되었다고. 어차피 말해 봤자 방도가 없으니 지금까지 숨긴 모양이야."

결국 알렸구나. 뺨이 문질러지던 내가 조심스레 그녀의 표정을 살폈다. 발렌스 님은 입꼬리가 말려 올라간 반면 눈은 웃고 있지 않았다.

"언젠가는 나타날 일이었긴 하다만. 제아무리 그레이스가의 혈통을 이었다 치더라도 감당하기 힘든 페로몬이니까. 지배계 페로몬의 능력 범위가 어느 정도일 것 같니?"

입가를 짚은 나는 지난날을 곰곰이 떠올렸다. 아힌의 페로몬은 치유계 페로몬을 눌러 주는 건 기본이며, 전투에도 유용하게 활용하지 않았나. 하물며 그는 지극히 가벼운 수준으로만 페로몬을 사용하는 느낌이었다.

"한계는 알려지지 않았단다. 개인적인 추측으로는 극적으로 끌어올리면 사람의 정신을 지배할 수 있지 않을까 싶은데."

말도 안 돼. 경청하던 나는 저도 모르게 입을 살짝 벌렸다. 검지로 아래턱을 받쳐 입을 닫아준 그녀가 계속해서 말을 이었다.

"이디스, 그러니까 남편은 지배계 페로몬을 의식적으로 사용하지 않았단다. 방대한 힘을 스스로도 조절하기 어려웠기 때문이지. 그러나 아힌은 그레이스가의 혈통을 이어받은 덕분인지 어릴 적부터 손쉽게 지배계 페로몬을 다루더구나."

잠깐 말을 멈춘 발렌스 님이 창밖을 돌아봤다.

"페로몬 사용을 최소한으로 하라 지시했지만, 차기 수장의 자리에 앉은 이상 불가피한 일이었지. 아무래도 이디스보다 발작이 이르게 찾아온 건 그것 때문이 아닐까 싶다."

평소와 다름없는 나긋한 목소리였지만 침통한 감정이 느껴졌다.

"이디스의 발작은 어느 순간부터 페로몬 안정제조차 통하지 않았지. 그래서 그는 발작을 일으킬 때면 우리 눈을 피해 어딘가에 숨어 있다 오곤 했어. 침실에 있으라 말해도 듣지를 않더구나, 고집불통이었으니."

나는 혹시나 싶어 발렌스 님이 내 엉덩이에 받쳐줬던 손수건을 내밀었다. 고맙구나, 손수건을 받아 든 그녀가 머리를 가만가만 쓰다듬어 줬다.

"그러더니 결국 발작 중에 그대로 눈을 감고 말았단다. 그의 마지막 모습을 본 건 아버지를 찾아다니던 아힌이었고. 평소에 곧잘 숨바꼭질을 하던 게 화근이 아니었나 싶구나."

"……."

"왜 네가 우는지 모르겠군."

말씀하는 발렌스 님도 의연한데, 내가 우는 건 참으로 우스운 일이었다. 메인 목을 삼킨 내가 앞발로 눈가를 눌렀다. 바람 샌 웃음을 터뜨린 그녀가 손수건으로 눈가를 콕콕 찍어 줬다.

"그때부터 아힌은 어느 정도 각오했을 거다. 제게도 찾아올 수 있는 미래란 것을. 어릴 때부터 눈치 하나는 빠른 녀석이었으니, 숨기려 해도 숨길 수가 없었어."

발렌스 님은 천천히 몸을 숙여 비스듬히 책상에 엎드렸다. 만난 이후 처음 보는 풀어진 모습이었다.

"아힌이 열다섯의 성인식을 거쳤을 때, 내게 재혼 이야기를 꺼내더구나. 저가 멀쩡히 살아 있는 주제에 다른 후계를 만들란 말과도 다름없었지."

자신의 죽음을 염두에 두고 말한 것이 분명했다.

"우리는 그날 처음으로 언성을 높여 싸웠다. 그런데 그게 페로몬 발작이 나타났기 때문일 줄이야."

가까이서 얼굴을 마주한 나는 앞발로 그녀의 눈가를 짚었다. 약간
이지만 물기가 묻어났다.

"안일했지. 이디스보다 강한 육체를 타고났으니, 페로몬 발작은
당연히 그보다 늦게 나타날 거라고 여겼으니. 어쩌면 그렇게 믿고
싶었는지도 모르겠구나."

울지 마세요. 달리 할 수 있는 게 없었던 내가 재차 앞발로 눈가를
닦아 줬다.

"네 털이 우선이라고 본다만."

발렌스 님은 물에 빠지기라도 한 양 흠뻑 젖은 내 털을 매만졌다.
남의 일처럼 이야기하는 나긋나긋한 음성이 이상하게 눈물샘을 자
극했다.

"사실 아힌의 말은 틀린 게 없단다. 흑표범 영토를 이끄는 수장으로
서, 하나뿐인 후계가 위태로우면 다른 후계를 만들어야 하는 게 맞지.
하다못해 그레이스가의 핏줄이 섞인 친인척을 입양한다든가."

이내 바로 앉은 그녀가 손수건으로 내 얼굴을 문질러 닦았다. 무
척이나 서툰 손길이었다.

"하지만 그리하면 마치 이디스를 잃은 것처럼, 아힌마저 잃는 느
낌이라 견딜 수가 없었어. 나는 내 생각 이상으로 이디스와 아힌을
사랑하니."

정에 치우친 한심하기 짝이 없는 수장이군, 덧붙인 말에 나는 아
니라며 고개를 저었다.

"아버님께 전해 들었다, 치유계 페로몬을 가졌다지."

털의 물기를 완전히 닦아낸 발렌스 님은 나를 양손으로 들어 올렸
다. 어느새 평소와 다름없는 얼굴로 돌아온 그녀가 메인 한숨을 내

쉬었다.

"네가 가진 페로몬이라면 그 까마득한 문제를 해결할 수 있을지도 모른단다. 치유계 페로몬은 발작을 진정시킬 수 있다는 학자의 가설도 있으니."

"……."

"뭐든 들어주마. 명예나 권력, 금전과 땅까지."

작위와 저택 등 여러 조건을 나열하던 발렌스 님은 허한 미소와 함께 말을 멈췄다. 인간화에 눈이 먼 내가 당장 그런 것들에 관심이 없음을 눈치챈 모양이었다.

입술을 여닫은 그녀의 입에서 명령도 제안도 아닌, 부탁이 흘러나왔다.

"부디 도와다오."

\\|/

보좌관들도 모두 퇴근한 밤이었다.

서류에 서명하던 발렌스는 왼쪽 손에 늘어진 새끼 토끼를 내려다봤다. 세상이 떠나가라 눈물을 흘리더니 신나게 곯아떨어진 꼴이었다. 계속 같은 자세를 유지하느라 팔이 저렸지만, 제 손이 안락한 침대라도 되는 양 누운 새끼 토끼를 떨쳐 낼 수가 없었다.

결국 아힌이 올 때까지만 버티기로 결정한 그녀가 멀리 앉은 애쉬와 바라를 불렀다.

"편히 앉거라. 너희들의 주인을 해칠 생각은 없으니."

그녀의 조용한 제안에도 불구하고 둘은 몸을 늘어뜨리지 않았다.

흑표범 두 마리는 벌써 몇 시간째 긴장 상태를 풀지 않는 중이었다. 저 충직함이 아힌의 지배계 페로몬에서 비롯된 건지, 토끼의 치유계 페로몬에서 비롯된 건지 모르겠다고 생각한 발렌스가 입구를 돌아봤다.

달칵, 곧 아힌이 허가도 없이 문을 열고 들어섰다. 집무실을 배회하던 붉은 눈동자가 그녀의 왼손에서 멈췄다.

유안이랑 바람난 후에 종일 발렌스의 집무실에 있었던 건가. 그가 입을 달싹이자, 발렌스는 들고 있던 펜을 입가에 가져갔다. 토끼가 깰지도 모르니까 입 닫으란 소리였다.

"오늘 나 때문에 마음고생을 했으니 푹 자게 내버려 두려무나. 깨지 않도록 네 손으로 좀 옮기고."

펜을 내려 둔 그녀가 작은 목소리로 말했다. 은발을 아무렇게나 쓸어 넘긴 아힌은 도롱거리며 코까지 고는 토끼를 제 손에 올렸다.

소파로 걸어가 앉은 그는 아직까지도 굳은 자세를 유지하는 흑표범 두 마리를 훑었다. 옛 주인조차 경계하는 배신자들이 아닌가. 비뚜름하게 웃은 아힌이 발렌스를 향해 고개를 까딱였다.

"반응을 보니 전부 말씀하셨네."

"아무래도 내가 토끼를 울려서 예민해진 모양이야."

아힌은 제 왼손에 누워 앞발로 눈을 비비는 솜뭉치를 응시했다. 반대편 손가락으로 눈가를 간질여주자, 비비는 만족스러운 듯 몸을 뒹굴었다.

한편, 발렌스는 자신이 있는 것도 잊은 채 비비한테 정신이 팔린 아힌을 바라봤다. 얼핏 새끼 토끼에게 간도 쓸개도 빼줄 듯한 눈을 하는 미친 사람으로 보였다.

"안쓰럽기도 하지, 어쩌다 아힌 네 눈에 띄어서는."

"발밑을 기는 건 접니다."

"노예처럼 발이라도 핥았느냐?"

아힌은 아차 싶은 생각이 들었다.

"괜찮네, 그것도."

청아한 미소를 건 그가 비비의 앞발을 만지작거렸다. 결코 농담이 아닐 거라 생각한 발렌스는 한숨과 함께 서류 업무에 집중했다.

"어머니."

"토끼의 발을 핥고 싶다는 말이나 할 거면 나가거라."

"탄생일 직후 곰 영토에 다녀올 예정입니다."

"……그리 먼 곳을?"

그제야 서류에서 시선을 뗀 그녀가 아힌을 바라봤다.

"퀸이 가져온 정보인데, 지배계 페로몬을 가진 자가 있었다는군요. 삼백 년도 전의 일이지만."

뜻밖의 소식을 접한 발렌스는 눈을 커다랗게 떴다.

"대륙을 뒤져도 찾을 수 없었는데……."

근 십 년을 수소문했음에도 처음 듣는 소식이 아닌가. 발렌스는 아힌의 권속인 눈이 부리부리한 매를 떠올렸다.

"새 수인들에게서 얻을 수 있는 소식이 남다르다는 소문은 헛말이 아니었나 보구나."

놀란 심정을 감추지 않은 그녀가 턱을 매만졌다. 새 수인은 하늘을 유영하는 만큼, 활동 범위가 땅으로 제한된 수인들과는 정보력이 남달랐다.

"잠깐만요."

아힌은 혹시 비비가 깨어 있을까, 검지로 분홍빛 도는 코를 슬쩍 틀어막았다. 호흡이 힘들어진 그녀는 허공에 발을 허우적거렸다.

'자는군.'

연기력조차 하찮은 비비는 잠든 시늉을 할 때는 아예 죽은 척을 해 버리니까. 확인을 거친 아힌이 느릿하게 답했다.

"실상 퀸도 몇 년은 걸린 정보죠. 곰 영토에 가더라도 별다른 정보를 얻지 못할 수도 있고."

"그래도 그게 어디니. 다 죽은 매를 주워왔을 때는 뭔가 싶었는데, 기연이로구나."

또한 비교적 최근에 주워 온 토끼도 기연이 아닐까. 굳이 말하지 않은 발렌스가 작은 솜뭉치를 눈짓했다. 그녀 자신도 모르게 눈빛이 부드럽게 허물어졌다.

그러한 시선을 눈치챈 아힌은 왼손에 누워 있는 비비를 오른손으로 덮었다.

"어쩜, 마음껏 구경조차 못 하게 하는군."

"비비는……."

커다란 손으로 인해 새끼 토끼가 완전히 감추어졌다.

"두고 갈 겁니다. 곰 영토로 갈 때."

"……저택에 말이니?"

눈길도 못 주게끔 감춘 주제에 이 무슨 상반된 결정인가. 순간적으로 할 말이 없어진 발렌스가 눈을 여러 번 깜박였다.

"곰 영토에 다녀오려면 제법 시간이 걸릴 텐데……, 그 아이도 없이 발작은 어찌하려 그러는 건지 묻고 싶구나."

"뭐, 죽기야 하겠어요."

"두고 가려는 이유가 뭐지?"

발렌스의 질문에, 아힌은 최근 치유게 페로몬으로부터 느낀 위험한 감각을 되새겼다.

아랫입술을 문지르던 그는 문득 왼손을 확인했다. 막 잠에서 깨어난 비비가 멍하니 눈을 깜박이고 있었다. 입을 갖다 대고 싶은 충동을 삼킨 아힌이 예쁘게 웃었다.

"더 자."

비비는 잠결에 아힌의 엄지를 앞발로 감싸 안았다. 노곤하게 늘어진 토끼에게서 시선을 떼지 않은 그가 한 박자 늦게 말했다.

"……아무튼 이유는 확신이 서면 말씀드리죠."

답을 피한 아힌은 고갯짓과 함께 집무실을 벗어났다.

닫힌 문을 물끄러미 바라보던 발렌스가 무거운 한숨을 삼켰다. 불편해 보여서 토끼의 치마를 벗겨 둔 것을 다행이라 여겨야 할지. 아힌이 비비에게만 드러내는 뚜렷한 집착은, 혹시나 그녀를 잃게 되었을 때의 상실감마저 걱정되게 만들 수준이었다.

비상식량이라는 처음의 칭호와 달리, 어느덧 비비는 그레이스가에서 없으면 안 될 존재가 되어 있었다.

흑표범이냐, 사자냐

14

흑표범이냐, 사자냐

아힌의 탄생일까지 삼 일 남겨 둔 시점이었다.

딱히 이유도 없이 정원을 세 바퀴나 거닌 릴리언이 음산하게 미소 지었다. 온몸에 힘이 넘치는 것이 아주 회춘이라도 한 기분이 아닌가.

최근 그는 하루하루가 흡족한 나날을 보내고 있었다. 원인은 바로 그레이스가를 앞발 아래에 두는 새끼 토끼 때문이었다.

토끼는 지금까지 릴리언이 맡은 학도 중에서도 가장 열성적이고 노력하는 인재였다. 더욱이 무슨 바람이 불었는지, 이틀 전부터는 하얀 털이 흑표범처럼 변할 때까지 페로몬 연습에 박차를 가하고 있었다. 과장해서 표현하자면, 연습이 끝날 즈음엔 나뭇가지에 몸을 지탱하며 걸어도 이상할 게 없는 수준이었다.

그뿐인가. 놀자며 꼬드기다가 발차기를 맞은 손주 놈을 생각하면 비죽비죽 웃음이 새어 나올 지경이었다.

'비비, 언제까지 연습해?'

'비비, 언제까······.'

'비비, 언제······.'

어릴 때부터 싹수가 노랬던 놈이, 페로몬 연습을 하는 새끼 토끼 옆에 구겨져 앉아 있는 꼴을 보면 그렇게 통쾌할 수가 없었다.

'비비, 너 짜증 나.'

결국 오늘 오전에는 제 성질에 못 이겨 한마디 했다가 토끼와 다툼까지 벌이고. 아힌이 격노한 토끼에게 바지자락을 물어뜯기며 연무장에서 쫓겨날 때, 릴리언은 감격스러움에 눈물이 다 날 뻔했다.

그 호걸과도 다름없는 토끼가 누구의 제자인가. 혼자 속으로만 앓던 릴리언이 허공을 향해 호방하게 웃었다.

"하늘을 보고 웃다니, 미치기라도 했소?"

동시에 그의 뒤편에서 걸쭉한 음성이 울려 퍼졌다. 흐물흐물 풀어져 있던 릴리언의 주름이 깊게 패었다.

"감히 누가 저딴 불경한 언사를······."

"꼬장꼬장한 말투는 여전하구먼."

예부터 철천지원수인 룬의 외조부, 에즈란. 목소리의 주인공과 대면한 릴리언은 인상을 구겼다. 이유도 없이 무장을 하고 다니는 것도 모자라, 누가 사자 수인 아니랄까 봐 무식하리만치 키운 근육 덩어리도 여전했다.

"에즈란 자네야말로 눈을 괴롭게 만드는 근육은 여전하군."

눈빛 위로 불쾌함을 감추지 않은 릴리언이 수염을 쓸어내렸다.

"룬은 어디 가고 자네가 온 겐가?"

"함께 오긴 했는데, 먼저 찾을 사람이 있다고 하더구먼."

누구인지는 자세히 듣지 못한 에즈란이 팔짱을 꼈다. 모인 팔뚝

근육이 터질 듯 불거졌다.

"그러는 아힌은 어디 간 게지?"

"우리 손주는 성실히 업무에 임하느라 늘 바쁜 걸 알지 않나."

"입에 침이나 바르고 말하게."

서로 신랄하게 폄하하는 두 사람을 발견한 그레이스가 고용인들이 멀찍이 자리를 피했다. 꼰대와 꼰대가 만났다. 자칫 주변에서 실수라도 하면 한 번 듣고 말 호통을 배로 들어야 하는 끔찍함이었다.

"쓸데없이 왜 와 가지곤."

오랜 설전 끝에, 상대하지 않는 편이 낫다고 판단한 릴리언이 팽하니 몸을 틀었다.

"잠깐만, 내 꼭 물어볼 게 하나 있네."

품에서 신문 한 부를 꺼내 든 에즈란이 뒤쫓았다.

"징글맞게 왜 따라오고 난리인가?"

"이 가십 좀 묻고 싶어서 말일세. 룬이 도통 입을 열지 않더군."

릴리언은 확인하지 않아도 에즈란이 무엇을 묻고 싶어 하는지 알 수 있었다. 토끼 영토에서 반짝 화젯거리로 떠오른 가십 기사에 대한 것. 에잉 혀를 찬 그가 손을 내저었다.

"그딴 기사를 믿나? 에즈란 자네도 다 됐군."

"아니, 자네도 알잖나. 룬과 아힌 뒤로 따르는 소문이 구실을 못······."

"어허, 이 사람이 어디 큰일 날 소리를. 우리 손주 놈은 머리 아래로는 멀쩡할세!"

"우리 룬도 매가리 없는 눈 빼고는 멀쩡하고말고."

강제로 아힌과 룬의 구실 여부를 확인받은 고용인들이 송사리 숨

듯 두 사람을 피했다.

"……어쨌든 자네 반응을 보니 괜한 걱정을 했나 보구먼."

릴리언의 낯빛을 살핀 에즈란은 그제야 마음 한편의 응어리가 사르륵 녹아내렸다.

"하긴, 애당초 룬이 근본도 모르는 무용수를 쫓아다닐 리가 있나."

"뭐……."

당연히 나올 만한 반응이었지만 릴리언은 묘하게 울컥하는 기분이 들었다. 딱히 별다른 맞장구를 치지 않은 그가 빠르게 걸음을 옮겼다.

"님프가 다 뭘세, 아직도 그런 촌스러운 표현이나 쓰고."

그러나 에즈란은 졸졸 쫓아오며 릴리언의 심기를 어지럽혔다.

"사용인들이 읽고 있던 가십지를 봤을 때 내 어찌나 분통이 치밀던지."

"……."

"아힌도 불쌍하게 됐어, 토끼랑 붙어먹는다는 이상한 소문도 따라다니더니. 하여간 세간은 별 웃기지도 않은 방식으로 가문의 명예를 실추시키는군."

릴리언의 등으로 식은땀이 흘렀다. 하나같이 제가 뱉었던 대사와 비슷하지 않나. 고개를 휙휙 저은 그가 경보와 다름없는 속도로 다리를 휘저었다. 그러나 말상대가 필요했던 에즈란은 덩달아 걸음을 빨리하며 종알거리기 바빴다.

"길거리 무용수가 다 뭔가. 어차피 보잘것없는……."

"감히 누구더러 보잘것없다는 게야!"

"……?"

갑자기 꽥 호통친 릴리언 때문에 놀란 에즈란이 금안을 껌벅였다. 그제야 제 과민한 반응을 깨달은 릴리언이 헛기침을 했다.

"의, 의외로 실제로 보면 보잘 것 있을지도 모르지 않나."

"도대체 무슨 헛소리를 하는 게야?"

이 노인네가 머리라도 아픈가. 에즈란이 진지하게 릴리언을 살폈다. 보통 때면 가십지의 '가'만 나와도 지팡이부터 들고 아힌을 찾아갈 위인이. 이상하게 소극적인 태도를 보이고 있었다.

다시금 입을 달싹이던 에즈란은 우측에서 들려온 짐승의 포효 소리에 흠칫 어깨를 굳혔다. 고개를 돌린 그의 시야로 너른 연무장이 펼쳐졌다.

※

한편, 연무장 중앙에 선 비비는 한 마리의 잔혹한 토끼로 거듭나 있었다.

잔잔한 바람이 불어왔다. 칼날처럼 날카로운 그녀의 시선이 주변을 둘러싼 애쉬와 바라에게 꽂혔다. 몸을 바짝 낮춘 두 마리의 흑표범이 사냥감을 몰 듯 반경을 좁혀 왔다.

두 마리를 한 번에 쓰러뜨리기 위해 페로몬을 모으던 비비는 문득 꺼림칙한 시선을 느꼈다. 휙, 고개를 위로 들자 집무실 창틀에서 구경하던 아힌이 무표정하게 당근을 흔들었다. 새끼 토끼인 탓에 당근을 먹지 못하는 비비를 조롱하고자 하는 의도였다.

'……꼭 저렇게 다툰 티를 내지.'

요 며칠 그녀는 페로몬 연습을 하느라 밤낮으로 아힌을 만나지 못하고, 침실로 돌아가면 죽은 듯 수마에 빠져드니. 심통 난 마음을 당근에 담아 표현하는 것이었다.

엉덩이밖에 모르는 맹수. 자신이 누구 때문에 잠도 덜 자며 이러고 있는데. 도끼눈으로 노려본 비비는 다시금 전방을 주시했다.

'덤벼.'

예전만큼 위협하는 애쉬와 바라가 무섭지 않았다. 제대로 된 가르침을 주는 사람이 있으니 실력이 하루가 다르게 느는 것이 느껴졌다.

크르릉- 목 근육을 푼 바라는 입을 벌려 송곳니를 드러냈다. 바라가 연습 상대에 익숙해진 반면, 여전히 적응 못 한 애쉬는 어찌할 바를 모르며 절절맸다.

"애쉬, 똑바로 하도록."

옆에서 페로몬 연습을 지켜보던 메이미의 엄한 호통이 따랐다. 눈치를 살핀 애쉬는 결국 위협은커녕 송곳니도 드러내지 못한 채 비비에게 안겨들었다.

'애쉬……! 너 자꾸 이런 식으로 굴 거야?'

덩달아 마음이 약해진 그녀가 울상을 하며 애쉬의 몸통을 끌어안았다. 이어서 금세 기가 죽은 바라마저 애쉬에게 치대고 들었다.

포옹 중인 토끼와 흑표범을 내려다보며 의욕 없이 당근을 흔들던 아힌의 눈이 가늘어졌다. 멀리 연무장 모서리 부근으로 릴리언과 룬의 조부인 에즈란이 보였다.

'그러고 보니 오늘은 사자 일족이 도착하는 날이었군.'

에즈란이 대표로 왔나 추측하던 아힌은 표정을 딱딱하게 굳혔다. 두 사람의 반대편으로 살면서 다시는 보고 싶지 않은 곱슬머리의 남자가 보였다. 옅은 분홍색 머리카락 하나만 미뤄도 정체를 확인할 필요조차 없었다.

달갑지 않은 조바심이 아힌의 속을 비틀어 놓았다. 룬은 끝끝내 그의 서신을 무시한 채 그레이스가로 온 것도 모자라, 오자마자 비비에게 접근을 시도하고 있었다.

당근을 들고 있다는 사실조차 잊은 아힌이 곧장 창틀을 뛰어넘었다.

\\/

그레이스가.

참견하는 레스틴을 떨친 룬은 비교적 비비를 빠르게 찾아낼 수 있었다. 최근 창문으로 연무장을 내다보지 않으면 토끼님을 보기 힘들다는, 스쳐 지나가는 고용인들의 대화를 들은 덕분이었다.

연무장으로 달리느라 분홍색 머리카락이 바람결을 따라 흐트러졌다. 곧 그의 시야로 흑표범들에게 시달리는 새끼 토끼가 들어왔다.

멈춰 선 룬은 바람에 치솟은 머리카락을 정리했다. 가까스로 진정되었던 곱슬머리는 금세 중력을 거스르며 부풀어 올랐다.

평소 찾지도 않는 견장이 장식된 의복까지 갖춘 그가 달아오른 귀를 매만졌다. 토끼의 모습임에도 불구하고 몸이 경직되면 어쩌란 말인지. 순간 누이의 농담이 귓가에 메아리쳤다.

'구애의 춤이라도 춰.'

'구애의 춤⋯⋯.'

수사자가 덩실거리는 상상을 해 버린 룬이 목덜미를 벅벅 긁었다. 만일 지금의 자신을 목격한 누군가가 미쳤다고 하더라도 룬은 할 말이 없었다. 안타깝게도 비비에게 정신이 팔린 그는 사각지대에 선 릴리언과 에즈란을 눈치채지 못했다.

'미치겠네.'

숨을 고른 룬이 연무장을 가로질러 걸었다. 이번이 정말 마지막일지도 모른다. 그렇게 생각하자 심장마저 우레처럼 쿵쿵 뛰기 시작했다.

먼저 발견한 메이미가 인사를 올리려 하자, 그는 손을 들어 제지했다. 초점 없는 금안이 앞치마를 만지작거리는 그녀의 손에 머물렀다. 여차하면 단검을 꺼낼 수 있게끔 준비 중인, 언제 봐도 철저한 시녀였다.

이윽고 지척까지 다가선 룬이 붉은 입술을 달싹였다.

"비비."

"왜."

비비의 목소리가 이렇게 낮은 저음이었나.

"잘 지냈어요?"

"너만 죽으면 앞으로도 잘 지내겠지."

둥글면서도 톡톡 튀던 비비의 어투는 오늘따라 거칠기 짝이 없다. 룬의 짜증스러운 시선이 맞은편을 향했다.

"저는 비비한테 물었는데."

그의 도착과 동시에 나타난 아힌이 삐딱한 시선을 보냈다.

"죽을 자리를 제 발로 찾아오는군."

비비와 애쉬, 바라를 중간에 둔 두 남자는 의례상의 인사조차 나누지 않았다. 비비는 어리둥절하게 아힌과 룬을 번갈아 봤다.

'룬이 왜 여기에……?'

이내 아힌의 탄생일 때문임을 상기한 그녀는 슬쩍 인상을 썼다. 오늘따라 유독 분위기가 살얼음판이 아닌가. 아무리 사이가 안 좋다지만, 여차하면 검을 빼 들어도 이상할 게 없을 수준의 기류였다.

'……왜?'

혼란에 사로잡힌 채 두리번거리던 비비가 천천히 입을 가로막았다. 혹시 이 비비 님 때문일까, 두 사람 다 제게 호감을 품고 있는 듯하니.

이내 꾀죄죄한 새끼 토끼인 제 현실을 자각한 그녀는 멋쩍게 뺨을 긁었다. 일련의 행동을 내려다본 아힌은 들고 있던 당근으로 비비를 지적했다.

"비비, 나랑 사자를 보는 눈길이 음험한데."

'무슨 헛소리야!'

폴짝 뛴 비비는 두 사람을 향해 앞발을 휘저으며 부인했다. 룬은 부끄러워하는 비비를 따라 뺨이 발그레 달아올랐다.

"룬 마니언츠. 여기가 어딘지 잊었나 봐?"

적진 한가운데란 사실도 잊은 채, 토끼에게 정신 팔린 룬을 대면한 아힌이 손에 든 당근을 버렸다. 휙, 날아간 당근은 애쉬의 입속으로 날름 사라졌다. 취향이 아니었던 애쉬가 퉤퉤 당근을 도로 뱉어냈다.

'저기.'

비비는 갈수록 험악해지는 분위기를 와해하고자 진정하란 몸짓을 취했다. 그러나 일개 솜뭉치는 마주 본 두 사람의 시야에 들 수 없었다.

"초대장을 받아서 온 건데 문제 있어요? 온 김에 비비와……."

"함부로 이름 부르지 마."

안절부절못한 비비가 두 사람을 번갈아 응시했다.

'둘 다 그만해.'

다툴 거면 자신을 언급하지 말고 다투든가.

아힌을 보느라 말리는 비비를 발견하지 못한 룬은 오랜만에 살기 어린 눈빛을 띠었다.

"……선은 그레이스 경이야말로 지켜. 서로의 위치를 감안하지 않은 행동을 넘어가 주는 것도 정도가 있으니까."

사자로 변한 룬을 농락하고, 암살 의뢰에 연못으로 내던진 것까지. 제아무리 그러려니 넘어가는 그라도 맹수계 수인으로서의 승부욕과 정복욕을 완전히 죽일 수는 없었다.

'나 좀 봐……!'

비비는 필사적으로 앞발을 까딱였다. 룬은 지금껏 한 번도 본 적이 없는 싸한 표정이었고, 그런 그를 마주한 아힌의 웃음이 짙어졌다. 이대로라면 맹수들 싸움에 토끼 등이 터질 지경이었다.

"그런 주장을 하려면 관심이나 끄고 말해, 큰 토끼든 작은 토끼든."

벌써 칼잡이에 손을 걸친 상태인 아힌이 서늘하게 답했다.

'이 맹수들이!'

슬프게도 바닥과 붙은 수준에 가까운 크기의 비비는 여전히 시야에 들 수 없었다.

연신 제자리에서 뛰던 그녀가 결국 아힌의 바지 자락을 세차게 흔들었다. 이어서 룬의 바지 자락도 흔들자, 그제야 두 사람의 시선이 아래로 떨어졌다.

"비비?"

동시에 같은 말을 뱉어 버린 아힌과 룬이 서로를 아니꼽게 쳐다봤다.

또다시 불붙은 맹수들의 신경전을 마주한 비비는 겁나면서도 속이 부글부글 끓었다. 갑자기 나타나서 페로몬 연습을 못 하게 만든 것도 모자라 제 몸짓은 봐 주지도 않고. 그럴 거면 자신을 주제로 싸우지나 말든지.

알아서 하란 심정이 된 그녀가 저택 방향으로 달려갔다.

"어디 가."

"어디 가요?"

갑작스러운 행동에 당황한 아힌과 룬이 몸을 틀었다.

'따라오지 마.'

멈춰 선 비비는 앞발로 바닥을 탕탕 두드렸다.

"잠깐."

"잠깐만요!"

분노를 표현하는 것임을 깨달은 두 사람이 불러 세우자, 눈을 부릅뜬 그녀가 돌부리를 차다가 외려 제 발을 잡고 굴렀다. 그러나 금세 역경을 딛고 일어난 비비는 힘차게 뛰어가 버렸다.

저토록 화낸 적이 있었던가. 발을 어정쩡하게 내디딘 그들은 멀어지는 눈덩이를 허망하게 바라봤다.

애쉬와 바라, 메이미는 두 사람을 측은하게 흘끔거렸다. 최근 비비는 페로몬 연습에 유난히 예민한 상태였는데, 하필 연습 중에 나타나서 방해하다니. 그들마저 자리를 뜨고, 남겨진 아힌과 룬은 비비가 사라진 방향만 하염없이 응시할 뿐이었다.

일편, 모든 상황을 특등석에서 관람한 에즈란이 릴리언의 로브 자락을 흔들었다. 방금 전에 목격한 장면은, 마치 아힌과 룬이 새끼 토끼를 사이에 두고 대립이라도 펼치는 것 같지 않나.

"저, 저게 뭔가."

"……새끼 토끼지."

느지막이 답한 릴리언이 옷자락을 붙든 에즈란의 손을 떨쳐 냈다. 그 또한 다른 의미로 당황스러웠다. 룬마저 토끼를 쫓아다닐 줄은 꿈에도 몰랐으니.

때아닌 위기감을 느낀 릴리언은 에즈란과 한 걸음 거리를 벌렸다.

"누가 그걸 몰라서 묻나?"

에즈란은 답답한 마음에 버럭 소리 질렀다.

"지금 저 허우대 멀쩡한 녀석들이 토끼한테 겁먹은 것도 모자라, 뒷발질에 주춤거린 게 현실이 맞냐 이 말일세!"

그가 당장이라도 뒤로 넘어갈 듯 미간을 파르르 떨었다. 그 꼬장꼬장한 모양새가 어쩐지 과거의 자신과 겹쳐 보인 릴리언은 귓불이 화끈거렸다. 새삼스레 제 편협한 사고를 돌아보게 되는 시간이었다.

페레니움 세공사를 만난 후, 아힌의 집무실로 들어서던 이브린이 발걸음을 멈췄다. 바로 아힌이 성실한 자세로 업무에 임하고 있었기에.

단숨에 저기압임을 눈치챈 그가 집무실 왼편에 앉은 보좌관들을 곁눈질했다. 찍소리도 못 내고 있던 세 명의 보좌관은 이유를 종이에 작성하여 이브린을 향해 흔들었다.

요약하면 치워버리고 싶은 사자를 신분상 계속 눈앞에 둬야 한다는 현실이 화병을 불러온 모양이었다. 그도 모자라, 사자와 대립하느라 비비의 미움마저 샀다고.

이브린은 완벽한 일 처리를 선보이는 아힌을 응시했다. 저 고요한 눈동자 뒤로 어떤 끔찍한 계책을 마련하고 있을까. 사직서를 작성할지에 대해 담담히 고민한 이브린이 아힌에게 다가섰다.

"페레니움 세공이 끝났습니다. 사용 횟수는 지난번과 동일하게 세 번입니다."

아힌의 앞으로 비비에게 선물했던 회중시계가 내밀어졌다.

"오래도 걸렸네."

찰랑, 그의 손가락에 걸린 회중시계의 체인이 마찰했다. 시계추처럼 흔들리는 회중시계를 바라보던 아힌은 생각에 잠겼다.

릴리언은 나름 가르침에 도가 튼 사람이었다. 그의 체계적인 과정 아래, 비비는 하루가 다르게 수월히 페로몬을 제어하기 시작했다. 새벽에는 몰래 일어나서 베개를 상대로 연습하는 열정까지 보이고. 아힌은 그 열정이 자신을 위해서임을 모르지 않았다. 발렌스와의 대화 이후, 페로몬 발작을 위해 제가 가장 잘할 수 있는 것에 몰두하는 거겠지. 은근히 외골수인 기질마저 마음에 들었다.

흔들림이 멎어 든 회중시계를 품에 챙긴 그가 의자에 몸을 묻었다. 이번을 마지막으로 더 이상 비비는 페레니움, 즉 지배계 페로몬은 필요가 없을지도 모른다. 세 번의 횟수를 다 사용할 때쯤이면, 아마 그녀는 치유계 페로몬을 완전히 제어하게 되지 않을까.

"요즘 왜 이렇게 토끼님께 심술을 부리십니까?"

회중시계 하나로 기분이 누그러든 아힌의 앞에 선 이브린이 말문을 뗐다.

"외람되나, 어제 토끼님의 보물 창고에서 훔친 보석도 다시 돌려주십시오."

"비비가 나한테 너무 소홀하잖아. 곰 영토에 다녀오는 동안 못 볼 텐데."

"이번에야말로 함께 가는 편이 어떻습니까. 제가 반나절 토끼님을 주머니에 넣어 본 결과, 아힌 님 대신 안전히 운반할 수 있습니다."

"입."

"……꼭 닫아야 할까요?"

이브린이 '예.' 말고 다른 대답을 하는 것을 처음 보는 세 명의 보좌관들이 경악했다. 자신을 빤히 응시하는 아힌과, 창문으로라도 달아날 기세인 보좌관들을 번갈아 본 이브린은 어깨를 으쓱였다.

"농담입니다."

"간이 커졌네."

"두려워도 할 말은 하는 토끼님의 강점을 본받은 덕분입니다."

"아니, 넌 더 이상 말이 많아질 필요는 없다고 보는데."

두 사람의 대화는 창문을 두드리는 소음으로 인해 끊겼다.

쿡쿡, 비비의 호위를 맡고 있어야 할 퀸이 연신 유리창을 쪼아 댔다. 이브린이 창을 열어 주자, 날아 들어온 퀸은 아힌의 집무 책상에 올라섰다. 표정을 굳힌 아힌이 곧장 입술을 뗐다.

"룬 마니언츠가 접근했어?"

가볍게 고개를 저은 퀸은 날개로 근엄하게 부리 밑을 쓸어내렸다.

'……또 날개로 의사 표현을 하는군.'

이제 수인임을 포기하고 매로서 새로운 삶을 살아가려는 건가. 반 포기한 채 해석하던 아힌은 곧 릴리언이 습관적으로 수염을 쓰는 행위임을 눈치챘다.

"꼰대 두 명이랑 티타임이라도 가지는 중인가."

정답이었다. 연무장에서 비비를 바라보던 릴리언과 에즈란을 떠올린 아힌이 턱을 괬다.

"가서 계속 감시해."

에즈란은 손님인 이상 릴리언처럼 면전에서 모진 말을 하진 않을 것이었다. 내심 비비를 어여쁘게 여기는 릴리언도 함께이고.

그래도 빼 오는 편이 좋겠다고 생각하던 아힌이 눈썹을 들었다. 문득 불길한 예감이 고개를 든 탓이었다.

"퀸, 잠깐 기다려. 그리고 이브린."

그가 느릿하게 검지를 까딱이자 퀸과 이브린이 고개를 기울였다. 아힌은 다른 보좌관들에게 들리지 않게끔 물었다.

"······조부님이 비비가 페로몬을 맡으면 사람으로 변하는 것을 알고 있나?"

정확히는 강한 수인이 발산하는 페로몬에 자극당하면. 그 사실을 아힌에게 전해 들어 알고 있는 퀸과 이브린은 눈을 깜박였다. 돌이켜 보니 따로 릴리언에게 알려 준 기억이 없었다. 최근 복잡한 일의 연속으로 간과하고 있던 사안이었다.

"······괜찮을 겁니다."

상념에서 깨어난 이브린이 고개를 저었다. 그레이스가 고용인들은 질서를 위해 저택 내에서 페로몬 사용이 금지되어 있었다. 애당초 릴리언의 경우도 굳이 페로몬을 풀 이유가 없으니. 이런 상황을 미루면 릴리언이 비비가 인간으로 변하는 조건을 모르더라도 당장 위험한 건 아니었다.

머리를 모은 채 찬찬히 생각하던 아힌과 이브린, 퀸은 시선을 교환했다. 위험하진 않겠지, 릴리언 혼자라는 가정하에. 그러나 티타임 자리에 에즈란이란 새로운 꼰대가 하나 더 끼어 있다는 것이 문제였다.

수초의 정적 후, 이브린이 표정 변화 없이 작게 읊조렸다.

"설마요."

아힌은 그 말을 기점으로 튕기듯 의자를 박차고 일어났다.

"퀸, 안내해."

"아힌 님, 송구하나 그쪽은 문이 아니라 벽입니다."

이브린의 조언에 멈칫한 아힌이 창문 쪽으로 몸을 틀었다. 아힌을 따라 벽으로 돌진하던 퀸이 방향을 틀어 높이 날아올랐다.

"잠깐만 기다려 주십시오."

이브린은 빠른 속도로 적색 커튼을 잡아당겼다.

"시간 없어."

"혹시 모르니 가져가셔야죠."

후드득, 커튼이 뜯기며 이음쇠가 바닥으로 떨어졌다. 그것을 받아든 아힌은 순식간에 창밖으로 뛰어내렸다. 침착하게 벽으로 달려들던 이브린도 스스로의 실수를 자각한 후 문을 열고 나섰다.

한차례 폭풍이 지나가자, 주인이 자리를 비운 집무실 위로 정적이 내려앉았다. 남겨진 세 명의 보좌관은 조용히 새로운 커튼 주문서를 작성했다. 열린 창문으로 들어온 외풍이 서류 더미를 흩날리게 만들었다.

저녁 식사가 끝난 뒤, 메이미는 할아버님이 티타임을 요청하셨다고 설명하며 내게 빨간 리본을 달아 줬다. 그리고 응접실 탁상에 올려 준 그녀는 애쉬와 바라를 데리고 문을 나섰다.

직후 응접실로 들어온 할아버님은 함께 온 룬의 외조부, 에즈란 님을 소개했다. 이분이 나를 만나고 싶다며 날이 저물 때까지 징징거렸다면서.

"에즈란, 약속 지키게."

"알았대도, 당최 몇 번을 말하는가!"

"머릿속도 근육으로 꽉 찬 자네가 잊어버렸을까 봐 친히 알려 주는 게지."

그렇게 나에 대해 아무것도 묻지 않는다는, 독특한 조건을 내건 티타임이 개최되었다.

맞은편에 착석한 에즈란 님은 노련한 장군 같은 생김새를 가지고 있었다. 움직일 때마다 근육이 불거졌으며, 까맣게 그을린 손은 또 어찌나 크고 투박한지. 그가 잡은 찻잔이 소꿉놀이용으로 보일 수준이었다.

그는 대화 내내 나를 관찰하듯 흘끔거렸다. 자세히는 몰라도 수인임은 짐작한 것 같고, 의복 사이로 가십지가 삐죽 튀어나온 걸 보아 무엇을 묻고 싶은지 대강 예상할 수 있었다. 하나 일체 질문을 금지당한 에즈란 님은 그저 뜨거운 차를 입속으로 털어 넣을 뿐이었다.

"우리 룬이 게을러서 그렇지, 막상 하면 잘하는 녀석이야."

대화 주제는 주로 사자 영토와 룬에 대한 자랑이 대부분이었다. 말을 할 수 없었던 나는 힘껏 박수를 침으로써 답변을 대신했다.

"일일이 반응해 줄 필요는 없다. 저 자랑이 끝나면 아마 제 쓸모없는 근육과 무력에 대해 자랑할 테지."

뒤편에 앉은 할아버님이 단호하게 말했다. 그로 말미암아 에즈란 님의 얼굴이 불만스럽게 일그러졌다.

"허어, 이 영감쟁이가 꼭 말을 해도……!"

"자네가 그레이스저에 올 때마다 부순 물건이 몇 개인가. 또 토끼 앞에서 언성을 높이지 않겠노라 약속했을 텐데."

큼, 헛기침을 한 에즈란 님은 어깨를 침울하게 늘어뜨렸다.

"나 원, 무서워서 말 한마디 함부로 못 하겠구먼."

할아버님은 계속 에즈란은 힘만 무식하게 센 사자라며 속삭였지만, 다소 허풍이 많을 뿐 나쁜 분은 아니어 보이는데. 큰 덩치가 오그라든 모습을 흘끔거린 나는 더 자랑해도 된다는 의미로 조심스레 다과 접시를 밀었다.

그런 나를 내려다보며 동공을 떨던 에즈란 님은 대뜸 창가로 홱 고개를 틀었다.

"……창밖에 뭔가 있구먼."

황금색 눈동자 위로 형형한 노기가 서렸다. 할아버님 또한 창문을 향해 곱지 않은 시선을 보냈다.

"경비가 이리 허술할 리 없건만."

"연회 준비로 어수선할 때를 틈타 족제비 같은 잡놈이 본모습으로 섞여 들어 왔을지도 모르지. 무엄하게 이 에즈란이 있는 곳을 서성이다니."

할아버님은 집게 손으로 어색하게 내 앞발을 당겼다.

"위험할지도 모르니 이리 가까이 오너라."

설마 침입자일까. 에즈란 님의 말대로 본모습이 작은 수인들이 존재하는 이상, 제아무리 경비를 강화해도 침입자의 위험은 늘 존재했다.

급변한 분위기를 감지한 나는 전광석화처럼 몸을 굴려 할아버님

의 손으로 파고들었다. 그와 동시에 잔잔하던 유리창이 쨍그랑 산산
조각 났다.

"이 사람이, 무턱대고 창문부터 부수면 어떡하나!"

눈을 휘둥그레 뜬 할아버님이 에즈란 님을 향해 외쳤다.

"원래 전투는 선제공격일세."

"자네의 무식한 신념을 그레이스가에서 앞세우지 말게!"

"맞아요, 외조부님. 하마터면 온몸에 유리 조각이 박힐 뻔했잖아요."

그때 창밖에서 익숙한 목소리가 들려왔다. 창틀에 매달린 룬은 몸
에 반동을 가해 응접실 바닥으로 가벼이 착지했다.

"어느 놈인가 했더니, 룬 너였느냐?"

한순간에 태세를 누그러뜨린 에즈란 님이 쯧 혀를 찼다.

"다들 응접실에 계신다기에."

"아니, 왜 문으로 들어오지 않고 창문에서 서성인 게냐?"

"그러려고 했는데, 호위 흑표범들이 입장 자체를 막더군요."

호위 흑표범이라면 응접실 앞에서 대기 중인 애쉬와 바라를 지칭
하는 것이었다.

"특히 애쉬란 흑표범은 제가 어지간히도 싫은가 봐요."

애쉬는 최근 아힌마저 꺼리던데. 할아버님의 손에 안착한 채 눈을
깜박이던 나는 뒤늦게 코를 틀어막았다.

응접실에 일렁이는 낯선 페로몬이 감각을 일깨웠다. 에즈란 님이
유리창을 깨뜨릴 때 페로몬을 사용한 것이 틀림없었다. 얼핏 공격형
페로몬이라 자랑했으니까.

"에즈란, 부순 창문은 자네가 보상하게."

"쩨쩨하긴, 알겠네. 내 언제는 보상 안 한 적이 있소?"

더 이상 대화에 집중할 수 없었다. 오랜만에 느껴 보는 위기감이 전신을 얼어붙게 만들었다.

'벗어나야 돼.'

덮쳐올 끔찍한 고통과 그 후의 몰골을 상상한 나는 움직이지 않는 발을 억지로 내디뎠다.

'아힌.'

분명 아침에 오늘 페레니움이 완성된다 했으니, 그의 집무실까지만 가도 고통에서 벗어날 수 있을지도 몰랐다. 그게 불가능하다면 최소한 인적이 없는 방에라도 들어가야만 했다.

"갑자기 왜 그러지?"

할아버님은 허겁지겁 탁상을 뛰어다니는 나를 의아하게 바라봤다.

"……비비?"

모서리에 아슬아슬하게 선 내 앞으로 룬이 다가섰다.

나 뛴다. 뛸 거야. 꼭 받아 줘야 돼. 뒷발에 통통 반동을 가하며 신호를 보내자, 어정쩡하게 허리를 굽힌 룬이 미간을 일그러뜨렸다.

"비비, 혹시 뛰어내리려……."

간다ー! 뒷발을 박찬 내가 공중에서 포물선을 그리자, 일순 멍한 금 안 위로 초점이 생겨났다. 비명도 못 지른 룬이 양손에 나를 받아들며 엉덩방아를 찧었다. 그의 꼬리뼈에겐 미안했지만 한시가 촉박했다.

앞발을 모아 감사를 표한 후, 바닥에 내려선 나는 응접실 문을 두드렸다. 덩달아 급하게 일어선 룬이 내 몸을 집어 들었다. 벌컥, 응접실 문을 연 그가 내게만 들리게끔 속삭였다.

"……설마 변하는 거예요?"

몇 번 경험했답시고 눈치가 빨랐다.

대답하려는 찰나, 괴성을 지른 애쉬가 룬의 옷자락을 물어 당겼다. 아무래도 그가 나를 납치라도 한다고 여긴 모양이었다. 흉악한 포효 소리에, 반사적으로 단검을 꺼내 든 메이미마저 경계 어린 시선을 보냈다. 진정하란 의미로 앞발을 흔든 나는 몸을 붙든 룬의 손을 탁탁 두드렸다.

'내려 줘.'

"어떡하려고 그래요? 일단 몸을 숨겨야죠."

페레니움이 필요해. 설명할 시간이 부족했던 내가 공중에서 헤엄치듯 뒷발을 허우적거렸다. 그러자 위에서 나지막한 물음이 들려왔다.

"……아힌 그레이스에게 가려고요?"

귀를 쫑긋거린 나는 고개를 들어 룬을 올려다봤다. 보석 같은 황금색 눈동자가 미세하게 흔들리는 느낌이었다. 그것을 애써 외면하며 고개를 끄덕이자, 그는 이내 내 몸을 바닥으로 조심스레 내려줬다.

나는 발을 딛자마자 곧장 아힌의 집무실 방향으로 달렸다. 차마 뒤돌아볼 용기는 나지 않았다. 뒤편으로 메이미와 애쉬, 바라가 따라오는 기척이 느껴졌다.

"토끼님?"

"어이쿠."

고용인들은 이제 우리의 질주가 놀랍지도 않은지, 발을 들거나 다리를 비키며 수월하게 길을 터줬다.

벌써 페로몬을 맡은 지도 몇 분이 지났다. 심장이 터질 만큼 초조해진 나는 후들거리는 다리에 한층 힘을 더했다.

'아힌.'

아힌, 아힌. 머릿속에 한 가지 단어밖에 떠오르지 않았다.

'조금만 더.'

긴긴 복도를 달리던 내가 입을 살짝 벌렸다. 복도 끝에서부터 달려오고 있는 아힌이 보였다. 혹여 너무 간절하게 바란 탓에 일어난 착시는 아닐까. 그렇게 생각하면서도 뜀박질을 멈출 수 없었다.

"비비!"

귀를 긁는 듯한 저음은 환청이 아니었고, 어느새 표정이 보일 만큼 가까워진 거리도 결코 허상이 아니었다.

벅차오르는 감동과 안도감을 만끽할 시간조차 없었다. 끼이익, 발에 제동을 가한 나는 가쁜 숨을 몰아쉬며 아힌을 올려다봤다.

"비……."

'큰일 났어……!'

바로 앞에 선 그가 입을 달싹이는 찰나, 두 발로 선 내가 힘차게 엉덩이를 흔들며 신호를 보냈다.

아무래도 곧 사람으로 변할 것 같아. 간절한 눈빛을 한 나는 나비처럼 살랑살랑 날아 벌처럼 쏘듯이 회전했다. 휘리릭, 처음으로 네 번 회전하는 것까지 성공한 내가 곁눈질로 아힌을 확인했다.

'시간이 없대도.'

표정을 굳힌 그는 해석은커녕 멍한 눈으로 내 몸짓을 좇기 바빴다.

'……넋 놓고 뭐 하는 거야!'

온몸을 씰룩거려야 하는 토끼 일족 전통춤을 추던 나는 아힌의 손에 들린 붉은 천을 발견했다. 혹시 아힌도 예상하고 달려온 건가. 춤을 멈춘 후 황급히 달려가 천 자락을 붙잡자, 그제야 정신을 차린 그가 무릎을 굽혀 앉았다.

아힌은 몇 번이나 손이 미끄러지더니 곧 품에서 익숙한 물건을 꺼내 들었다. 페레니움이 장식된 회중시계였다. 지배계 페로몬을 몸속에 강하게 불어넣으려면 호흡기나 상처를 사용해야 했기에, 그 역시 페레니움이 최선의 방법이라 판단한 모양이었다.

금방이라도 고통이 덮쳐올 것처럼 심장이 쿵쾅거렸다. 뛰어든 내가 페레니움에 치유계 페로몬을 주입하는 동시에 화한 빛이 퍼져 나갔다.

'변한다.'

시선의 높이가 변한다고 생각한 순간, 온 시야가 붉은색으로 뒤덮였다. 이윽고 단단한 팔이 허리를 감쌌다. 다리가 공중으로 떠오른 나는 앞이 보이지 않는 불안감에 팔을 휘저었다. 그 상태로 몸이 흔들린다 싶더니 문이 열리고 닫히는 거센 소음이 일었다.

나를 품에 안아 든 아힌이 주르륵 미끄러지듯 앉는 게 느껴졌다. 그의 안도 어린 숨소리가 예민한 청각을 자극했다.

'……숨 막혀.'

거의 천에 돌돌 감기다시피한 나는 몸을 비틀어 간신히 머리만 밖으로 내밀었다.

고개를 빼자마자 반쯤 뜨인 붉은 눈이 코앞이었다. 그에 몸을 비틀던 내가 움직임을 뚝 멈췄다. 아힌의 품에 비스듬히 앉은 자세였기에 거리가 지나치게 가까웠다.

"에, 에즈란 님의……."

시선을 데굴 굴린 나는 어렵사리 입을 열었다.

"……페로몬을 맡아 버려서."

"피 말리게 좀 하지 마."

몸을 숙인 아힌이 내 어깨에 이마를 폭 묻었다.

"제발."

그렇게 말하는 아힌에게서 평소와 같은 여유는 찾아볼 수 없었다. 언뜻 초조함마저 비쳤다. 아힌이 어깨에 이마를 비비적거릴 때마다 특유의 향료 냄새가 났다.

그에게서 피 냄새를 맡아 본 게 언제가 마지막이었더라. 상황과 어울리지 않는 생각을 하던 나는 주변을 곁눈질했다. 당장 사용하지 않는 응접실 같은 공간이었다.

바로 가까이 있는 은발이 뺨을 스쳤다. 그 부드러운 감각을 느끼던 내가 입을 달싹였다.

"어떻게 알고 왔어?"

"사자의 외조부는 힘자랑이 특기니까."

"……그래서 달려와 준 거야?"

가슴을 간질이는 감정을 누른 나는 조심스레 물었다. 이게 뭐라고 확인받고 싶은지. 어느 때보다 간절히 바랄 때, 맞은편에서 달려오던 그를 발견했을 때의 여운이 가시질 않았다.

아힌은 천천히 고개를 들어 시선을 마주했다.

"나는 매일 달려간 것 같은데."

가만히 쳐다보던 그는 일부러 홀리기라도 하려는 듯 눈가를 예쁘게 접었다.

"네가 생각하기엔 아니었나 봐?"

그러고 보면 아힌은 늘 나를 찾아왔구나. 새삼스레 깨닫자 얼굴이 홧홧해졌다. 발끝이 오므라드는 기분에 괜히 몸을 웅크리던 나는 급히 정색했다. 현재 토끼에서 사람으로 변하느라 붉은 천 외에는 실오라기 하나 걸치지 않은 상태이지 않나. 천이 맨살에 스칠 때마다 온몸에 소름이 돋았다.

"비비, 왜 눈을 세모로……."

의아하게 묻던 아힌도 갑자기 표정을 굳혔다. 나와 같은 생각에 다다른 모양이었다.

몸을 두른 팔에 힘이 들어가며 점점 경직되는 게 느껴졌다. 무거운 적막이 내려앉았다. 판잣집에서 처음 사람의 모습으로 마주쳤을 때만 해도 태연했으면서. 현저히 달라진 아힌의 반응이 심정을 더욱 복잡하게 만들었다.

아찔한 침묵을 견디기 어려웠던 내가 스르륵 천 속으로 숨어들었다. 시야가 아힌이 아닌 붉은 천으로 뒤덮였으나, 오히려 감각은 한층 더 예민해지고 심장 소리는 커져만 갔다.

"실례합니다."

똑똑, 문을 두드리는 소음이 영원히 지속될 듯하던 정적을 깨뜨렸다.

"토끼님이 입으실 의복을 가져왔습니다."

목소리의 주인은 메이미였다. 위기를 넘겼다는 안도감이 밀려들면서도 이상하게 아쉬운 기분이었다. 어쩌면 나는 아힌의 주장대로 진짜 변태 토끼일지도 몰라.

+

바라의 행복한 나날

경계의 숲에 서식하는 흑표범들은 그레이스가의 통솔 아래, 어릴 적부터 훈련받으며 숲의 파수꾼으로 길러진 이들이었다. 본디 흑표범은 단독생활을 하지만, 발렌스나 아힌의 주도 아래에서 무리로 모이고 흩어짐을 반복했다.

그중에서도 애쉬는 특별했다. 체격은 수컷보다 작을지라도, 영민한 두뇌와 뛰어난 반사 신경을 활용해서 무리의 우두머리로 우뚝 설 만큼. 우월한 유전자를 받아, 태어난 직후부터 정규 훈련을 받았으니 어찌 보면 당연한 결과였다.

그런 애쉬와 다르게 바라는 도박장에서 태어난 흑표범이었다.

잔인한 곳이었다. 원형의 철창이 둘러진 공간에 흑표범을 밀어 넣어 싸움을 붙이고, 수인이란 족속들은 그를 구경거리 삼아 돈놀이를 했다. 당시 새끼였던 바라는 어미가 그 비틀린 공간 속에 들어갈 때면, 옆에 딸린 작은 철창 속에서 얌전히 기다리곤 했다.

그리고 어미가 상대 흑표범에게 목을 뜯겨 죽는 것을 본 그날, 건물 입구부터 부수고 들어온 아힌으로 인해 도박장은 소탕됐다. 바라가 가장 싫어하던 운영자는 아힌의 손에 명을 다했다.

'언제까지 따라올 셈이지?'

도박장을 쑥대밭으로 만든 아힌은 졸졸 따라오는 바라를 경계의 숲에 던져 놓았다.

바라가 적응할 수 있을 리가 없었다. 갇힌 공간에서 받아먹는 법만 배웠기에 사냥이 서툴렀고, 종종 마주치는 또래 흑표범들은 바라를 배척하기 바빴다.

당연한 수순으로 도태에 가까워지던 와중, 애쉬와 마주쳤다. 쏜살같이 달려들기에 다른 흑표범들처럼 시비를 거나 싶었더니, 숨어 있던 소동물을 사냥한 것이었다.

그 위용에 감명하여 홀린 듯 따라나섰으나, 그때도 애쉬는 바라에게 일 할의 관심조차 주지 않았다. 다만 보고 배우란 듯 천천히 사냥을 한다든지, 바라가 지쳐 엎어질 때면 무심하게 기다려 주곤 했다.

그렇게 소꿉친구의 자리를 차지하고, 현재는 어느 흑표범도 함부로 덤빌 수 없는 강맹한 성수(成獸)가 되었다. 그럼에도 바라는 여전히 애쉬의 시선 밖이었다.

상관없었다. 어차피 경계의 숲에 애쉬의 수컷이 될 만한 흑표범은 바라밖에 없으니까. 어린 시절부터 바라를 무시하던 다른 수컷들은 이제는 설설 피하기 바빴다.

그러나 생각지도 못한 문제가 발생했다. 아힌을 따라간 애쉬가 더 이상 경계의 숲에 오지 않는 것이었다. 고작 새끼 토끼의 뒤를 봐주느라.

지독한 투기심에 휩싸인 바라는 몇 번이나 토끼의 목숨을 노렸지만, 저택 내에서는 번번이 실패할 수밖에 없었다.

그러던 중, 토끼가 아힌도 없이 경계의 숲으로 나서는 절호의 기회가 생겼다. 비록 애쉬의 앞이더라도 토끼를 처리해야겠다 결심했을 때, 애쉬는 진심으로 바라를 죽이려 들었다. 그때 애정의 정도에서 참패하고, 이후 토끼에게 무력으로마저 참패했다.

그런데 이게 웬일일까. 눈엣가시였던 토끼를 인정하고 적당히 타협한 후에는 오히려 행복한 나날이 이어졌다. 바라가 토끼에게 굴종할 때면 애쉬는 은근슬쩍 기쁜 기색을 비쳤고, 메이미와 토끼가 자리를 비울 때면 둘만의 시간도 가질 수 있었다.

지금이 딱 그러한 시간이었다. 의복을 가져온 메이미가 방으로 들어간 후, 바라는 은근히 애쉬에게 치근거렸다. 애쉬의 관심은 오직 방 안에 쏠려 있었지만 뭐 어떤가.

달칵, 그때 문이 열리며 방해꾼이 복도로 나왔다. 애쉬와 바라의 옛 주인이자, 현재는 그들처럼 토끼의 졸개로 사는 중인 남자였다. 먹이사슬에 예민한 바라로서는 아힌이 비비의 졸개로밖에 여겨지지 않았다.

비비가 의복을 입는 동안 밖으로 나온 아힌은 가만히 문에 이마를 묻었다. 당황이 진정되자마자 머릿속을 점령한 건 두 발로 덩실거리는 비비의 모습이었다.

귀까지 빙글빙글 흔들며 박자를 갖고 노는 경지가 아닌가. 앞발을 뻗은 방향과 반대로 움직이는 화려한 발재간은 아이몬드의 관을 수상하기에 부족함이 없었다.

사자가 주제넘게 그런 모습을 먼저 봤다 이거지. 서늘하게 입매를 굳히던 아힌은 다시 문에 이마를 묻었다.

정색과 폭소를 반복하는 그를 외면한 바라는 애쉬에게 머리를 툭

기댔다.

나는 저런 미친놈이 되지 않을게. 그러니까 나 좀 봐 줘.

이러한 애정 표현을 본 체도 안 한 애쉬는 굳건히 토끼가 나오기만을 기다릴 뿐이었다.

하나 바라는 애쉬가 제 쪽으로 약간이나마 머리를 기울인 것을 모르지 않았다. 오늘도 행복한 밤이었다.

작별

15

작별

어차피 침실로 돌아가야 했기에, 메이미가 준비해온 의복은 간편한 새틴 원피스와 하늘색 망토였다.

도움을 받아 착장을 마친 나는 조심스레 복도로 나섰다. 벽에 기대어 기다리던 아힌은 유독 귀만 붉게 달아올라 있었다. 내 시선이 머문 곳을 눈치챈 그는 귀를 만지작거리며 고개를 모로 기울였다.

"-날이 쌀쌀해서."

창문은 전부 닫혀 있고, 곳곳에 불을 피워 두었기에 귀가 얼어붙을 만큼 쌀쌀한 공기는 아닌데. 미모로 때우려 한 거겠지만 이 비비 님의 의심을 지울 순 없었다.

연신 미심쩍게 훑자, 노골적으로 무시한 아힌이 손을 내밀었다. 에스코트를 위한 행위였다.

"……그냥 걸어가면 안 될까?"

멍하니 바라보던 나는 무의식적으로 손을 망토에 비볐다. 에스코트를 받아 본 경험이 없을뿐더러, 정확히 어떤 예를 갖춰야 하는지도 몰랐다.

"왜. 한 번도 받아 본 적 없어서?"

옮겨진 아힌의 시선이 내 손에 머물렀다. 괜히 민망해진 내가 등 뒤로 손을 휙 감췄다.

"나도 해 본 적 없어."

"……?"

말도 안 돼, 그럼 지금껏 연회에 참석할 때 파트너는 어떻게 한 거람.

불신 어린 눈으로 올려다보던 나는 이내 새끼 토끼와 빙글빙글 왈츠를 춘 아힌을 상기했다. 그런 자가 파트너와 입장해야 하는 연회의 암묵적 규율을 준수할 리가 없었다. 더욱이 처음엔 경악하던 귀족들도 빠르게 적응한 것을 떠올리면, 아힌이 귀족 사회에서 어떤 식으로 인식되어 있는지는 생각할 필요조차 없고.

"그럼 발렌스 님은……?"

"흑표범 영토의 연회에서 수장은 늘 홀로 입장하는데."

에스코트를 해 보지 못했다는 아힌의 주장은 사실일 가능성이 높았다. 내가 머뭇거리며 어정쩡하게 손을 내밀자, 물끄러미 응시하던 아힌은 대뜸 손을 깍지 끼어 잡았다.

"싫으면 앞발을 잡고 가면 되지."

"지금은 앞발이 아니……!"

반박할 새도 없이 그가 침실 방향으로 걸음을 옮겼다.

얼떨결에 손을 잡고 가게 된 나는 입술을 꾹 깨물었다. 제아무리 아힌이 이상하다지만 차기 수장의 권좌에 앉은 사람이었다. 고로 이런 식의 행동을 고용인들에게 보여 봤자 좋을 게 없으니, 나한테 맞추지 않고 따로 가는 편이 나을 텐데.

애초에 토끼든 가십지의 님프든, 사람으로 변해서 함께하는 이상 어떻게든 아힌의 평판에도 영향을 끼칠 것이었다. 가뜩이나 함께 침실을 사용하는 부분부터 마음에 걸리는데.

그렇게 생각하면서도 손을 다 덮은 커다란 손을 놓고 싶지 않은 이기심이 피어났다. 망설인 나는 손을 조금 더 꼭 잡았다.

뒤편으로 살짝 고개를 돌리자, 따라오던 애쉬가 화색 아닌 화색을 띠었다. 멀거니 쳐다보다가 황급히 시선을 피하는 고용인들도 보였다.

"탄생일이 지나면 곰 영토에 다녀오려고."

나란히 걸어가던 아힌은 높낮이 없는 음성으로 말했다.

"곰 영토?"

출타할 일이라도 생긴 걸까. 페로몬 발작도 문제고, 이번에는 토끼 영토도 아니니 나를 데려가겠지. 그래도 혹시나 싶었던 내가 입술을 열었다.

"그럼 나는……."

"어허, 토끼가 사라졌대도!"

조그마한 목소리가 쩌렁쩌렁한 호통에 묻혔다. 깜짝 놀라 고개를 틀자, 두 개의 인영을 벽으로 밀어붙인 할아버님이 보였다. 이브린과 퀸이었다.

"아무래도 에즈란 그 무식한 영감이 페로몬을 사용해서 많이 놀란 모양이야."

"릴리언 님, 우선 진정하……."

"안 그래도 겁 많은 토끼가 그걸 어떻게 버티겠나? 손주 놈이 날뛰기 전에 당장 찾아내야 하……."

"할아버님?"

"······?"

내 부름에, 저택이 떠나가라 소리를 지르던 할아버님이 우리 쪽을 휙 돌아봤다.

붉은 눈이 튀어나온다는 표현도 부족할 만큼 크게 떴다. 훑듯이 내려간 할아버님의 시선이 깍지 낀 손에 꽂혔다. 이윽고 전에 없는 의미심장한 눈빛을 보인 그가 밀어붙이고 있던 이브린과 퀸을 놓아줬다.

"······자, 토끼를 찾으러 가자꾸나."

흐트러진 옷매무새를 정리한 이브린이 목소리를 가다듬고 말했다.

"무슨 말씀이십니까. 그토록 찾으신 토끼님이 바로 저기······."

"방해하지 말, 아니, 내 예감에 토끼는 마구간에 있어. 거기서 일하는 고릴라 수인이 그러더군, 토끼와 가장 친하다고."

할아버님은 저항하는 이브린과 퀸을 끌고 반대편 복도로 사라졌다.

저 수상한 눈빛의 의미는 뭘까. 할아버님이 치유계 페로몬과 페로몬 발작의 상관관계를 알고 있다지만, 저건 마치 우리의 관계가 진전되길 원하는 듯한 태도가 아닌가.

그의 이상한 태도를 곱씹던 나는 유난히 조용해진 아힌을 올려다봤다. 눈길이 마주치자 방긋 웃어 보인 아힌이 깍지 낀 손에 힘을 더했다.

"비비, 사자도 멋대로 네 이름을 부르던데."

흠칫, 못내 마음에 걸리는 룬의 눈망울을 떠올린 내가 어깨를 떨었다. 까칠한 엄지가 느릿하게 손등을 긁고 지나갔다.

"가장 친한 건 고릴라야?"

"……."

"침실로 가서 자세히 얘기하지."

지옥이었다.

아힌은 내가 사람으로 변했을 때는 유안의 시중을 최소화했다. 설마 정말 유안이랑 바람이라도 날 거라고 생각하나. 심각하게 고민하던 나는 아힌이 들어간 욕실을 흘끔거렸다.

'나를 도대체 뭐로 생각하는 거야.'

도끼눈을 하던 나는 곧 자리를 털고 일어났다. 먼저 잠자리에 들 준비를 마친 건 기회일지도 몰랐다. 침실에 구비된 과일 바구니에 손을 뻗은 내가 딸기 몇 알을 집어 들었다.

드르륵, 테라스로 나서자 차가운 밤공기가 몸을 떨리게 만들었다. 예상대로 어둠 속에서 매의 눈이 번쩍 빛났다. 번개처럼 날아든 퀸을 피해 몸을 틀자, 딸기 습격에 실패한 부리가 허공을 가로질렀다.

밤바람에 하얀 네글리제 자락이 펄럭였다. 딸기를 지키려는 자와 빼앗으려는 자의 대치가 이어졌다.

"퀸, 거래에는 오고 가는 게 있어야지."

테라스 난간에 앉은 퀸이 코웃음을 쳤다. 쪼뼛한 시선은 내 머리를 향해 있었다.

나이트캡을 비웃었음을 깨달은 나는 머리 부근을 만지작거렸다. 사실 스스로도 봉긋한 나이트캡이 당황스러웠지만, 이것을 씌워 주던 메이미의 딱딱한 표정 위로 흡족함이 스몄기에 벗을 순 없었다.

꼭 비웃었어야만 했니. 조금 빈정이 상한 나는 딸기 한 알을 입속에 집어넣으며 으름장을 놓았다.

"삐딱하게 나올수록 딸기 개수가 줄어들 거야."

그제야 비열하다는 듯 치를 떤 퀸이 진지하게 자세를 잡았다. 손바닥 뒤집듯 바뀐 태도에 만족한 내가 물었다.

"곰 영토가 어떤 곳인지 알아……?"

목소리 끝이 떨림으로 갈라졌다. 곰은 맹수 중에서도 특히 몸집이 큰 이들이 아닌가. 앞발질 한 번에 다른 맹수를 즉사시킬 수도 있다고 하니, 내 앞발과는 차원이 다른 수준이었다.

이 두려움을 눈치챘는지, 퀸은 날개를 가로로 넓게 펼치며 칵 위협했다. 몹시 무서운 곳이란 의미가 아닐까. 답변에 대한 보답으로 딸기를 한 알 던지자 순식간에 낚아챈 퀸이 쪼아 먹었다.

다음 질문을 미리 준비해 둔 내가 입을 달싹였다.

"……아힌은."

"응, 왜."

뒤통수로 예고 없이 아힌의 나른한 음성이 꽂혔다.

퀸 네가 어물쩍거려서 시간이 이렇게 지났잖아. 도끼눈을 외면한 퀸이 날개를 으쓱였다.

기계적으로 고개를 틀자, 곧바로 문설주에 기대어 있는 아힌이 보였다. 덜 마른 머리카락에서 뚝뚝 떨어진 물기가 셔츠를 물들이는 장면은 몇 번이나 봐도 여전히 숨 막혔다.

이윽고 가까이 다가온 아힌은 내 손에서 딸기를 빼앗아 테라스 너머로 멀리 던졌다. 소스라친 퀸은 지금까지 본 중에 가장 빠른 속도로 딸기를 쫓아갔다.

"궁금한 건 나한테 물으면 될 걸, 왜 매 따위를 찾아."

"그야-."

아힌은 아까 룬과 릴을 언급할 때 제가 얼마나 살벌한 미소를 지었는지 알고 있을까. 뒷말을 삼키기 무섭게 그는 내 허리를 번쩍 들어 난간에 앉혔다.

'맙소사.'

등 뒤가 허전해진 탓에 일순 겁이 났으나, 아힌이 나를 떨어뜨릴 거란 생각이 들지는 않았다. 입을 몇 번 달싹인 내가 조심스레 말문을 뗐다.

"아힌, 할아버님의 태도가 조금 이상하시지 않아?"

"어디가?"

"딱히 어디라기보다는……."

아무리 치유계 페로몬이 필요하다지만, 그렇게 보수적인 분이 아힌과 내 관계에 대해 아무런 언급조차 없고. 문득 아힌에게 호통칠 때마다 후사, 후사 노래를 부르던 할아버님을 떠올린 나는 빠르게 손을 내저었다.

"아니, 아무것도 아니야."

눈높이가 비슷한 상태로 아힌을 마주하게 되자 새삼 새로운 느낌이었다. 램프 불이 붉은 눈동자를 묘려한 색으로 물들였다. 거의 습관처럼 얼굴로 열이 오른 나는 의식적으로 시선을 피했다.

"머리에 솜뭉치 같은 걸 덮어썼네."

"나이트캡이야!"

이게 어딜 봐서 솜뭉치야. 아힌은 얼굴에 오른 열이 다른 의미로 바뀌게끔 만드는 재주가 있었다.

분노로 떨고 있자니, 한쪽 손목에 찰랑이는 무언가가 감겨들었다. 페레니움이었다.

"선물."

저택 한 채를 손목에 감은 격이 된 나는 회중시계를 만지작거렸다. 선물이라. 며칠 전부터 아힌의 집무실에는 하루가 다르게 귀족들이 보낸 선물이 산처럼 쌓여만 갔다.

"……아힌, 곧 탄생일이잖아."

"그렇지."

"줄곧 생각해 봤는데, 내가 뭘 줘야 좋을지 잘 모르겠어."

가진 것 없이 그레이스가에 몸을 의탁하는 처지로선 함부로 무언가를 하고자 나서기도 애매했다. 더욱이 아힌처럼 페레니움에 스스로의 페로몬을 옮길 수 있을 정도의 실력도 못 되고.

당장 오늘까지만 해도 토끼의 모습이었으니. 목각 인형과 페로몬 연습을 하면서 생각했지만, 딱히 떠오르는 게 없었다.

"-선물은 이미 받은 것 같은데."

"뭐?"

더 이상 말을 잇지 않은 아힌이 대뜸 고개를 휙 틀었다. 준 기억이 없는데 선물을 받았다니. 무언가를 참는 듯한 옆모습을 멍하니 응시하던 나는 쪽 째진 눈을 했다.

"방금 춤춘 거 떠올렸지."

엄한 추궁에 대한 답은 돌아오지 않았다.

"지금 웃음 참고 있잖아."

"그럴 리가."

태연스레 고개를 바로 한 그는 일부러 송곳니가 보이게끔 화사하게 웃었다. 추궁을 피할 때 쓰는 전형적인 수법임을 알면서도 따져 물을 수 없었다. 밤에 보는 송곳니는 낮에 보는 것과는 비교조차 할 수 없을 만큼 선명하게 번쩍였다.

"바라는 거야 많지. 우선 다퉈도 가출은 싫어."

나는 뜬금없는 아힌의 말에 눈을 깜박였다.

"이브린의 주머니로도, 메이미의 방으로도."

"……그런 걸 선물로 하자고?"

"바람은 금지."

"누가 바람이 났다고 그래?"

"오늘만 해도 사자랑 고릴라까지 두 번이지 않나? 마음 같아선 둘 다 갈아 마시고 싶어."

순간이지만 호수처럼 잔잔한 눈 위로 불순한 기운이 넘실거렸다. 정말 말도 안 되는 억지에 말문이 턱 막혔다. 아힌은 거슬리는지 천천히 나이트캡을 벗겨냈다.

"더 요구해도 돼?"

더 이상 말하게 내버려 뒀다가는 끝없이 선물을 가장한 요구가 튀어나올 기세였다. 번쩍 정신이 든 내가 볼살이 흔들릴 만큼 고개를 저었다.

"충분한 것 같아."

"……."

"……요."

"아직 많이 남았는데요."

아힌은 고개를 젓느라 뺨에 붙은 머리카락을 느릿하게 떼어줬다. 짙어진 웃음과 밤바람에 흔들리는 젖은 머리카락이 시선을 앗아 갔다. 야행성인 흑표범이라 밤만 되면 요망해지는 걸까.

"인간화를 치른 후에도 그레이스가에 있어야 돼."

"……."

"또 내가 먼저 잘못하게 되는 일이 생기면, 한 번쯤은 조건 없이 용서해 줘."

다음에 나온 요구는 앞선 것들과는 경중이 다른 느낌이었다. 섣불리 답하지 못하고 있자, 아힌은 가볍게 내 몸을 들어 난간에서 내려 서게끔 만들었다.

"대답."

"……아힌, 나한테 뭐 잘못한 거라도 있어?"

"없지 않나?"

"그런데 그런 말을 왜 해."

"혹시나 해서. 비비는 가끔 묘하게 냉정한 토끼로 변할 때가 있거든."

푸드덕, 등 뒤로 딸기 사냥을 마치고 돌아온 퀸의 기척이 느껴졌다. 하필 이런 중요한 순간에 나타나고. 부리 주변에 딸기 흔적을 잔뜩 묻힌 퀸을 노려본 나는 다시 아힌을 돌아봤다.

평소와 다름없는 속 모를 웃음을 건 그는 더러운 매랑 놀지 말라며 침실로 이끌었다. 넓은 등을 바라보며 따라가자니, 묘한 불안이 발끝을 휘감았다.

상의 끝에, 비비는 탄생일 연회에 참석하지 않는 것으로 결정됐다. 이번 연회에서는 성적 페로몬 등 어떤 페로몬의 사용도 금지시켰지만, 온갖 맹수들이 섞인 곳에 발을 들여서 좋을 게 없었다.

'아쉽구나, 이미 드레스를 여러 벌 준비해 두었건만.'

'왜지? 어째서냐? 예법 때문이라면 이틀 만에 가르쳐 주겠느니라.'

발렌스와 릴리언은 은근히 아쉬워하는 눈치였다. 그 반응에 조금 망설이던 비비는 연회 초청장을 반려한 지난나 교수의 답장을 읽자마자 참석하지 않기로 결심했다. 자신은 가늘고 길게, 안전히 살고 싶기에 참석하지 못하는 것을 이해해 달라는 내용이었으니.

그녀의 심정을 익히 이해하는 바였다. 맹수계 귀족들이 하나둘 저택에 머물기 시작하고부터는 침실과 서재에 박혀 있고, 이동할 때조차 벽에 밀착해서 움직이는 비비였으니까.

그렇게 탄생일을 하루 앞둔 밤. 침실에서 남은 업무를 처리하던 아힌이 침대를 확인했다. 이불 속에서 부복하듯 엎드린 비비로 인해 하얀 침구가 부풀어 오른 모양새였다.

"비비, 잘 거면 제대로 누워."

현재 심기가 무척 불편한 비비가 발을 퉁 구르자 매트리스가 진동했다. 토끼다운 처절한 분노를 지켜보던 이브린이 첨언했다.

"마치 케이크 같군요. 토끼님은 다가올 연회를 축복하고자 직접 케이크가 될 예정인가 봅니다."

"장식은 퀸한테 맡기면 되겠네."

"그럼 딸기만 가득 올라갈 겁니다."

섭식밖에 모르는 맹수들. 그제야 천천히 부푼 이불이 가라앉았다. 엎드려 누운 자세로 변한 비비는 나지막이 읊조렸다.

"……이브린은 처음 봤을 때부터 지금까지 꾸준히 싫어."

일순 이브린의 잔잔한 눈동자가 충격으로 흔들렸다.

"토끼님, 어떻게 그런 잔혹한 말씀을 하십니까?"

두 사람의 갈등이 더없이 달가운 아힌은 한쪽 입꼬리를 끌어 올렸다. 그 조소를 지켜본 이브린은 티끌만 한 용기를 내세워 반항을 시도했다.

"어떻게 보면 미움도 관심의 일종이죠."

"이브린, 그만 나가 봐."

관심이란 단어에 민감하게 반응한 아힌이 눈썹을 들었다.

"아직 업무가 많이 남았습니다."

"토끼 케이크의 장식이 되고 싶어?"

그가 세워 둔 검집을 집는 순간, 이브린의 용기는 한 줌의 재가 되어 사라졌다. 빛보다 빠른 속도로 서류를 챙겨 문고리를 당기던 그가 멈칫했다.

"비록 토끼님이 저를 미워하더라도, 저는 토끼님을 미워하지 않습니다."

진심이 담긴 고저 없는 목소리였다.

"이브린……."

마음이 약해진 비비가 이불 속에서 조심스레 눈을 내밀었다. 일렁이는 보라색 눈망울을 외면한 이브린이 반쯤 문을 열었다.

"그래도 제가 싫다고 말한 방금 전의 토끼님은 미우니까 주방장을 불러올 겁니다."

"저 못된 맹수……!"

기대한 내가 바보지. 비비가 힘차게 던진 베개는 문까지 반도 못 간 채 흐물흐물 바닥으로 떨어졌다.

이브린이 나선 침실이 고요에 잠겼다. 숨을 몰아쉬던 그녀는 이불 밖으로 나온 김에 슬그머니 아힌을 흘겼다.

"……나도 갈 수 있어, 곰 영토."

다툼의 이유였다. 서류에 시선을 고정한 그는 입술만 열었다.

"안 돼."

"돼……."

결국 의자를 비비 쪽으로 튼 아힌이 느른하게 다리를 꼬았다.

"위험해서 안 된다니까. 배를 타지 않는 이상 사막도 지나야 한다고 말했을 텐데."

"데려가지 않겠다는 게 정말 그런 이유에서야? 도중에 발작이 일어나면 어떡하려고 그래."

침대에 앉은 비비는 이불을 꽉 말아 쥐었다. 아무리 생각해도 수상했다. 언제 페로몬 발작이 일어날지도 모르는데, 한 달에 가까운 기간 동안 출타해야 하는 곳에 자신을 데려가지 않겠다니.

페로몬 발작을 직접 겪어 본 사람으로서 그건 감내하면 될 수준이 아니었다. 심지어 아힌의 아버님은 그로 인해 세상을 등졌기에 더욱 더 납득할 수 없는 부분이었다. 릴에게 물어본 바, 곰 영토로 가는 길이 까다롭긴 해도 사막만 잘 지나면 크게 어려울 건 없다고 들었는데.

"이동이 힘든 거라면, 토끼로 돌아가서 주머니나 가방에 넣어 가면 되잖아."

바구니라 하더라도 어떻게든 버텨 볼게. 설득하는 어조로 말한 비비가 이불을 젖히며 침대에서 내려섰다.

"이제 치유계 페로몬도 본모습으로는 나름 잘 다룰 수 있……, 아!"

아힌을 향해 다가서던 비비는 그만 네글리제 자락에 발끝이 걸리고 말았다. 의자를 박차고 일어난 아힌은 휘청거리는 그녀의 몸을 빠르게 받쳤다.

가까스로 중심을 잡은 비비는 군청색 제복 차림인 그를 올려다봤다. 업무량으로 인해 잠자리에 들 채비조차 못 한 상태였다. 내일이면 또 탄생 연회 때문에 눈코 뜰 새 없이 바쁠 테지. 고로 설득하려면 지금이 마지막 기회였다.

먹이를 노리는 하이에나처럼 눈을 빛낸 비비는 아힌을 와락 품에 가뒀다. 밀어낼 수 없게끔 팔마저 함께. 그는 옴짝달싹 못 한 채 강제로 차렷 자세가 되고 말았다.

제복에 장식된 견장과 장식물에 부딪힌 비비는 얼굴이 따끔따끔 아려 왔다. 옷 너머로도 느껴지는 단단한 상체가 절로 발끝을 곱아들게 만들었다.

변태 토끼란 누명을 쓰지 않기 위해 애써 아무렇지 않은 척한 비비가 입술을 열었다.

"……싫어."

그러나 아힌의 재킷에 코를 박은 탓에 목소리가 묻혀 들고 말았다.

"비비, 잘 안 들려."

"나도 가고 싶어."

"일단 이것 좀 풀고……."

비비는 혹시나 밀어낼까 아힌의 몸을 두른 팔에 갖은 힘을 줬다. 이불 속에서 손가락을 접어 가며 할 말을 정리했건만, 막상 상황이 닥치니 머릿속이 새하얗게 변했다.

바구니에 들어가는 것도 감수하겠단 결심을 하기까지 얼마나 오래 걸렸는데. 자꾸만 떨쳐 내려는 그가 한없이 야속하게만 느껴졌다.

"이 이상 움직이면 가출할 거야."

"……웃기지도 않은 소리 하지 마."

빠져나가기 위해 몸을 미세하게나마 비틀던 아힌이 뻣뻣하게 굳었다. 이런 말도 안 되는 협박이 통하는 걸 보면, 비비는 그가 제게 얼마나 물러졌는지 알 수 있었다.

처음엔 어땠나. 납작 엎드리고 앞발을 싹싹 비벼도 입속에 집어넣는 만행이나 벌인 맹수였다.

지금은 팔 하나 제대로 떨쳐 내지 못하는 주제에, 끝끝내 곰 영토에는 데려가지 않으려 하다니. 오가는 여정이 위험하다는 핑계 외에 제가 모르는 이유가 존재함이 분명했다.

"진짜 왜 그래."

잘못하면 용서해 달라는 찝찝한 말이나 하고. 씹어뱉듯 말한 비비는 재킷에 묻은 얼굴을 천천히 들었다. 마침 아래를 내려다보고 있던 그와 공중에서 시선이 맞부딪혔다. 웃음기가 사라진 표정에서는 아무런 감정도 읽을 수 없었다.

"……나도 데려가."

덜컥 팔을 풀 뻔한 비비가 손끝이 하얗게 질릴 만큼 힘을 가했다.

"내가 하루 종일 치유계 페로몬 연습에 매달리는 이유가 뭔데. 방도가 나밖에 없어서잖아. 그런데 왜 자꾸만 나를 두고 가려고 해."

다행히 아힌은 더는 팔에서 빠져나가려 하지 않았다.

"너 혼자 곰 영토로 가 버리면 나더러 어떡하라고. 떨어져 있는 동안 발작을 일으키면 어쩌나 저택에서 손 놓고 기다려야만 돼?"

그런 거 싫어. 말을 쏟아부은 비비는 복받치려는 감정을 다스리기 위해 숨을 골랐다.

저도 모르게 가슴속 깊이 파묻힌 불안을 터뜨리고 말았다. 분명히 아힌은 자신보다 더 큰 불안을 느끼고 있을 텐데.

무감각한 얼굴에서 시선을 내린 비비가 다시금 재킷에 이마를 파묻었다.

"같이 가자."

"……."

"두고 가면 애쉬랑 바라를 타고서라도 쫓아갈 거야. 이제 퀸이나 메이미를 잠재우는 것쯤은 일도 아니니까."

막무가내로 주장할수록 아힌의 몸이 한층 더 경직됐다.

"할아버님도 내가 늘 네 곁을 지키길 바라니까, 부탁하면 도와주실지도 모르지. 토끼 영토에 따라갔을 때처럼."

"위험한 짓 하지……."

"그게 싫으면 뭘 숨기고 있는지, 왜 나를 두고 가려는지 제대로 된 이유를 말해 줘. 각서도 썼잖아, 나랑 관련된 거는 독단적으로 행동하지 않겠다고."

물론 앞발로 찍은 지장이었지만 각서의 효력은 유효했다. 토끼일 때처럼 발을 탕 구르려던 비비는 간신히 그 충동을 삼켰다.

째깍, 째깍, 침묵하는 아힌의 입이 열리길 기다리는 시간이 지나치게 길게만 느껴졌다.

뭐가 되었든 안 된다는 대답이 흘러나오면 어쩌나. 초조함에 입술을 잘근잘근 물던 비비는 아껴뒀던 최후의 보루를 꺼내기로 결심했다. 이 말만은 방정맞은 흑표범들과 똑같아지는 것 같아서 절대 하고 싶지 않았는데.

"……두고 가면 다시는 엉덩이를 때려 주지 않을 줄 알아."

"그건 곤란해."

어떻게 이 한마디에 곧장 진중한 침묵을 깨 버릴 수가 있어. 어처
구니가 없어진 비비가 아힌을 옭아매고 있던 팔을 홱 풀었다.

'얘는 진짜야.'

천사 같은 얼굴에도 묻어 갈 수 없는 진정한 또라이라고. 지나가
던 토끼가 당해 낼 수 있을 만한 인물이 아니었다. 질린 낯을 한 비
비는 저도 모르게 발을 주춤주춤 뒤로 움직였다.

'악!'

탁, 정체 모를 턱에 무릎 뒤가 걸려 버린 비비가 뒤로 발라당 넘어
갔다. 넘어지는 동시에 벨벳으로 된 소파가 몸을 푹신하게 감쌌다.

"어디 가. 방금 전까지 옷자락을 붙들고 애원했으면서."

"……!"

"마저 애원하지 않고."

그새 너른 보폭으로 비비를 따라간 아힌이 소파에 걸터앉았다. 쿠
션에 누운 것도 앉은 것도 아닌 상태로 쓰러진 비비의 위에 음영이
드리워졌다. 생김새만은 순수하기 짝이 없는 맹수의 얼굴이 바로 앞
이었다.

"……애, 애원을 한 적은 없는데."

"그랬나?"

"네……."

"간절함이 없는 토끼에겐 원하는 답을 알려 줄 수 없는데."

막돼 먹은 맹수.

"애원 맞아."

아힌이 멀어지려 하자, 다급해진 비비가 황급히 재킷 앞섶을 붙들
었다. 그럴수록 짙어지는 짓궂은 미소가 마음을 불안하게 만들었다.

당장 치유계 페로몬이 필요한 게 누군데, 갑과 을이 뒤바뀐 듯한 이 구도는 뭐람. 뾰족한 불만을 드러내지도 못한 비비는 그의 입에서 흘러나올 진실을 기다릴 뿐이었다.

"곰 영토에 지배계 페로몬을 가졌던 자의 기록이 있다더군."

"정말?"

벌떡 몸을 일으키던 비비는 아힌의 얼굴과 가까워지자마자 빠르게 제자리로 돌아갔다. 그러나 요망한 맹수는 제 허리 옆으로 팔을 지탱하여 몸을 조금 더 기울였다. 윤기 나는 은발이 그녀의 귓가에서 흔들렸다.

"-그래서 직접 가서 정보 길드 따위를 확인해 보려고."

아힌은 어물쩍 넘어가기 위해 일부러 제 예쁜 미모를 들이대고 있었다. 아힌의 얼굴은 돌멩이다. 아무렇게나 뇌까린 비비는 눈을 날카롭게 떴다.

"페로몬 발작에 대해 알 수 있을지도 몰라. 운이 좋으면 정보를 얻을 수 있겠지."

"그럼 더더욱 나를 데려가야겠다."

발작에 관한 거니까, 안 그래? 설득을 포기하지 않은 비비가 힘 있게 주먹을 그러쥐었다.

"그전에 하나 묻지."

그 열정을 무시한 아힌이 고개를 모로 기울였다.

"내 발작을 진정시키기 위해 페로몬을 사용했을 때, 지나치게 힘들지 않았어?"

'……힘들었냐고?'

난데없는 질문을 접한 비비는 몇 번의 경험을 돌이켰다.

그러고 보면 아힌의 발작을 진정시켰을 때마다 까무룩 잠들곤 했지 않나. 어쩌다 잠들었는지 인지하기 어려울 정도로 짙은 피로가 밀려온 탓이었다. 미심쩍게 일그러지는 비비의 표정을 유심히 살피던 그가 엷게 웃었다.

"그때마다 나는 치유계 페로몬을 전달받는 게 아닌, 빨아들이는 듯한 감각을 느꼈어."

"무슨……."

목마른 갈망이었지. 덧붙인 아힌은 비비의 목에 자리 잡은 잇자국을 검지로 톡 눌렀다.

"그리고 여기를 뜯어 버리고 싶은 충동도 들었고."

사냥의 의미임을 깨달은 비비가 반사적으로 목을 짚어 흉터를 가렸다. 얼어붙은 반응을 눈치챈 그는 느릿하게 검지를 거뒀다.

"몸이 치유계 페로몬이 부족하다고 느꼈기 때문일 거라고 예상은 하고 있지만."

핏기가 가신 비비는 답하지 않았다. 아니, 답하지 못한 게 맞았다.

"그래서 무서워."

나사 빠진 아힌과 무섭다는 단어가 너무도 어울리지 않아, 오히려 심한 괴리감을 가져왔다. 비비 쪽으로 기울인 몸을 약간이나마 바로 세운 그가 나지막이 말했다.

"제정신이 아닌 상태에서, 충동을 느낄 때마다 참을 수 있다는 보장이 없으니까. 주치의도 없는 타 영토에서 그런 일이 벌어지면 돌이킬 수 없을지도 몰라."

곧바로 받아들이기 힘든 사실을 접한 비비는 아무 말도 못 한 채 입술을 여닫았다. 목을 가린 손이 가느다랗게 떨렸다.

아힌의 설명대로라면, 발작을 일으킬 때마다 목을 뜯길 위험이 존재한다는 의미가 아닌가. 막연한 공포 위로 본능까지 더해져 제대로 된 판단을 어렵게 만들었다.

떨림을 멈추기 위해 부단히 노력하던 그녀는 표정을 굳혔다. 가만히 내려다보는 아힌이 얼핏 만족스러운 미소를 띤 탓이었다.

'설마…….'

이러한 제 반응을 원했던 게 틀림없었다. 자의로 따라가지 않게끔 만들기 위해서. 비비는 순간이지만 그 기대 없는 웃음이 목을 물릴지도 모른다는 공포보다 두려웠다. 자신과 거리를 두려 하는 걸까 봐.

휙, 스스로의 통제를 벗어난 손이 아힌의 손목을 붙들었다. 비비는 그의 거친 손을 목으로 가져왔다. 까칠한 표면이 목에 닿는 동시에 붉은 눈동자가 드물게 흐트러졌다. 기에 밀리지 않으려 눈꼬리를 치켜뜬 그녀가 말했다.

"……하나도 안 무서워."

그렇게 말하는 음성은 오들오들 떨리고 있었다.

"너도 알잖아. 내가 제일 잘하는 게 도망치는 거라는 거."

"장난으로 말한 게 아니란 걸 알 텐데."

"나도 농담으로 이러는 거 아니야. 그런 일이 생기면 아힌을 기절시켜서라도 달아날게."

"……."

"잘 달아날 수 있어. 내가 물릴 확률보다는 네가 발작을 일으킬 확률이 더 높잖아……."

아힌은 답 없이 한참이나 멀거니 눈만 깜박였다.

제가 그렇게나 믿음이 없나. 내심 모난 생각을 하던 비비는 그의 적안에 비친 스스로의 모습을 들여다봤다. 전혀 신뢰감을 주지 못하는 유약한 생김새였다. 그 현실을 슬그머니 외면하고 있자니, 아힌이 목을 짚은 손을 움직였다.

"보통 이럴 때는……."

오랜 시간 만에 불그스름한 입술이 열렸다. 갑작스러운 감각에 솜털이 곤두선 비비가 그를 올려다봤다.

"너를 위해서라면 물려도 상관없다는 말이 나와야 하는 거 아니야?"

결코 있을 수 없는 일이니까. 비비는 그런 상황이 오면 앞뒤 없이 달아날 스스로의 담력을 잘 알고 있었다. 아힌에게서 바람 새는 웃음소리가 흘러나왔다.

"비비."

노골적으로 시선을 피하는 비비를 빤히 응시하던 그가 눈가를 휘었다.

"호흡기나 상처를 통하면 지배계 페로몬을 흘려 넣을 수 있잖아."

"갑자기 다 아는 사실은 왜 꺼내. 말 돌리려 하지 말고 곰 영토에 대해서나……."

"판잣집에서 처음 사람의 모습으로 마주쳤을 때. 다른 부위를 물어도 충분한데, 왜 목이었는지에 대해서는 생각해 본 적 없어?"

그 이유까지는 생각해 본 적 없었던 비비가 마른 입술을 축였다. 간과하고 있던 사실이 아닌가.

"저번에도 질문했었지, 목을 무는 의미가 뭐냐고."

목을 스치는 손끝이 서늘했다. 예쁘게 웃는 아힌의 얼굴은 금욕적이면서도 야살스러웠다. 그가 엄지로 목의 흉터를 천천히 쓸 때마다 몸은 목석처럼 굳어만 갔다.

"맹수계 수인들 사이에선 영역 표시야. 먹이 표시면서 각인과도 같은 의미지."

'그게 뭐야.'

토끼 영토에서는 들어 본 적도, 하물며 초식계 수인은 만들 수도 없는 표식이었다. 비비의 온몸에 소름이 돋으며 식은땀마저 흐르려 할 즈음.

"다시 만들어도 돼?"

낮은 저음이 그녀의 귓가를 긁었다. 비비는 아무런 답도 못 한 채 뒤쪽으로 몸을 물렸다. 안타깝게도 소파 쿠션에 가로막힌 몸은 더 이상 뒤로 나아갈 수 없었다.

대체로 맹수계 수인들은 초식계 수인들보다 선이 또렷하고 체격도 컸다. 그 이유는 요염한 미모로 먹이를 홀리기 위해서라는, 어릴 적에 시녀가 어흥- 소리를 내며 들려준 괴담이 과연 허구일까.

조금 더 자세히 들을 것을, 그때 왜 자신은 코웃음을 치며 쿠션 아래에 숨은 건지. 당장 괴담이 현실이 될지도 모르는 위기에 처한 비비가 부들부들 떨리는 눈으로 아힌을 올려다봤다. 어쩐지 이상하다 했어. 앞발에 긁힌 상처만 생겨도 짜증 부리던 아힌이 흉지게끔 목의 상처를 내버려 둔 것이.

'이왕이면 릴리언 영감한테는 보이지 말게.'

토끼 영토 수장이 그렇게 언질을 줄 만도 하지. 뚜렷한 소유욕이 드러나는 행위와도 다름없었다.

비비의 머릿속에서 음흉한 토끼와 겁보 토끼가 치열하게 싸움을 벌였다.

"비비, 이럴 때마다 눈빛이 엉큼한 건 알아?"

싸움의 승자는 음흉한 토끼인 모양이었다.

"내 얼굴이 뚫리겠어."

비비가 다급히 손으로 눈을 가리는 동시에 몸이 흔들렸다. 가벼운 힘만으로도 그녀의 몸을 번쩍 든 아힌이 마주 앉혔다. 다리가 벌어진 비비는 반사적으로 그의 어깨를 붙들며 중심을 잡았다. 한순간에 시선의 높이가 뒤바뀌자, 비비는 입을 맞출 때보다 더한 긴장이 밀려들었다. 도망가지 못하게끔 허리를 두른 단단한 팔이 감각을 일깨웠다.

밀착된 탓에 네글리제에 닿은 견장 장식이 몸을 서늘하게 만들었다. 비비가 그럼에도 이상하게 손발이 뜨겁다고 생각할 때.

"기절하지 마."

목과 어깨선이 이어지는 곳에 낯선 감촉이 닿았다. 그녀의 코앞으로 가까워진 결 좋은 은발이 목과 턱을 간지럽혔다. 입술이 지분거리고 지나간 곳이 불에 덴 듯 화끈거렸다.

"……."

소리도 못 낸 비비는 아힌의 어깨를 쥔 손에 힘을 더할 뿐이었다. 더운 숨결과 툭툭 스치는 송곳니로 인해 아랫배가 조여들었다.

언제 송곳니가 박힐지 모른다는 막연함이 그녀의 숨을 가쁘게 만들었다. 목은 페로몬이 가장 잘 묻어나는 부위라 그런지, 집요하게 목을 탐하는 아힌으로 인해 시야마저 부옇게 흐려졌다.

"아힌……."

"말해."

"언제 무는 건데……?"

비비가 간신히 꺼낸 질문으로 인해 목을 배회하던 아힌의 움직임이 멈췄다. 잠깐 고개를 들어 마주한 아힌은 눈가가 약간 발갛게 달아오른 상태였다.

"……너 설마 진짜 내가 송곳니를 박을 거라고 생각했어?"

"여, 영역 표시를 하는 거라며."

"그런 건 짐승들이나 하는 짓이지. 아무리 맹수계 수인이라도 그때처럼 급한 경우가 아니면 물어뜯지 않아."

아니, 분명 너희 맹수들의 문화라고 했잖아. 할 말이 없어진 비비가 연신 입을 뻐끔거렸다. 덩달아 멍하니 그녀를 응시하던 아힌이 말했다.

"설마 긴장한 이유가 물릴 마음의 준비를 한 거였……."

"……."

"……네가 먹이야?"

매일 앞발을 만지작거리며 오늘은 어떤 요리를 해 볼까 하고 요리책을 뒤진 게 누군데. 영역이든 먹이든 아힌의 궤변에 홀랑 넘어갔음을 깨달은 비비는 눈을 사납게 떴다. 조금 무너진 얼굴로 비비를 마주하던 그가 다시 목덜미에 푹 이마를 묻었다.

"진짜-."

웃음을 참는 듯 간헐적인 숨이 비비의 맨살을 스쳤다. 잠에 취한 고양이처럼 비비적거리던 아힌이 재차 그녀의 목으로 입술을 가져갔다. 집요하게 살결을 훑던 입술이 흉터로 남은 잇자국에서 멈췄다.

"흐-."

"안 물어."

비비가 흠칫 몸을 떨자 등을 쓸어내려 준 그는 이윽고 흔적을 덧대기라도 하듯 가볍게 빨아 당겼다.

그러고도 아힌은 처음이자 마지막인 사람처럼 한참이나 목에 들러붙어 떨어질 생각을 하지 않았다. 중간중간 반대편 목에 입을 맞추거나, 등을 쓸어내리거나 목덜미를 베어 물기도 했다.

그 집요한 행위는 현실과 기절 사이를 끊임없이 오간 비비가 피부가 따가울 때가 되어서야 끝이 났다.

거울이 있는 드레스 룸으로 대피한 후, 만신창이가 된 잇자국을 확인한 비비는 처음으로 기절을 참은 것을 후회했다. 진짜 제정신이 아닌가 봐.

결국 곰 영토로 함께 가는 일정은 좀 더 고려해보겠다는 아힌의 보류로 귀결됐다. 그래도 그게 어딘가. 조금만 더 구슬리면 될 거라 긍정적으로 생각한 나는 슬며시 머리까지 덮고 있던 이불을 내렸다.

직전의 행위가 무색하게도, 너른 침대 위는 오늘도 한없이 경건한 장소였다. 이불에 폭 파묻힌 아힌을 노려보던 나는 시선을 중간에 놓인 베개로 옮겼다.

'저놈의 베개.'

저것 때문에 대화도 못 나누고, 은근슬쩍 손을 잡지도 못하고. 내가 사람으로 변할 때면 어김없이 등장하는 흰 베개는 단절을 의미했다. 잠버릇 나쁜 변태를 방지하고자 하는 아힌의 방어 수단이었다.

"비비, 빨리 자."

가만히 눈을 감고 있던 아힌이 비스듬히 몸을 틀었다. 비뚤어진 마음에 괜히 거칠게 몸을 뒤척이자, 그가 잠긴 목소리로 물었다.

"뭐가 불만인데."

곧장 내 보라색 눈동자가 번쩍 섬광을 발했다. 토끼일 때보다 빠른 속도로 움직인 나는 베개를 팽하니 내던졌다. 몇 달 동안 우리 사이를 갈라 놓았던 솜뭉치는 그렇게 처리됐다.

아힌은 한순간에 사라진 경계선을 멍하니 바라봤다. 그 빈틈을 노린 내가 이불 속에서 은밀하게 손을 움직였다. 이윽고 말랑거리는 내 손과 달리 검을 잡느라 거친 손이 만져졌다. 엄지를 붙든 나는 모른 척 헛기침을 하며 천장을 바라봤다.

침묵을 유지하던 아힌은 조용히 몸을 엎으며 제가 베고 있던 베개에 얼굴을 묻었다. 부들부들 떨리는 어깨를 보아 웃음을 욱여넣는 모양이었다. 짜증을 불러일으키는 반응이었지만 목적을 이뤘으니 아무래도 좋았다.

겨우 웃음이 멎었는지, 아힌은 엎드린 채 내 쪽으로 시선을 틀었다. 엄지 끝을 붙들고 있던 손이 아힌의 거칠한 손에 완전히 덮였다.

"-이제 만족해?"

나른한 음성이 가슴께를 간지럽게 만들었다. 비스듬히 몸을 틀자 아힌과 마주 보고 누운 자세가 되었다. 막상 저지르고 나니 조금 쑥스러워진 나는 대답 대신 배시시 웃음으로 때웠다. 반대로 아힌의 입매는 굳어졌다.

조심스레 눈치를 살핀 내가 그에게 잡힌 손을 꼼지락거렸다.

"아힌."

"……왜."

"페로몬 발작은 내가 꼭 해결해 줄게. 나만 믿어."

"그렇게 구슬려도 곰 영토 건은 아직 보류야."

오늘도 못된 말본새는 어디 가지 않았다. 뱁새눈으로 흘기자, 이번에는 아힌이 청초한 미소를 지었다.

"그렇게 노려보면 또 목을 뜯고 싶어지는데."

미친놈이다. 미친놈이야. 급해진 내가 붙들린 손을 탈탈 털어 냈으나 꿈쩍도 하지 않았다.

손을 놓아줄 기미조차 보이지 않은 그가 이불을 머리까지 끌어 올렸다. 얼떨결에 함께 이불 속에 갇히게 된 나는 눈을 깜박였다.

"갑자기 뭐야?"

"래비안가(家)는."

"……."

"아몬 수장의 압력에 따라 멸문 절차를 밟고 있어. 전대 가주 때부터 저지른 죄가 많아서 수장 측에서 벼르고 있었다더군. 너는 호적에 등록되지 않았으니까 아무런 영향도 없을 거야. 아몬 수장 측도 눈감아 주기로 합의 봤고."

딱히 대답할 필요를 느끼지 못했다. 그러나 아무렇지 않게 그러냐며 맞장구칠 수도 없는 복잡한 심정이었다.

딱히 어색하지 않은, 자연스러운 침묵이 내려앉았다. 가만히 생각에 잠겨 있자니 아힌이 먼저 말문을 뗐다.

"이불 속에 숨으면 아픔을 숨길 수 있어."

"……뭐야, 그게."

"어릴 적에 아버지가 알려 줬거든."

순간적으로 답하지 못한 나는 아힌을 보기 위해 애썼다. 그러나 이불 속 어둠에 감추어진 탓에 표정을 확인할 순 없었다.

"오늘은 토끼도 숨게 해 줄게."

래비안가에 대해 들었을 때만 해도 괜찮았는데, 갑자기 눈물이 날 것 같은 기분이 된 내가 입술을 말아 물었다.

아힌이 늘 이불에 폭 감싸여 자는 건 단순히 추위를 많이 타는 편이라서가 아니었다. 그저 어릴 적부터 생겨난 습관이었다. 아버지가 죽는 모습을 보았을 때부터. 또 실제로 페로몬 발작이 일어나기 시작한 열다섯 때부터 아힌은 이불 속에서 몇 번이나 아팠을까.

문득 그에게 주고 싶은 탄생일 선물을 떠올린 나는 말없이 눈을 감았다. 조금은 숨 막히는 이불 속 공기와, 한쪽 손을 감싼 커다란 손이 안정감을 가져다주는 새벽이었다.

예상대로 아힌은 아침부터 보좌관들과 시종들에게 시달렸다. 늑장을 부리다가 시간이 촉박하다며 귓가에서 속삭이려 드는 이브린에게 이끌려 사라진 게 어언 몇 시간 전.

메이미는 목의 잇자국 주변이 엉망으로 된 꼴을 보더니 미미하게 인상을 찌푸렸다. 반창고와 목을 가릴 만한 망토를 준비할 때는 결국 수치스러움에 침대를 구를 수밖에 없었다. 그러자 토끼처럼 행동하면 안 된다는 냉정한 타박마저 돌아왔다.

수치스러움을 겨우 욱여넣고 있자니, 어느덧 날이 저물어 연회 시간이 다가왔다.

나는 아힌의 선물을 준비하고자 느지막하게 침실을 나섰다. 이제 페로몬을 갈무리하는 건 일도 아니었지만, 굳이 낮에 돌아다니다가 다른 맹수계 수인들을 마주칠 필요는 없으니까. 대부분의 이들이 연회장에 몰리는 지금이 적기였다.

그렇게 일부러 인적이 드문 길을 지나던 나는, 현재 교목 뒤에 바짝 몸을 숨긴 채 움직일 수 없는 상황을 맞이했다. 곧잘 내 행동을 따라 하곤 하는 애쉬도 덩달아 함께 교목에 찰싹 달라붙었다.

숨죽인 내가 조심스레 고개를 내밀어 전방을 주시했다. 얼떨결에 교목 뒤로 몸을 숨기고 있던 메이미와 바라도 나를 따라 고개를 뺐다.

'저게 왜……'

지금 우리가 선 이곳은 저택 후원 중에서도 인적이 거의 없는 길이었다. 그런데 왜. 길 한복판에 주홍색 여우가 쓰러져 있는 걸까. 벌써 이십 분가량 길을 지나지 못하고 있던 내가 여우를 손가락질했다.

"……메이미, 수인이겠지?"

확단까지는 못한 메이미가 미세하게 고개를 끄덕였다. 아니고서야 일개 여우가 어떻게 저택 한복판으로 들어선다는 말인가. 사용인 하나 없이 쓰러져 있는 게 의아했지만, 탄생 연회에 참석하러 온 귀족이라고 보는 편이 훨씬 신빙성이 있었다.

"저……, 저렇게 둬도 돼?"

"안 됩니다."

"뭐?"

"저택에 초청받은 초대객인 이상, 일신상에 문제가 생긴 거라면 고용인으로서 인도할 의무가 있습니다. 주치의를 이곳으로 불러온다거나."

"……"

"제가 확인하고 오겠습니다."

메이미가 의연하게 앞으로 나섰다. 흑표범도 모자라 여우라니. 천적 중의 천적인 탓에 감히 따라갈 엄두조차 나지 않았다.

등허리를 덮치는 오한에, 망토 모자까지 덮어쓴 나는 혹시 메이미가 위험할까 시선을 떼지 않은 채 관찰했다. 사박사박, 특유의 기척 없는 걸음걸이로 이동한 메이미는 여우를 세 걸음 남겨둔 채 멈춰 섰다.

어떻게 확인하려는 걸까. 굳건한 뒷모습이 믿음직스럽다고 생각할 때, 그녀가 진중하게 말문을 뗐다.

"실례합니다."

쓰러진 여우에게서는 어떤 반응도 돌아오지 않았다. 정적이 길어질수록 메이미의 싸늘한 표정 위에 한기가 맴돌았다. 설마 쓰러진 게 아니라 사체였던 건가. 끔찍한 결론에 다다른 나는 낯빛이 새까매졌다.

애도를 표하기 위해 망토 모자를 벗을 즈음, 그녀는 기사가 레이디를 안아 들 듯 여우를 번쩍 들어 올렸다.

"메이미?"

"의식이 없습니다. 의무실로 옮겨야 할 것 같습니다."

함부로 내 곁을 떠선 안 되는 메이미가 양해의 눈길을 보냈다. 낯선 손님이 많은 이상 따로 행동하지 않는 편이 낫지 않을까. 고개를 끄덕인 나도 의무실 방향으로 걸음을 돌렸다.

'저건⋯⋯.'

그때, 멀지 않은 수풀 속에 널브러진 붉은색 천이 눈에 들어왔다. 드레스와 장신구였다.

"잠깐만, 저걸 가져가야 돼."

직감적으로 여우의 것임을 눈치챈 나는 그쪽을 향해 달려가다가 바닥을 굴렀다.

"토끼님!"

크허엉– 뒤편에서 메이미와 애쉬의 걱정 어린 비명이 들려왔다.

"괜찮아."

바닥을 구르는 정도야 비비 님에겐 일상과도 같은 일이었다. 뺨에 묻은 흙을 훔치며 일어난 내가 드레스와 작은 손가방을 품에 안았다.

탁탁, 묵직한 드레스를 들고 달리던 나는 어렴풋이 여우의 정체가 예상이 갔다. 과하다 싶을 만큼 화려한 드레스로 미루어 볼 때, 지난 번 무도회에서 아힌에게 농밀한 페로몬을 흩뿌린 여우 수인이 아닐 까. 부군이 다섯 명이라던 설명이 머릿속을 둥둥 떠다녔다.

'가면 여우의 먹잇감이 되지 않을까 싶은데.'

'제 것이 되어 주시면 더욱 좋겠지요.'

이상하게 속이 타들어 갔다. 당시에만 해도 느끼지 못했던, 가슴 언 저리에 불길이 이는 듯한 낯선 감정이 자꾸만 발을 엉키게 만들었다.

룬의 직속 보좌관, 레스틴은 크나큰 시련에 빠지고 말았다. 근 두 시간 전부터 마니언츠가의 대표인 룬이 보이지 않으니. 당장 연회를 앞둔 마당에, 가져온 연미복은 침실에 고스란히 걸려 있는 상태였다.

달리는 탓에 땋아 내린 금발이 엉망으로 흔들렸다. 더욱이 어젯 밤, 생각보다 더 좋아하는 것 같다는, 또 더 이상 방법이 없다는 룬 의 의미 모를 중얼거림이 레스틴의 불안을 가중시켰다.

'룬 님, 제발⋯⋯.'

정녕 누이의 제안대로 토끼를 훔치기라도 하려는 건지. 심지어 룬 의 외조부, 에즈란마저 토끼가 수상하다 노래를 부르며 레스틴을 쪼 아대는 실정이었다.

어느덧 고용인들이 드나드는 연회장 뒤편, 룬이 드러누워 있을 법한 교복을 뒤지던 레스틴은 금안을 가늘게 떴다. 쥐색 연미복을 차려입은 이브린이 그의 시야로 들어왔다.

'러드 이브린.'

연회장에서 새어 나온 불빛에 반사된 피부가 매끄럽게 반짝였다. 타고난 반반한 외모 덕분에, 뭣도 모르는 타 영토 고용인들이 그를 보며 얼굴을 붉혔다.

레스틴은 이브린의 진중한 얼굴 뒤에 숨겨진 치졸하고 썩어 문드러진 성격을 만인이 알게 되었으면 하는 바람이었다. 당장 그레이스가 고용인들은 거들떠도 보지 않는 걸 생각하면 얼마나 위험한 인간인지 답이 나올 텐데.

몸서리치던 그는 외알 안경을 고쳐 쓰며 시각을 곤두세웠다. 이브린이 품 안을 뒤적이며 은밀한 움직임을 보이고 있었기에. 몹시 수상하다고 판단한 레스틴은 거리를 둔 채 조심스레 따라붙었다.

이윽고 이브린이 도착한 곳은 연회장에 들어갈 삼단 케이크 앞이었다. 그는 한 치의 표정 변화 없이 주변 고용인들을 물렸다.

'설마……'

지나가는 고용인들 사이로 몸을 숨긴 레스틴이 마른침을 삼켰다. 귀족들이 맛볼지도 모르는 연회 케이크에 삿된 짓이라도 벌이려는 걸까. 음산하게 일렁이는 이브린의 붉은 눈동자가 레스틴의 가설에 한층 무게를 실었다.

곧 품에서 무언가를 꺼낸 이브린이 손수건으로 그것을 뽀독뽀독 닦았다. 이어서 까치발을 든 그는 가장 꼭대기 층에 멋대로 그 물건을 얹었다.

'무엇을……?'

미심쩍게 살피던 레스틴은 기겁하며 입을 막았다. 새끼 토끼의 조형물이었다.

"이브린 경, 이게 도대체 뭐 하는 짓입니까?"

한순간이나마 이브린의 행동에 맥락이 있을 거라 판단한 스스로에게 분노가 치민 레스틴이 성큼성큼 다가갔다.

"오랜만입니다, 레스틴 경."

"태연하게 인사나 주고받을 상황은 아니라고 보는데요. 연회장에 들어갈 케이크에 이 무슨 짓입니까?"

"토끼를 얹었습니다."

천연덕스러운 대답에 한층 부아가 치민 레스틴이 조형물로 손을 뻗었다.

"그레이스가의 위신이 우스워질 거라고요."

"그럴 일은 없으니 걱정하지 않으셔도 됩니다. 발렌스 수장께서도 기뻐하실 테니."

"말도 안 되는 소리 하지 마십시오!"

"이런 식이니까 레스틴 경의 뒤로 겁쟁이란 오명이 따라붙는 겁니다."

"뭐, 뭐라고요?!"

강한 힘으로 그의 팔목을 잡아챈 이브린이 코앞으로 다가섰다. 반사적으로 움츠러든 레스틴은 뻗은 팔을 거두지도 못한 채 얼어붙었다.

"같은 보좌관으로서 조언 하나 드리자면……."

입을 여닫는 그를 마주한 이브린은 조용한 음성으로 말했다.

"이미 그레이스가는 토끼님의 호령하에 있으니, 그분의 총애를 등에 업어야만 합니다."

"무, 무슨 헛소리를……!"

"어제부로 토끼님의 시중을 드는 메이미란 시녀가 시녀장 바로 아래 지위로 고속 승진이 됐습니다. 발렌스 수장의 특별 지시 아래에."

이번만은 반박하지 못한 레스틴이 눈을 크게 떴다. 시녀장 바로 아랫자리라면, 가주의 전속 시녀와 동일한 권력을 부릴 수 있었다.

"뿐만 아닌 아힌 님께서는 이미 토끼님의 발차기에 죽는시늉도 마다치 않는 상태이십니다."

"……."

"릴리언 님께선 아직 저항을 표하시지만, 제 판단으로는 토끼님의 심도 있는 앞발짓에 함락될 날도 머지않았습니다."

바야흐로 앞발의 시대였다. 파르르 입술을 떠는 레스틴의 반응을 확인한 이브린이 악마처럼 속삭였다.

"이번 동맹 건에서 성과를 얻으면 레스틴 경도 1급 보좌관으로 올라설 수 있을 거라고 생각하는데요."

그렇다면 새끼 토끼를 동맹 회의에 참석시켜야 하나. 고급 건초와 토끼가 앉을 크기의 의자와 서류를 준비하고…….

치밀하게 계산하던 레스틴이 아차 정신을 차리며 이브린의 손을 쳐 냈다. 토끼 영업도 아니고 이게 뭔가. 더 이상 감언이설에 넘어갈 그가 아니었다.

"제발, 만날 때마다 말도 안 되는 소리 좀 하지 마십시오!"

"기회를 마다하시니 아쉽군요. 그러는 레스틴 경은 연회장 뒤편에는 무슨 일이십니까?"

"……!"

그제야 소정의 목적을 상기한 레스틴이 주변을 두리번거렸다.

"이럴 게 아니라, 혹시 룬 님을 못 보셨습니까?"

"저기 계십니다만."

"예? 그럴 리가 없는……?"

황급히 고개를 돌린 그의 시야로 저벅저벅, 걸어가는 거대한 수사자가 보였다. 동공에 지진을 일으킨 레스틴은 기계적으로 고개를 바로 했다. 모른 척하고 싶었다.

"다, 당최 아까부터 룬 님이 보이질 않아서……."

"룬 님, 그간 무탈하셨습니까."

이브린의 외침에 컹, 수사자가 앞발을 들어 화답했다. 설렁설렁 걸어가는 뒷모습을 바라보던 레스틴은 저 맛 간 사자를 어떻게 뜯어말리나 걱정부터 앞섰다. 룬이 본모습으로 돌아간 이유가 짐작이 가면서도 절대 인정하고 싶지 않았다.

침통한 그의 심정과는 반대로, 연회장에서 아름다운 선율이 울려 퍼지기 시작했다.

🌿

"과로입니다. 방어 본능에 따라 본모습으로 돌아갔을 뿐이니, 시간이 지나면 자연스레 사람의 모습으로 돌아올 겁니다."

여우의 진료를 마친 의관이 묵례 후에 자리를 비켰다. 쓰러질 수준의 과로가 아니면 본모습으로 돌아가지 않을 텐데. 그런 몸 상태로 연회에 참석하러 온 게 신기하다고 생각한 내가 입술을 축였다.

그사이 깨어난 여우는 마치 사람 같은 표정으로 나를 응시했다. 서적에서나 보던 티베트 여우 같기도 하고.

벽에 붙어 선 나는 차마 맞대응하지 못한 채 곁눈질로 흘끔거렸다. 여우는 설치류를 즐겨 먹기에 토끼에게 있어선 실질적인 천적과도 다름없었다.

청결을 위해 의무실 밖에서 기다려야만 하는 애쉬가 문을 긁는 소음이 들렸다. 자리를 피하는 게 최선이 아닐까. 뺨이 벽에 찰싹 붙을 때까지 눈길을 주고받던 내가 조심스레 입을 뗐다.

"무사하시니 다행이에요. 그럼 저희는 이만……."

슬그머니 메이미의 옷자락을 당기던 내가 멈칫 굳었다. 우아하게 자리를 털고 앉은 여우가 앞발을 살랑살랑 움직인 탓이었다. 왜 부르시는데요……. 울고 싶은 심정이 된 나는 이미 흘리고 있던 눈물을 검지로 훔쳤다.

여우는 고아한 발짓으로 의무실 침대를 두드렸다.

'앉으라는 말인가?'

메이미가 말없이 신경만 잔뜩 곤두세우는 걸 보아, 여우 영토에서도 높은 귀족임이 분명했다.

주춤주춤 눈치를 살핀 내가 슬며시 침대에 엉덩이를 붙였다. 그때였다. 여우의 몸이 화사한 빛을 발하며 사람의 형체를 갖추기 시작한 것은.

'세상에……!'

안 돼! 기겁한 나는 의무실 이불을 끌어당겨 여우에게 덮어씌웠다.

빛이 점점 사그라지는 동시에 주홍색 머리카락이 나풀거리며 흩날렸다. 얼떨결에 여우를 덮치는 자세가 되어 버린 내가 눈을 깜박였다.

"-이렇게 필사적으로 가려 줄 필요는 없는데."

얇은 이불로 인해 겨우 나신을 모면한 여우가 고혹적으로 눈매를 휘었다. 예상대로 여우는 내가 인간으로 변하는 것을 인지하는 계기가 된, 아힌에게 성적 페로몬을 흩뿌렸던 여우 수인이었다.

"도와줘서 고맙구나. 부군이 많다 보니 늘 피로가 쌓여서 가끔씩 겪는 일이거든."

"……?"

한 번에 말뜻을 이해하지 못한 내가 아리송하게 미간을 찌푸렸다.

'……아.'

곧 의미를 이해하고 얼굴을 붉게 물들이는 순간, 그녀가 이불 밖으로 가느다란 팔을 꺼냈다. 고운 손이 흘러내린 내 하얀 머리카락을 부드럽게 문질렀다.

"예뻐라. 혹 저번에 본 그레이스 경의 새끼 토끼인가. 이상하네, 다 자란 성인이 새끼 토끼일 수는 없을 텐데."

귀를 녹일 듯한 나긋나긋한 목소리가 울려 퍼졌다.

"겁먹은 얼굴이 꽤나 마음에 들어. 조금 더 펑펑 우는 모습을 보고 싶구나."

내 존재에 대한 변명을 생각할 겨를도 없이 여우의 입에서 기상천외한 말이 튀어나왔다.

'이 맹수도 미쳤나 봐.'

맹수들은 남녀 불문하고 유혹에 특화되어 있는 걸까. 분명 동성임을 인지하고 있으면서도 착실히 홀려가고 있었다.

"이리 가까이서 초식계 수인은 처음 보는데, 하나 저택에 들여

볼까.”

정신이 몽롱해져 가던 나는 이내 그녀가 은근히 성적 페로몬을 흘리고 있음을 깨달았다. 다행히 눈을 부릅뜸으로써 떨쳐 낼 수 있는 수준이었다.

‘그래도 위험해.’

설마 여우 일족은 성별을 가리지 않는다든가. 여전히 여우의 얼굴 옆으로 팔을 지탱한 상태인 내가 도르르 눈을 굴렸다. 조심스레 몸을 일으키려 하기 무섭게, 그녀의 손이 하얀 머리카락을 지나 망토 리본을 끌어 내렸다.

“안쓰러워라, 목을 다치기라도 한 거니?”

“아, 이건…….”

드러난 목에 붙어 있을 반창고를 상기한 나는 얼굴을 발갛게 물들였다. 떠듬떠듬 변명을 생각하고 있자니 스르륵, 망토가 흘러내림과 동시에 차가운 손이 목덜미를 매만졌다. 등허리에 오싹 소름이 돋아난 내가 떨쳐 내려 할 때.

“하나 묻고 싶은데.”

여우는 나만이 들릴 만한 목소리로 속삭였다.

“열꽃 흉터가 있건만, 어떻게 성수가 아닌 새끼 토끼의 모습이지?”

열꽃 흉터는 분명히 인간화를 거친 이들에게나 나타나는 현상인데. 몽롱하던 정신이 또렷해지다 못해 망치로 머리를 얻어맞은 느낌이었다. 황급히 목뒤를 더듬자, 여태껏 느낄 수 없었던 묘한 굴곡이 느껴졌다.

“응, 왜 그럴까?”

여우의 감미로운 음성은 부연 안개 속을 걷는 듯한 막막함을 가져왔다.

간신히 그녀의 위에서 일어난 나는 의무실에 딸린 욕실로 들어섰다. 쾅, 문을 닫은 후 거울을 마주하자, 낮빛이 창백하게 질린 여자가 보였다. 더듬더듬 머리를 한쪽으로 넘긴 나는 몸을 비스듬히 틀며 목뒤를 살폈다.

'진짜잖아.'

비록 뚜렷하진 않지만 희미한 꽃잎을 확인할 수 있었다. 지난번에 앞발로 아힌의 목을 파헤쳤을 때, 그의 열꽃 흉터는 이것과 달리 뚜렷한 홈이 파여 있었는데.

떨리는 손으로 그 부위를 쓸던 나는 입술을 사리물었다. 아직 수인열을 치른 기억도 없으니, 혹시 인간화에 가까워졌다는 징조일까. 늘 상식을 벗어나는 몸이었기에 이런 현상이 나타난다 해도 이상할 건 없었다.

'왜 인간으로 변하지 않는 게야.'

인간화. 평생을 바라 온 것이 이루어질지도 모른다고 생각하자 놀람보다는 얼떨떨함이 앞섰다.

'인간화가 불가능한 수인이라니, 불쌍하기도 하지.'

쿵.

'그럼 이성을 가진 짐승과 다름없단 말이 아닌가? 징그럽기 짝이 없군.'

쿵.

심장이 뜀박질이라도 한 양 세차게 박동했다. 토끼로 살아온 나날이 파노라마처럼 눈앞을 스쳐 지나갔다.

"토끼님."

바깥에서 메이미의 걱정 어린 부름이 들렸다. 거울에서 시선을 떼지 못하고 있던 나는 그제야 먼 기억 속에서 현실로 돌아왔다. 황급히 머리카락을 정리하여 목뒤를 가린 내가 조심스레 문을 열고 나섰다.

"이만 가자, 메이미."

여우랑 오래 시간을 끌어 봤자 좋을 게 없으니. 태연하려 노력했지만 목소리 끝이 살짝 떨렸다. 그새 침대에 걸터앉은 여우는 이불로 나신을 아슬아슬하게 가린 채 입매를 끌어 올렸다.

"이렇게 두고 가려는 거니?"

"네?"

"또 쓰러질지도 모르는 나를?"

저 요망하기 짝이 없는 맹수. 말 한 마디, 손짓 한 번이 뭇 토끼의 발목을 붙들고 있었다.

"부……!"

부담스러운 성적 페로몬 좀 집어넣으란, 따끔한 충고를 던지겠노라 결심한 내가 위협적으로 인상을 썼다.

"부디 몸조리 잘하세요……."

다짐과 달리 목소리는 한없이 기어들어 갔다. 그러자 여우의 입가에 자리한 미소가 더욱 짙어졌다.

"어쩐다, 보내고 싶지 않은데. 그레이스 경보다 네가 더 탐나는구나, 맛있는 냄새도 나고."

맹수들은 욕심이 그득하다더니. 부군이 다섯이나 있으면서도 욕심은 끝이 없었다.

나는 슬며시 메이미의 뒤에서 몸을 반만 내밀어 여우를 바라봤다. 일족 특유의 주홍빛 눈동자는 빨려 들어갈 만큼 고고했고, 굽이굽이 물결치는 머리칼이 시선을 사로잡았다.

뒤늦게 계속 속을 불편하게 만들었던 모난 감정의 정체를 짐작할 수 있었다. 저 아름다운 여우가 자꾸만 아힌을 탐내는 게 싫었다. 불안하고, 이유 없이 얄밉고, 불필요할 만큼 잘생긴 아힌의 얼굴이 원망스러웠다.

나도 모르게 메이미의 옷자락을 꽉 말아 쥔 내가 으르렁거렸다.

"……내 거야."

"그레이스 경이?"

막상 입 밖으로 내뱉고 나니 한없이 부끄러워진 나는 메이미의 등에 이마를 푹 묻었다.

"귀여워라."

여우가 소리 내어 웃음을 터뜨렸다. 그 여유로운 반응에 한 마디 더 강력하게 주장하려던 내가 휙 뒤를 돌아봤다. 크르릉– 의무실 밖에서 애쉬와 바라가 소란을 일으키고 있었다.

이유도 없이 저럴 애들이 아닌데. 속히 문고리를 잡으려는 찰나, 끼이익, 두 발로 선 수사자가 문을 열고 들어섰다.

'사자……?'

밀림의 왕께서 의무실에는 무슨 일로 방문하신 걸까. 혹시 꿈인가 싶어 눈을 비볐지만, 문고리를 붙든 사자는 여전히 나를 빤히 쳐다보고 있었다.

쓰러진 여우를 목격했을 때와는 비교도 할 수 없는 공포가 휘몰아친 내가 사자를 휙 밀쳤다.

"토끼님!"

그렇게 때아닌 추격전이 벌어졌다. 발바닥에 불이 날 속도로 달아

나는 내 뒤로 메이미와 두 흑표범, 한 마리의 사자가 따라붙었다.

'쫓아오지 마!'

나 좀 살려 줘……! 말을 할 수 있다는 사실조차 잊어버린 내가 눈으로 신호를 보냈지만, 우리의 저택 질주가 일상인 고용인들은 흐뭇하게 길을 비켜설 뿐이었다.

'유안, 도와……'

……줘. 스쳐 지나가면서 보게 된 유안의 파이팅이 꿈도 희망도 사라지게끔 만들었다.

\\|/

비비는 남자로서 다가서는 룬을 어렵고 당황스럽게 여겼다. 연무장에서도, 응접실에서도 시선 한 번 제대로 맞추지 않으려 할 만큼.

그래서 룬은 동물이면 그보다는 편하게 대하지 않을까 싶어 얄팍한 수를 썼지만, 비비는 흑표범 영토에서 지낸 것이 무색하리만치 여전히 맹수를 두려워했다.

결과적으로 난데없이 술래잡기에 임하게 된 룬이 전방을 바라봤다. 비비의 하얀 원피스 자락이 너풀너풀 흩날렸다. 오리처럼 뒤뚱거릴 때와 달리, 그녀는 달리기가 주특기인 사람처럼 온 저택을 뛰어다녔다.

사자가 룬임을 아는 비비가 몇 번이나 멈추기 위해 노력했으나, 얼굴을 보자마자 한 바가지라는 영문 모를 소리만 읊조리며 달린 것이 벌써 몇 번째 반복되고 있었다.

룬이 사람으로 돌아가야 하나 고민할 즈음, 비비는 실내 온실로 쏙 들어가 버렸다. 온실 입구에 멈춰 선 메이미는 룬을 향해 깊숙이 허리를 숙였다.

"의복을 가져다드릴 테니, 부디 사람으로 돌아와 주십시오."

그녀는 온실을 지키는 경비 기사들에게 눈짓한 후에 속히 자리를 떴다. 미쳐버린 흑표범들처럼 놀리려 한 의도가 아니었는데. 룬은 겸연쩍게 앞발로 갈기를 긁었다.

하는 수 없이 자리를 지키게 된 그는 문득 기척을 느끼곤 옆을 돌아봤다. 온실 유리 너머, 수그려 앉은 비비가 룬을 빤히 주시하고 있었다. 미친 듯이 달린 탓에 머리는 헝클어졌고 뺨은 붉게 달아오른 모양새였다.

겨우 용기를 쥐어짜 낸 비비는 보라색 눈동자를 부릅떴다. 눈싸움이라도 하듯 눈꺼풀조차 깜박이지 않은 그녀가 뻐끔뻐끔 입을 움직였다.

'왜 따라와요.'

그 필사적인 노력이 우스워진 룬이 비식 바람 새는 웃음을 흘렸다.

'그냥요.'

그레이스가 아니면 볼 수 없으니까. 타박타박, 유리를 사이에 두고 비비를 마주하게 된 그가 앞발로 유리창을 짚었다. 바로 가까이에 있음에도 닿지 않았다.

아힌 그레이스가 부러우면서도 억울했다. 내가 다 처음일지도 모르는데. 처음 인간화 한 비비를 발견한 것도, 의상실에 간 것도. 드레스를 입은 모습을 본 것도, 빙글빙글 춤을 추는 장면을 본 것마저도.

그럼에도 이 유리창이 비비와 자신의 거리를 뜻하는 것 같아, 룬은 조금 눈물이 날 듯한 기분을 느꼈다. 저도 모르는 새 생각 이상으로 마음을 많이 준 모양이었다.

연회의 밤이 무르익었다. 저마다 모인 귀족들은 썩 보기 힘든 광경을 향해 연거푸 곁눈질했다.

　딱히 살가운 관계는 아닌 발렌스와 아힌, 릴리언도 모자라 마니언츠가 일족들이 함께 몰려 있다니. 처음 보는 신기한 조합이 아닐 수 없었다. 더군다나 그들의 눈은 오로지 한곳에 머물러 있었다. 즉, 따라서 옮겨진 귀족들의 시선이 케이크에 안착한 토끼 조형물에 머물렀다.

　한편, 그 독특한 무리의 중심에 선 아힌은 피곤에 전 상태였다. 지난밤에 단 한숨도 잘 수 없었기에.

　대륙에서 가장 엉큼한 토끼는 매 순간 그를 시련에 들게 만들었다. 무언가를 하더라도 최소한 발작이라는 목숨의 위기에서 벗어난 후여야 하는데. 비비는 그런 아힌의 심정도 모른 채, 경계선으로 그어 둔 베개를 야수 같은 얼굴로 간단히 처리해 버렸다.

　당장 목을 깨물 때도 위아래로 내려가고 싶은 충동을 웃음으로 때우며 얼마나 참았던가. 본인이 주인공인 연회에 전혀 집중할 수 없었던 아힌이 눈가를 짚었다.

　"아힌 님, 케이크가 마음에 들지 않으십니까?"

　심기가 불편해 보이는 아힌을 살피던 이브린이 물었다. 그제야 아힌의 시선이 케이크 맨 위층에 자리한 토끼 조형물에 머물렀다.

　"비비는 저렇게 온순하게 생기지 않았어."

　조금 더 눈초리가 사납고, 툭하면 앞발을 들이밀며 위협하는 한 마리의 짐승 같은 토끼였다.

박한 평가에 내심 침울해진 이브린은 희망을 버리지 않은 채 발렌스를 돌아봤다. 그녀 또한 썩 마뜩잖은 얼굴을 하고 있었다.

"너무 작아서 제대로 보이지도 않는군. 안 그런가요, 아버님?"

"……음."

차마 맞장구까지는 못 친 릴리언이 침음성을 흘렸다. 룬의 외조부, 에즈란은 케이크를 못마땅해하는 아힌과 발렌스, 릴리언을 차례로 훑었다. 보는 눈이 많은 탓에 역정까지는 내지 못한 그가 레스틴에게 속삭였다.

"근래 그레이스가에 전염병이라도 돈 게냐? 어찌 저리 하나같이 미쳐 버렸을꼬."

제가 하고 싶은 말이 그 말입니다, 입을 꾹 다문 레스틴은 연신 고개만 끄덕이며 동조했다.

"룬은 또 어딜 간 게지? 아까부터 보이질 않구먼."

"입장까지 함께 하셨는데, 인적이 드문 곳에서 쉬고 계시겠죠."

"예끼, 쓸모없는 녀석."

사실 입장은커녕 사자로 변한 룬을 찾지도 못했건만. 새파란 거짓말을 해버린 레스틴은 땀이 배어난 손을 옷자락에 비볐다. 담 작은 그로서는 역정 낼 에즈란을 고려하여 능청을 떨어야만 하는 일이 고역이 아닐 수 없었다.

"조형물이 토끼를 제대로 담아내지 못해 몹시 아쉽구나. 안 그런가요, 아버님?"

"……음."

그사이에도 그레이스 일족의 토론은 계속되고 있었다.

"아힌, 차라리 케이크 자체를 토끼 모양으로 했으면 좋았을 것을."

"이건 제가 명령한 게 아닌데."

"그럼 주방장이 자체적으로 제작한 거니?"

점점 여론이 불리해지는 것을 깨달은 이브린이 레스틴을 날카롭게 흘겼다.

"레스틴 경, 그러게 제가 조형물로는 부족할 거라고 말씀드리지 않았습니까."

의도치 않게 희생양이 된 레스틴이 어깨를 화들짝 떨었다.

"예? 아니, 예? 조형물은 이브린 경……."

"덮어씌우지 마십시오. 레스틴 경이 품에서 꺼내어 제게 보여 줬던 조형물이 아닙니까."

독박을 쓰게 된 레스틴은 아힌의 뒤편에 선 이브린을 향해 치를 떨었다. 곧 그는 그레이스 일족의 박한 시선이 제게 꽂힌 것을 느끼곤 주춤주춤 걸음을 물렸다.

"제, 제가 아니……."

연신 양손을 젓던 레스틴은 마침 도착한 아힌의 전속 시종, 유안으로 인해 구제됐다.

"실례합니다."

곰 영토에 서신을 전달하러 떠난 퀸 대신, 토끼의 행적 보고를 맡은 유안이 이브린에게 속삭였다.

"토끼님께서 한 시간 전쯤, 여우 일족의 아일라 님이 쓰러진 것을 우연히 발견했다고 합니다. 직전까지 그분과 의무실에 계셨고요. 메이미 님의 전달로는 아일라 님이 토끼님을 마음에 들어 하신 눈치라고 합니다."

뜻밖의 소식을 접한 이브린은 미세하게 미간을 일그러뜨렸다. 그의 드문 표정 변화로 인해 함께 있던 이들의 시선이 집중됐다. 호기심을 한 몸에 받은 이브린이 축약하여 전했다.

"토끼님이 여우와 바람이 났다고 합니다."

"뭣이? 또?"

가장 먼저 역정을 낸 사람은 릴리언이었다. 뚝, 아힌의 손에 있던 회중시계가 두 동강 나는 것을 목격한 유안은 이게 아닌데 싶은 마음이 들었다. 그러나 이브린이 아직 제 쪽으로 귀를 기울인 상태였기에, 역할을 다하기 위해 재차 속삭였다.

"현재는 사자로 변한 룬 님과 저택을 이곳저곳 뛰어다니고 계십니다. 이상입니다."

"다시 돌아가서 주시하도록."

"명…… 받들겠습니다."

눈치를 살핀 유안이 도망치듯 회장을 벗어났다. 꽁무니가 빠져라 사라지는 유안을 바라보던 이브린이 뒤돌았다. 얼음장처럼 차가워진 그레이스 일족의 시선과, 이게 다 무슨 소리냐는 에즈란과 레스틴의 시선이 그에게 꽂혀 있었다.

타오르는 듯한 관심에 헛기침을 한 이브린은 황급히 축약했다.

"현재는 도피 중이라고 합니다."

목을 조이는 타이를 느슨하게 푼 아힌이 물었다.

"여우랑?"

"아뇨, 도피는 사자입니다."

뚝, 아힌의 손에 있던 회중시계가 아예 생명을 다했다. 아힌의 회중시계가 바스러지는 동시에 릴리언의 애착 지팡이가 두 동강 났다. 이 영감이 회춘이라도 했나, 눈이 튀어나올 만큼 커진 에즈란이 지팡이와 릴리언을 번갈아 봤다.

"사자와 도피가 다 무슨 소린가. 설마 사자가 우리 룬은 아니겠지?"

"……토끼 일족은 일처다부제가 가능했던가?"

"갑자기 그런 건 왜 묻나?"

"답이나 하게."

"일단은 일처다부제와 일부다처제 전부 허용이 되는 걸로 알고 있네만."

간신히 관리하던 릴리언의 낯빛이 붉으락푸르락해졌다. 어쩐지 회의실 앞에서도 망토로 꽃단장까지 하고선 시종과 노닥거리더니. 끔찍하기 이를 데 없는 사실이었다.

지팡이를 휙 팽개친 그가 케이크의 토끼 조형물을 조심스레 집어 들었다.

"이 천하의 바람둥이 같으니라고!"

절망적인 그의 비명이 연회장 내로 쩌렁쩌렁 울려 퍼졌다. 물론 토끼 조형물에게선 아무런 대답도 돌아오지 않았다.

이브린의 혀끝에서 탄생한 천하의 바람둥이, 비비는 현재 온실 유리 너머를 응시하느라 바빴다.

한순간이나마 사자의 눈망울이 서글프게 보였다면 착각일까. 도망치느라 미처 생각지 못했는데, 룬이 본모습으로 돌아간 이유는 여우처럼 일신상에 문제가 생긴 걸지도 몰랐다.

거기까지 생각이 다다른 비비는 안 그래도 처진 눈꼬리를 내리며 입을 달싹였다.

'혹시 어디 아파요?'

걱정스럽게 묻는 비비를 마주한 룬은 가만히 그 표정을 눈에 담았다. 아프다고 하면 지금보다는 관심을 가져 줄지도. 욕심을 부려 볼까 싶었으나, 그는 배배 꼬인 아힌 그레이스처럼 요령 있게 거짓말을 할 만한 성격은 못 됐다. 더욱이······.

"······?"

룬의 가느다란 시선이 제 뒤에 머물렀음을 눈치챈 비비는 휙 고개를 돌렸다. 그와 동시에 뒤에 있던 애쉬와 바라는 서로에게 장난을 걸며 딴청을 부렸다.

다시 비비가 룬을 바라보자, 두 흑표범은 곧장 입을 떡 벌리며 날을 세웠다. 그가 허튼짓을 벌이면 당장이라도 달려들 기세였다. 고작 일개 흑표범들이.

그녀가 아끼는 흑표범들을 차마 함부로 건드릴 수도 없었던 룬이 한숨을 내쉬었다. 스스로가 생각해도 너무 물러 터졌지 않나.

'후계자 책정이 끝났으니, 앞으로도 너는 결코 누이보다 많은 것을 누릴 수 없다.'

'당신은 평소와 같이 게으르고 태만하게, 물 흘러가듯 살면 그만이야.'

만일 원하는 것을 얻는 법과 욕심부리는 법을 배웠다면, 비비를 만날 때마다 조금쯤은 다르게 행동할 수 있었을까.

'어디 아프냐고 묻잖아요.'

어느덧 이마를 바짝 붙인 비비가 유리창을 콩콩 두드렸다. 잔뜩 심각한 얼굴을 구경하던 룬은 옆으로 다가온 메이미의 기척을 느꼈다.

"……."

흑표범으로 변한 메이미는 묵묵히 의복이 든 보따리를 그에게 내밀었다. 씩씩 몰아쉬는 숨소리에서 단 일 분이라도 자리를 비울 수 없다는 의지가 엿보였다.

혹 자신이 이곳에서는 가장 큰 경계 대상인가. 나름 추측한 룬이 앞발을 쓱 움직여 보았다. 그러자 비비와 세 흑표범의 시선이 자연스레 따라붙었다.

애매한 표정이 된 룬은 파팟, 앞발로 공중에 별 모양을 그려 냈다. 현란한 발짓을 따라 그들의 고개가 미어캣처럼 빠르게 움직였다.

'나쁘지 않은데……?'

흑표범 영토에 있으니 저마저도 나사가 풀려 버린 걸까. 세상의 중심에 우뚝 선 듯한 기분이 된 룬은 콧수염을 움찔거렸다. 무엇보다 숨은 의미라도 있나 싶어 유심히 관찰하는 비비의 시선이 좋았다.

물끄러미 마주 보던 그의 눈길이 목 언저리에 자리한 반창고에 머물렀다. 이전에 아힌 그레이스가 송곳니 자국을 남겨 둔 부위였다.

'……짐승 같은 새끼.'

자고로 맹수계 수인이라면 저 자국을 모를 수가 없었다. 상급 맹수들만의 영역 표시. 하나 짐승이 아닌, 이성을 가진 수인은 백 년 기약을 맺은 이들조차 남기지 않는 흔적이었다. 그럼에도 저딴 표식을 새긴 아힌 그레이스는 이성이 없는 게 분명했다. 저게 얼마나 짙은 욕심이 묻어나는 행위인지 초식계 수인인 토끼는 알기나 할까. 곱씹을수록 분노가 차오른 룬은 이성이 흐릿하게 미어졌다.

'토끼의 매력도 모르는 주제에.'

'뒤늦게 토끼한테 빠져서 울지나 마.'

왜 하필 이런 때 토끼 인형을 휘두르며 매일같이 룬을 울리던 악동이 떠오르는지. 뿌드득, 이 갈리는 소리가 났다.

'간절하면 구애의 춤이라도 춰.'

살면서 처음으로 의욕이 태만을 넘어선 그가 번쩍 앞발을 들었다. 뒤이어 갈기와 엉덩이를 흔드는 기행이 시작됐다. 덩실덩실, 사자의 격정적인 발재간으로 인해 흙바람마저 일었다.

'아, 아픈 건 아닌 것 같은데.'

머리가 아픈가. 회전력에 감탄한 비비는 룬이 무엇을 전달하려는지 알아듣기 위해 애썼다. 몸짓을 알아듣지 못하는 것만큼 답답한 일이 없음을 누구보다 잘 알고 있으니까.

"여보게, 펠튼."

그 장면을 처음부터 끝까지 지켜보고 있던 온실 경비 기사, 밀레온이 펠튼의 어깨를 흔들었다.

"연회 때문에 극단 사자를 데려온 모양일세."

"……."

"펠튼, 답 좀 해 보게. 요즘은 극단 사자한테 춤도 가르치나?"

"……수인이겠지."

"도대체 어느 정신머리 나간 수인이 저런 망측한 짓을 한단 말인가?"

그러고도 룬이 사자 일족의 전통 춤을 과시하고, 토끼 수인과 세 마리의 흑표범이 고개를 움직이는 상황은 한참이나 계속되었다.

꽤나 오래 기묘한 몸짓만 보이던 룬은 메이미가 전해 준 옷가지를 물어 들고 사라졌다.

끝끝내 아무것도 해석하지 못한 나는 터덜터덜 실내 온실 깊숙이 들어섰다. 이곳이 본 목적지란 사실이 그나마 불행 중 다행이었다.

'시간이⋯⋯.'

조금 초조해진 내가 손목에 팔찌처럼 걸어 둔 회중시계를 확인했다. 탄생일이 끝나기까지는 약 두 시간 정도 남은 상태.

여러 종류의 꽃을 성기게 심어 둔 화단에 다다른 나는 작업을 위해 손을 털고 앉았다. 메이미와 애쉬, 바라는 화단을 망가뜨릴 우려가 있기에 약간 떨어져서 대기했다.

꽃을 모으던 내가 어색하게 메이미를 곁눈질했다. 그녀의 본모습은 어떨까 한 번쯤 생각은 했었는데.

'⋯⋯괜히 봤어.'

와중에도 직업 정신-지극히 메이미의 기준-을 잊지 않은 그녀는 단검을 넣어 두는 스트랩을 몸통에 두른 모습이었다.

"메이미, 사람 모습으로 안 돌아가?"

평소 과묵한 메이미는 흑표범이 되어서도 과묵했다. 굳건히 앉은 그녀를 외면한 내가 화단으로 시선을 돌렸다. 다시 돌아올지도 모르는 룬 때문이겠지. 사자 때문에 정신을 못 차리는 나로 인해 어쩔 수 없이 룬의 옷가지를 가져왔지만, 더 이상 자리를 뜨지 않을 셈인 모양이었다.

'나도 이럴 때가 아니지.'

두 시간이면 넉넉한 시간은 아니었다. 금세 꽃을 모으는 일에 집중한 나는 가끔 초연한 기색을 비치는 아힌을 떠올렸다.

아마 아버지와 같은 길을 걸을지도 모른다는 것에 대한 불안이 아닐까. 이상하게도 아힌은 내 앞에서 미래에 관한 주제를 화두로 올리지 않았으니. 그렇기에 탄생일만큼은 불안이 가실 수 있을 만한 말을 전하고 싶었다. 토끼일 때 못다 한 말을 하는 게 좋지 않나. 멍하니 허공을 올려다보던 나는 눈썹을 일그러뜨렸다.

'주워 줘서 고마워?'

아니야. 너무 노골적이고 이상한 말을 할 순 없었다. 섭식 욕구로 그득한 흑표범과 달리 토끼는 낭만과 절차를 지키는 일족이니까. 꽃다발을 내밀 때는 상대방에 대한 찬사가 먼저였다.

턱을 매만지던 나는 크나큰 장벽을 맞이했다. 아힌은 성정으로는 토끼털 한 올만큼도 칭찬할 거리가 없음을 깨달은 탓이었다.

'또라이가 칭찬이 될 순 없겠지.'

외에는 할 말이 없었다.

겉모습으로 방향을 튼 내가 그의 외양을 곱씹었다. 달과 잘 어울리는 은발 하며, 나른하면서도 또렷한 눈매와 붉은 입술까지. 고운 얼굴에 비해 맹수다운 두꺼운 몸은 덤이었다.

'……그냥 꽃과 함께 덮쳐 버릴까.'

꼴깍 마른침을 삼킨 나는 꽃향기를 맡으며 심신의 안정을 취했다. 토끼 중에 제일가는 변태라며, 결론은 변태왕이라던 이브린의 놀림을 실현시킬 순 없었다.

애초에 가장 중요한 대목은 따로 있지. 열꽃 모양을 보여 주며, 인간화에 가까워졌을지도 모른다고 말하면 아힌은 기뻐해 줄까. 목뒤의 얕은 굴곡을 되새기자 심장이 콩닥콩닥 뛰었다.

"미적 감각이 너무 엉망인데. 혹시 일부러 색을 다르게 고른 거예요?"

뒤편에서 들린 매정한 평가로 인해 내 몸이 뚝 굳었다. 사람으로 돌아온 룬의 목소리였다. 메이미는 앞발을 착 뻗어 으르렁대는 애쉬와 바라를 제지했다.

"꽃다발, 한 번도 만들어 본 적 없죠?"

메이미가 급한 대로 가져다준 백색 연미복을 입은 그가 맞은편에 주저앉았다.

내가 만들던 꽃다발에서 꽃 한 송이를 빼 간 룬이 초점 없는 눈을 깜박였다. 얼굴이 사자일 때와는 다른 의미로 위험했다.

"……룬, 본모습으로는 왜 돌아갔던 거예요?"

"가끔 그러고 싶은 날이 있어요."

연회 중에 와인을 많이 마셨나 봐.

'딱히 술 냄새는 안 나는데.'

담담히 끄덕인 나는 꽃을 모으는 일을 계속했다.

"술 취한 거 아닌데."

혹시 페로몬 능력이 독심술인가. 경계 어린 눈으로 노려보자, 슬쩍 웃은 룬이 이름 모를 보라색 꽃의 줄기를 엮기 시작했다.

"표정으로 말했잖아요, 너도 이상한 맹수냐고."

나름 관리했다고 생각했지만, 오늘도 내 인권은 보장되지 않았다. 반쯤 포기한 나는 능숙하게 줄기를 엮는 룬의 손을 내려다봤다.

"그런데 비비 생각대로 이상한 맹수 맞는 것 같아요. 사자 주제에 토끼를 좋아하는 거 보면."

"뭐?"

너무 갑작스럽잖아. 순간적으로 할 말을 잃은 나는 멍하니 룬의 얼굴로 시선을 올렸다. 꽃에 고정되어 있던 금안이 머뭇거리며 내게로 옮겨졌다. 겨우 나를 마주 본 룬은 더 이상 붉게 물든 얼굴을 감추지 않았다.

"이 말도 아힌 그레이스보다 제가 먼저 했죠?"

"……."

"대답이 없는 거 보니 맞나 봐요. 하긴, 그 성격에 멀쩡한 소리를 지껄일 리가 없지."

피식 웃은 그는 또 다른 하얀 꽃을 가져와서 줄기를 엮었다. 움직일 때마다 의복에 달린 금색 견장이 찰랑거리며 부딪혔다.

"다 내가 처음인데. 줍는 거 하나를 못 해서 비비의 시간을 가질 수가 없네요."

이유는 뭐고, 또 언제부터일까. 서로 많이 만난 적도 없으면서. 함부로 입술을 떼지 못한 나는 룬의 손에서 점점 형태를 갖춰 가는 꽃더미를 응시했다.

생각해 보면 룬도 알 수 있을 리가 없었다. 당장 나만 해도 온몸을 깨물어 대는 아힌에 대한 마음이 언제 이렇게나 커진 건지 모르니까.

여러 번 말을 삼킨 내가 어렵사리 입을 오물거렸다.

"저는 아힌을……."

"알아요. 굳이 확인시켜 주지 않아도. 그래서 홧김에 토끼를 사자 영토로 훔치려 했는데."

"훔……!"

"엉망인 꽃다발을 만드는 비비를 보고 생각이 바뀌었어요."

자꾸 엉망이라고 강조할 필요까진 없잖아. 조금 의기소침해진 나는 슬그머니 꽃다발을 등 뒤로 감췄다.

"그런 엉큼한 표정은 처음 봤거든요."

걷잡을 수 없이 의기소침해진 내가 고개를 푹 숙여 표정을 감췄다. 곧바로 룬의 손에서 완성된 보라색 꽃과 하얀색 꽃이 섞인 화관이 눈에 들어왔다.

"겨우 흑표범 영토에 자리 잡아 가는 비비의 삶을 망칠 순 없잖아요. 자, 이건 선물."

룬은 제가 만든 화관을 내 머리 위로 가볍게 씌웠다. 여전히 고개를 푹 숙인 상태인 나는 온갖 꽃이 뒤섞인 꽃다발을 응시했다.

지금 어떤 대답을 하더라도 그에겐 잔인할 것 같았다. 아힌에게 거절의 말을 듣는 상상만으로도 가슴이 따끔거리는데, 룬은 바늘에 여러 번 찔린 심정이지 않을까.

정적 속에 애쉬의 그르렁거리는 거친 숨소리만 울렸다.

"연회가 끝나자마자 사자 영토로 돌아가려고요."

그가 한참 만에 말문을 열었다.

"이 밤에요……?"

"외조부께서 토끼, 토끼 노래를 부르기 시작하셨거든요. 가십지에 대해서도 자꾸 추궁하시고. 성가신 일이 생기기 전에 떠나야죠."

그제야 나는 천천히 고개를 들었다. 붉은 기가 맴돌던 룬의 얼굴은 어느새 평소와 같은 태만한 낯빛으로 돌아와 있었다.

"……당분간 그레이스가에 올 일은 없을 거예요."

"설마 나 때문……."

섣불리 넘겨짚던 내가 꽃다발을 올려 입을 가렸다.

동맹에 관한 건이 끝나서일 수도 있잖아. 감정이 표정으로 드러나는 것 외에, 자만이라는 더 이상의 수치는 사양이었다.

"맞아요, 비비 때문인 거."

"……."

"딱 호감 이상의 감정에서 멈추려고요. 보고 싶은 걸 참을 수 있는 정도일 때."

커다란 덩치를 굽혀서 화관을 만든 탓에 몸이 뻐근했던지, 그는 기지개 켜듯 팔 근육을 풀었다.

"인생에 굴곡이 있는 건 별로 면역이 없거든요. 심심한 성격이죠?"

룬의 금안은 밤이 되어 조금 어둑한 실내 온실임에도 불구하고 또렷했다. 지금만큼은 심심해 보이지 않는 그를 마주한 내가 모른 척 입을 달싹였다.

"엄청 심심한 성격이네요."

"맞아도 예의상 아니라고 대답해 줘야죠, 진짜 못된 토끼네. 어, 미간에 힘 들어갔다."

못된 토끼라고 하니까 그렇지. 무심코 미간에 바득 힘줘 버린 나는 부드러운 표정을 지으려 애썼다. 웃기 위해 바들바들 경련하는 입가를 빤히 지켜보던 룬은 눈동자가 보이지 않게끔 미소 지었다. 엉망인 내 미소에 비해 의도라곤 없는 순한 웃음이었다.

"그래도 사자 영토에 와도 된다는 말은 여전히 유효하니까, 흑표범한테 질리면 넘어와요."

"그건……."

"대신 오고 나서는 못 나가요. 알았죠?"

사자 영토에 갈 일은 없을 거라고까지는 말할 수 없었다. 아마 룬도 그를 예상하고 자신의 말로 대화를 가득 채우는 것일 테니까.

나는 꽃다발에서 황금색 눈동자를 닮은 노란 꽃 한 송이를 내밀었다.

"……고마웠어요, 룬."

분명 룬이 없었다면 어려웠을 여러 순간이 존재했다. 말없이 받아
든 룬은 의복을 털며 몸을 일으켰다.

"사자 영토에서 화관 선물은 상대방의 행복을 비는 의미래요."

"⋯⋯."

"새끼 토끼의 몸으로도 흑표범 영토에서 살아남았잖아요. 비비라
면 꼭 인간화를 치를 수 있을 거예요."

갈게요, 짧게 인사한 룬이 온실 입구 쪽으로 걸음을 옮겼다. 그는
뒤돌아보지 않았다. 격식이라곤 없는 특유의 나태한 걸음걸이를 바
라보던 나는 꽃다발을 꽉 말아 쥐었다.

'이분, 인간화를 푼 수인이죠?'

'역시 그냥 토끼가 아니라 수인이었군.'

처음부터 끝까지 당연하게끔 나를 수인으로서 대해 주고.

'잠깐만요, 지금이 얼마나 기다려 온 엿 먹일 기횐데.'

'화 많이 났어요? 마음대로 데려와서 미안해요.'

가끔은 누가 맹수 아니랄까 봐 짓궂었지만.

'도와줄게요.'

'갈 곳이 없는 거라면 제가 빼내 줄 수 있어요.'

결국은 조건 없이 손을 내밀어 줬던 사람이었다.

바구니에 넣어져서 가족과 헤어지게 되었을 때와는 다른 시큰한
감정이 가슴을 울렸다. 친구였다면 이렇게 인사말 하나 없이 헤어
지지 않아도 됐을 텐데. 난생처음 사람으로서 경험해 보는 작별이
었다.

꿈보다 더한 현실

16

꿈보다 더한 현실

실내 온실을 지키는 경비 기사, 펠튼과 밀레온은 오늘 유독 고난을 겪는 중이었다. 히히힝, 성질 나쁜 제인이 감히 누굴 쳐다보냐는 듯 두 사람을 향해 콧김을 내뿜었다.

조금 전에 춤추는 사자를 보았건만, 이번에는 저택 내에서 흑마(黑馬)를 타고 다니는 차기 가주라니.

비단 문제는 그뿐만이 아니었다. 아힌은 당장 누군가를 썰어버릴 기세로 검을 빼든 상태였으니까. 검은 연미복을 입은 차림새와는 전혀 어울리지 않는 살벌함이었다.

'수신(獸神)이시여.'

서로 부둥켜안고 싶은 충동을 누른 펠튼과 밀레온이 거수경례를 취했다.

"차, 차기 가주를 뵙습니다!"

켕기는 게 있어 보이는 두 기사를 대면한 아힌은 이를 짓씹었다.

여전히 비비는 숨바꼭질의 명수였다.

주시를 맡겼던 유안마저 비비를 찾지 못해 헤맬뿐더러, 동에 번쩍 서에 번쩍 온갖 곳에 나타나는 괴도와도 다름없었다.

실내 온실 방향으로 달려갔다는 주방장의 증언을 얻어 달려온 참인데. 온실을 곁눈질하는 기사들의 어색한 반응이 아힌의 마지막 남은 이성을 바닥으로 떨어뜨렸다.

"비비는."

"온실 내에 계십니다."

"-혼자?"

"아니, 나랑."

두 기사의 답을 대신한 룬이 실내 온실에서 걸어 나왔다. 그의 귀에 꽂힌 노란 꽃을 발견한 아힌이 인상을 구겼다.

"빼, 눈이 썩을 것 같으니까."

"너무하네, 비비가 준 건데."

노골적인 도발에 아힌은 오히려 입매를 끌어 올렸다. 고요히 돌아 버린 것을 깨달은 기사들이 일 초에 일 센티씩 거리를 벌렸다. 기실 질투에 눈이 뒤집혔다 해도 과언이 아니었다.

"곧 죽을 사자에게 주는 저승길 선물이라고 생각해."

"오늘도 늦은 자가 할 말은 아니지 않나."

룬의 목에 잘 벼린 검 끝이 겨누어졌다.

"그럼 먼저 오는 새끼를 없애 버리면 되겠네. 그렇게 되면 늦을 일도 없겠지."

'늦지 않는 게 먼저겠죠.'

펠튼과 밀레온은 상식 밖의 사고를 가진 아힌으로 인해 골이 띵하게 당겨 왔다. 당장 한참 윗사람을 말려도 큰일이고, 그렇다고 내버려 두자니 영토 동맹이 무너질지도 모르는 일이었다.

"바람기를 어쩔 수 없으면 바람나는 대상을 없애면 될 일이고."

정작 두 기사의 고충 따윈 안중에도 없는 아힌이 낮게 말했다.

"엉덩이를 맞는 건 평생 나 하나로 충분해."

'제발, 체통을 지켜 주십시오!'

펠튼과 밀레온이 소리 없는 비명을 토해 냈다. 반면 룬은 이 세상의 것 같지 않은 화법이 딱히 놀랍지도 않았다.

"나보다는 안쪽이 더 급할 텐데."

그가 목에 겨누어진 칼등을 검지로 밀어냈다.

"그레이스 경은 비비가 나만 만났을 거라 생각하나 보지?"

일순 잔잔하던 아힌의 붉은 눈동자가 옅게 흔들렸다. 돌이켜 보니 제인을 타고 저택을 헤집는 동안 여우를 발견할 수 없었다. 비비만 관련되면 묘하게 둔해지는 그가 룬을 밀치고 입구로 다가섰다.

"아힌 그레이스."

"바빠."

"지난번 무도회 때 별다른 일 없었냐고 물었었지. 나는 없었다고 대답했고."

유리문을 열어젖히려던 아힌이 비스듬히 시선을 틀었다.

"그게 왜."

"실은 별다른 일 있었어. 그때 비비가 처음 사람……."

"아니, 별다른 일 없었던 게 맞아."

"무슨……."

"판잣집에서 나와 만난 게 처음이니까."

"……."

"사자 따위한테 넘길 처음은 아무것도 없어."

아힌은 더 들을 것도 없다는 듯 문을 박차고 실내 온실로 들어갔다.

'역시 이미 알고 있었나.'

그림자처럼 선 경비 기사들을 뒤로한 룬은 입가에 배어 나온 피를 엄지로 닦아 냈다. 처음 사람으로 변한 비비를 발견하지 못한 게 역린이 맞는 모양이었다. 문을 열기 직전에 룬에게 지배계 페로몬을 쏘아붙인 것을 보면. 만일 자신의 페로몬 능력이 방어계가 아니었다면 졸도했을지도 모르는 일이었다.

사랑을 할 때는 조금이나마 상식적으로 행동하지 않을까 싶었는데. 오히려 고삐가 풀린 꼴이라 생각한 룬이 기지개를 쭉 켰다.

"……하여간, 여전히 미친 새끼."

그래도 저 자기중심적인 흑표범의 배알을 뒤틀리게 만든 게 어딘가. 나중에 또 검을 들고 날뛰기 전에 그레이스저를 떠야겠다고 생각한 그가 발을 옮겼다.

걸음걸음마다 낯설면서도 설레었던 감정이 부서졌다. 무언가를 포기할 때 종종 느꼈던 익숙한 늪이지만 오늘따라 발이 한층 푹푹 꺼졌다. 후련하면서도 발걸음은 무거운 밤이었다.

온실 특유의 알싸한 풀 내음이 비비의 향을 찾기 어렵게 만들었다.

초입부터 뒤지기 시작한 아힌은 어느덧 온실 가장 깊숙한 곳까지 들어섰다. 곧 여우는커녕 홀로 우두커니 화단에 앉은 비비가 눈에 들어왔다. 뒤늦게 사자가 제게서 빠져나가려 수작을 부렸음을 깨달은 아힌이 낮게 욕을 지껄였다.

먼저 그를 발견한 메이미가 깊숙이 묵례했다. 흑표범의 깍듯한 묵례를 마주한 아힌은 상황을 유추하려 했지만 불가능했다.

나중으로 미룬 그가 눈짓하자, 의사를 눈치챈 메이미는 조용히 애쉬와 바라를 이끌었다. 그러나 의무실에 있을 때도 문을 긁더니, 오늘따라 유독 말을 듣지 않는 애쉬가 끙끙거리며 바닥에 엉덩이를 붙였다. 이따금씩 비비가 애정을 베푸는 자들에게 부리는 투기심 같기도 했다. 그렇게 판단한 메이미가 뒤에서 밀어 재촉한 후에야 애쉬는 망설이며 자리를 떴다.

그때까지도 넋을 놓은 비비는 멍하니 꽃다발을 응시하고 있었다. 아힌은 바로 부르지 않은 채 조심히 검을 집어넣었다.

기둥에 비스듬하게 기대어 선 그는 생각에 잠긴 비비를 기다렸다. 나름 선물을 준비해 보고자 이곳에 온 걸지도 모르는데, 낭만 토끼의 야심 찬 계획을 해칠 순 없는 노릇이었다.

느릿하게 옮겨진 시선이 화관과 꽃다발에 머물렀다. 온갖 꽃이 섞여 잡초 더미 같은 꽃다발과 대조적으로, 머리에 얹은 화관은 지나치게 솜씨가 좋았다.

'둘 중 하나는 사자 새끼의 작품이겠지.'

뭐가 되었든 퀸의 먹이로 주겠다고 결정한 그는 기둥에 툭 머리를 묻었다. 저택에만 박혀 있으면서 어떻게 쉴 새 없이 바람이 나는 걸까. 아힌은 비비가 제 눈에 가득 들어차는 것처럼 다른 이들도 그럴지도 모른다고 생각하니 짜증이 치밀었다.

토끼일 때는 쉽게 바스러질까 두려웠고, 사람일 때는 다른 이들의 시선에 들까 불안했다. 차라리 비비가 새끼 토끼만 한 사람이 되어,

주머니에 넣고 다니는 편이 낫겠다는 미친 생각까지 들었다. 그리고 아힌은 그 허상이 꽤 나쁘지 않았다.

비비를 어떻게 숨길지에 대한 계책을 세우던 그는 곧 보라색 눈동자가 저를 향하고 있음을 깨달았다.

두 사람밖에 없는 실내 온실로 적막이 내려앉았다. 옆으로 고개를 돌린 상태인 비비는 언제 왔는지 모를 아힌을 물끄러미 바라봤다. 드물게 무표정인 그녀를 대면한 아힌은 말없이 왼쪽 눈썹을 들었다. 그러자 비비가 장난치듯 따라서 왼쪽 눈썹을 살짝 꿈틀거렸다.

그게 아닌데. 엉터리라고 생각한 그가 미간을 찌푸렸다. 또 그녀는 따라 해 보겠답시고 이마에 글자가 생겨날 만큼 미간을 구겼다. 잔혹한 토끼일 때와 같은 생김새였다.

고작 표정 하나를 열정적으로 따라 하는 모습에 웃음이 새어 나온 아힌은 비식 입꼬리를 올렸다. 평소와 같은 삐딱한 웃음이 좋았던 비비도 눈매를 동그랗게 휘었다. 옅은 보라색 눈동자가 휘어진 눈꺼풀에 가려 완전히 사라졌다.

순간적으로 그 웃음에 정신이 쑥 빠지는 느낌을 받은 아힌은 목구멍까지 올라온 말을 삼켰다. 사랑이었다.

\\|/

화단에서 아힌과 마주 앉게 된 나는 무의식중에 무릎을 공손하게 꿇었다.

룬이 나선 후 아힌이 나타났을 때까지 시간차가 얼마 나지 않는데, 설마 마주친 걸까. 여러모로 술렁이는 마음을 다스리는 게 힘에 부쳤다. 코가 아릴 수준으로 주위를 가득 채운 꽃향기가 느껴지지 않을 정도였다.

'또 바람이랍시고 송곳니를 들이대는 건 아니겠지……?'

그렇다고 그와의 대화를 아힌에게 고스란히 전할 수는 없었다. 룬의 감정에 대한 최소한의 예의가 아닐까 싶었으니. 어차피 메이미가 죄다 들어 버렸기에 언젠가는 전달될 일일지도 모르지만. 불안에 잠식된 내가 발가락을 꼼지락거렸다. 은근슬쩍 아힌의 심기를 살폈으나, 유난히 헤실헤실 풀어진 미소만 보일 뿐이었다.

'룬과 마주친 건 아닌가 보네.'

그보다 이렇게 눈치 볼 필요까지야 있나. 인간화를 목전에 두고 들뜬 나를 아무도 막을 순 없었다.

눈을 홉뜨는 와중, 온실 입구 쪽에서 쿵쿵거리는 발소리가 울렸다. 분노를 일절 숨기지 않은 거친 걸음걸이였다.

"실내 온실에 있을 줄 알았다. 이곳이야말로 바람둥이들의 성지가 아니더냐. 새끼 토끼면서도 눈빛이 예사롭지 않다 싶더니, 그게 전부 불순한 바람기였어!"

"일단은 춤 솜씨부터 보통이 아니니까요."

"세상이 말세로군!"

할아버님과 발렌스 님의 목소리가 점점 가까워졌다.

"그래도 입구에 아힌의 흑마가 있는 걸 보아 먼저 찾아냈으니 괜찮겠지요."

"먼저 오면 무얼 해, 보아하니 토끼에게 쓴소리 하나 똑바로 못 할 것 같은데! 내 오늘 친히 그 바람둥이가 눈물을 쏙 뺄 정도로 그레이스가의 규율에 대해 알려……."

할아버님의 노기 어린 음성이 줄어들더니 완전히 멎었다. 화단에 마주 앉은 우리를 발견한 그의 동공이 육안으로 보일 만큼 흔들렸다.

"······어머나."

눈을 동그랗게 뜬 발렌스 님이 부채로 입가를 가렸다.

이내 은근한 미소를 띤 그녀가 할아버님의 어깨를 붙잡아 돌렸다.

"아버님, 시간이 늦었긴 해도 목공 장인을 만나러 가는 게 어떠신지요. 아끼던 지팡이를 못 쓰게 되셨으니."

"그, 그러자꾸나. 아니, 당최 어느 놈이 내 지팡이를 두 동강으로······!"

"아버님께서 그리 만드셨지요."

횡설수설하던 할아버님은 발렌스 님께 등을 떠밀려 멀어졌다.

두 사람의 기척이 사라질 때까지 멍하니 굳어 있던 내가 황급히 아힌을 돌아봤다. 어느덧 그의 얼굴에는 미소는커녕 싸늘한 무표정만이 자리했다.

"비비, 어머니 앞에서도 춤췄어?"

드러난 진실 앞에서 거짓말은 못 한 내가 시선을 휙 피했다.

"그렇게 춤이 쉬운 토끼일 줄은 몰랐는데."

차가운 눈으로 내려다보던 아힌이 냉담하게 읊조렸다.

"진짜 나빴다."

'참 나.'

내가 누구 때문에 발렌스 님 앞에서 격정적으로 꼬리를 흔들었는데. 이런 유난이 없다고 생각한 나는 꽃다발을 팽개치고픈 마음을 애써 눌렀다. 탄생일이다, 일 년에 한 번뿐인 탄생일이야. 세뇌하듯 되뇐 내가 열심히 만든 꽃다발을 내밀었다.

"탄생일 선물인가?"

풍성한 꽃다발을 받아 든 아힌은 화가 조금 가라앉은 듯 조곤조곤한 목소릴 냈다.

"……저번에 들꽃을 줬을 때 좋아했었잖아."

"나를 떠올리면서 만들었어?"

어떻게 그런 질문을 대놓고 한담. 막상 대답하자니 수줍음이 밀려들었다. 머뭇거리며 고개를 끄덕임에 따라 붉은 눈이 청량하게 휘어졌다.

"비비 눈에는 내 얼굴이 뒤죽박죽으로 보이나 봐."

버릇없는 맹수.

"다시 돌려줘."

"안 돼, 이제는 내 거니까."

아힌은 꽃다발을 뺏을 수 없게끔 높이 들어 올렸다. 흔들림에 따라 그의 어깨와 의복으로 꽃잎이 팔랑팔랑 떨어졌다. 한 폭의 그림 같은 장면이었다.

넋을 놓고 있던 나는 툭, 머리의 화관을 집으려는 아힌의 손을 빠르게 막았다.

"이, 이건 선물로 만든 게 아니야."

"사자가 만든 거잖아. 그걸 쓰고 내 탄생일을 축하할 셈은 아니겠지."

어쩜 이렇게 눈치가 백 단일까. 역시 입구에서 룬을 마주친 모양이었다.

'비비라면 꼭 인간화를 치를 수 있을 거예요.'

행복을 빌어 주는 의미임을 떠올린 나는 슬그머니 양손으로 아힌의 손을 봉했다. 내 손에 갇힌 제 손을 응시한 그가 느릿하게 입술을 열었다.

"이런 거에 넘어갈……."

쳐낼 것을 각오한 내가 손을 꽉 붙들었다. 일순 멈칫한 아힌은 이
내 낮은 한숨과 함께 손을 내렸다.

"……바람둥이한테 넘어가는 자들의 심정을 이제야 알겠군."

바람둥이란 오명은 조금 억울했지만, 아힌은 더 이상 화관을 빼앗
을 심산은 아닌 듯했다. 손바닥에 비해 보드라운 손등을 만지작거리
던 나는 전하고픈 말을 차근차근 곱씹었다.

'으음…….'

우려한 대로 아무것도 생각나지 않았다. 최근 아힌만 있으면 머릿
속이 새하얘지는 탓에, 앞서 계획을 세워도 무너지기 일쑤였다.

조심스레 움직인 눈길이 입술을 지나, 내게 고정되어 있는 적안에
머물렀다. 밤이라서 다소 어둡게 느껴지는 붉은색을 외면한 나는 가
슴팍으로 시선을 내렸다.

정적이 길어지자 아힌이 먼저 말문을 뗐다.

"벗을까?"

"네……. 네?"

"연미복을 보면서 음흉하게 콧김을 뿜기에."

"내가 언제!"

"흥흥거렸잖아."

엉큼하긴, 웃음을 흘린 아힌이 고개를 옅게 기울였다. 반쯤 뜨인
그의 눈이 내 목 언저리에 닿았다.

"목에 반창고를 붙였네."

"……내놓고 다닐 수는 없잖아."

"왜?"

이 맹수가 몰라서 물을 리는 없고. 울컥한 내가 콧잔등을 움찔거렸다. 흉터로 남은 송곳니 자국도 아니고, 피부가 붉게 물든 울혈을 어떻게 드러내놓고 다닌단 말인가.

"가릴 수 없게 뺨에 남겨 버릴까."

'미쳤어.'

뺨이 붉어 터진 상상을 해 버린 내가 기겁하며 아힌의 손을 털어 버렸다. 양손으로 뺨을 감싸 가리자, 그는 꽃다발로 스스로의 목을 가리켰다.

"그럼 나한테 남겨 줘."

아힌은 나른한 음성으로 내 안에 숨겨진 미약한 엉큼함을 부채질했다.

"탄생일인데."

탄생일이 다 뭐냐며, 됐다고 손사래 치는 겸손 따윈 그에게 존재하지 않았다. 흔들림을 읽은 아힌이 천생 순진해 보이는 미소를 입가에 걸었다.

"응?"

'세상에⋯⋯.'

요망하고 또 요망했다. 전형적인 수법에 넘어가지 않겠다고 다짐한 나는 시각적 자극을 피하기 위해 질끈 눈을 감았다. 그러자 바스락거리며 움직이는 아힌의 기척이 귀를 자극했다. 시야가 어두워진 대신 청각이 지나치게 살아난 게 문제라면 문제였다.

필시 예전처럼 옷 벗는 시늉을 해서 속여먹으려는 거겠지. 더 이상 그런 상투적인 수법에 넘어갈 이전의 내가 아니었다.

직접 확인해서 거짓을 증명하고자 한 나는 반짝 눈을 떴다. 동시에 시야가 아힌의 얼굴로 가득 들어찼다. 코앞에서 시선이 마주친 아힌이 방긋 웃었다.

"코를 깨물고 싶게 생겨서."

'이게 정말……!'

종일 사람을 물어 댈 생각밖에 안 하지. 부아가 치민 나는 박치기하듯 그를 밀쳐 버렸다. 방심하고 있던 아힌은 뒤로 넘어가며 꽃다발을 놓치고 말았다. 공중으로 떠오른 꽃다발이 넓게 퍼졌다.

후드득. 떠오른 꽃들이 화단에 흩어졌을 때는, 이미 내가 아힌을 화단으로 밀어뜨린 후였다.

"꽃다발이 망가졌잖……."

"입 다물어."

반항하는 그의 양어깨를 꾹 잡아 누른 나는 무서운 얼굴을 했다.

"아힌이 자꾸 놀리는 바람에 하고 싶은 말을 하나도 못 했으니까."

아힌은 눈을 조금 크게 뜨더니 곧 얌전히 입을 다물었다. 박력에 무너진 모양이었다.

겨우 방정맞은 맹수를 조용히 만든 나는 눈치 없이 뛰는 심장을 진정시키기 위해 힘썼다. 어떻게 얻은 제대로 된 발언권인데. 얼굴 대신 화단 위로 흐트러진 은발에 시선을 집중한 내가 아랫입술을 꾹 깨물었다. 전할 말이 많은 탓에 순서를 정하기가 어려웠다.

'열꽃 자국에 대해서?'

아니, 그보다는 가장 먼저 해야 하는 말을 못 했지 않나.

"……탄생일 축하해."

어렵사리 시선을 마주한 내가 쑥스럽게 웃었다. 아힌은 억지로 입을 틀어 막히기라도 한 듯 아무 말이 없었다. 정적이 민망해지기 시작했을 즈음, 붉은 입술이 천천히 열렸다.

"고마워. 꽃다발이 망가지지 않았으면 더 좋았겠지만."

"또 만들어 줄게."

귓가가 터질 만큼 붉어졌을지도 몰라. 그런 걱정을 한 나는 두 번째 말을 위해 여러 번 입을 달싹였다.

걷잡을 수 없이 커다래진 마음을 어떻게 표현하면 좋을까. 매일 밤잠을 설치며 고민했지만, 항상 어떠한 답도 찾지 못한 채 수마에 빠져들고 말았다.

당연히 웃어 주겠지 생각하면서도 마음 한편이 흔들렸다. 부담스럽진 않을까. 혹시 나처럼 아힌도 일족이나 신분의 벽을 고려하고 있으면 어쩌나. 또 아직 새끼 토끼를 오가는 상태로 이런 마음을 전해도 되는지. 불확실한 확률에서 기인한 불안이 목구멍까지 차오른 말을 자꾸만 가로막았다.

"비비?"

망설임이 길어지자, 아힌은 의아했던지 나지막이 이름을 불렀다. 생각에 잠겨 있느라 흐려졌던 눈앞이 점차 그로 또렷하게 들어찼다.

'어차피 이름은 따로 있을 테니까.'

언제부터일까. 어쩌면 아힌이 처음 이름을 불러 줬을 때부터 경계가 속절없이 허물어졌을지도 모르겠다.

그의 어깨를 붙든 손끝이 하얗게 질렸다. 방금 전에 또 커져 버린 마음이 앞으로는 얼마만큼 크기를 불려 갈지 두려웠다.

말없이 몸을 숙인 나는 조심스레 아힌의 입술에 입을 맞췄다. 심장 소리가 바깥으로 들리진 않을지 걱정될 만큼 쿵쿵 뛰었다. 짧은 시간 후에 그의 어깨를 짚고 몸을 일으킨 내가 작게 중얼거렸다.

"앞으로는 바람 안 피울게."

여우의 페로몬에 홀릴 뻔한 건 사실이니까. 말을 삼킨 나는 뺨을 붉게 물들였다.

수초가 지났다. 그럼에도 얼빠진 얼굴을 한 아힌에게선 아무런 대답이 돌아오지 않았다. 눈 뜨고 기절한 사람 같기도 했다.

"아힌?"

입맞춤 하나에 정신이 빠질 맹수가 아닌데. 초조해진 내가 뺨을 착착 두드렸다. 덕분에 깜짝 정신이 든 아힌은 그제야 눈꺼풀을 깜박였다.

"비비……."

이내 잠긴 침음성을 흘린 그가 양손으로 얼굴을 가렸다.

"-비켜, 제발."

기묘한 반응을 마주한 나는 커다란 손아래로 숨은 아힌을 유심히 살폈다. 화단에 묻힌 귀 끝이 유독 불그스름했다.

'이건…….'

확신이 든 내가 눈썹을 모았다. 이 비비 님의 도발에 홀랑 넘어온 게 틀림없었다.

"아!"

조금 의기양양한 표정을 짓기 무섭게 손목이 휙 당겨졌다. 한순간에 아힌의 몸 위로 엎어진 내가 눈을 커다랗게 떴다. 눈가가 발간 아힌의 얼굴이 바로 앞이었다.

"너무 짧잖아."

"네……?"

의미를 이해하는 동시에 입술이 다시 겹쳐졌다. 허리와 뒷머리를 받친 아힌이 가볍게 몸을 굴려 위치를 바꿨다. 조금 전까지 그가 하고 있던 위치가 된 나는 반사적으로 팔뚝을 붙들었다.

"잠깐, 흡."

아힌은 밭은 숨을 내뱉을 겨를도 없게끔 점막 사이사이로 파고들었다. 손쉽게 다리 사이에 자리 잡은 그가 잠깐 입술을 떼어 냈다.

"또 기절하면 진짜 잡아먹을 줄 알아."

'자⋯⋯, 잡아먹⋯⋯.'

페로몬 연습을 통하여 강맹해진 비비에게 더 이상 알량한 협박 따위는 통하지 않았다.

픽, 비웃기라도 하듯 비비의 입꼬리가 올라갔다. 그러나 눈매는 당장이라도 달아날 요량으로 뾰족하게 치솟은 상태였다.

한편, 아힌은 두 개의 감정이 나타난 비비의 얼굴을 물끄러미 관찰했다. 매일 표정 관리에 실패하더니, 결국은 얼굴로 묘기도 부리나. 구경하던 아힌은 몸을 살짝 일으켜 그녀의 얼굴 옆으로 한쪽 팔을 지탱했다. 이어서 엄지로 비비의 윗입술을 들추자 송곳니라곤 없는 고른 치열이 드러났다.

'뭐야?'

난데없이 은밀한 부위를 들추다니. 아힌의 입술을 빼앗기만을 고대하고 있던 비비의 눈에 불길이 일었다. 그러든지 말든지 여전히 윗입술을 들춘 상태인 그가 소리 없이 웃었다.

"진짜 송곳니가 없네."

"……."

"겁도 많은 데다 기절이 취미고."

기절이 취미인 사람이 세상에 어디 있어. 언어로 두들겨 맞은 비비가 멀거니 눈꺼풀을 여닫았다.

"용감한 행동이라곤 고작 안간힘을 다해 싫어하는 거랑 위협하는 거잖아. 안 그래?"

적나라한 진실에 반박조차 못 한 그녀는 콧잔등만 움찔움찔 떨었다. 갑자기 뭐가 마음에 안 들어서 이렇게 모진 말을 해. 송곳니가 없다는 고독과 설움을 삼킨 비비가 이를 악물었다.

"그런 주제에 곰 영토를 가겠다고."

"데려가 주기로 약속했잖아."

"분명히 보류였을 텐데."

의미심장한 표정을 지은 아힌이 그녀의 윗입술을 은근히 문질렀다.

"비비, 실제로 곰을 본 적 있어?"

"아뇨……."

"곰 영토는 산맥에 곰을 풀어 두지. 약한 수인은 곰과 눈이 마주치는 순간 자결하는 편이 나아. 토끼의 죽은 시늉 따위가 통할 리도 없고."

꼴깍, 무시무시한 곰 발바닥을 떠올린 비비가 마른침을 삼켰다. 그냥 저택에 남아 무운을 빌겠다고 할까. 고개를 휙휙 저어 나약한 마음을 떨친 그녀가 비장하게 허풍을 떨었다.

"곰 따위는 한주먹거리야. 또 사막도 지날 수 있어."

"그래, 같이 가자."

"싫어."

"싫어?"

"아니, 잠깐, 뭐라고?"

"같이 가자고, 곰 영토."

"⋯⋯정말?"

아힌은 얼떨떨해하는 비비를 내려다보며 한쪽 입꼬리를 끌어 올렸다.

"자리를 비운 동안 시종을 덮칠지 누가 알아. 이브린이 바람은 한 번으로 끝나는 게 아니라더라."

"잘 생각했어. 내가 바람을 피울지도 모르니까 데려가는 게 맞지."

곰 영토에 함께 가게 된 비비는 빈정거림 따위야 뭐가 됐든 좋았다. 이미 머릿속으로는 원대한 계획이 들어차기 시작했다.

'햇볕이 뜨겁겠지?'

새끼 토끼의 몸으로 사막을 건너야 할지도 모르는 그녀가 현실적인 고민에 사로잡혔다. 애쉬가 사막까지 따라올 순 없을 테니 배낭 대신 물통을 메야 하나. 메이미에게 머리에 두를 천을 챙겨 달라고도 말해 두고.

"비비?"

존재감이 사라진 아힌이 못마땅하게 눈썹을 들었다. 비비는 지금이 어떤 상황인지도 잊은 채 들떠 하고 있었다.

"흑표범보다 곰이 더 좋나 봐."

'그럴 리가.'

그제야 곰에게 쏠렸던 비비의 관심이 몸 위에 올라탄 그에게로 돌아왔다.

"⋯⋯흑표범이 더 좋아."

귀를 기울여야 들릴 만큼의 음성이었다.

그녀는 살며시 아힌의 양 뺨을 잡아당겨 이마와 이마를 비볐다. 친애와 애정의 표시였다. 고작 그 정도로 뺨에 열이 오르는 비비를 바로 앞에서 바라본 아힌은 누군가 쥐어짜기라도 한 듯 심장이 옥죄어 왔다.

"……."

넘쳐흐르는 감정을 표현해 본 적이 없기에 어떤 말을 해야 할지 감이 잡히질 않았다.

온몸을 깨물고 싶은 난폭한 충동을 누른 아힌이 이마에 입을 맞췄다. 이마에서 내려간 입술이 눈꺼풀, 코, 뺨을 지났다.

언젠가 느꼈던 뭉근한 기분이 된 비비가 발끝을 움찔거렸다. 이내 빛을 등진 적안이 보얀 목에 머물렀다.

아힌은 계속 거슬렸던 반창고를 떼어 냈다. 방해물이 사라지며 엉망으로 물든 피부가 드러났다. 붉은 울혈을 만족스럽게 훑은 그가 그 위로 재차 흔적을 덧대었다. 비비가 간지러운 감각에 약간 몸을 비틀었다. 아힌의 커다란 손이 버둥거리는 허벅지를 가볍게 쓸었다.

"……너."

한참 목에 얼굴을 묻고 있던 아힌이 불쑥 몸을 일으켜 비비를 내려다봤다.

"성적 페로몬을 드러내는 건 어디서 배웠어."

억누른 듯한 낮은 저음이 튀어나왔다. 뒤늦게 자신이 무심코 페로몬을 흘렸음을 인지한 비비가 동공을 떨었다. 꽤 오래 여우의 성적 페로몬을 맡다 보니 자연스레 감을 익힌 모양이었다.

"아마…… 여우한테……?"

"전부 내가 아닌 다른 새끼한테 배워 오네."

"일부러 그려, 훗……."

말을 끝맺지 못한 입이 입술에 가로막혔다. 그마저도 마뜩잖은 아힌이 손으로 비비의 턱을 눌러 입을 더 벌렸다. 새끼 토끼로 돌아가지 못하게끔 지배계 페로몬이 호흡마다 전달됐다. 비비는 집어 삼켜질 듯한 깊숙함에 반사적으로 몸을 바르작거렸다.

성마른 짐승처럼 파고들던 아힌은 배회하는 그녀의 손을 잡아 자신의 목 언저리로 가져왔다. 그는 말랑한 손을 이용하여 타이를 풀기 시작했다.

아힌의 주도하에 여러 번 미끄러진 비비의 손이 이윽고 검은 타이를 완전히 풀어 내렸다. 거기서 멈추지 않은 손이 툭, 투둑, 목을 가린 셔츠 단추를 열었다.

아힌이 천천히 입술을 떼어 내자, 훤히 드러난 목이 비비의 시야로 들어왔다.

"나도 물어 줘."

숨을 할딱인 비비가 상처 하나 없는 매끈한 목을 응시했다. 미쳤나 봐. 유연한 맹수의 호흡을 따라가기도 힘든 와중에 송곳니도 없는 자신에게 목을 물라니.

낯빛이 하얘진 그녀가 진저리치자, 아힌은 비비의 손으로 제 목을 느릿하게 쓸었다. 손바닥이 스치는 부위가 터질 듯 뜨거웠다.

"네 거라는 표시를 남겨야지."

"……."

"난 비비 거잖아."

저를 준다는 사람이 이렇게 예쁜 눈웃음을 지을 일인가. 그런 생각을 하면서도 녹을 듯한 미소에 홀린 비비가 툭 불거진 목젖을 엄지로 쓸었다.

'맹수들은 소유욕이 강하대.'

'가끔 그 욕구가 지나치면 망가뜨려 버린다더라.'

비비는 문득 등허리를 쓸어 주며 살벌하게 말하던 아힌을 떠올렸다.

'넌 내가 주워 왔잖아.'

'그러니까 내 소유인 거지. 그렇지?'

감흥 없는 음성으로 저런 경고를 읊조렸던 아힌과 지금의 아힌을 누가 같은 사람이라고 생각할까. 그러면서 묘하게 우위를 잃지 않는 것이 맹수다우면서도 얄미웠다.

풀어진 눈으로 목을 바라보던 비비는 이내 그를 따라 묘려하게 웃었다.

"다음에."

"……?"

순간 제가 잘못 들은 게 아닌가 싶었던 아힌이 눈을 깜박였다. 엉큼한 눈망울을 미루어 거절할 리가 없는데.

"무슨 헛소리야."

"다음에 물래."

"다음이 언젠데?"

"……아힌이 말을 잘 들으면."

달아오른 뺨을 양손으로 가린 그녀가 큰 헛기침을 했다. 아힌은 제 밑에서 뒹굴 구르며 수줍어하는 비비를 멍하니 응시했다. 얼빠진 시선이 아직도 쓰고 있는 사자가 선물한 화관에 머물렀다.

아니꼬움 위로 애단 감정이 덧대어졌다. 길들여 달라 했더니 정말 복종이라도 시킬 요량인가. 허술한 토끼에게 오락가락하는 스스로를 깨달은 그가 헛웃음을 흘렸다.

"-발밑을 기면 물어 주나?"

'생각하는 방향 하곤.'

"아니면 뭔데. 말해 봐."

안달 난 마음을 숨긴 아힌이 여유롭게 말했다. 뱁새눈을 한 비비는 기다렸다는 듯 줄줄 나열하기 시작했다.

"다시는 접시에 올리지 마."

"그게 다야?"

"앞발이랑 귀를 무는 것도 금지고, 창가에서 당근을 흔드는 것도 짜증 나."

소박한 요구 사항에 결국 무너진 그가 비비의 하얀 머리카락을 집어 입술을 묻었다.

이걸 진짜 어떡하면 좋을까. 입에 넣어 굴리고 싶다는 표현마저도 부족했다. 이 시간이 영원하면 좋겠다고 생각하던 아힌은 일순 멈칫 몸을 굳혔다.

두근. 두근.

혈관이 확장되는 듯한 익숙한 감각이 전신을 덮쳐왔다. 최근 주기가 짧아지기 시작한 발작 현상의 전조였다.

\|/

주요 인물이 죄다 자리를 비운 그레이스가의 연회가 막을 내렸다. 바람난 토끼의 실체를 알리는 임무를 마친 이브린은 애쉬와 바라를 인도받아 침실로 돌아왔다.

저벅저벅, 나이트가운을 걸친 그가 침실을 가로질렀다. 지나가면서 마주친 거울 속 이브린은 오늘도 완벽한 미모를 자랑하고 있었다.

"좋은 밤입니다, 바라."

쿠션에 엎드린 바라는 토끼의 노예를 따라 시선을 옮겼다.

이브린은 책상에 앉아 일과의 마무리 중 하나인 일기장을 펼쳤다. 탄생일을 기점으로 아힌이 토끼의 아래로 완전히 전락했다. 그런 은밀한 내용을 작성한 그는 테라스로 고개를 돌렸다. 시선 끝, 유난히 신경이 곤두선 애쉬가 닫힌 테라스 문을 긁어 대고 있었다.

"애쉬 님, 왜 그러십니까?"

정중한 물음을 들은 바라가 콧방귀를 뀌었다. 토끼의 신임을 얻은 애쉬에게는 꼬박꼬박 애쉬 님이란 존칭을 사용하는 꼴이라니. 약육강식의 원리에 철저히 순응하는 박쥐 같은 인간이었다.

이윽고 테라스 쪽으로 걸어간 바라는 고집을 부리는 애쉬를 이끌었다. 토끼에게 가기 위해 종종 벌이곤 하는 일이라 놀라울 건 없었다. 그러나 애쉬는 자리를 지키며 연신 테라스 문을 향해 앞발을 휘둘렀다.

"애쉬 님."

일기장을 덮은 이브린이 애쉬의 곁에 수그려 앉았다.

"아직 저택에 남은 손님이 많아서 야간 산책은 안 됩니……, 윽!"

찰싹, 꼬리에 얼굴을 맞은 이브린이 신음을 흘렸다. 하지만 애쉬는 조금도 개의치 않는지, 당장 문을 열라는 듯 유리를 두드렸다.

"고집부리셔도 안 됩니다."

이브린의 말을 귓등으로도 안 들은 애쉬가 도리어 성질을 부렸다.

이상하게 불안했다. 오늘 토끼가 유난히 많은 맹수를 만나서일까. 그보다는 낮잠 중에 꾼 악몽 탓이 컸다.

원래 비비는 죽더라도 애쉬가 핥으면 금세 살아나서 왁 놀라게 만들곤 했다. 낮잠을 자다가도 몸을 치대면 부스스하게 일어나서 애쉬의 까만 털을 쓸어 줬다.

그런 비비가 꿈속에서는 일어나지 않았다. 피를 철철 흘리는 새끼 토끼를 열심히 핥았지만, 미동조차 하지 않는 속상한 꿈이었다.

깔짝깔짝, 흠집이 날 만큼 유리를 긁는 애쉬를 바라보던 이브린이 인상을 찌푸렸다. 애쉬의 눈 밑 털이 물기로 젖어 든 탓이었다.

마침 눈물을 발견한 바라는 경악하며 이브린을 쾅 밀쳤다. 문을 열어 달라잖아. 성질낸 바라가 테라스 문을 부숴 버릴 기세로 들이박기 시작했다.

'……이상하군.'

괜히 불길한 예감이 든 이브린이 가운을 털며 몸을 일으켰다. 동물은 수인보다 원초적인 본능이 훨씬 강하단 사실이 그의 뇌리를 스쳤다. 천재지변을 예측하고 도망가는 새와 쥐처럼.

"기다려 주십시오, 의복을 갖춘 후에 함께 갑시다."

그가 드레스 룸 쪽으로 뒤돌자, 도망간다고 여긴 애쉬와 바라가 크르릉- 가운을 물어 당겼다. 덕분에 쿵 넘어진 이브린이 가운을 여몄다.

"잠깐만요, 저는 벗겨지는 건 별로 좋아하지 않습니다."

그리고 이건 제가 아끼는 가운이니 부디 놓아주십시오. 필사적으로 발버둥 쳤지만, 두 흑표범의 송곳니에 뜯긴 가운은 넝마에 가까워져만 갔다.

실내 온실에서 침실로 돌아온 나는 옆에 선 아힌을 곁눈질했다. 그는 망가진 꽃다발의 잔해라도 챙기겠다는 일념하에, 야무지게 귀에 꽃 두 송이를 꽂아 둔 상태였다.

톡톡히 미친 걸 보아 평소와 다름없다는 말인데…… 그럼에도 자꾸만 출처 모를 위화감이 밀려들었다. 실내 온실에서 갑자기 끊긴 오묘한 분위기에 대한 아쉬움 때문일까.

몰래 살피던 나는 민망함에 시선을 내렸다. 서너 개 풀린 단추 사이로 언뜻 드러난 아힌의 상체 때문이었다.

'이……!'

사람으로 변한 나의 위험성을 간과해도 유분수지. 무방비함 하나로 나라를 뒤흔들 맹수였다.

얼굴에 오른 열을 겨우 삭인 나는 부르튼 입술을 매만졌다. 아힌이 도무지 입술을 가만 놔두지 않은 탓에, 열꽃 표식이 나타났다는 사실을 아직 말하지 못했는데. 어떻게 전하면 아힌의 저 여유로운 표정을 무너뜨릴 수 있을까. 계속 입이 근질거리는 탓에 절로 발꿈치가 들썩거렸다.

"비비, 어지러워."

그제야 그의 주위를 기웃거리며 돌고 있었음을 깨우친 내가 한 걸음 뒤로 물러났다. 역시 빙빙 돌리며 간을 보는 건 내게 맞지 않았다. 비장하게 열꽃 표식에 대해 전하려는 찰나, 아힌이 한발 먼저 입술을 열었다.

"집무실에 좀 다녀올게, 챙겨 둘 게 있어서."

"뭔데?"

"기밀 서류. 유안은 위치를 모르니까 직접 다녀와야 될 것 같아."

은근슬쩍 내 머리 위의 화관을 벗겨서 탁상에 둔 그가 등을 돌렸다.

"먼저 자고 있어."

자박자박, 침실 내로 두 개의 발소리가 울려 퍼졌다. 문 앞에서 멈춰 선 아힌은 뒤돌며 미간을 굳혔다.

"-왜 졸졸 따라와."

"같이 다녀오자."

"금방 돌아올 텐데?"

"이브린이랑 유안도 없는데, 복도를 걸을 때 심심할 거 아니야."

"쓸데없이 밤에 돌아다니다가 감기 걸려."

그렇다면야. 파박, 튕기듯 발을 박찬 나는 내 전용으로 변한 드레스 룸으로 들어갔다. 하얀 망토를 집은 후 아힌의 곁에 서기까진 삼십 초도 채 걸리지 않았다.

"이거 입으면 감기 안 걸려."

슬금슬금 접근한 내가 그의 옆으로 나란히 붙어 섰다. 품에 든 망토를 힐긋 확인한 아힌은 속이 훤히 보인다는 듯 삐딱한 웃음을 걸었다. 그럼에도 불구하고 나를 버리고 가려는 양, 매정하게 망토를 뺏어 버렸다.

"그냥 침실에 있으라니까."

"원래는 주머니에 넣어서 항상 데려갔잖아……."

떨어지기 싫어서 이러는 거 알면 모른 척 좀 해 주지. 도끼눈을 한 내가 뒤에서 아힌을 거칠게 끌어안았다.

"……안 놓으면 물어 버린다."

아힌은 모질게 말하면서도 허리를 두른 팔을 떨쳐내진 못했다. 앞쪽에서 나지막한 한숨 소리가 들렸다.

'같이 좀 가면 어디가 덧나?'

콧김을 뿜은 나는 널따란 등에 이마를 비볐다. 코를 박은 연미복에서 밤바람 냄새와 특유의 향료 냄새가 묻어났다. 아힌도 나만큼 긴장하고 있는 걸까. 쿵쿵 세차게 뛰는 그의 심장 소리가 들리는 듯했다.

"비비."

"……왜?"

"그냥."

싱겁기는. 얼굴에 열이 오른 나는 더 이상 꼼지락거리지 않고 조심스레 등에 뺨을 묻었다.

째깍, 째깍, 시계 초침 소리가 적막을 채웠다. 오늘은 하루가 참 길었던 것 같아. 그렇게 생각하니 몸이 노곤하게 풀어졌다. 아힌도 마찬가지인지, 평소보다 나른해진 목소리가 들려왔다.

"비비."

"왜?"

"아직도 흑표범이 무서워?"

"아니, 이제 안 무서워."

"토끼의 간을 걸고?"

"……어응."

긍정도 부정도 아닌 이상한 대답이 흘러나오고 말았다.

약간의 자괴감을 느끼고 있을 즈음, 아힌은 저를 두른 내 손 위에 제 손을 겹쳤다.

"무섭지 않다면 저를 침대로 던져 주세요."

'뭐, 뭘 던져?'

적응하려야 적응할 수가 없는 맹수 같으니라고. 당황한 탓에 손이 사시나무 떨듯 달달 경련했다. 그러면서도 머릿속으론 이 커다란 덩치를 어떻게 침대에 던져야 할지에 대한 방안을 찾느라 바빴다.

내가 조용해지자, 음흉한 속도 모르고 바람 새는 웃음을 터뜨린 아힌이 천천히 말문을 뗐다.

"그날은, 늑대 일족의 습격 때문에 어쩔 수 없이 경계의 숲으로 들어선 날이었어."

"그렇구나. 습격한 후에 침대로…… 아니, 아니, 갑자기 무슨 소리야?"

"침대 생각만 하고 있었나 봐?"

"하려던 말이나 계속해……!"

멋쩍어진 나는 괜히 이마로 아힌의 등을 쿵 박았다. 그리고 이마가 깨지는 듯한 충격을 받았다.

"……이브린이 날 버린 후에 저 혼자 마차를 타고 달아났거든. 덕분에 경계의 숲에서 마차가 돌아올 때까지 얼쩡거려야 했던 처지였지."

이브린은 어떻게 아직까지 목이 멀쩡할 수 있는 걸까. 그런 내 의문을 읽은 건지, 아힌은 "위급상황에서 주인을 내팽개치는 담대함이 마음에 들어."라며 끼리끼리임을 제 스스로 증명했다.

"어쨌든 꽤나 심기가 불편했는데, 마침 바구니를 옮기던 토끼 수인들이 주변을 지나더라고."

느릿한 음성과 익숙한 향이 신경을 자극했다.

"그냥 전부 호기심이었어. 바구니 속에서 울고 있던 새끼 토끼가 웃겼고, 살아 보겠다고 죽은 척을 하는 게 재밌었지. 묘하게 나쁘지 않아서 홧김에 주워 왔던 것 같아."

딱히 별 내용 없는, 옛날이야기를 듣는 듯한 기분이었다. 그럼에도 이상하게 메이는 목을 삼킨 내가 중얼거렸다.

"여전히 웃기다고 놀리면서."

"그게 싫으면 비비가 웃기게 생기지 말았어야지."

"……되바라진 맹수."

"짜릿한데. 더 해 봐."

토끼로 돌아가면 반드시 뒷발로 차 버리겠어. 속으로 저주를 퍼부은 내가 허리를 두른 팔을 풀기 위해 버둥거렸다. 그를 허용치 않은 아힌이 손등을 덮은 손에 힘을 가했다. 반강제로 뒤에서 끌어안는 것을 유지하게 된 내가 눈을 사납게 떴다.

"이거 놔!"

"바구니를 처음으로 발견한 게 나라서 다행이야."

"무슨……."

"내가 비비를 주울 수 있어서 다행이고."

기대하지도 않았던 말이 화살처럼 날아와 가슴에 쿡 박혔다. 예고도 없이 이러는 게 어디 있어. 의식의 흐름대로 사는 흑표범답다고 생각한 내가 입술을 꾹 깨물었다.

"다시 그때로 돌아가도 주워 주나?"

"입속에 넣어서라도 모셔와야지."

"진짜 싫어."

"그 말도 생각보다 설레는데."

낮게 웃은 아힌이 말을 이었다.

"아무튼 인간화에 대해 너무 조급하게 생각하지 마. 나는 네가 어떤 모습이더라도 괜찮으니까."

"새끼 토끼라도……?"

"응."

"사람이라도?"

"그래."

"……멋대로 왔다 갔다 해도?"

"어차피 지금도 비비 멋대로 그러고 있잖아."

불완전한 나를 전부 받아들여 줄 사람이 세상에 아힌 말고 또 있을까. 목이 멘 나는 단단한 등에 이마를 푹 묻었다.

"아힌."

어쩌면, 지금이 인간화의 징조에 대해 전달하기 가장 좋은 적기가 아닐까 싶었다.

"실은, 나 목뒤에-."

순간이었다. 대뜸 그의 팔에 확 밀쳐진 내가 뒷걸음질 쳤다. 중심을 잃고 휘청거리던 나는 카펫 위로 털썩 엉덩방아를 찧었다. 그러나 아파할 겨를도, 정신도 없었다.

분명히 방금 전, 닿아 있던 아힌의 몸에서 지배계 페로몬이 요동쳤지 않나.

'페로몬 발작.'

지체 없이 몸을 일으킨 내가 그를 향해 다가섰다.

"아힌!"

팍, 입을 막은 아힌이 팔을 잡으려는 내 손을 강하게 내쳤다. 일순 주춤거린 나는 아릿한 손등을 감싸 쥐었다.

"······오지 마."

거리를 벌리려는 듯 뒤로 물러나던 그가 쿨럭거리며 기침을 했다. 아힌의 입가와 손이 붉은 피로 물들었을 때, 쿵, 망치에 머리를 맞은 듯 사고가 마비됐다.

‖⁄

떠들썩한 연회가 끝난 밤은 오히려 다른 때에 비해 적막했다. 어쩌면 폭풍 전야의 고요 같기도 했다.

안개 짙은 쌀쌀한 밤. 간신히 셔츠와 바지만 갖춘 이브린은 추위를 느낄 겨를조차 없었다.

"제발 진정하십시오. 저는 문관이라 체력이 약합니다."

저택 정원을 두두두 활주하는 애쉬와 바라의 꼬리를 붙든 그가 애원조로 말했다. 그도 그럴 게, 이 둘이 향하고 있는 곳은 다름 아닌 아힌의 침실 테라스가 있는 방향이었으니. 거의 질질 끌려가다시피 했지만 꼬리를 놓칠 순 없었다.

"입구로 가서 아힌 님의 허가를 받아야만 합니다. 이런 식의 방문은 내일의 해를 보지 못하게 될지도 모릅니다."

진격 중인 애쉬와 바라에게 있어 이브린은 불필요한 떨거지에 불과했다.

버릴까?

그러자.

시선을 교환한 두 흑표범이 그를 궁지로 몰아넣었다.

"······두 분, 왜 저를 점점 구석으로 몹니까?"

이윽고 앞발과 꼬리를 이용한 일방적인 구타가 시작됐다. 팔로 머리를 방어한 이브린이.

"저는 아힌 님과 달리 당하는 걸 싫어합, 윽, 얼굴만은 안 됩니다."

열심히 주장했지만 통할 리가 없었다. 그의 윤기 나는 흑발이 산발로 변해 가는 와중 푸드덕, 깃털 하나가 하늘하늘 땅으로 떨어졌다.

"퀸 님!"

곰 영토에서 막 귀환한 퀸이 바로 옆의 교목에 걸쳐 앉았다.

"부디 이 두 분 좀 말려 주십시오."

'내가 왜?'

방관을 선택한 퀸은 삑삑거리며 기쁨의 노래를 불렀다. 하물며 지나가는 경비 기사들마저 못 본 체하며 걸음을 빨리할 뿐이었다.

"아무래도 이 둘이 아힌 님의 침실에 침입할 요량인가 봅니다. 주군의 심기가 불편해지면 보고를 드려야 하는 퀸 님의 입장에서도 좋을 건 없을 텐데요."

곧 있으면 의복까지 찢기게 생긴 이브린이 살살 구슬리자, 그제야 사뭇 심각해진 퀸이 노래를 멈췄다.

'그건 절대 안 되지.'

딸기 금지령이 풀린 지 얼마나 지났다고. 이브린에게 도움의 부리를 내밀지 고민하던 퀸은 문득 달갑지 않은 목소리를 떠올렸다.

'비비 말고, 나를 감시해.'

부리부리한 매의 눈이 유독 날뛰는 애쉬에게 닿았다. 망할 토끼 앞에서 재롱을 떨기도 바쁜 흑표범이 괜히 저럴 리가 없었다. 사뭇 표정을 굳힌 퀸이 쐐액- 날개를 펼쳐 높이 날아올랐다.

"……퀸 님?"

애쉬뿐만 아닌 퀸마저 묘한 반응이라니. 다리를 휘감는 불안감에, 하늘을 멍하니 바라보던 이브린은 결국 애쉬와 바라를 놓치고 말았다.

망토를 들고 설치는 비비를 뿌리치고서라도 침실을 나서야 했건만. 아힌은 발작까지 조금쯤은 시간이 남았을 거라고 판단한 과오를 후회했다.

급한 김에 욕실 중문을 열어젖힌 그는 도망치듯 들어와 문고리를 걸어 잠갔다. 쿨럭, 기침을 반복할 때마다 새빨간 피가 손바닥을 물들였다. 내부 상황이 비치지 않는 안쪽 문까지 가야 했지만, 다리에 힘이 풀려버린 그가 미끄러지듯 유리문에 기대어 앉았다. 목구멍이 피비린내로 그득했다.

'……각혈은 처음인데.'

가물거리는 그의 시야로 무거운 문을 열어젖히는 어린 날의 자신이 그려졌다.

'아버지……?'

아무도 사용하지 않는 방에 쓰러져 있던 이디스. 입에서 흘러내린 피가 번진 턱. 나가라고, 헐떡이며 어린 아힌을 뿌리치던 낯선 손길. 그가 토해 낸 피에 젖어 든 이디스의 아름다운 금발과 떨어뜨린 토끼 인형. 가닥가닥 끊긴 장면이지만 결코 바래지 않은 기억이 아힌의 손발을 차게 만들었다.

육안으로 보이는 피를 마주하자, 딱히 실감 나지 않던 죽음의 그림자가 선명하게 드리워졌다.

그럼에도 아힌은 무감각한 눈으로 손을 적신 피를 응시했다. 어차피 십 년이 넘는 시간 동안 반은 체념한 일. 죽음이니 뭐니 선명해져 봤자 크게 감흥이 없었다. 그저 이 혈관이 타들어 가는 듯한, 지긋지긋한 고통의 순간을 견뎌야 하는 게 짜증 날 뿐이었다.

　쾅, 일순 강하게 유리가 흔들리는 충격으로 인해 아힌의 몸도 함께 진동했다. 그가 옆으로 비스듬히 몸을 틀자, 주저앉은 채 유리문을 두드리는 비비가 보였다. 이미 누가 죽기라도 한 것처럼 하얀 얼굴이 눈물범벅이었다.

✻

　"……아힌, 열어 줘."

　쾅쾅, 비비는 연신 유리문을 두드리며 말했다. 토끼 영토에서도 지금과 비슷한 상황을 겪었지 않나. 아힌은 막연히 생각하며 간헐적인 숨을 몰아쉬었다.

　비비가 저를 볼 수 없는 곳으로 달아나고 싶었지만, 손가락 하나 까딱할 여력조차 남아 있지 않았다. 그를 증명하듯 땀에 젖은 은발이 이마로 가닥가닥 들러붙었다.

　"이거 열어, 열어 줘."

　비비는 엉엉 울며 하염없이 유리문만 두드렸다.

　"나 이제 흑표범 하나도 안 무서워. 아힌한테 물려도 괜찮으니까 내가 치료할래."

　그녀가 뱉은 앞뒤 없는 문장이 공중으로 흩어졌다. 소리 내어 우는 비비를 처음 보는 아힌은 멍하니 유리 너머를 바라봤다. 이디스가 발작을 일으킬 때마다 어딘가로 숨어든 심정이 새삼 이해가 갔다. 나약한 모습을 보이고 싶지 않아서가 아닌, 이런 장면을 보게 된 상대방이 받을 상처 때문에.

설핏 입꼬리를 올린 아힌은 무거운 눈꺼풀을 깜박였다. 와중에도 발갛게 달아오른 비비의 눈가와 뺨, 코끝이 마음에 들었다. 더 울어 보라며 부추길 수 없는 상태인 게 아쉬울 지경이었다.

'……괜찮다고 생각했는데.'

딱히 죽음이 두렵지 않았었는데, 지금은 왜 두려울까.

사실 이유는 정해져 있었다. 비비 앞에서 더욱 추한 꼴을 보일까 봐. 또 피를 본 비비가 자신을 꺼리진 않을지. 무엇보다 비비와 함께 할 수 있는 시간이 얼마 남지 않았을지도 모른단 불안이 그를 검은 구덩이로 이끌었다. 잠깐이라도, 아힌은 이 현실 속에서 도망치고 싶은 충동이 일었다.

미어지는 의식을 간신히 유지하던 그가 빠르게 입을 틀어막았다. 울컥, 솟구친 피가 손가락 사이로 새어 나왔다. 그 선명한 붉은색을 발견한 비비의 눈이 커다랗게 확장됐다. 창백한 안색의 아힌은 금방이라도 숨이 꼴딱 넘어갈 것만 같았다.

'내가, 내가 어떻게 하면……'

유리문을 짚은 그녀의 손이 파리하게 떨렸다. 어째서 그가 이토록 치유계 페로몬을 거부하는 건지 알 수 없었다. 치유계 페로몬을 전달한 후에, 물고 싶은 충동이 생길 시에는 달아나면 되잖아.

툭, 고개를 푹 숙인 비비가 주먹으로 바닥을 때렸다. 기실 이게 억지이자 안일한 생각임을 알고 있었다. 자신은 위험한 상황이 오더라도 결코 아힌을 두고 도망칠 수 없었다. 그를 예상한 아힌은 위험을 아예 배제하기 위해 숨어든 거겠지.

비비는 쉴 새 없이 차오른 눈물로 인해 아힌이 제대로 보이지 않았다. 손등으로 꾹꾹 눌러 닦아 봤자 금세 물기가 차올랐다. 아힌은 제가 모르는 곳에서 지금처럼 생사를 오갔을지도 모르는데. 인간화의 징조에 들떠 있던 스스로가 한심스러웠다. 또 지배계 페로몬을 물려준 이디스 님이 괜히 밉고, 아힌의 목숨을 위협하는 지배계 페로몬이 가장 미웠다.

쿵쿵, 비비는 주먹이 발갛게 달아오를 만큼 유리문을 내리쳤다. 물기 어린 보라색 눈동자가 매서운 빛을 띠었다.

"나오지 않으면 발렌스 님을 불러올 거야."

하찮은 협박을 들은 아힌이 엷게 웃었다. 자신을 이곳에 두고 자리를 뜰 용기도 없으면서. 예상대로 아힌에게서 시선을 떼는 것조차 못한 비비가 아흑, 눈물을 폭포수처럼 쏟아 냈다.

"뭘 잘했다고 웃어!"

모질게 외친 그녀는 문을 열 만한 도구를 찾기 위해 두리번거렸다. 유리를 깨는 게 최선이었으나, 그런 방식은 문에 기대어 있는 아힌이 다칠지도 몰랐다.

'자, 잠금장치를 열 만한 걸……'

덜컥덜컥, 문고리 부분을 잡아당겨 보던 비비는 입술을 피가 날 만큼 깨물었다. 어설프게 부쉈다가 아예 열지 못하게 되면 어떡하나. 욕심은 끝이 없는 거라더니, 사람이 되어서도 문고리 하나 부술 무력조차 없는 게 못내 서러웠다.

한편, 몸 상태가 평소와 다름을 느낀 아힌은 답답한 가슴께를 눌렀다. 각혈도 그렇고, 지금까지의 발작과는 양상이 달랐다. 용암 속에 빠진 양 온몸이 뜨거운 것도 모자라 순간순간 숨이 쉬어지지 않았다.

본모습으로라도 돌아가기 위해 페로몬을 운용하던 그는 주변이 묘하게 조용함을 깨달았다. 휙, 빠르게 고개를 튼 아힌의 시야로 쓰러진 비비가 들어왔다.

"……비비?"

축 늘어진 비비에게선 아무런 반응이 돌아오지 않았다.

일순 심장이 덜컥 내려앉은 그가 유리문을 짚었다. 지나치게 운다 싶더니 탈진이라도 한 건가. 둥글게 말린 등과 바닥에 흐트러진 하얀 머리카락이 그의 사고를 정지시켰다.

유리문에 기대었던 몸을 벽으로 튼 아힌이 급히 문고리로 손을 뻗었다. 쿨럭이며 목구멍을 타고 올라온 피를 닦아 낸 그가 잠금장치를 풀었다.

철컥, 끼이익. 굳건히 닫혀 있던 문이 열렸다. 가까스로 기절한 비비에게 다다른 아힌이 어깨를 잡아 돌렸다. 가지런히 감긴 속눈썹은 미동이 없었다.

"비."

……비. 채 이름을 부르기도 전에 그녀가 번쩍 눈을 뜨며 부활했다. 그가 당했다는 생각을 하기 무섭게 비비는 신속히 몸을 굴려 일어났다.

비비가 아힌을 밀어뜨리며 위에 올라타기까지는 채 몇 초도 걸리지 않았다. 선명한 보라색 눈동자는 흡사 수풀 속에서 먹이를 노리는 맹수를 연상시켰다.

미처 현실 직시를 못 하고 있던 그가 이내 뚝뚝 끊기는 음성으로 말했다.

"-비켜."

툭, 투둑, 아힌은 얼굴에 떨어지는 물로 인해 한쪽 눈을 찌푸렸다. 올려다본 비비는 제가 더 아픈 표정으로 닭똥 같은 눈물을 뚝뚝 흘렸다. 울음을 참느라 턱에 생겨난 호두 모양이 그의 시선을 사로잡았다.

"아힌."

이윽고 꾹 닫혀 있던 비비의 입술이 열렸다.

"……좋아해."

귀를 기울이지 않으면 듣지 못할 수준의 목소리. 그러나 똑똑히 들은 아힌이 눈을 크게 떴다.

"그러니까 발작이든 뭐든 나랑 거리 두려 하지 마. 그런 거 싫어."

흐렸던 붉은 눈이 선명해질 즈음, 그의 입술로 익숙한 온기가 닿았다. 벌어진 입 사이로 치유계 페로몬이 파도처럼 밀려들었다. 호흡을 주고받을 때마다 소용돌이치는 지배계 페로몬 위로 치유계 페로몬이 덧대어졌다.

치밀던 구토감이 수그러든 아힌은 불구덩이에서 차가운 호수로 풍덩 떨어진 해갈을 느꼈다.

희미해지는 이성을 근근이 붙든 그가 비비를 밀어내려 어깨를 붙잡았다. 탁, 그녀는 삽시간에 아힌의 손목을 잡아채어 바닥으로 내려찍었다. 그의 작은 저항을 응징하듯 한층 더 방대한 치유계 페로몬이 퍼져 나갔다.

죽어 가던 몸이 살아나는 듯한 감각. 아힌은 결국 속절없이 치유계 페로몬을 받아들일 수밖에 없었다. 황홀감. 갈망. 희열. 탐욕. 환희. 적나라한 욕구가 새빨간 눈동자에 떠올랐다.

그것을 바로 앞에서 마주한 비비는 그저 질끈 눈을 감았다.

'그때마다 나는 치유계 페로몬을 전달받는 게 아닌, 빨아들이는 듯한 감각을 느꼈어.'

'그리고 목을 뜯어 버리고 싶은 충동도 들었고.'

입술을 맞댄 시간이 길어질수록 아힌이 말한 게 무엇인지 대충 감이 왔다. 충만하던 몸속 치유계 페로몬이 점차 줄어드는 것이 느껴졌으니까. 지금의 기묘한 감각은 제가 페로몬을 전달하는 게 아닌, 그가 강제로 흡수하는 것에 가까웠다. 그럼에도 이 행위를 멈출 순 없었다. 직감적으로 아힌의 죽음이 목전에 다가온 걸 알 수 있었기에.

치유계 페로몬을 얼마나 밀어 넣었을까. 아힌의 손목을 붙든 비비의 팔이 후들후들 떨리기 시작했다.

'더 이상은……'

안 돼. 전달할 만한 치유계 페로몬이 남아 있지 않았다. 이 정도면 비비도 따로 체력을 비축하며 몸을 회복해야 할 지경이었다.

힘에 부친 비비가 조심스레 입술을 떼어 내며 몸을 살짝 일으켰다. 타액이 묻어 번들거리는 입술을 지난 시선이 아힌의 눈에 머물렀다.

"아힌……?"

감기기 직전인 붉은 눈은 초점이 없었다. 그러나 기절한 건 아니었다. 아힌의 커다란 손이 비비의 목덜미를 느른하게 쓸고 있었으니.

일순 오한이 든 비비는 쩍 굳은 상태로 움직일 수 없었다. 목을 지나는 손길은 간지러움은커녕 솜털이 쭈뼛 서게끔 만들었다. 언젠가 아힌을 상대할 때 느꼈던 초식계 수인의 원초적인 공포가 고개를 디밀었다.

'왜.'

왜 온몸이 달아나라는 신호를 보내는 걸까. 착실히 위험을 감지하고 있으면서도 얼어붙은 발이 움직이지 않았다.

말갛게 비비를 올려다보던 아힌이 미소 지었다. 마치 다른 사람 같기도 했다. 그의 입매가 부드럽게 호선을 그릴 때, 그녀는 이 공간만 시간이 멈춘 듯한 감각을 느꼈다.

째깍, 째깍. 초 단위로 아힌의 손이 움직였다.

목을 쓰다듬던 그가 느릿하게 비비를 당겼다. 콱, 날카로운 송곳니가 여린 목을 뚫는 건 한순간이었다.

"이브린 님, 무슨 일인지 여쭤도 되겠습니까?"

"차기 수장께서 크게 화내실 겁니다."

새벽이 되면 테라스 아래를 지키는 경비 기사 두 사람이 우는소리를 했다.

이브린은 그들의 손끝이 향한 곳으로 시선을 들었다. 침실 테라스에 도착한 애쉬와 바라, 퀸이 옹기종기 모여 아래를 빤히 내려다보고 있었다.

먼저 가면 뭐 하나. 뭉툭한 앞발과 날개뿐인 동물들이라 테라스 문을 열지도 못하는데. 고로 이브린을 향해 보내는 눈길은 얼른 올라와서 문이나 열라는 의미였다.

기가 찬 그는 허리에 손을 얹으며 퀸을 노려봤다. 사람으로 돌아가면 될 것을, 그게 귀찮으니 이브린을 수족으로 부려 먹으려는 못된 심보였다.

'제 필요성을 간과한 결과입니다.'

그가 가느다란 눈으로 흘기고만 있자, 그새를 참지 못한 퀸이 침 뱉는 시늉을 했다. 이 구역의 왈패나 다름없는 매였다. 나지막이 한숨 쉰 이브린은 결국 주머니에서 작은 분무기를 꺼내 들었다.

"잠깐 테라스까지만 침입하겠습니다."

"이브린 님, 갑자기 그게 무슨 말씀……."

"조금 괴로울지도 모르니 마음 단단히 하십시오."

"예……? 킥!"

칙.

"어어억!"

칙. 인중에 정체 모를 액체를 맞은 두 기사가 코를 틀어막으며 잔디를 굴렀다. 견디기 힘든 구린내가 미칠 듯이 코를 괴롭게 만들었다. 이브린이 혹시 몰라 챙겨 온 맹수 퇴치제였다.

방심했다지만 나름 단련한 맹수계 수인을 구린내 하나로 처리하다니. 효력이 상상 이상으로 대단하다고 생각한 그가 곧장 교목을 타기 시작했다.

"저는 여러분의 협박에 못 이긴 겁니다. 알겠습니까?"

겨우 테라스 난간에 다다른 그가 세 동물을 향해 재차 강조했다.

"아힌 님께서 책임을 물으시면 꼭 변호해 주셔야……."

으르렁- 포효를 내뱉은 애쉬가 유리를 탁 짚었다. 안 그래도 비비의 앙숙이라 달갑지 않았는데, 중요한 시점에 미적거리기까지 하니. 문을 열어 줄 수 있는 손만 없었다면 진즉에 없애 버리고도 남았을 것이었다.

문을 열라잖아. 애쉬의 앞잡이인 바라가 이브린의 다리를 주둥이로 툭툭 밀었다. 그도 모자라 날아든 퀸이 그의 까만 머리 위로 안착하며 재촉했다. 암막 커튼 때문에 보이지 않는 내부 상황이 불안을 더했다.

등쌀에 못 이긴 이브린은 눈물을 삼키며 테라스 문으로 손을 뻗었다.

"잠겨 있으면 돌아가는 겁니다."

어차피 새벽이 깊었으니 아힌이 문을 잠갔을 확률이 높았다.

"보시죠, 잠겨져…… 열려 있군요?"

손쉽게 열린 문틈 사이로 애쉬가 튕기듯 뛰어들었다. 제발 이 염려가 허상으로 끝나기를. 두터운 커튼을 막무가내로 밀던 애쉬는 코를 자극하는 피 냄새로 인해 뜀박질을 멈췄다.

스르륵, 걷어 낸 커튼이 까만 털을 스치고 지나갔다. 침실로 완전히 들어선 애쉬는 멀거니 전방만 응시했다. 욕실 입구에 쓰러진 아힌에게서 옮겨진 시선이 그 옆, 흥건한 피로 물든 채 널브러진 새끼 토끼에게 닿았다. 꿈보다 더한 현실이었다.

만연한 피비린내가 코를 들쑤셨다. 휘청거리며 걸음을 옮긴 애쉬는 새끼 토끼 앞에 털썩 주저앉았다. 꿈속에서처럼 깨어나라며 핥을 용기도 나지 않았다.

일어나.

툭, 앞발로 조심스럽게 토끼를 밀었으나 미동이 없었다.

일어나, 비비.

살짝 굴리자 죽은 듯이 눈을 감은 토끼의 얼굴이 드러났다.

이래 놓고 매번 벌떡 일어나서 놀라게 만들었으면서. 재미없는 장난 그만하고 나랑 놀자.

골골거리며 어리광을 부렸지만, 무서울 만큼의 적막만이 머물렀다.

제발 일어나. 내일은 오랜만에 시간을 내서 정원에 놀러 가기로 약속했잖아.

흔들리는 눈망울이 피가 뚝뚝 새는 목덜미의 상처에 머물렀다. 주먹만 한 새끼 토끼가 견디기엔 너무도 무참한 흔적이었다. 울컥 분노가 치민 애쉬가 옆에 쓰러진 아힌을 향해 고개를 돌렸다.

다 너 때문이야. 그렇게 강한 힘을 가진 주제에 토끼가 이렇게 될 때까지 뭐 했어.

"다들 오늘따라 왜 이렇게 막무가내입니까? 아힌 님, 이 저항을 들으셨다면 부디 저만은 용서해…… 아힌 님?"

퀸과 바라에게 떠밀려 침실에 들어서던 이브린이 뚝 말을 멈췄다. 그의 시야로도 애쉬가 마주했던 처참한 광경이 펼쳐졌다.

"애쉬 님, 멈추십시오!"

아차, 정신이 든 이브린이 아힌에게 달려드는 애쉬를 만류했다. 크르릉- 심각한 상황임을 인지한 바라가 발버둥 치는 애쉬를 가로막았다.

'이게 다 무슨…….'

몸을 굽힌 이브린은 의식이 없는 아힌과 비비의 코로 손을 가져갔다. 금방이라도 끊어질 듯 미약한 숨이 느껴졌다.

기절이란 전례 없는 모습을 보인 아힌도 문제였으나, 그보다는 비비의 출혈이 더욱 심각해 보였다. 아힌의 입가에 묻은 선혈. 그리고 목덜미에 상처를 입은 새끼 토끼. 번갈아 살피던 이브린의 붉은 눈동자가 세차게 떨렸다.

'설마…….'

전후 사정을 예측할 겨를도, 의관을 기다릴 시간도 없었다.

"퀸 님."

가늘게 경련하는 손을 숨긴 이브린이 다급히 퀸을 돌아봤다.

"……페로몬 발작일 가능성이 있으니, 가주님과 주치의를 이곳으로 불러오십시오. 저는 곧장 토끼님을 의무실로 옮기겠습니다."

이번만은 고분고분하게 고개를 끄덕인 퀸이 침실을 벗어났다.

토끼 전용 쿠션을 가져온 이브린은 조심스레 비비를 들어 그 위에 올렸다. 하얀 시트가 피로 붉게 젖어 들었다. 할딱이는 숨이 금방이라도 넘어갈 것 같았다.

무게감도 느껴지지 않는 쿠션을 안아 든 그가 빠르게 침실을 박차고 나섰다. 입구를 지키던 경비 기사들이 무어라 외쳤지만 들리지 않았다.

탁탁, 달리는 이브린의 뒤로 애쉬와 바라가 따라붙었다.

"토끼님, 곧 의무실입니다."

그러게 자신이 초반에 그러지 않았나. 연약한 새끼 토끼는 흑표범 영토에서 살아남기 힘들다고. 늦은 후회를 하는 도중에도 온 신경은 쿠션 속의 작은 생명체에게 쏠려 있었다.

"……제발, 견뎌 주십시오."

제발. 달리기를 가장 싫어하는 이브린은 유독 길게 느껴지는 복도를 달리고 또 달렸다.

이별

17

이별

쐐액– 밤하늘을 가로지른 퀸은 주치의에 이어 발렌스, 릴리언의 단잠을 깨웠다.

영문도 모른 채, 오밤중에 아힌의 침실로 불려온 발렌스는 어지러운 마음을 누르기 위해 애썼다. 자연스레 숄을 두른 손에 핏줄이 불거졌다.

그런 그녀의 노력이 무색하게도, 안절부절못한 릴리언이 연신 제자리를 돌았다.

"아버님."

발렌스가 나지막이 주의를 줬다. 불필요한 산만함은 주치의의 진료에 방해가 될지도 몰랐다.

우뚝, 아예 목석처럼 선 릴리언은 침대에 죽은 듯이 누운 아힌을 바라봤다. 안 그래도 아픈 손가락인 손주가 저러고 있으니 속이 까맣게 타들어만 갔다.

"후……."

긴 진료 끝에, 식은땀을 닦던 주치의는 흠칫 엉덩이를 들썩였다. 침대맡에서 이글거리는 눈으로 주시하는 퀸과 시선이 마주친 탓이었다.

애써 눈을 피한 그는 공손히 몸을 일으켰다. 퍽 긴장한 낯을 한 주치의는 우물쭈물 쉽사리 입을 떼지 못했다. 발렌스와 릴리언의 독촉 어린 눈길이 닿자, 그가 힘겹게 대화의 물꼬를 텄다.

"두 분께⋯⋯ 긴히 드릴 말씀이 있습니다."

"당장 말하라."

내심 초조했던 발렌스가 곧바로 발언을 허가했다. 한 차례 심호흡을 한 주치의가 깊숙이 고개를 조아렸다.

"기실, 아힌 님은 열다섯이 되었을 때부터 페로몬 발작을 앓고 계셨습니다."

"뭐, 뭣이? 다시 말해 보거라!"

채 흥분을 감추지 못한 릴리언이 꽥 소리 질렀다. 힉, 눈에 띄게 움츠러든 주치의는 기세에 밀려 입을 달싹였다.

"아힌 님은 처, 첫 번째 성인식 이후부터 발작을⋯⋯."

"네 이놈, 어째서 그런 중요한 사실을 이제야 말하는 게냐!"

"전부 말씀드릴 테니 부디 진정하십시오. 혈압이⋯⋯."

"지금 그깟 혈압이 문제가 아니다!"

마귀 같은 얼굴을 한 릴리언이 안 그래도 움츠러든 주치의를 몰아붙였다. 보다 못한 발렌스가 고아한 손짓으로 막아섰다.

"나를 막지 말게, 지금 저놈이⋯⋯!"

"아버님."

그녀가 낮은 음성을 내자, 유독 발렌스에게 약한 릴리언이 씨근거리며 화를 눌렀다.

"아힌의 전속 주치의잖습니까. 보나 마나 함구하지 않으면 목숨이나 신변의 위협, 또는 직장을 잃을 위기였겠죠."

"……세 가지 전부 포함됩니다."

주치의가 그간의 억울함을 나지막이 고발했다. 그럴 줄 알았다는 듯 끄덕인 발렌스는 가볍게 턱짓했다.

"당장은 벌하지 않을 터이니, 어서 말하거라."

"예, 예."

연신 고개를 조아린 그가 시선을 데굴 굴렸다.

"대부분의 수인은 페로몬이 혈관을 따라 고르게 분포되어 있습니다. 아힌 님도 발작 직전까지는 보통의 수인들과 같았으나, 발작 이후부터는 부분적으로 페로몬이 꽉 막힌 듯한 기현상을 보였습니다."

"나의 부군과 같았겠지."

"그래서, 얼른 결론부터……!"

"아버님."

성급하게 끼어들던 릴리언이 재차 발렌스의 타박을 얻었다. 실질적인 권력을 가진 그녀에게로 은근히 몸을 튼 주치의가 말을 이었다.

"발작 이후, 아힌 님께서는 종종 발작을 진정시킬 수 있는 페로몬 안정제를 받아 가시곤 했습니다. 그리고…… 그마저도 최근에는 발길이 뜸해지셨죠."

"……더 이상 안정제가 듣지 않는 지경에 이르렀다는 의미군."

눈을 아래로 내리뜬 발렌스가 작게 읊조렸다. 덩달아 낯빛이 어두워진 주치의는 살짝 고개를 끄덕였다.

"감히 아힌 님께 여쭙진 못했으나, 제 예상도 그렇습니다."

"……."

페로몬 안정제마저 듣지 않는다니. 이번에는 역정도 내지 못한 릴리언이 바닥에 털썩 주저앉았다. 또다. 또 이런 식으로 소중한 핏줄을 잃는 것인가. 카펫 위에 내려 둔 주름진 손등이 하얗게 질렸다.

'아버지, 아카데미 방학 기간 동안만이라도 꼭 그레이스저를 들러 주세요. 발렌스가 제 얼굴을 그리워할지도 모르니까요. 물론 아버지를 저와 비견할 수는 없겠지만.'

'어찌 졸졸 따라오면서 유언 같은 소리만 지껄이느냐? 뒤숭숭하게 하지 말고 썩 꺼지거라!'

'빡빡하시긴. 또 아힌에겐 차기 수장으로서의 자세를 강요하는 만큼, 가끔은 숨바꼭질도 하면서 놀아주고 그래요.'

'웃기지 마라. 자고로 한 영토의 수장이란 발렌스 수장처럼 고고한 멋이 있어야 하느니라!'

'그렇게 말씀하시는 분이 숨바꼭질을 하느라 식자재 창고에 다 갇히시고.'

'네 이놈!'

체통머리 없이. 눈시울이 붉어지는 것을 막지 못한 릴리언이 눈가를 짚었다. 주치의는 소리 없이 우는 그를 다소 난감한 눈길로 응시했다.

"저……, 아직……."

"더 할 말이 남았더냐? 삶의 기한이 얼마 남지 않았단 선고나 할 거면 필요 없느니라!"

결국 오열을 참지 못한 릴리언이 바닥을 내리쳤다. 그런 그를 숄로 가려 준 발렌스가 주치의에게 계속 말하라는 의미로 눈짓했다.

눈치를 살핀 주치의는 상황이 더 커지기 전에 황급히 말문을 뗐다.

"그러나 지금 아힌 님의 몸은 보통의 수인과 똑같은 양상을 보이고 계십니다."

"그게 무슨……."

"……뭐라?"

놀란 눈을 한 릴리언과 발렌스가 동시에 되물었다. 두 사람의 시선을 한 몸에 받은 그가 관자놀이의 식은땀을 훔쳤다.

"저, 저도 이 현상을 어떻게 설명해야 할지 모르겠습니다만……. 페로몬 발작과 관련된 징조들이 전부 사라졌으며, 당장은 그저 깊은 숙면에 빠진 상태일 뿐입니다."

"……."

"혹시나 해서 여러 번 확인했지만 틀림없습니다."

믿기 어려운 말을 들은 두 사람이 얼떨떨하게 눈을 깜박였다.

먼저 정신이 든 발렌스는 성급히 아힌의 팔목을 짚었다. 지배계 페로몬의 흐름이 안정적이라는 표현도 부족할 만큼 잔잔했다. 멍하니 아힌을 내려다보던 그녀가 한참 만에 입술을 열었다.

"그래서, 그대는 지금 페로몬 발작 증상이 사라졌다 주장하고 싶은 건가?"

"경과를 지켜봐야 알겠지만, 당장 말씀드릴 수 있는 가설은 그것밖에 없습니다."

"그럼 아힌의 얼굴에 묻은 피는 무엇이지? 각혈의 흔적은 아닌 게냐."

"그것은……."

갑작스레 불려 온 터라, 앞뒤 정황을 전혀 모르는 세 사람이 시선을 주고받았다.

잠깐의 정적이 머물렀다. 일순 비비의 부재를 상기한 발렌스가 입을 여닫는 찰나, 쾅, 기별도 없이 침실 문이 열렸다.

예를 올리는 것도 잊은 채 들어선 이브린이 가쁜 숨을 몰아쉬었다. 거의 본 적 없는 그의 급박한 모습에, 또다시 불안해진 발렌스와 릴리언이 인상을 찌푸렸다.

숨을 고른 이브린은 평온하게 누운 아힌과 우뚝 선 발렌스와 주치의, 그리고 레이스 숄을 머리에 쓴 릴리언을 번갈아 봤다. 차림새를 정돈할 새도 없었던 그가 거두절미하고 본론을 꺼냈다.

"잠깐 가 보셔야 할 것 같습니다."

☀

달칵, 의무실 문을 열고 나온 의관이 절레절레 고개를 저었다. 그 침통한 낯을 마주한 발렌스와 릴리언, 이브린이 숨을 삼켰다.

"……선반 아래에서 나오지를 않습니다."

간략히 전해 들은바, 비비는 당장 지혈을 하지 않으면 생명이 위급한 상황이었다. 그럼에도 선반 밑에 기어들어 가서 나올 기미를 보이지 않는다고. 의관은 물론이며, 이브린이 간청해도 마찬가지였다.

손을 뻗으면 더욱 깊숙이 숨어드는 탓에 이도 저도 못 하는 상황. 까만 눈에 스민 것은 분명한 공포심이었다.

"숨어서 나오지 않으려는 이유가 무엇이더냐?"

"일단은 심신이 불안정한 상태라, 본능이 이성을 지배한 모양입니다."

"하면 페로몬을 이용하여 의식을 잃게 한 후에 데리고 나오는 건 어떠한가."

뒷짐을 지고 이리저리 오가던 릴리언이 의견을 제시했다.

"새끼 토끼의 몸은 맹수와 다릅니다. 자칫 페로몬을 사용했다가 는……."

차마 최악의 결과를 입 밖으로 꺼내지 못한 의관이 연거푸 도리질 쳤다.

"마취제를 투여하는 게 가장 나은 방법인데, 도무지 나올 생각을 하지 않으시니……. 강제로 끌어내려다가 무리라도 하면 큰일입니다. 이대로라면……."

그 끝은 죽음이었다. 덜컥 겁이 난 릴리언은 속히 문고리를 붙들었다.

"스승과 제자의 연이 있는 내가 설득해 보겠다."

"아버님."

"절대 안 됩니다."

발렌스와 이브린이 각각 릴리언의 어깨를 잡아챘다. 강제로 그를 문에서 떨어뜨리자, 이번에는 복도를 서성이던 애쉬가 끙끙거리며 의무실 문을 짚었다.

"안타깝지만 지금은 너도 안 될 것 같구나."

그런 애쉬의 머리를 부드럽게 쓰다듬은 발렌스가 의관을 향해 손을 내밀었다.

"마취제를 다오. 그나마 이곳에서 그 아이의 호의를 얻은 맹수가 나니까. 그리고 이브린, 혹시 모르니 토끼가 우애를 다진 초식계 수인을 불러오너라. 마구간에서 근무한다고 알고 있는데."

"릴 님을 말씀하시는군요. 명 받들겠습니다."

의아해진 릴리언이 발렌스와 이브린 사이로 끼어들었다.

"그는 고릴라 수인이지 않더냐. 고릴라는 초식계가 아니다."

"릴 님은 고릴라 수인이 아닌 말 수인입니다."

"……?"

"본모습은 백마(白馬)죠."

충격의 도가니에 빠진 릴리언을 뒤로한 이브린이 창가에 선 퀸을 향해 의사를 전달했다.

그사이 마취제를 받아 든 발렌스가 의무실로 들어섰다. 숨죽인 발걸음이 의관이 언급한 선반 앞에서 멈췄다.

"아가, 거기 있니?"

발렌스는 살면서 처음으로 대리석 바닥에 몸을 엎드렸다. 개의치 않은 그녀가 바닥에 뺨을 대자, 어둠 속에서 웅크린 새끼 토끼가 시야로 들어왔다.

척 봐도 위독한 비비의 모습에 미간을 굳히던 발렌스가 의식적으로 표정을 풀었다. 조금이라도 위압적인 면모를 보였다간 시간만 지체될 뿐이었다.

"–아가."

마취제를 뒤로 감춘 그녀가 녹녹한 음성을 냈다. 색색거리며 거친 숨소리를 낸 비비는 엉덩이를 물리며 또다시 멀어졌다. 새끼 토끼가 움직인 길을 따라 핏자국이 뚝뚝 번졌다. 맹수에 대한 공포가 신체적 위기를 넘어선 상태였다.

"부디 나와 주면 안 되겠니? 더 이상 버티면 위험할지도 모른단다."

드물게 조급함을 감추지 못한 발렌스가 간절히 설득했다. 이미 시간이 지체될 대로 지체되었으니. 최악의 경우에는 페로몬으로 기절시켜야 하는 위험을 감수해야 할지도 몰랐다.

'페로몬 발작과 관련된 징조들이 전부 사라졌으며…….'

발렌스는 직감적으로 알 수 있었다. 주치의가 말한, 아힌의 상태가 차도를 보이는 것에 비비가 관련되어 있음을. 또 비비를 이런 상태로 만든 건 아힌이란 사실까지도.

어쩌면 발렌스는 비비가 아힌을 돕는 와중 위험해질 수도 있단 것을 어렴풋이 예상했을지도 모른다. 더욱이 거기서 그치기는커녕 오히려 도와 달라 부추겼지 않나.

"아가, 네게……."

이기심으로 인한 죄와 은혜를 어떻게 갚아야 할까. 그녀는 제가 할 수 있는 모든 것을 동원해서라도 보답하고 싶었다.

"네게 사죄하고 감사를 전할 기회를 다오."

간절함을 담아 손을 뻗었지만, 소스라친 비비는 어둠 속으로 깊이 깊이 숨어들었다. 그도 모자라 콜록, 콜록 피 섞인 기침을 반복했다.

"이런……!"

한층 짙어지는 피 냄새로 인해 발렌스의 손이 아스라이 떨렸다. 주먹만 한 새끼 토끼의 유약함이 온몸으로 실감 났다.

"어떤 원망이라도 들을 테니, 제발 이번 한 번만 내 손으로 와 주렴. 그러다가 정말 죽을지도 몰……."

"시, 실례합니다."

애원하던 발렌스는 뒤편의 기척을 향해 고개를 돌렸다. 퀸의 부름을 받자마자 잠옷 차림으로 정신없이 달려온 릴이었다. 달칵, 그에게 마취제를 넘긴 발렌스가 의무실을 나섰다.

복도에서 서성이던 릴리언과 이브린, 의관의 시선이 그녀에게 집중됐다.

"……나오지 않더군."

침음하며 고개를 젓는 발렌스의 말에, 옅은 희망이 사라진 그들의 어깨가 동시에 아래로 늘어졌다.

불안이 가슴을 옥죄는, 영겁과도 같은 몇 분이 흘렀다. 이윽고 내부에서 기척이 일며 쾅, 의무실 문이 급하게 열렸다.

"다행히 같은 초식계 수인이라 그런지 금세 경계를 푸셨습니다."

릴은 솥뚜껑만 한 손을 조심스럽게 내밀었다. 비비가 송곳니가 없는 릴을 보자마자 혼절해 버렸기에, 선반을 들어내고 겨우 꺼내 온 참이었다.

유독 작아 보이는 솜뭉치의 몸이 빠르게 오르내렸다. 그 위태로움에 애가 닳은 발렌스와 릴리언, 이브린이 눈으로 의관을 재촉했다.

"송구하나 수술을 집도하는 동안 세 분은 밖에 계셔야겠습니다. 자네는 날 돕게."

의관은 릴을 이끌어 빠르게 의무실로 들어갔다. 다시금 긴긴 기다림의 시간이었다.

탄생일 이후로 삼 일이 지난, 컴컴한 어둠이 내린 밤이었다. 창밖으로는 겨울이 코앞에 다가왔음을 알리는 세찬 빗줄기가 내렸다.

오랜 시간 감겨 있던 아힌의 눈꺼풀이 뜨였다. 침침한 눈을 몇 번 깜박이던 그는 문득 숨통이 조이는 감각을 느꼈다.

이내 묵직한 무언가가 목을 누르고 있음을 깨우친 아힌이 시선을 옆으로 돌렸다. 드르렁- 바로 곁, 제 목에 팔을 두른 채 잠든 릴리언이 보였다.

자칫 코가 닿을 수준의 거리감을 인지한 그가 고개를 바로 했다. 집게 손으로 팔을 치워 낸 아힌은 무거운 몸을 일으켜 앉았다. 이불이 흘러내리며 단단한 상반신이 드러났다.

'침실……?'

깨질 듯한 머리를 짚은 그가 너른 침실을 둘러봤다. 젖은 수건으로 아힌의 몸을 닦다가 침대에 엎드려 잠든 유안. 며칠 밤을 새우다가 결국 곯아떨어진 릴리언.

흐릿한 붉은 눈이 계속해서 무언가를 찾았다. 비비가 보이지 않았다. 그를 인지하자마자 기억의 파편들이 파도처럼 아힌을 덮쳐 왔다.

페로몬 발작. 각혈. 욕실. 비비.

발작을 일으킨 당시, 아힌은 욕실에서 나온 이후부터 제정신이 아니었다. 덮쳐든 비비로 인해 강제로 치유계 페로몬을 받아들이다가, 어느 순간을 기점으로 이성이 훌쩍 날아가지 않았나.

멍하니 손을 응시하던 아힌의 눈앞으로 여러 장면이 스쳐 지나갔다. 코를 마비시킬 듯한 비비의 단내에 홀렸고, 무방비하게 드러난 목에 시선이 머물렀다. 인지할 새도 없이 그곳에 이를 박는 건 한순간이었다. 흡수되는 치유계 페로몬에 포함된 마취 능력이 최소한의 이성마저 덮어 버렸다.

자욱한 피 냄새가 퍼져 나갈 즈음, 축 늘어진 비비의 몸이 방어 작용을 일으켰다. 화한 빛이 일며 아힌의 팔에 걸쳐진 무게감이 점점 줄어들었다.

하얀 털이 붉게 물든 새끼 토끼가 바닥으로 툭 떨어졌을 때, 비로소 뒤틀린 속을 회복한 아힌의 몸도 함께 무너졌다. 그리고 암전이었다.

아힌의 손끝이 파리하게 떨렸다. 아직 회복되지 않은 몸 상태와 달리, 몸속 지배계 페로몬은 태어난 이래 가장 안정적인 흐름을 보이고 있었다.

치유계 페로몬을 흡수해서일까. 초점 없던 적안에 핏발이 서며 그 위로 뚜렷한 두려움이 덧씌워졌다. 비명도 지르지 못한 채 제 품에서 스러져가던 작은 몸이 떠올랐다. 살려 달라고, 진짜 죽을 것 같다고 중얼거리던 목소리가. 머리카락을 젖어 들게 만들던 눈물이. 어깨를 두드리던 미미한 힘이.

툭, 투둑, 붉은 눈에서 떨어진 물방울이 아힌의 손등을 적셨다. 송곳니에 물린 초식동물이 살기 위해 발버둥 치던, 그 모든 감각이 아힌을 견딜 수 없게끔 만들었다.

그는 곧장 엎드린 유안을 향해 손을 뻗던 것을 멈췄다. 비비의 죽음이라는 끔찍한 가설이 사고를 어지럽혔다.

'아니.'

냉정하려고 노력한 아힌은 비틀거리며 침대에서 내려섰다. 그런 참상이 일어났다면 제아무리 밤이라도 저택이 이렇게 고요할 리가 없었다.

집히는 대로 흰 셔츠를 대충 걸친 그가 침실을 나섰다. 눈을 크게 뜬 경비 기사 두 사람이 곧 거수경례를 취했다. 아힌은 채 잠그지 못한 단추를 잠그며 작게 입술을 열었다.

"-비비는."

쩍 갈라진 저음이 흘러나왔다. 두 경비 기사가 조심스레 시선을 교환했다.

"수장님의 침실에서……"

휙, 마저 답을 듣지 않고 등 돌린 아힌이 층계참으로 걸어갔다. 보통 때라면 창문을 뛰어넘었겠지만, 당장은 걸음을 옮기는 것마저 힘에 겨운 상태였다.

발렌스의 침실로 가기 위한 지름길인 중문을 나서자, 떨어진 빗줄기가 아힌의 온몸을 젖어 들게 만들었다. 그는 피할 생각 없이 빗속에서 잠깐 멈춰 섰다. 붉어진 눈시울이 물기로 인해 가려져서 오히려 다행이었다.

비비에게 가는 길은 늘 저도 모르게 웃음이 나곤 했는데. 지금은 아무것도 보이지 않는 밤하늘처럼 어둡고 캄캄했다.

\\|/

발렌스는 비비의 치료를 위해 가장 쾌적한 자신의 침실을 내주었다. 그럼에도 비비는 맹수계 수인만 봤다 하면 경기를 일으키며 구석에 숨어들기 바빴다.

고로 침실을 자유로이 드나들 수 있는 자는 릴을 비롯하여, 급히 불러들인 초식계 수인 의관뿐이었다.

애쉬는 요 며칠 제대로 먹지도 않은 채 발렌스의 침실 앞만 지켰다. 날이 갈수록 몸은 수척해지고 신경은 예민하게 곤두섰다. 그러나 고열에 시달리며 정신을 차렸다 놓는 것을 반복하는 비비에 비하면 아무것도 아닌 고통이었다.

바라의 품에 기대어 쪽잠을 청하던 애쉬가 요요히 눈을 떴다. 샛노란 눈동자 위로 드러난 선명한 감정은 분노와 살의였다.

고개를 든 애쉬는 복도 한편에 선 메이미와 수그려 앉은 채 잠든 이브린을 번갈아 봤다.

이윽고 조용한 복도로 탁탁, 발소리가 울려 퍼졌다. 멀리서부터 들린 발소리가 가까워짐에 따라 애쉬가 몸을 바짝 낮췄다.

으르릉– 애쉬는 아힌이 나타나자마자 땅을 박차며 도약했다. 난데없이 짐승의 입질을 맞닥뜨린 그가 몸을 비스듬히 틀어 피했다. 덕분에 애꿎은 허공을 공격한 애쉬는 쿠당탕, 온몸으로 바닥을 쓸며 굴렀다. 착지할 의지도, 힘도 남아 있지 않은 탓이었다.

애쉬는 늘어진 그대로 가만히 눈을 깜박였다. 비비를 아프게 만든 아힌이 미웠다. 누워 있다가 그냥 죽어 버렸으면 좋았을걸. 하나 그러면 비비가 슬퍼할 걸 알기에, 하염없이 복도만 지켜야 하는 스스로의 처지가 속상하고 또 속상했다.

"아힌 님을 뵙습니다. ……무사하셔서 다행입니다."

깊숙이 묵례한 메이미는 숨죽여 우는 애쉬를 억지로 일으켰다. 내버려 두면 애쉬는 다시 아힌에게 달려들 게 뻔했으니. 자리를 피하는 것이 최선의 선택이었다.

그녀가 애쉬와 바라를 이끌고 나선 후, 고요해진 복도에는 빗소리만이 내려앉았다. 뚝, 뚝, 비에 젖은 아힌의 셔츠에서 떨어진 물방울이 바닥을 물들였다.

섣불리 발렌스의 침실로 들어가지 못한 그가 덜덜 떨리는 손을 감췄다. 내려 깐 시선이 웅크린 채 수마에 빠져든 이브린에게 머물렀다.

"……예쁜 얼굴이 푸석해졌군."

착, 이브린은 눈 감은 그대로 뺨을 짚었다. 과연. 며칠 밤을 새운 탓인지 매끄러운 피부 결이 다소 건조해져 있었다.

"너 말고 내 얼굴을 말한 거야."

"……."

"이제 와 자는 척해 봤자 소용없어."

씨름할 힘마저 없었던 아힌은 무너지듯 이브린의 옆에 주저앉았다. 치유계 페로몬을 가득 흡수했음에도, 발작으로 인해 입은 내상은 여전히 남은 탓이었다.

치유계 페로몬이 지배계 페로몬을 누르는 것에 역할을 다한 거라 추측한 아힌은 목으로 치미는 피를 억지로 삼켰다. 긴 다리를 쭉 뻗은 그가 벽에 몸을 늘어뜨렸다.

"–비비는."

"아힌 님께서는 물을 자격이 없으십니다."

반쯤 눈을 뜬 이브린이 아힌과 같은 삐딱한 자세로 앉았다. 그로서는 아니꼬운 심기를 최대치로 드러낸 불량한 태도와 자세였다.

"아힌 님의 침실을 지키지 못한 건 죄송합니다. 가끔 콱 사라졌으면 좋겠다고 일기에 쓰고 자도 여지없이 나타나시기에. 이번에도 그러실 것 같아서 토끼님의 침실을 지켰습니다."

"일기 내용을 말할 정도면 나한테 단단히 화가 났나 봐."

식은땀을 흘리는 아힌을 곁눈질한 이브린이 입을 달싹였다.

"……다행히 토끼님은 어제부로 위기를 넘기셨습니다. 다만 맹수계 수인을 극도로 기피하셔서, 그레이스저의 어떤 이도 저 문을 넘을 수 없습니다. 당장은 릴 님과 민간 의원에서 불러온 다람쥐 수인이 간호 중입니다."

"……."

"아힌 님께서도 허가 없이는 절대 들어가실 수 없습니다."

그는 유능하다 자부하는 만큼 아힌이 원하는 정보만 딱딱 뱉어 냈다. 그럼에도 비비의 목 상처에 대해서는 입에 올리지 않았다. 못 했다는 편이 맞았다.

'맹수계 수인을 극도로 기피한다, 라.'

아힌은 반쯤 뜬 눈을 깜박이며 이브린의 말을 뇌까렸다.

무거운 침묵이 지나갔다. 색색 간헐적인 숨을 몰아쉬는 아힌이 위태로워 보였던 이브린은 먼저 말문을 뗐다.

"눈가가 붉으십니다."

"너도 마찬가지잖아."

"울고 싶은 기분이라 그렇습니다."

"비비는 바람도 모자라서 이제 맹수들을 울리고 다니네."

너스레에 굳이 답하지 않은 이브린이 말을 돌렸다.

"……아직 아힌 님께서도 나으신 게 아니니, 침실로 모시겠."

"아무것도 묻지 않는군."

"정확히는 아무것도 묻지 못하는 거죠. 아힌 님께선 정작 중요한 것은 늘 말을 아끼지 않습니까."

"그래서 서운해?"

이브린은 팽하니 고개를 돌리며 아힌을 외면했다.

"그럴 수밖에요. 저는 제 몸과 마음을 아힌 님께 바쳤는데, 아힌 님은 저를 돌아봐 주지 않으시니."

"-꼭 그렇게 말을 거지같이 해야겠어?"

"예."

평소와 같은 말장난이었으나, 두 사람의 신경은 온통 비비가 있는 침실에 기울어 있었다. 각각 무거운 응어리를 가진 아힌과 이브린 사이로 다시금 침묵이 찾아들었다.

덜커덩, 그때 침실 문 쪽에서 다소 정제되지 않은 기척이 일었다. 이내 하얀 가운을 걸치고, 릴보다 큰 덩치를 가진 흉악한 남자가 걸어 나왔다. 침실에서 나온 남자는 초면의 수인이었다.

일어선 아힌은 가운이 제 모양을 유지하게끔 견디고 있는 위대한 단추를 바라봤다. 터지기 직전인 가운에서 올라간 시선이 우락부락한 얼굴에 머물렀다.

"……산적?"

"민간 의원에서 불러온 의관입니다."

이브린은 덤덤한 음성으로 아힌의 오해를 정정했다.

아힌이 상급 맹수임을 인지한 의관은 저도 모르게 열린 문 뒤로 몸을 반쯤 숨겼다. 다람쥐 일족 고유의 황동색 눈동자가 지진이 일듯 진동했다.

영토가 영토인 만큼, 단시간에 소나 양 등 완전한 초식계 수인 의관을 찾기란 하늘의 별 따기였다. 그런 실정 속, 임시방편으로 다람쥐 수인이라도 데려온 것 같은데…….

우직, 겁먹은 의관의 손에서 부수어진 문고리를 발견한 아힌의 눈 위로 불신이 서렸다.

"맹수계 아니야?"

"다람쥐 수인이라 말씀드렸지 않습니까."

이윽고 문 뒤에서 종종걸음으로 나온 의관은 비비의 상태에 대해

간략히 설명했다. 안정을 취한다는 전제하에 위독해지진 않을 것이며, 빠른 회복을 위해선 본모습으로 있는 편이 좋다고. 그는 사람으로 돌아가지 않는 비비가 퍽 의문스러웠지만, 과도한 호기심은 생을 단축할 뿐이었다.

마른침을 꼴깍 삼킨 의관은, 비비는 안정제를 맞고 깊이 잠들었으니 면회가 가능함을 전했다.

그러나 아힌은 쉽사리 침실로 들어가지 못한 채 문에 장식된 보석을 만지작거렸다. 긴장으로 인해 내장이 뒤틀리는 듯한 몸의 고통마저 느껴지지 않았다.

가는 목을 파고든 송곳니. 입속에 들어온 피와 치유계 페로몬. 죽음의 문턱에서 허우적거리던 비비가 순차적으로 그의 눈앞을 스쳐 지나갔다.

"윽, 갑자기 뭡니까?"

팅, 팅팅, 결국 의관의 장대한 골격을 버티지 못한 가운 단추가 팅겨 나가며 이브린을 강타했다.

"죄송합니다. 그, 몸에 맞는 가운이 없어서⋯⋯!"

"살면서 이렇게 무례한 단추는 처음 봅니다."

"부, 부디 무례를 용서하십시오."

고개를 조아리는 의관은 외양만 보면 돌진에 추진력을 얻기 위한 성난 황소 같았다.

그 광경을 마주한 아힌은 침실로 들어서는 게 더욱 어려워졌다. 본능 앞에서는 겉모습이 문제가 아니었다. 종족과 페로몬 차이가, 송곳니의 유무가, 먹이 피라미드에서 어떤 위치에 있는지가 비비의 태도를 좌우하는 것이었다. 그리고 자신은 비비의 새로운 트라우마가 되고 말았다.

의관의 사죄를 받던 이브린은 가만히 선 아힌의 뒷모습에 시선이 닿았다. 비에 쫄딱 젖은 탓에 얇은 셔츠 위로 등의 뼈대가 도드라졌다. 저런 상태로 일어나자마자 이곳까지 왔으면서, 몇 시간을 서성 거리기만 할 기세였다. 비비가 잠든 지금 곱게 부복이라도 하고 나 와야 할 것 아닌가.

인상을 찌푸리던 이브린이 곧 평소의 무표정으로 돌아왔다. 아힌 이 깨어나고, 토끼가 고비를 넘긴 것만으로도 지난 삼 일간의 설움 이 미약하게나마 녹았으니.

유능한 보좌관의 역할을 상기한 그가 의관에게 속삭였다.

"귀족의 육신을 단추로 위협하는 건 몹시 중대한 죄죠."

"……."

"저 비련의 주인공을 침실로 인도해 주시면 죄를 물어 드리겠습 니다."

"그, 그런…… 높은 분 같으신데요……."

"치료 중인 토끼님의 전속 시종이시니 걱정 마시죠. 자, 어서."

부추김에 못 이긴 의관이 주춤거리며 침실을 향해 다가섰다. 짙은 상념에 잠식된 아힌은 여전히 문 입구에 이마를 묻은 상태였다. 쓱, 눈 치를 살핀 그가 조심스레 아힌이 기댄 문을 안쪽으로 밀었다. 방심 한 채 지친 몸을 기대고 있던 아힌은 순간 휘청거리며 침실 바닥으 로 무너졌다.

"면회 시간은 하루 삼십 분으로 제한하고 있습니다."

의관은 예의 바른 고지와 함께 문을 닫았다. 제 딴엔 상냥한 미소 를 걸었지만, 실상은 악랄한 얼굴이 문틈 사이로 사라졌다.

멀거니 굳어 있던 아힌은 황급히 고개를 틀었다. 멀지 않은 거리에 놓인 폭신한 쿠션과, 그 위로 솟아난 둥근 언덕이 보였다. 자신의 솜뭉치를 발견한 그는 심장이 아플 정도로 뛰어오기 시작했다.

자고 있어, 괜찮아. 혹시 비비가 깨어날까 두려운 마음을 누른 아힌이 기척을 죽인 채 다가갔다.

그가 조용히 앞에 앉자 쿠션 위로 음영이 드리워졌다. 붕대를 칭칭 동여맬 크기조차 되지 않는 비비가 붉은 눈동자에 담겼다. 보얗고 작은 토끼의 몸에 온갖 치료의 흔적이 고스란히 묻어났다. 안정제를 맞고도 편하지 않은지 몰아쉬는 숨이 거칠었다.

찢어진 자신의 살을 봉합할 때는 별반 아무렇지도 않았건만. 고작 포크 하나에도 질색하는 겁쟁이가 그 고통을 느꼈을 거라 생각하자, 아힌은 속이 까맣게 문드러지는 기분이었다.

'개만도 못한 새끼.'

비비를 밀치는 것 하나 못해서 이게 무슨 사달인가.

짙어진 눈으로 내려다보던 그는 느릿하게 주먹을 쥐었다 폈다. 정상이 아닌 몸 상태에 비해 지배계 페로몬의 조절이 지나치게 수월했다.

이전부터 느꼈던, 치유계 페로몬을 흡수하는 듯한 감각은 착각이 아니었다. 아마 생존 본능과도 같았겠지. 발작 때마다 날뛴 지배계 페로몬이 아직은 미숙한 치유계 페로몬을 눌러서 갈취했을 가능성이 컸다. 치유계 페로몬은 유일하게 지배계 페로몬을 안정시킬 수 있으니까.

그리고 이번에 한계치까지 흡수함으로써 몸에 새로운 변화가 생겼다. 늘 어딘가 꽉 막힌 듯했던 지배계 페로몬이 수월하게 움직이는 양상을 보였다. 또한 내상 때문에 거동이 힘든 것만 빼고는 몸이 가벼워진 게 느껴졌다.

우려대로 페로몬 발작을 해결할 열쇠는 치유계 페로몬인 모양이었다. 며칠 후에 페로몬 발작의 기미가 나타나는지만 확인하면 되니, 답을 확신하는 건 시간문제에 불과했다.

'하지만……'

최악의 방식으로 얻게 된 목숨은 그에게 일말의 기쁨도 가져다주지 못했다.

몸에 힘이 빠진 아힌은 팔을 벤 채 비스듬히 누웠다. 가까워진 새끼 토끼에게서 코를 찌를 듯한 약품 냄새가 났다. 제 욕심만 아니라면 겁 많은 비비가 흑표범 영토에 머물 이유도 없는데. 그러나 그는 이런 일이 벌어졌음에도 비비를 놓을 수가 없었다.

'비비도 나를 버리지 못하겠지.'

그러니까 호위를 더 늘리고, 늘 곁에 붙여 두고, 여차하면 아무도 볼 수 없게끔 숨겨 두면 되잖아.

죽음을 바라보며 살게 만든 페로몬 발작 문제도 해결될 가능성이 높은 이상, 비비가 위험에 빠질 일도 현저히 줄어들 것이고. 실상 곰 영토에 갈 필요성도 사라졌다.

그녀의 발을 이곳에 묶어 둘 궁리를 하던 아힌이 입매를 비뚜름하게 올렸다. 비비의 목숨을 위협한 주제에. 혹여 비비가 자신을 버릴까, 추한 자기합리화만 계속해서 되풀이하는 스스로가 같잖았다.

조심스럽게 뻗어진 그의 검지가 하얀 앞발에 닿았다. 경직된 손끝이 엷게 떨렸다.

'좋아해.'

나도 그래. 어쩌면 네가 가진 말간 감정과 달리 어둡고 비틀렸을

지도 몰라.

닿았다고 표현하기도 애매할 만큼의 거리에서 앞발을 만지던 그가 일순 뻣뻣하게 굳었다. 분홍색 코가 움찔 떨리더니, 비비의 눈이 천천히 뜨였다.

$$\psi$$

한 번쯤은 생각했다. 왜 하필 새끼 토끼일까. 맹수의 새끼였다면, 인간화를 치르지 못하더라도 이 정도로 생존에 목매지 않아도 됐을 텐데. 왜 하필 겁이 많을까. 아힌처럼 죽음에 의연할 수 있는 정신을 가졌다면, 무서운 일이 닥치더라도 눈물부터 쏟진 않을 텐데.

다 괜찮다고, 나만 믿으라고 가슴을 탕탕 친 게 가소로울 만큼 죽음의 공포 앞에서 쉽게 무너졌다. 이성을 잃은 아힌을 돕기는커녕 살려 달라 싹싹 빌기만 하고, 본능에 져서 치료해 주려 손을 내미는 사람들을 내치기만 하고.

반복되는 그날의 악몽만 꾸던 중에 눈을 뜨니.

'아힌.'

창백한 얼굴이 바로 앞이었다. 아힌은 시선이 마주치자마자 도망치려는 듯 벌떡 일어나 앉았다.

'가지 마.'

덩달아 조급해진 내가 힘겹게 앞발을 뻗었으나 닿을 리가 없었다. 앉은 그대로 굳은 그는 조형물처럼 미동 없이 나를 내려다보고만 있을 뿐이었다.

꿈일까. 그러나 목을 칼로 도려내는 듯한 고통을 미루어 보면 현실일 확률이 높았다.

툭, 닿지 않는 앞발을 떨어뜨린 나는 가만히 아힌을 바라봤다. 안색이 좋지 않았으나, 여기에 있는 걸 보아 거동이 불가능한 수준은 아닌 모양이었다.

그날의 아힌은 정말 죽어 버릴 것만 같았는데. 눈은 빛을 잃고, 입에서는 피가 철철 쏟아지고. 땀이 비 오듯 내리는 모습에 머릿속이 하얘졌었다.

보석 같은 적안이 깜박이는 것을 보고 있자니, 다시 돌아가도 나는 똑같은 행동을 반복하리란 생각이 들었다. 위험을 뻔히 알면서도 막무가내로 달려들지 않을까. 더 이상 저 예쁜 눈을 볼 수 없는 것보다는 나았다.

'아직도 아파?'

아힌이 살아 있음에 감사한 내가 다시금 힘겹게 앞발을 뻗었다. 그제야 뻗어진 아힌의 검지가 톡, 조심스럽게 앞발을 받쳤다. 이윽고 한참이나 닫혀 있던 꽃잎 같은 입술이 열렸다.

"……억지로 움직이지 마."

동시에 입술 사이로 송곳니가 드러나는 장면이 시야를 가득 채웠다.

'내가 두려워?'

또. 목이 뚫리는 극명한 고통과 날카로운 송곳니가 눈앞에서 교차됐다.

'송곳니를 가져서?'

또다. 초식계 수인이라면 가질 수밖에 없는 본능이 달아나라 귓가에서 속삭였다.

'숨 쉬는 것도 잊을 만큼 나를 두려워하면서.'

다른 맹수도 아닌 아힌이라면 괜찮을지도 모른다고 여겼는데, 그
것은 지독한 오만에 불과했다.

고통도 잊고 몸을 굴려 일어난 나는 미친 듯이 책상 아래를 향해 달
려갔다. 상처가 터진 듯 아릿한 통증과 함께 피 냄새가 코를 스쳤다.

"비비!"

이름을 불러 주는 익숙한 목소리에 반응한 내가 흠칫 몸을 떨었
다. 간신히 발에 제동을 건 나는 슬그머니 뒤돌았다. 따라오지도 못
한 아힌은 한쪽 무릎을 굽혀 앉은 상태였다.

"거기서 더 달리지 마, 상처가 터졌으니까. 자칫하면 위험해."

아차 싶었는지 손으로 입가를 가린 아힌이 조곤조곤 말했다. 진정
시키기 위해서로 보였으나, 당장 그의 목소리 끝에도 떨림이 도드라
졌다.

"바로 의관을 불러올 테니까 가만히 있어. 내가 나갈게."

멀리서 본 아힌의 눈가에 어렴풋이 물기가 어렸다. 그 물기를 보
자마자 내 눈에서도 눈물이 줄줄 흘렀다.

이 모든 행동이 그에게는 상처임을 알면서도 엉덩이는 계속해서
뒤로 물러나고 있었다. 마음과 자꾸만 반대로 행동하는 스스로가 미
웠다.

"비비, 아, 제발……."

나도 이러고 싶지 않은데. 본의 아니게 목을 물어뜯은 아힌도 나
만큼, 어쩌면 나보다 더 속이 문드러졌을지도 모르는데.

'미안해.'

미안해, 미안해, 토끼인 탓에 간절한 마음이 입 밖으로 전달되지
않았다.

투둑, 터진 상처에서 떨어진 피가 카펫을 적셨다. 그를 발견한 아힌의 동공이 걷잡을 수 없이 떨렸다.

✸

"······그 후 두 분이 함께 혼절하셨습니다. 현재 토끼는······ 아니, 토끼님은 터진 상처를 치료 중이시고, 차기 수장님은 침실로 옮겨지셨고요. 차기 수장님은 성치 않은 몸에, 비까지 맞으셔서 휴식이 필요한 상태라고 합니다."

"그래, 이미 둘 다 보고 왔느니라. 끔찍한 일이지."

릴의 보고를 들은 발렌스가 침통하게 관자놀이를 문질렀다. 그때 발렌스의 수리부엉이가 집무실로 날아들더니 쾅, 벽에 충돌하며 해롱해롱 떨어졌다.

"이런, 부엉이야······!"

기겁한 릴이 무릎을 굽혀 수리부엉이를 안아 들었다.

"힐라는 낮엔 의욕이 없는 탓에 종종 그런 실수를 하곤 하지. 이리 서신을 주렴."

가냘프게 날갯짓한 수리부엉이가 발렌스에게 서신을 건넸다. 아직은 토끼 영토 내 상황이 어지럽다는 토끼 영토 수장, 아몬의 서신이었다.

'······이쪽은 안 되겠구나.'

푸드덕, 두 번째로 창가에 날아든 전령 새는 퀸이었다. 보통 때는 아힌의 명령 외엔 듣지 않건만. 발렌스는 보답의 의미로 딸기 한 접시를 내밀었다. 나름 시름에 잠긴 퀸은 깨작깨작 딸기를 부쉈다.

한숨 쉬며 딸기를 다지는 매를 뒤로한 발렌스가 받아든 서신을 펼쳤다. 현재 돼지 영토에 머무는 중인 지난나 교수의 서신이었다. 서신을 품에 넣은 그녀는 보좌관들을 돌아봤다.

"모두 잠깐 자리를 비워주련? 거기 딸기를 좋아하는 새만 남고."

보좌관들과 릴, 수리부엉이가 물러나자 집무실에는 발렌스와 퀸만이 남았다.

집무 책상 앞에 착석한 발렌스는 거울 앞에서 태연스레 깃털을 뽐내는 퀸을 바라봤다. 신분 제약에서 비교적 자유로운 새 수인이라 그런지, 흑표범 영토 수장인 그녀를 앞에 두고도 전혀 주눅 들지 않는 모습이었다.

'주인을 닮아 몹시 방자하구나.'

퀸이 들으면 질겁할 생각을 한 발렌스가 뒤늦게 서신을 읽어 내려갔다.

지난 새벽, 그녀는 퀸을 통해 지난나 교수에게 흑표범 영토로 넘어올 수 있냐는 급서를 보냈다. 돌아온 답변은 서두르더라도 최소 삼 일 이상 시간이 걸릴 거란 내용이었다.

'삼 일…… 이상이라.'

지그시 눈을 감은 발렌스가 아침의 일을 회상했다.

'상처의 봉합도 끝났고, 고비는 넘겼습니다. 다만 또다시 이번과 같은 일이 일어날 시엔 정말 위험할지도 모릅니다.'

'정서적으로 매우 불안정한 것이 가장 큰 문제입니다.'

다람쥐 의관은 눈 밑이 퀭하게 착색된 몰골로 고충을 토로했다.

'격리 조치를 시켰다지만……. 당장 문 너머의 맹수계 수인이 트라우마를 자극하니 한시도 눈을 뗄 수가 없죠. 실상 목의 상처만큼

이 부분의 해결도 시급합니다.'

'그를 신경 쓰다 보니 일손도 부족하고요. 흑표범 수인이 전부인 이곳에선 인력을 활용하는 게 불가능하고……. 릴 님도 전문 의료인은 아니라, 제가 자리를 비우는 것에도 한계가 있습니다.'

발렌스는 막막한 한숨을 내쉬었다. 실상 지난나 교수가 오더라도, 이곳이 맹수계 영토라는 근본적인 문제는 해결되지 않았다. 더불어 삶과 죽음의 경계를 오간 비비의 심리적 충격이 언제쯤 회복될지도 미지수이지 않은가.

드르륵, 서간지를 꺼내기 위해 서랍을 열던 발렌스의 움직임이 멎었다. 어느덧 그녀의 서랍 한 칸은 토끼의 물품으로 가득 채워져 있었다. 특별 제작한 발레용 튜튜부터 아직 선물하지 못한 당근 모양 배낭까지.

발렌스는 손바닥보다 작은 배낭을 꺼내어 만지작거렸다.

'며칠 지났다고…….'

벌써 토끼와의 평화로운 나날이 그리웠다. 여건이 될 때마다 올리는 문안 인사를 비롯하여 함께 티타임을 즐기고. 초상화도 처음엔 격분하며 찢어 버리더니, 발렌스가 속상해하자 으르렁거리면서도 화가에게 몸을 맡기던 마음 약한 모습도. 하나하나가 일상의 활력소였다.

오랜 시간 결단을 내리지 못하고 있던 그녀는 이내 표정을 단단히 굳혔다. 철저히 토끼만을 위하는 길은 이미 정해져 있었다. 단지 외면하고 싶었을 뿐.

"-이리 와 보렴."

손짓을 발견한 퀸이 책상 위에 안착했다.

"너도 토끼가 많이 걱정일 테지."

망할 토끼를 걱정한다고? 그럴 리가. 퀸은 날개를 으쓱이며 부인했다.

"네 속도면 이곳에서 돼지 영토까지 최소 여섯 시간은 걸리지 않니? 그런데 거의 열두 시간 만에 돌아왔으니, 쉬지 않고 날았다는 의미인데……. 토끼를 걱정하지 않는단 자가 눈도 붙이지 않고 서신을 전달하는 게 신기하구나."

예리한 지적에 머쓱해진 퀸이 시선을 피했다. 허리를 굽힌 발렌스는 발치에 준비해 둔 바구니를 책상 위로 올렸다.

"……너라면 누구보다 빠르고 안전하게 토끼를 옮길 수 있겠지. 새 수인만이 할 수 있는 일이니."

별다른 설명을 덧붙이지 않았으나, 퀸은 어렴풋이 그녀의 뜻을 짐작할 수 있었다.

짚을 촘촘히 엮은 바구니를 마주한 매의 동공이 흔들렸다.

\\|/

바구니 속, 폭신한 천에는 안정제를 투여한 비비가 깊이 잠들어 있었다. 볼록한 언덕이 규칙적으로 오르내렸다.

한편, 본모습으로 돌아간 다람쥐 의관은 뽀르르 돌아다니며 혹시 모를 의료 도구와 안정제를 챙겼다. 바구니 속에서 천을 팡팡 정돈한 그는 이내 준비가 끝났다는 신호를 보냈다.

"가는 동안 토끼를 잘 부탁하네."

바구니를 들여다보고 있던 발렌스가 말하자, 다람쥐는 납작 부복함으로써 답을 대신했다. 어떻게 보면 출장 진료와도 같은데. 그 대가로 평생 벌어도 못 모을 금액을 챙긴 그로선 황송한 부탁이었다.

발렌스는 종이쪽지를 넣은 당근 배낭과, 비비가 소중히 여기던 회중시계를 바구니에 넣었다.

움찔, 일순 솜뭉치가 경련하자 숨죽인 그녀가 뒤로 물러났다. 다행히 깨어난 건 아니었다.

'……눈 뜬 모습 한 번 보지 못한 채 보내야 하는구나.'

뚜렷이 보이는 비비의 눈물 자국이 발렌스의 가슴을 저릿하게 만들었다. 이것이 짧은 헤어짐이 될지, 긴 헤어짐이 될지는 오로지 비비의 결정에 달려 있었다.

"아가, 꼭 이겨 내고 돌아오길 바란다."

아무도 듣지 못할 만큼의 작은 목소리로 속삭인 그녀가 숨구멍을 뚫어 둔 뚜껑을 닫았다.

"퀸, 준비가 끝났단다."

잠깐 눈을 붙이고 있던 퀸이 날아와 바구니 옆에 섰다.

"주치의에게 아힌이 깊이 쉬게끔 만들라 일러 두었으니, 이틀은 깨어나지 않을 게다. 그전까지 돌아올 수 있겠지?"

토끼를 멀리 떠나보낸 사실과, 그곳이 어디인지 당장은 아힌에게 숨기겠다는 말과 다름없었다. 퀸의 물끄럼한 시선에, 발렌스가 힘없이 웃었다.

"아힌이 알게 되면 성치 못한 몸으로 찾으러 갈 게 자명하니."

"……."

"일단은 아버님께도 알리지 않는 편이 좋겠지."

릴리언은 속내를 능숙하게 숨기지 못하는 편이었다. 날이 갈수록 녹녹해지는 입꼬리와, 저택 내에서 은밀히 거래되는 책 읽는 토끼의 초상화를 구매한 것만 봐도……. 아헌 앞에서 그가 아무것도 모르는 척 능숙하게 시치미를 뗄 확률은 바닥에 가까웠다.

"너는 이 저택에서 유일하게 아헌의 권력에서 자유로운 수인이지. 충성심보단 목숨을 빚진 의리로 곁에 머무는 것일 테니, 이번만은 내 의사를 따라 주었으면 하는데."

부드럽게 바구니를 쓰다듬은 그녀가 말을 덧붙였다.

"토끼가 처음 그레이스가에 올 때는 자의가 없었지만…… 두 번째로 오게 될 때는 스스로 선택할 수 있도록."

별다른 반응을 보이지 않은 퀸이 발로 바구니 손잡이를 잡았다. 발렌스는 만일을 대비하여 질긴 천으로 손잡이와 매의 다리를 엮었다.

"-자유가 신념인 새 수인이 토끼의 자유를 빼앗진 않으리라 생각한다."

어느덧 한 영토를 다스리는 수장의 얼굴로 돌아온 발렌스가 미소 지었다.

이 이상 시간을 지체할 순 없었던 퀸이 등을 돌렸다. 다람쥐가 사람으로 돌아가기 전에 지난나 교수의 거처에 도착해야 하니.

푸드덕, 깃털 하나를 떨어뜨린 매가 높이 날아올랐다. 발렌스는 매의 모습이 점이 되어 사라질 때까지 창밖을 바라봤다.

초식계 수인이 많은 돼지 영토라면 이곳보다는 안전하겠지. 한시가 촉박한 지금 취할 수 있는 최선의 방법이었다. 맹수를 맞닥뜨려 또 상처가 터지면 그때는 이미 늦었을 테니까. 애당초 애쉬가 주변을 맴도는 것부터 토끼에겐 위기이자 목숨의 위협이나 다름없었다.

찬바람이 피부를 얼리는 것조차 느끼지 못한 발렌스가 푸른 하늘을 올려다봤다. 각오를 다졌으나 벌써부터 쓸쓸해지는 정오였다.

메이미와 바라의 권유에 떠밀려 산책을 나서게 된 애쉬가 정원을 거닐었다.

재미없어.

털썩, 얼마 안 가 엎어진 애쉬는 의욕 없이 잔디를 뒹굴었다. 비비가 빠진 산책 따위는 아무런 감흥도 가져다주지 못했다.

'이제부터 저 토끼가 네 주인이야.'

처음에는 그저 아힌의 지배계 페로몬에 홀려 복종했을 뿐이었다. 서로 어색하게 안부만 물으며 지내던 초반. 하루는 비비가 계단을 오르기 힘겨워하기에, 입으로 옮겨 주려 했더니 뒷발로 차 버린 탓에 오히려 서먹함만 더해졌다. 콧대 높은 토끼. 애쉬는 도움의 입질을 쌩하니 무시한 털 뭉치가 야속했던 것 같다.

그렇게 감정의 골이 깊어지던 어느 날. 비비와 산책을 나선 애쉬는 크나큰 난관을 맞이하고 말았다. 막 훈련을 끝낸 기사들이 호스를 연결하여 물놀이를 하고 있는 것이 아닌가! 물을 몹시 꺼리는 애쉬에겐 지옥과도 같은 시련이었다.

그때였다, 앞발을 착 펼친 비비가 움츠린 애쉬의 앞을 가로막은 것은. 비범한 기세에 눌린 기사들이 허둥지둥 물을 치우는 건 순식간이었다.

비비가 목숨 걸고 나를 지켜 줬어. 애쉬의 노란 눈동자 위로 감동의 물결이 일렁였다. 그럼에도 유세 떨지 않고 돌아서는 비비의 뒷모습은 웬만한 우두머리보다 늠름했다.

한 번 호감을 갖고 나니 그제야 안 보이던 배려가 보이기 시작했다. 침대 시트를 더럽힌 애쉬가 메이미에게 혼날까 전전긍긍할 때면, 비비는 앞발 뒷발을 열심히 굴려 제가 더럽힌 척 시치미를 뗐다. 발자국이 확연히 다르건만. 메이미는 다 알면서도 한숨만 푹 쉴 수밖에 없었다.

또 낮잠을 청할 때 햇살이 따가우면, 비비는 부스스하게 일어나서 애쉬의 얼굴 위로 손수건을 덮어 줬다. 그 다정함이 좋아서 일부러 더 햇살 강한 곳에서 낮잠을 청했던 것 같다.

비비는 대부분의 시간을 서재에서 네모난 물건을 뒤적이며 보냈다. 팔락팔락 소리만 들리는 따분한 행위였다. 그래도 얌전히 앉아 들여다보고 있으면, 종종 기특하단 듯 엉덩이를 쓰다듬어 주는 게 행복했다.

별다른 이유 없이 애정은 커져만 갔다. 태어나면서부터 철저한 훈련만 받으며 자라 오느라 못 부린 어리광을 받아 주는 게 좋았고, 배탈이 났을 때 종일 간호해 주던 보살핌도 좋았다. 어느 순간을 기점으로 위대해 보이던 전 주인, 아힌이 성가신 떨거지로밖에 느껴지지 않을 만큼.

왜 그런 나부랭이랑 비비의 관심을 나눠 가져야 하는 걸까. 곱상한 얼굴로 매일같이 비비를 잡아먹을 궁리만 하는 나쁜 놈인데.

질투의 연속이었으나, 나부랭이만 나타나면 수줍게 발로 땅을 긁는 비비가 행복해 보여 한 수 접을 수밖에 없었다. 그리고 그 양보가 무색하게도, 나부랭이는 비비를 상처 입히고 말았다. 내가 있었다면 그런 일이 일어나지 않았을 텐데.

또다시 우울해진 애쉬가 의미 없이 꼬리로 잔디를 두드렸다. 빨리 비비가 나았으면 좋겠다. 먹이를 잡아서 선물하면 꿀꺽 먹고 건강해지지 않을까.

사냥을 나설까 고민하던 애쉬는 땅에 드리워진 새의 그림자를 발견했다. 그림자의 주인은 근본부터 비뚤어진 퀸이었다. 콧방귀를 뀌며 늘어지던 애쉬가 다시금 획 고개를 들었다. 하늘을 가로지르는 퀸의 다리에 들린 바구니가 이상하게 신경을 거슬렀다.

'애쉬, 저리 가.'

분명, 비비가 처음 나타난 장소도 아힌이 바구니를 열었을 때였는데.

하늘에서 시선을 떼지 않은 애쉬가 쏜살같이 달음박질치기 시작했다.

"애쉬!"

돌발 행동에 깜짝 놀란 메이미와 바라가 뒤를 따랐다.

메이미, 저 바구니를 열면 비비가 있을지도 몰라. 이제 다 나아서 우리만 빼고 매랑 놀러 가려나 봐! 신난 애쉬가 정문 방향으로 달려갔다.

"애쉬, 더 이상은 갈 수 없단다."

그러나 얼마 못 가 경비 기사들에게 가로막히고 말았다.

비비를 따라가야 하니까 비켜 줘. 초조해진 애쉬가 이리저리 발을 틀었지만, 경비 기사들이 굳건하게 앞을 막아섰다. 함부로 저택을 벗어나 시가지에 들어서면 소란이 일기 때문이었다.

"애쉬, 얌전히 있도록."

영문을 모르는 메이미마저 날뛰는 애쉬의 제지에 힘썼다. 그사이에도 퀸은 눈으로 좇기 힘들 속도로 멀어지고 있었다.

'비비!'

커헝– 따라가지 못해 속상한 마음이 포효가 되어 표출됐다.

결국 퀸을 놓쳐 버린 애쉬는 별수 없이 비비가 돌아오기만을 기다리며 정문 앞을 지켰다.

돌아오면 다시 나랑 놀아 주겠지. 빨리 다녀와, 비비.

하루, 이틀, 닷새. 날이 저물었다가 새벽이 밝는 게 여러 번 반복됐다. 그리고 열흘이 지나도 비비는 돌아오지 않았다.

\|/

강 표면이 볕을 받아 반짝거리며 빛났다. 그 위를 지나는 중인 퀸은 숨이 차오를 만큼 날갯짓을 했다.

왜 이렇게 서두르는지는 스스로도 알 수 없었다. 분명히 토끼는 처음 아힌이 감시를 맡겼을 때부터 달갑지 않았는데. 먼지 같은 꼴로 굴러다니는 것을 보면 괜히 짜증이 치밀곤 했었다.

'자유가 신념인 새 수인이 토끼의 자유를 빼앗진 않으리라 생각한다.'

그 이유 모를 짜증을 발렌스가 한순간에 해소시켜 줬다. 무엇 하나 스스로 할 수 없는, 자유를 제약받은 토끼의 모습이 마음에 들지 않았던 것이었다. 그래서일까. 토끼를 지하 감옥에 데려갔던 행동은 거의 충동에 가까웠다.

습기 많은 심란한 밤이고, 딸기에 대한 보답 겸. 아무것도 모른 채 밤하늘만 올려다보는 토끼에게 연민을 품었던 것 같다.

그렇게 접하게 된 토끼의 몸에 대한 진실은 생각 이상으로 가혹했다. 괜히 데려갔나, 당시에는 어울리지 않게 후회했지만 이미 엎질러진 물이요, 쏟아진 소금이었다.

하나 토끼는 퀸의 예상만큼 심약하지 않았다. 까마득한 절망도 딛고 일어났으며.

'밖에 무슨 일이 일어나고 있고, 나한테 뭘 숨기려는 건지 말해.'

아힌이라는 편하고 유용한 패를 이용하려는 의도도 보이지 않고.

'퀸, 거래에는 오고 가는 게 있어야지.'

문제라고 인식한 것은 직접 해결하고자 부딪치는 집념이 꽤나 후한 평가를 내리게 만들었다.

'이번에도 토끼는 저 알아서 하겠지.'

그렇기에, 퀸은 군이 발렌스가 언질을 주지 않아도 토끼의 위치를 아힌에게 미주알고주알 일러바칠 생각은 없었다. 토끼에게 있어 당장 그레이스가는 지옥과도 같음을 모르지 않으니.

'이틀 안에 다람쥐를 데리고 저택으로 돌아오려무나. 그 의관이 내 침실을 들락거려야 토끼의 부재를 숨길 수 있을 테니.'

'일단은 숨길 수 있을 때까진 숨겨 보고, 차후에 아힌의 행동을 보고 토끼의 거처 여부는 내가 따로 생각해 보마. 내 아들이라지만 생각이 어디로 뻗칠지 알 수가 없어서 말이지.'

하물며 토끼에 대한 걱정보다는, 저택에 누워 있는 아힌이 토끼의 부재를 깨달았을 때가 더 문제였다.

순전히 본인의 의지로 토끼를 옮기는 중인 퀸이 상념에 잠겼다. 나도 미련하지, 망할 토끼의 어디가 불쌍해선. 동조한 것을 들키면 딸기 평생 금지령이 휘몰아칠지도 모를 일이었다.

톡톡, 일순 바구니에서 들려온 진동이 그의 잡념을 날렸다. 다람쥐가 보내는 신호였다.

속히 강을 건넌 후, 들짐승이 없음을 확인한 퀸이 바닥에 바구니를 내려 뒀다. 뚜껑을 들추자마자 새끼 토끼 곁에 선 다람쥐가 그의 시야로 들어왔다.

'큰일입니다⋯⋯!'

당황을 감추지 못한 다람쥐는 제 체구보다 긴 의료 도구를 이용하여 허공에 글자를 써 내려갔다. 조금 전부터 원인 모를 고열이 비비의 몸을 달구고 있었다.

아카데미의 방학 기간인 현재. 지난나 교수는 임시 거처에서 돼지 일족의 전염병에 관한 연구에 임하는 중이었다. 그러나 오늘따라 영 연구에 전념할 수 없었던 그녀는 날이 깜깜해질 때까지 창문 앞만 서성였다.

그 기행을 멀뚱멀뚱 지켜보던 러셀이 따라서 뒷짐을 지며 창문 주변을 서성였다. 이번에는 엔델루스처럼 위험이 따르는 연구가 아니었기에 따라온 참이었다.

고뇌에 잠긴 사람처럼 제자리를 빙빙 돌던 러셀은 문득 창틀을 짚으며 까치발을 들었다.

'용사님?'

하늘 쪽에서 비비의 맑은 기운이 느껴졌다.

"지난나 교수."

"러셀, 어머니라 불러 달라 몇 번을⋯⋯"

"나쁜 새가 오고 있어."

"이제는 이 어머니가 말을 끝까지 하는 것조차 허용치 않는 구…… 뭐라고? 나쁜 새?"

덜커덩, 놀란 그녀는 탁상에 정강이를 부딪쳐 깡충깡충 뛰면서도 창문으로 다가섰다. 내내 기다리고 있던 발렌스의 답장일지도 몰랐다.

쐐액-.

하늘을 가로지른 매가 순식간에 그들이 있는 거처로 들어섰다. 바구니를 테이블에 내려 둔 퀸은 황급히 부리로 바구니 뚜껑을 들췄다.

곧장 뿌르르 튀어나온 다람쥐가 지난나 교수에게 위급함을 알렸다. 약 한 시간 전부터 비비가 상처 때문도 아닌, 영문 모를 열병에 시달리고 있었으니. 일개 민간 의원인 그로서는 병명을 파악하는 것에 한계가 따랐다.

"이게 다 무슨……!"

잇따라 급해진 지난나 교수는 일단 비비를 조심스레 꺼내어 진료를 시작했다.

'목의 자상 때문인가?'

자세히 살필수록 그녀의 미간이 오묘하게 일그러졌다.

'아니, 조금 이상한데. 하지만 비비 님은…….'

진료를 마친 후에도 긴가민가한 지난나 교수가 여러 번 재확인을 거쳤다. 달그락거리며 의료 도구가 마찰하는 소음만이 적막을 채웠다.

"아무래도……."

이윽고 천천히 의료 도구를 내려 둔 그녀가 말꼬리를 늘였다.

"수인열 말고는 설명할 길이 없군요."

확신이 들어찬 일족 특유의 까만 눈동자가 반짝 빛났다.

"세상에! 이리 갑자기 사람으로 돌아오시면 어쩌나요."

"따, 따로 자리를 피할 시간이 없었던지라……."

"러셀, 어서 눈을 가리려무나."

경악 어린 목소리가 멍한 정신을 일깨웠다.

'지난나 교수님……?'

가물가물한 시야로 우람한 맨몸에 식탁보를 두른 다람쥐 의관과, 서로의 눈을 가려 주고 있는 지난나 교수와 러셀이 보였다. 토끼 영토에서 헤어졌던 두 사람이 어째서 그레이스저에 있는 걸까. 뒤이어 옮겨진 시선이 문에 기대어 선 남자에게 머물렀다.

'퀸?'

두 번째로 보게 된 퀸의 인간 모습이었다. 마침 시선이 마주쳐 버린 그는 물빛 머리카락을 느슨히 묶으며 내 쪽으로 다가왔다. 오지 마. 소심한 저항을 시도했지만 축 늘어진 몸은 움직일 기미를 보이지 않았다.

"이거 깬 거 같은데?"

"네? 어디 봐요."

퍽 가까워진 퀸과 지난나 교수의 얼굴이 확장되듯 커다래졌다. 몸이 조심스레 들춰지며 시야가 약간 흔들렸다.

"흠-. 의식만 미약하게나마 깨어났을 뿐, 열병 때문에 몸을 가누거나 제대로 된 사고를 하진 못하는 상태네요. 금방 열에 들떠 잠들 겁니다. 수인열은 인간화를 치를 때까지 지속되니, 지금 같은 경우가 여러 번 반복될 거예요."

'수인열이라고?'

수인열이라면 분명 인간화를 치르기 직전에 겪는 열병이 아니었던가. 환청인가 싶었으나 계속해서 두 사람의 대화 소리가 귀를 파고들었다.

수인열. 인간화. 몽롱한 의식 속에서 두 단어를 되뇌고 있자니, 뒤늦게 온몸이 후끈거리면서도 으슬으슬 추운 이중적인 감각이 느껴졌다.

'이게 수인열이야?'

어째서 이렇게 갑자기? 목에 생겨난 희미한 열꽃 흉터 때문인가? 온갖 의문이 들었지만, 객관적인 사고를 할 수 없는 지금은 그저 불안감과 두려움만 커져 갔다.

힘겹게 시선을 옮긴 내가 낯선 공간을 둘러봤다. 둥근 나무를 층층이 쌓은 벽은 아무리 봐도······.

'그레이스저가 아니야.'

열에 들뜬 탓에, 고작 이런 것에도 서러움이 밀려들었다.

'여긴 어디지?'

왜 나는 어딘지도 모르는 낯선 장소에 누워, 그토록 열망하던 수인열을 겪고 있는 건지.

무서워······. 외로운 마음에 보고 싶은 얼굴들을 생각하다가도, 송곳니를 떠올리면 아직 지워지지 않은 공포감이 온몸을 에워쌌다.

"아파?"

불쑥 나타난 까만 눈망울이 코앞에서 흔들렸다. 러셀이었다.

"무서워?"

무감하던 러셀의 표정이 구겨진 종이처럼 찌그러지더니, 얼마 지나지 않아 으앙 울음을 터뜨렸다. 기운을 읽는 페로몬인 만큼 내 감정에 공감한 걸까. 앞발을 내밀었지만 별 힘도 쓰지 못한 채 툭 떨어졌다.

'돌아가고 싶어.'

그레이스 저택으로, 맹수에게 지독한 공포감을 느끼기 전으로.

달래기는커녕 덩달아 얼굴이 찌그러져 버린 내가 참았던 눈물을 터뜨렸다. 시원하게 목 놓아 우는 러셀을 보고 있자니, 오늘만은 그냥 울고 싶었다.

⁂

그레이스가. 비비와 아힌이 함께 쓰러진 이후, 또다시 삼 일이 흐른 아침이었다.

"⋯⋯비비는."

눈을 뜬 아힌에게서 가장 먼저 흘러나온 질문이었다. 이브린은 발렌스와 다람쥐 수인에게 전달받은, 토끼의 상태가 차차 안정되어 가고 있다는 소식을 그대로 전했다. 상황상 침실을 직접 확인할 수 없는 것이 아쉬울 따름이었다.

"괜찮다니 다행이군."

고개를 끄덕인 아힌은 주변의 만류를 제치고 평소와 같은 일상에 임했다. 유안의 시중을 받으며 주머니가 필수로 달린 프록코트를 걸치고, 허리 안쪽에 검을 찼다.

"아힌 님, 아직 무리하시면⋯⋯."

"괜찮다니까."

완전히 몸이 나은 건 아니었으나, 그는 주치의가 혀를 내두를 만큼 회복 속도가 빨랐다. 더욱이 마지막으로 페로몬 발작이 일어난

지 일주일이 되어 가건만. 지배계 페로몬은 발작의 기미조차 보이지 않은 채 잔잔했다.

아힌은 주먹을 쥐었다 펴 보았다. 다루기 시작한 이래 처음으로 제 페로몬이라는, 온전한 제 것이 되었다는 느낌이 강하게 들었다. 이 또한 오롯이 비비로 인해 비롯된 기적이었다.

보통의 수인은 몇 시간 열병을 앓은 후에는 인간화를 치른다. 그러나 비비는 특수한 경우인 만큼 수인열 기간이 길어지고 있었다.

'러셀도 수인열을 거의 하루 동안 앓았으니……'

비비는 더 길어지지 않을지. 찻잔을 든 지난나 교수가 색색 숨을 몰아쉬는 새끼 토끼와 카피바라로 변한 러셀을 내려다봤다.

비비가 몸을 움츠릴 때면 카피바라가 슬금슬금 움직이며 착 달라붙었다. 아무래도 러셀은 기운을 통해 새끼 토끼가 용사님임을 깨달은 모양이었다.

'열병이 너무 길어지지 않으면 좋겠는데.'

지난나 교수의 근심 어린 한숨이 공중에 흩어졌다.

어느덧 정오가 지났다.

아힌은 며칠 만에 깨어난 사람치고는 평소와 같은 일상을 보내고 있었다. 회의에 참석하고, 밀린 서류 중에서도 중요한 안건부터 처리하며.

사자 일족의 동맹 대표가 룬 대신 다른 자로 바뀐 건 썩 달가운 일이었다. 비비에게 차이기라도 했나. 분명히 탄생일 날 무슨 일이 있었던 거라고 추측한 그가 내심 만족스러운 기분을 느꼈다. 아힌은 암살 길드에 재의뢰하려던 계획을 너그러이 미루는 미덕을 베풀었다.

반면, 최근 또다시 늑대 일족이 영역을 함부로 넘나든다는 사안은 꽤나 머리를 아프게 만들었다. 이렇게 된 거 아예 밀어 버리면 좋지 않을까. 막연히 생각하던 아힌은 고개를 저었다. 대륙 규정을 고려하면 분쟁은 최후의 방편이었다.

"아힌 니임-. 막 깨어나신 분이 이리 무리하시면 안 됩니다."

누워 있어 봤자 일은 쌓여만 갈 텐데. 주치의가 종일 따라다니며 징징거리는 탓에, 아힌은 하는 수 없이 매 시간 진찰을 맡겼다.

"내상은 아직 신경 쓰셔야 하지만, 지배계 페로몬이 보통의 수인과 비교해도 안정적입니다. 어찌 이런 기적 같은 일이!"

덩실덩실 춤이라도 출 기세인 주치의를 외면한 아힌이 쯧 혀를 찼다.

"그러니까 괜찮다고 했잖아."

무심결에 주머니를 만지려던 그는 일순 손을 멈췄다. 공허했다. 텅 빈 공간에서 방향을 튼 손이 뭉친 어깨를 주물렀다.

날이 저물기 직전의 시각이었다. 쿠당탕, 대뜸 창문으로 돌진해서 들어온 발렌스의 수리부엉이가 벽과 충돌했다.

"에구머니!"

기겁한 지난나 교수가 쓰러진 수리부엉이를 진료했다. 낮 동안 비행하느라 생긴 단순 수면 부족일 뿐이었다.

안심한 그녀는 발렌스가 새로이 보낸 급서를 집어 들었다. 이번에는 꽤나 긴 내용의 전서였다.

요약하면 지난나 교수의 근무지인 중립 구역, 벨헬름에 러셀의 앞으로 저택을 사 두었다는 내용이었다. 비비가 차도를 보이면 그쪽으로 옮긴 후, 당분간 상태를 보고해 주면 저택은 그대로 러셀의 소유로 두겠다고.

실상 가주인 남편을 잃은 뒤 인맥만 넓지, 경제 규모가 소박한 하급 귀족에 속하는 그녀로선 달콤한 제안이었다.

'아무리 그래도…….'

어째서 애지중지하는 것으로 보이던 비비를 이곳으로 보낸 걸까. 그레이스가에는 훨씬 유능한 의관이 차고 넘칠 텐데.

지난나 교수의 시선이 아직 수인열에 시달리는 중인 새끼 토끼에게 머물렀다. 무참한 송곳니 자국을 미루어 보면, 대강의 전후 상황을 어렵지 않게 짐작할 수 있었다.

공감과 연민을 동시에 느끼던 그녀는 다급히 비비에게 다가갔다.

'이, 이게 무슨……?'

파도에 모래가 쓸려 가듯 비비의 상처가 사라지고 있었다.

밤이 깊어지자 비비의 목에 있던 상처가 완전히 자취를 감췄다.

하얀 털에 눌어붙은 핏자국만이 그 자리에 상처가 존재했음을 증명할 뿐이었다.

치유계 페로몬. 지난나 교수는 어렵지 않게 비비의 페로몬을 짐작할 수 있었다.

"러셀."

그녀는 사람의 모습으로 고롱고롱 잠든 러셀을 흔들었다.

"일어나 보렴, 물어볼 게 있단다."

"러셀은 부재중……."

지난나 교수는 부재중입니다. 그녀가 연구 중이라 귀찮을 때 방문객에게 매번 외치는 핑계였다. 인간화를 치른 지 얼마 지나지 않은 탓에 앵무새처럼 말을 따라 하니, 말조심의 필요성을 되뇐 지난나 교수가 재차 러셀을 흔들었다.

"러셀, 긴히 물어볼 게 있으니 잠깐만 일어나 주렴."

"이것들이, 부재중이라는 데도 귀찮게……."

"……그런 말은 따라 하는 게 아니란다."

"으응."

이내 눈을 끔벅이며 몸을 일으킨 러셀이 어딘가로 도도도 달려갔다. 납작 엎드린 러셀은 미간을 모으며 비비를 관찰했다. 불규칙하게 숨을 몰아쉬던 아까에 비해서는 안정된 상태였다. 그 옆에 나란히 수그려 앉은 지난나 교수가 느지막이 물었다.

"러셀, 혹시 수인열을 겪을 때 특이한 일은 없었니?"

"특이한 일?"

"예를 들면 페로몬이 막 이상하다든가. ……잘 기억나진 않지?"

질문을 들은 러셀이 통통한 볼을 짚으며 생각에 잠겼다.

"페로몬을 사용하는 게 편해졌어."

"갑자기?"

"으응, 이만큼. 그전에는 되게 어려웠는데. 그러더니 갑자기 사람이 됐어."

뜻밖의 정보를 수확한 지난나 교수가 턱을 매만졌다.

'수인열을 거치면서 몸이 페로몬에 적응하게 되는 건가.'

본래 수인은 인간화를 치르고 나서야 페로몬이 발현된다. 그러나 러셀이나 비비처럼 인간화가 지극히 늦어진 경우에는 페로몬이 먼저 발현해 버리니. 지난나 교수는 그제야 비비의 인간화가 러셀보다 훨씬 늦어진 이유를 알 수 있었다.

초식계 수인의 몸으로 치유계 페로몬을, 그것도 본인의 상처를 치료하는 게 가능한 수준의 능력이니 그럴 수밖에.

'흠……'

분명 비비는 그녀와 토끼 영토에서 마주쳤을 때만 하더라도 제 손등에 난 상처를 치료하지 못했다. 고로 스스로의 상처를 치료한 방금 전의 경우는, 몸이 페로몬에 적응하며 지금까지 사용하던 능력 그 이상을 발휘한 것과도 다름없었다.

그것은 곧 인간화가 목전이란 의미였다.

황혼이 내린 후, 창밖이 컴컴한 어둠으로 물들었다.

집무실 책상에 착석한 아힌은 아침까지 드러누워 있던 사람이라곤 믿기 힘들 만큼 착실히 업무에 임했다. 더욱이 보통 때보다 서류를 처리하는 속도가 두 배는 빨랐다. 근면 성실한 상관을 맞닥뜨린 세 명의 보좌관은 오들오들 떨어 댈 뿐이었다.

"괜찮으니까 가 봐."

똥 마려운 강아지처럼 떠는 꼴이 거슬렸던 아힌이 손을 휙휙 내저 었다. 퇴근하란 의미였다. 파박, 의례상의 말조차 생략한 그들은 번 개처럼 서류 가방을 챙겼다. 와중에도 열 맞춰 나가는 모습에서 시 선을 뗀 아힌이 종이 더미에 집중했다.

시간이 더디게 흘러갔다. 곁눈질로 힐긋 연무장을 살피자, 흑표범 을 거느리며 발차기를 날리던 토끼 장군이 허상처럼 그려졌다.

피곤한가. 핏발 선 눈을 비빈 아힌은 슬슬 일어나야겠다고 생각했다.

한편, 집무실로 오던 이브린은.

"이브린 님!"

"저, 저희 좀……."

"살려 주십시오!"

마침 퇴근하는 세 보좌관에게 붙들려 하소연을 들어야만 했다. 아 힌 님이 너무 정상적이라 무서워 죽겠다는, 그런 호들갑이 근 삼십 분이나 지속됐다.

영 신경 쓰였던 이브린은 유능한 보좌관의 역할을 다하고자 토끼 귀를 쓴 채 집무실 앞에 숨어 있었다. 지나가던 고용인들은 망측해 라, 경악한 직후에는 하나같이 얼굴을 붉혔다. 적응하고 나니 제법 귀여운 꼴이었다.

"어쩌다가 머리에 쓰레기를 얹어 놨어?"

정작 아힌은 오물 보는 듯한 눈길을 던진 후에 침실 방향으로 발 을 돌렸다. 그래도 복도를 걷는 중에 비식 웃음이 나는 걸 보면, 웃음을 주고자 했던 이브린의 노력이 아주 실패한 건 아니었다.

달칵, 침실로 돌아온 아힌은 가느다란 한숨을 내쉬었다. 고요한 정적이 머물렀다. 일부러 과장스럽게 프록코트를 벗고, 크라바트를 푸는 소음을 냈지만 엉큼한 눈길은 느껴지지 않았다.

테라스로 나서자 어김없이 난간에 서 있던 퀸이 아힌을 빤히 응시했다. 행여나 아힌이 토끼의 부재를 눈치챘을 때, 곧장 발렌스에게 알리기 위한 감시였다. 그 시선을 걱정으로 오인한 아힌은 낮게 읊조렸다.

"괜찮아. 비비도, 나도."

도중에 만난 우람한 다람쥐가 비비는 휴식만 잘 취하면 된다고 호언했으니까. 되뇐 아힌이 청명하게 웃었다.

"–괜찮아."

주문처럼 뇌까린 그가 테라스 문을 닫고, 커튼을 쳤다.

퀸을 뒤로한 아힌은 책상 아래와 소파 바닥, 침대 밑을 의미 없이 들여다봤다. 당연히 아무도 없었다.

털썩, 던지듯 침대에 몸을 눕힌 그가 멍하니 천장을 올려다봤다. 다 괜찮았다. 괜찮아질 것이었다. 페로몬 발작이 완전히 사라질 듯한 긍정적인 징조도, 상태가 나아지고 있다는 비비도. 탄생일 날 서로에게 입힌 상처는 시간이 지나면 새살이 돋고 흉터도 희미해지겠지. 그때까지 비비의 발밑을 기고 아부를 떨며 비위를 맞출 자신도 있었다.

'그러니까 괜찮……'

쉴 새 없이 이어지던 생각이 뚝 끊겼다. 째깍, 째깍, 시계 초침 소리만이 침실을 메웠다.

"아힌 님?"

쾅, 급작스레 문을 박차고 나온 아힌으로 인해 경비 기사들의 눈이 크게 뜨였다. 그들을 뒤로한 아힌은 길게 이어진 복도를 달렸다.

왜 이렇게 불안할까. 어느덧 비비가 머무는 발렌스의 침실 앞에 도착한 아힌이 간헐적인 숨을 몰아쉬었다. 굳건히 닫힌 문은 바깥에 서조차 함부로 들어갈 수 없게끔 자물쇠를 걸어 둔 상태였다.

"송구하지만 아힌 님이라도 들여선 안 된다는 명을 받았습니다."

문 앞을 지키던 검은 복식의 기사들이 아힌을 경계 어린 눈으로 지켜봤다. 발렌스의 명만 따르는 그림자들답게, 제아무리 아힌이라도 한 합에 쓰러뜨리긴 힘든 실력을 가진 자들이었다.

"안 들어가."

정확히는 못 들어간다는 말이 맞았다. 또다시 비비가 저를 피하기 위해 물러나다가 상처가 터지면 안 될 일이니. 그럼에도 불구하고 기사들의 음산한 눈빛은 아힌에게서 떨어질 기미를 보이지 않았다.

"재밌네."

주워 온 토끼가 이제는 수장 직속 기사단의 호위를 받고. 간사한 이브린이 비비의 줄로 갈아탈 날도 머지않은 모양이었다. 차기 수장인 아힌으로서도 아직 받아 보지 못한 특례였으니까.

아힌은 검을 뽑으려는 듯 허리춤에 손을 가져갔다. 동시에 발군의 속도로 검을 뽑아 들던 기사들이 일순 휘청거리며 자세가 무너졌다. 아힌의 허리춤은 검은커녕 텅 비어 있기 때문이었다.

"놀라긴, 들어갈 생각 없다니까."

"……."

"그런 표정을 지으면 더 놀리고 싶어지는데."

나른하게 웃은 아힌이 툭, 힘없이 문에 이마를 묻었다.

"앞에 서 있는 것 정도는 하게 해 줘."

긴 속눈썹이 눈 아래에 그늘을 만들었다. 눈을 감으면 고통에 몸부림치던 비비가 떠오르고, 눈을 뜨면 상처가 터진 것도 모른 채 공포 어린 얼굴로 달아나는 비비가 그려졌다.

비비, 실은 나 하나도 괜찮지 않은 것 같아. 하루 종일 괜찮다는 말을 달고 산 게 무색할 만큼. 그리고 그 이상으로 비비도 괜찮지 않을 것이었다.

주르륵, 문에 기대어 미끄러지듯 앉은 아힌이 눈을 감았다. 감히 비비가 이겨 냈으면 좋겠다는 바람조차 가질 수 없었다. 잠이 오지 않는 밤이었다.

\\|/

반짝 눈을 뜬 나는 나무로 이루어진 낯선 천장을 올려다봤다. 아지랑이처럼 흩어졌던 시야가 점점 또렷해졌다.

열에 시달렸다는 사실이 거짓말처럼 여겨질 정도로 몸이 가벼웠다. 무슨 이유에선지 상처의 고통이 느껴지지 않았고, 혈관을 타고 흐르는 페로몬의 감각이 한층 뚜렷하게 살아났다.

설마 상처가 완전히 나을 만큼 오래 잠들어 있었던 걸까. 멍하니 생각하던 나는 굳은 몸을 풀기 위해 앞발을 내밀었다.

스르륵, 천에서 빠져나온 하얀 팔이 천장을 향해 뻗어졌다. 둔해 보이는 솜 뭉텅이가 아닌, 가느다란 손가락 사이사이로 램프 불이 갈라졌다.

그제야 실감이 나기 시작하며, 퀸과 지난나 교수의 목소리가 귓가를 스쳤다.

'그래서, 지금 이 토끼가 인간화를 치르는 중이라고?'

'비비 님한테 나타나는 모든 증상이 수인열의 증상과 일치하니까요. 상처로 인해 동반되는 열과는 다릅니다.'

'……이십 년 가까이 전조도 없다가 갑자기? 어떻게?'

'이런 특수한 경우를 제가 어떻게 아나요. 비비 님이 깨어나면 자초지종을 들을 수 있겠죠. 지금은 수인열의 고통을 줄일 수 있는 조치를 취할 수밖에요.'

믿기지 않는 현실이 아닌가. 벌떡 몸을 일으키던 나는 황급히 흘러내리는 이불을 끌어 올렸다.

'도대체……'

어쩌다가 통나무집에서 수인열을 겪게 된 걸까. 얼떨떨한 시선이 책상에 엎드린 채 잠든 지난나 교수에게 머물렀다.

'지, 진정해.'

흩어진 이성을 되찾고 영리하게 굴 필요가 있었다. 나 비비, 이제는 담력 빼면 시체인 토끼가 아닌가. 겁먹을 이유는 하나도 없었다.

'우선 일어나자.'

다짐이 무색하게도 툭, 맨살에 닿은 털의 감촉에 기겁한 내가 이불을 감싼 채 빛의 속도로 굴렀다. 침대 아래로 쿵 떨어진 나는 곧장 고개를 들어 털의 정체를 확인했다.

'카피바라……?'

혹시 러셀인가. 열에 헐떡일 당시 어렴풋이 러셀을 만났던 기억이 스쳤다. 아무래도 내가 추울까 봐 본모습으로 돌아가서 몸을 데워주고 있었던 모양이었다.

뭉클한 시선을 보낸 나는 곧 떨리는 손으로 목뒤를 더듬었다. 손끝으로 희미한 굴곡 정도가 아닌, 이질적인 굴곡이 느껴졌다.

'열꽃 흉터가 깊어졌어.'

나는 시험 삼아 허공에 치유계 페로몬을 운용해 보았다. 페레니움 없이 페로몬을 사용하면 자연스레 새끼 토끼로 돌아가곤 했으니까. 그러나 긴 기다림 끝에도 여전히 사람의 모습이었다.

'……말도 안 돼.'

인간화라니, 인간화라니……!

실험을 거치고도 쉽게 믿기지 않았다. 그도 그럴게, 평생을 바라온 소망이 한순간에 이루어졌는데 어떻게 바로 받아들이겠나.

뺨을 쭈욱 쓸어내렸다가, 다시 이불 속에 칭칭 파묻혔다가, 괜히 두리번거리는 등 불안한 사람이 할 법한 행동을 반복하던 내가 묘안을 떠올렸다. 인간화를 치른 수인은 성수로 변하지 않나. 만일 본모습으로 돌아갔을 때, 새끼 토끼의 모습이 아니라면 인간화를 의심할 여지조차 없었다.

'……본모습으로는 어떻게 변하는 거지?'

지금까지는 페로몬을 사용하면 자동으로 돌아갔는데. 막막히 손만 내려다보던 나는 이곳을 빤히 쳐다보고 있는 카피바라와 시선이 마주쳤다.

"……러셀?"

확인차 이름을 부르자마자 촐랑촐랑 뛰어온 카피바라가 덥석 안겨 들었다. 설치류 중에 가장 크다더니. 상상 이상의 무게에 눌린 내가 휘청거리며 러셀을 안았다.

털에 뺨을 비비며 재회의 인사를 나눈 후, 나는 지난나 교수가 깨지 않게끔 조용히 속삭였다.

"있잖아, 나한테 본모습으로 변하는 방법을 알려 줄 수 있어?"

네가 카피바라가 된 것처럼. 기대를 한 몸에 업은 러셀은 대뜸 힘차게 엉덩이를 흔들기 시작했다.

'뭐야, 저게.'

이불을 감싼 채 엉거주춤하게 일어난 나는 긴가민가하며 물었다.

"그러면서 페로몬을…… 운용하라고……?"

카피바라는 더 설명이 필요 없다는 듯 세차게 고개를 끄덕였다. 특유의 무덤덤한 얼굴은 신뢰와 확신을 담아내고 있었다.

'엉덩이를 흔드는 건 나도 자신 있지만…….'

지금이 수치심이나 느낄 때인가. 몸의 움직임에 따라 페로몬의 흐름도 달라지는 건 사실이었고, 당장은 러셀의 가르침 외에는 방도가 없었다.

결심한 나는 엉덩이를 씰룩거려야 하는 토끼 일족의 전통 춤을 췄다. 동시에 조심스레 페로몬을 운용하자, 몸이 빛으로 감싸이며 시야가 점점 낮아지기 시작했다.

이윽고 팔을 뻗으니 손 대신 익숙한 앞발이 나타났다.

'돌아왔다!'

거울, 거울.

홱홱 고개를 돌리던 나는 곧장 구석에 세워진 전신 거울을 향해 발을 굴렀다. 뒤편에서 러셀이 따라오는 소리가 들렸다. 금세 거울 앞에 당도한 내가 긴장을 삼키며 두 발로 섰다.

'반드시…… 성수여야만 해.'

반들반들한 거울 속에 새하얀 솜뭉치와 카피바라의 형체가 드리워졌다. 거울을 확인하자마자 말을 잇지 못한 내가 입을 틀어막았다.

'이럴 수가.'

한껏 심각해진 내 뒤로 오뚝이처럼 기우뚱거리는 갈색 카피바라가 비쳤다. 게슴츠레 뜬 눈이 금방이라도 감길 것만 같았다.

'……?'

뒤이어 책상에 엎드린 지난나 교수의 코 고는 소리가 귀를 파고들었다.

'아!'

그제야 어수선하게 치유계 페로몬을 발산하고 있음을 깨달은 내가 갈무리를 시도했다. 그 즉시 손쉽게 페로몬이 잔잔해졌다. 이전까지는 숨을 꿍 참아야 페로몬을 진정시킬 수 있었는데. 급작스러운 변화에 적응하지 못한 내가 멀거니 앞발을 번갈아 봤다. 인간화는 수인이 페로몬에 적응하기 위한 과정과도 같다더니. 몸소 체감하고 있으면서도 놀라움의 연속이었다.

'어째서 이렇게 갑자기……?'

분명 인간화를 치를 만큼 페로몬을 능숙하게 다루진 못했지 않나. 그뿐만이 아니었다. 물구나무는 누워서 건초 먹일 정도로 몸이 가벼웠고, 아픈 내내 지끈거리던 머리도 개운했다.

털을 헤집으며 페로몬을 점검하던 나는 묘한 위화감을 느꼈다. 감당하기 힘들 만큼 넘치던 페로몬이, 딱 맞추기라도 한 것처럼 적당한 흐름을 보이고 있었다.

이상하단 말이야. 골똘히 고민하던 나는 문득 한 가지 가설을 떠올렸다.

'그때마다 나는 치유계 페로몬을 빨아들이는 듯한 감각을 느꼈어.'

……실제로 나도 아힌에게 페로몬을 전달하는 게 아닌, 빼앗기는 느낌이었지. 그랬기에 더더욱 위기감이 들기도 했고.

추측대로라면 감당하기 힘든 치유계 페로몬을 반절이나 빼앗기면서 인간화에 이르렀을 가능성이 컸다.

일순 목을 물리는 그 순간을 떠올려 버린 나는 질끈 눈을 감았다. 생각하지 않으려 애쓰고 있었는데. 심장이 미친 듯이 뛰고, 온몸에 오한이 들며 식은땀이 날 것만 같았다.

공황 속을 헤엄치는 와중, 툭, 무언가가 몸을 치는 감각에 번쩍 정신이 들었다.

'뭐야!'

눈을 뜨자 그새 수마에서 벗어난 카피바라가 보였다. 미동 없이 선 내가 걱정스러운 모양이었다.

'러셀, 이거 봐.'

애써 반색한 나는 앞발로 자신만만하게 거울을 짚었다. 거울 속에는 주먹만 한 새끼 토끼에서 주먹 두 개를 붙인 크기로 변모한 토끼가 자리했다. 비록 상상 속의 멋들어진 성수는 아니었지만.

'뭐, 그래도 얼굴은 조금 똘똘해진 것 같기도 하고…….'

어쨌든 이 비비 님께서 인간화를 치렀다 이 말씀이야.

의기양양해진 내가 카피바라를 향해 배를 쭉 내밀며 성과를 뽐냈다. 당장 누구에게라도 자랑하고 싶어 온몸이 근질거렸다. 인간화가 늦어졌다는 비슷한 아픔 때문인지, 러셀은 제 일처럼 기뻐하며 힘찬 박수를 보냈다.

'러셀……!'

그 격한 반응에 감동한 나는 손바닥을 마주치자는 의미로 앞발을 내밀었다. 그러자 흥에 겨운 카피바라가 두두두 달려들었다.

'잠깐, 러셀, 너무 빨라.'

뭔가 불길한데.

'악!'

퉁, 막을 새도 없이 카피바라의 머리와 충돌한 내가 뒤로 튕겨 나갔다.

막 깨어났을 때도 달려들어 품에 안기더니. 아무래도 러셀은 인간화를 치른 지 얼마 지나지 않은 탓에, 몇십 킬로그램에 달하는 제 본모습을 아직 새끼 카피바라라고 여기는 듯했다.

그래, 내 앞길이 평탄할 리가 없지. 나무 바닥을 데굴데굴 구른 나는 통나무 벽에 부딪히며 장렬하게 눈을 감았다. 인간화를 치른 이후 첫 기절이었다.

\|/

깨어났을 때는 또다시 하루가 지난 밤이었고, 자연스레 본모습에서 사람의 외형으로 돌아온 상태였다.

수인은 본모습으로 반나절 이상 지내지 못하는 것을 경험해 볼 줄이야. 감격스러움에 한바탕 눈물을 쏟은 나는 겨우 몸을 추스른 후, 지난나 교수가 건넨 두꺼운 의복과 은색 망토를 둘렀다.

"방금 뭐라고요? 본모습으로 돌아가기 위해서는 엉덩이를 흔들어야 하냐고요?"

대강의 자초지종을 들은 그녀는 우스워 죽겠다는 듯 배를 잡고 깔깔 넘어갔다.

러셀의 방식이 특이한 거지, 실제로는 몸을 흔들 필요 없이 페로몬을 뒤흔들 듯 운용하면 된다고. 자신도 처음에는 러셀이 사람의 모습으로 씰룩거릴 땐 뭘 하는 건가 싶었다고 설명했다.

'그럴 줄 알았어.'

뭔가 많이 이상하다 싶더니. 화롯불 앞에 앉은 내가 가자미눈을 하는 순간, 러셀이 내 망토 속에서 쏙 튀어나왔다. 사람으로 돌아온 이후 품에 달라붙어 떨어질 생각을 하지 않는 중이었다.

"러셀, 너어-."

쓴소리를 하려 입을 뻐끔거리니, 대뜸 왜 편지를 쓰지 않았냐는 질문이 돌아온 탓에 아무 말도 할 수 없었다. 토끼의 몸으로는 편지를 쓰기가 벅찼거든……

"나쁜 새."

그때 벌떡 일어난 러셀이 창가로 달려갔다. 동시에 의자를 박차고 일어난 지난나 교수가 내 어깨를 눌렀다.

"비비 님, 잠깐만요."

차르륵, 커튼을 친 그녀가 빼꼼 고개만 내밀어 창밖을 내다봤다. 확인하지 않아도 틈 사이로 얼핏 보인 물빛 머리칼과, 나쁜 새라는 단서로 미루어 퀸임을 알 수 있었다.

지난나 교수가 막아선 건 내가 맹수계 수인에게 느끼는 공포심을 염려한 거겠지. 이유 모를 불안감에 손을 꼼지락거리자, 그 행동을 발견한 러셀이 비장한 얼굴을 했다.

"내가 혼내 줄게."

"러셀, 안 돼!"

저 매가 얼마나 성격이 더러운데. 아니나 다를까, 커튼으로 파고

들었던 러셀은 금방 도로 돌아와서 내 품에 안겼다.

"새의 눈에는 악마가 사나 봐."

이만큼 뾰족해, 속닥거린 러셀이 식은땀을 주르륵 흘렸다. 그 평가에 깊이 공감하고 있자니, 지난나 교수가 조심스러운 목소리로 말했다.

"비비 님. 퀸 님이 전하고 싶은 말이 있다는데, 가능할까요?"

괜찮아, 늘 봐 오던 퀸인걸.

그러한 생각과는 다르게 대답은 쉽게 튀어나오지 않았다. 손끝이 덜덜 떨리며 한기마저 들었다.

진땀이 배어난 손을 망토에 닦자, 러셀이 손을 꼭 잡아 왔다. 그 작은 온기에 기댄 나는 한참의 망설임 후에 허용 가능한 한 가지 방편을 떠올렸다.

"자, 러셀. 밤마실이나 다녀오자꾸나."

"지난나 교수, 나는 여기 있을래."

"……그럼 이 어머니가 너무 외롭잖니."

약 오 분 후. 러셀을 안아 든 지난나 교수가 자리를 피해 줬다. 남겨진 나는 창문 아래에 슬며시 자리를 잡았다. 벽에 기대어 무릎을 모으고 앉자, 퀸도 바닥에 주저앉는 모양인지 털썩거리는 소리가 들렸다. 망할 토끼라는 중얼거림을 애써 무시한 내가 입술을 열었다.

"……지난나 교수님께 대충 전해 들었어."

이곳이 돼지 영토이며, 맹수를 본 내가 흥분할 것을 염려한 발렌스 님의 지시 아래, 퀸이 옮겨온 것까지.

"고마…… 악!"

콩, 감사 인사를 뱉기도 전에 머리 위로 단단한 서간지가 떨어졌다.

'곱게 좀 주면 어디가 덧나?'

속으로만 툴툴거린 내가 서간지를 펼쳤다. 발신인은 발렌스 님이었다.

　직접 얼굴을 보고 말해 주고 싶건만, 편지로밖에 전달할 수 없는 게 아쉽구나. 우선 사경을 헤매는 너를 그리 보낸 것을 너그러이 양해해 주렴. 부끄럽게도 네가 또 맹수계 수인을 맞닥뜨려 상처가 더 심각해지면 어쩌나 두려웠던지라, 그 위험부터 제거해야 한다는 생각밖에 들지 않았거든.

　그리고 퀸을 통해 돼지 영토에서 인간화를 치른 소식을 전해 들었단다. 많이 두렵고 힘들었겠지만, 먼저 축하한다는 말부터 전하고 싶구나.

서간지 속 내용은 그녀답지 않게 장황하면서도 몇 번이나 망설인 듯한 흔적이 묻어났다.

나는 서간지 사이에 끼워진, 연보라색 보석으로 만든 꽃을 집어들었다. 어쩐지 종이치고 너무 묵직하더라니. 편지에 의하면, 흑표범 영토는 갓 인간화를 치른 수인에게 꽃을 선물하는 게 관례라고 설명되어 있었다.

　……더욱이 평생을 가도 갚을 수 없는 빚을 지고 말았지. 그러나 내가 줄 수 있는 값진 건 선택과 자유뿐이라는 사실이 씁쓸하구나.

이후로 나는 말없이 긴긴 편지를 읽어 내려갔다.

　하지만 새끼 토끼로 살아온 네게는 필요한 것이겠지. 마차를 탈 때면 쉴 새 없이 창밖을 바라보고, 문득문득 비치는 배움에 대한 갈망을 모르지 않으니.

중간중간 내가 코를 훌쩍이는 소리와, 창문을 열어 둔 탓에 새어 드는 풀벌레 소리만이 정적을 물들였다.

마지막으로 아가, 야윈 새끼 토끼가 그레이스가에 온 것은 축복이자 선물이었단다. 네가 걸을 길을 존중하며, 언제까지고 기다리마. 너의 발렌스 님이.

툭, 투둑. 눈가에 한가득 차오른 눈물이 서간지를 적셨다. 망토로 눈을 꾹꾹 누른 나는 다시 처음부터 편지를 읽어 내렸다.

발렌스 님은 우회적으로 말하고 있었다. 한 번 심어진 공포감은 한순간에 해결할 수 있는 게 아니며, 생명의 위협이 없는 곳에서 안정을 취할 필요가 있다는 사실을. 또 그와 관련한 내 선택을 존중하며, 전적인 지원을 아끼지 않을 것임을 알렸다.

머리가 멍해진 나는 그저 멀리 타오르는 화롯불을 바라봤다. 현실을 마주할 시간이었다.

'모르겠어……'

아힌이 보고 싶고, 마음은 당장이라도 그레이스저로 돌아가기를 원했다.

아힌과 이브린의 티격태격하는 소리에 잠에서 깨고, 메이미의 현란한 손길에 강제로 채비를 마치고. 발렌스 님과의 티타임 후에는 애쉬, 바라와 산책을 나서며 오전을 마무리하곤 했다. 그다음 할아버님과의 혹독한 수업에 임한 후, 녹초가 되어 침실로 돌아가면 치근대는 아힌을 발로 차 주는. 얼마나 지났다고 그레이스저에서의 일상이 한없이 그리웠다.

그러나 눈감으면 일상은커녕 끔찍한 감각이 어둠 속에 그려지고, 눈을 뜨더라도 그 환상은 여전했다.

목을 뜯길 때 느낀 죽음에 대한 공포가. 살려 달라고 나도 모르게 빌어 버린 내 모습이. 언제든 목숨을 거둬 갈 수 있는 송곳니. 그리고 달아나는 나를 보는 아힌의 눈에 어렸던 물기가.

이런 상황에서 돌아가면 어떤 결과가 나올지는 쉽게 예상할 수 있었다. 모두에게 공포감과 혐오에 물든 얼굴을 보여 주고 말겠지.

'보통의 초식계 수인은 맹수계 수인이 단지 불편한 사람쯤으로 느껴질 뿐이죠.'

지난나 교수는 내가 맹수계 수인에게 느끼는 공포가 일반적인 초식계 수인에 비해 훨씬 심한 편이라 일렀다. 아마 평생 새끼 토끼로 살아왔기에 한층 본능적이며, 적절한 시기에 배워야 할 것들을 배우지 못했기에 그럴 가능성이 크다고.

"아힌 그레이스는……."

가만히 생각에 잠겨 있자니, 창밖에서 퀸의 까칠한 음성이 들려왔다.

"-더 이상 페로몬 발작이 나타나지 않아. 주치의도 확신하는 눈치고, 실제로 그 일이 있었던 이후로 한 번도 나타나지 않았으니. 네가 죽을 뻔한 대신 그놈이 살았다고 보면 돼."

"……."

"그러니까 쓸데없는 데 신경 쓰지 말고 네 앞가림이나 똑바로 하시지. 지금 차기 수장의 처지나 걱정할 입장은 아닐 텐데."

가장 기다린 소식이긴 한데, 꼭 위로와 격려를 저런 식으로 해야 하나. 성격답게 아힌의 호칭마저 막 부르고 있었다. 더욱이 퀸은 짜증 나는 토끼라는 말을 빼먹지 않고 덧붙였다.

'경우 없는 새 같으니라고.'

눈을 날카롭게 뜨고 있자니, 머리 위로 작은 종이쪽지가 툭 떨어
졌다.

"이건……."

"흑표범 수장이 전해 주라더군. 토끼 영토에 있을 때 아힌 그레이
스가 네게 보낸 서신이라던데."

토끼 영토에 있을 때라면, 아힌이 내가 따라간 줄 모르고 그레이
스저로 부친 서신인 건가. 그러고 보니 나를 버리고 떠나기 전에 편
지를 쓰라는 둥 실없는 소리를 늘어놨던 것 같기도 했다.

알찬 내용일 거라곤 기대도 안 한 나는 잘 접힌 종이쪽지를 펼쳤다.

금방 갈게

이게 뭐라고. 울컥 감정이 복받친 내가 입술을 말아 물었다. 손등
으로 눈을 꾹꾹 눌렀으나, 오히려 봇물 터지듯 흘러나온 눈물이 옷
자락을 축축하게 만들었다.

결국 눈물을 주체 못 한 나는 어린아이처럼 엉엉 소리 내어 울고
말았다. 외롭고 혹독한 겨울의 시작이었다.

그레이스가의 아침이 밝았다.

뚜벅뚜벅, 발렌스의 침실 앞에서 걸음을 멈춘 이브린은 야트막한
한숨을 내쉬었다. 병상에서 일어난 이래, 아힌의 잠자리는 비비가
머무는 침실 앞이 되어 있었다.

"이브린 님을 뵙습니다……."

옆에서 대기하던 유안은 눈치를 살피며 슬그머니 자리를 비켰다.

왠지 이브린이 이상한 짓을 할 것만 같은 예감이 든 탓이었다.

아니나 다를까. 이브린은 문에 기대어 앉아 잠든 아힌에게 살짝 다가섰다. 말릴 새도 없이 그의 손에 있던 토끼 귀 장식이 아힌의 머리에 살포시 안착했다. 질린 낯을 한 발렌스의 전속 기사들은 옆으로 세 걸음 물러났다.

'떨어지자고.'

'진중한 얼굴을 해선 예고도 없이 저러니……. 미칠 노릇이군.'

미친 자가 많은 그레이스가에서도 단연 으뜸인 이브린과 엮여서 좋을 게 없었다.

"아힌 님, 일어나십시오."

"-왜 머리에 쓰레기를 얹어."

"토끼 귀입니다. 일족을 바꾸시면 토끼님이 한 번쯤은 돌아봐 주지 않을까 싶어서요."

"그럼 쓰고 있지, 뭐."

막 깨어나도 청아한 얼굴인 아힌이 귀 장식을 정돈했다. 이어서 제복을 털며 일어나던 그는 복도 한편을 돌아봤다. 무슨 바람이 불었는지, 자의로 인간 모습이 된 퀸이 서 있었다. 그것은 곧 언어로 알려야 할 전달 사항이 있다는 의미.

완전히 몸을 틀어 마주한 아힌은 느릿하게 퀸을 훑었다. 퀸은 사람으로 돌아오더라도 늘 간단한 셔츠에 경장 바지 차림을 고수했건만. 오늘은 베스트에 타이까지 착용하고, 대충 묶던 물빛 머리카락도 느슨히 풀어 내린 상태였다.

아힌이 가만히 기다리자, 머리 위의 귀 장식을 더럽다는 듯 흘긴 퀸이 말문을 뗐다.

"이번 비행은 조금 길어질 것 같아서."

새 수인인 퀸은 아주 그레이스저에 머무는 건 아니었다. 늘 바깥 생활을 했으며, 간혹 저렇게 말하고는 석 달 후에나 고개를 들이민 적도 있었다. 그래도 언제나 둥지로 돌아왔기에, 딱히 의미를 두지 않은 아힌이 한 박자 늦게 물었다.

"-어디로 가?"

"네가 언제 그런 걸 물었었나."

까칠하게 답한 퀸이 대뜸 손에 있던 작은 종이쪽지를 던졌다. 가볍게 낚아챈 아힌이 눈썹을 들었다.

"뭔데?"

이미 제 할 말을 다 한 퀸은 답 없이 창틀을 짚고 올라섰다. 매로 돌아가기 위해 페로몬을 운용하는 그의 뒤로 아힌의 저음이 꽂혔다.

"죽지 마."

"……그래."

"딸기 서리하다가 잡히지도 말고."

끝까지 재수 없는 새끼, 내가 지금 누구 때문에 떠나는데. 눈을 부라림으로써 답을 대신한 퀸이 순식간에 매로 변했다.

삐이-.

저택 상공을 크게 한 바퀴 돈 퀸은 돼지 영토를 향해 날갯짓했다.

매의 뒷모습이 구름에 가릴 때까지 바라보던 아힌은 초라한 종이쪽지를 만지작거렸다. 어울리지 않게 전언이라도 남긴 건가. 팅, 팅긴 쪽지가 높이 떠올랐다가 손에 안착했다.

"……"

팅, 팅, 의미 없는 손장난을 반복하던 아힌은 일순 미간을 확 구겠다. 결국 인성마저 새로 변한 게 아니고서야, 제아무리 퀸이라도 이런 시기에 멀리 떠난다는 사실이 퍽 의심스럽게 다가왔다.

그제야 굳어 있던 머리가 돌기 시작한 그는 멀찍이 선 발렌스의 전속 기사 두 사람을 훑었다. 탁하게 물든 시선을 받은 기사단장이 바짝 긴장했다.

"……새끼 토끼의 호위에 기사단장을 붙이는 건 어머니치곤 조금 유난스러운 짓이지."

그 유난이 요즘은 자주 있는 일이었기에 미처 놓치고 말았지만.

또 환자를 돌보는 사람치곤 꼭 아힌이 나타나는 시각에만 문을 열고 나오던 다람쥐 의관. 곱씹어 보면 마치 비비를 치료 중이란 것을 증명하듯 꼬박꼬박 얼굴을 비추곤 했다.

'그리고……'

뒤늦게 요 며칠 잊고 있던 존재를 떠올린 그가 이브린을 돌아봤다.

"-애쉬는?"

"예?"

"요즘 안 보이던데."

"평소와 같이 규칙적인 생활을 반복하고 있습니다. ……규칙적이라니, 왜 규칙적이죠?"

"말한 건 넌데 왜 나한테 물어."

워낙 정신이 없었던 탓에, 그제야 위화감을 느낀 이브린이 턱을 매만졌다.

이상하지 않은가. 비비가 병상에 누운 것치고는 애쉬가 지나치게 얌전했다. 아힌처럼 침실 앞을 서성여도 모자랄 판이건만. 마치 애쉬는 아무 일도 없단 듯 제시간에 일어나서 외출하고, 취침 시간이 되면 꼬박꼬박 이브린의 침실로 돌아오고 있었다. 늘 뒤를 따르는 바라도 유독 고분고분한 태도를 보였지 않나.

"수……."

그가 지극히 수상하다고 주장하려는 찰나, 아힌은 지체 없이 창문을 뛰어넘어 사라졌다.

"아힌 님, 어디로 가시는 겁니까?"

창밖을 내다보던 이브린은 아차 싶은 마음에 석상처럼 선 기사들을 돌아봤다.

"……아힌 님께서 토끼 귀 장식을 빼고 가셨던가?"

"아뇨, 쓰고 가셨습니다."

"나중에 목이 잘릴지도 모르겠군요. 그러게 싫다는데 왜 저한테 그런 장난을 시키십니까? 책임지십시오."

"죄송합……. 예에?!"

황망히 선 기사들을 뒤로한 그가 아힌이 사라진 방향으로 달려갔다.

애쉬는, 애쉬는, 애쉬는.

아힌의 질문마다 고용인들은 하나같이 입을 모아 정문이라 답했다. 심지어 정원사는 애쉬가 며칠 내내 정문 앞을 지키는 중이라고 증언했다.

무작정 달리는 아힌의 시야로 장엄한 황금색 철창이 보이기 시작했다. 뒤로 다가온 그의 기척을 눈치챈 메이미가 고개를 돌렸다. 그녀의 입에서 흘러나온 부연 입김이 추위를 여실히 나타냈다.

"아힌 님을 뵙습니다."

메이미는 검은 망토를 여미며 여느 때처럼 깍듯이 묵례했다.

옮겨진 아힌의 시선이 가지런히 모인 그녀의 양손에 머물렀다. 추운 날씨에 계속 서 있었음을 증명하듯 손등이 붉었다.

애쉬와 바라는 옛 주인의 기척을 뻔히 알고도 모른 척 굳건히 전방만 응시했다. 비비가 하늘에서 나타날 수도, 마차 창에서 앞발을 흔들 수도, 또는 달려올지도 모르니 한시도 놓칠 수 없었다.

또한 아프면 속상해할 비비를 위해 스스로의 건강도 잘 돌봐야 했다. 꼬박꼬박 이브린의 침실로 돌아가 몸을 데운 건 오직 그 이유에서였다.

'……하.'

이로써 발렌스의 침실에는 비비가 없다는 사실을 확인받은 아힌이 헛웃음을 쳤다. 그새 빼돌린 것이었다. 발렌스가 작정하고 숨긴 거라면 제아무리 아힌이라도 빠른 시일 내에 찾는 건 무리지 않을까.

눈앞이 까마득해진 아힌은 문득 꽉 쥐고 있던 주먹을 펼쳤다. 거치적거리던 무언가는 퀸이 건네고 간 작은 종이쪽지였다.

그는 홀린 듯 성급한 손놀림으로 쪽지를 펼쳤다.

 금방 갈게

앞발로 콕콕 찍어 작성한 서신은 발신인을 추측할 필요조차 없었다.

'금방이 언젠데.'

가만히 종이를 내려다보는 붉은 눈이 차갑게 식은 반면, 그의 속은 오만가지 감정이 섞여 폭발 직전의 용암처럼 들끓었다.

그 자리에서 굳은 아힌의 어깨 위로 툭, 무언가가 떨어졌다. 툭, 재차 떨어진 것이 종이쪽지를 적셨다.

천천히 고개를 든 아힌이 위를 올려다봤다. 하늘에서 비비를 닮은 솜뭉치가 내려와 콧등에 떨어졌다. 눈이었다.

아힌은 첫눈을 한 번도 낭만적이라고 생각해 본 적이 없었다. 하나 낭만 토끼를 닮으니, 그마저도 쓸데없이 의미를 부여하는 자신을 발견할 수 있었다.

"이브린."

"예."

어느새 뒤편에서 대기하고 있던 이브린이 한 발짝 다가섰다.

"찾아."

"……명 받들겠습니다."

목적어가 생략되었으나 누군지 물을 필요는 없었다.

그리고 그해 겨울, 늑대 일족의 본격적인 침입으로 인해 사자 일족까지 개입할 수준의 분쟁이 불거졌다.

비비의 금방은 아힌에게는 금방이 아니었다.

.

벨헬름 아카데미

18

벨헬름 아카데미

벨헬름 아카데미.

릴리언 페이언트가 82대 학장으로 앉은 벨헬름 아카데미는, 벨헬름 시가지의 반절을 차지할 정도의 규모를 자랑했다. 또한 귀족가 자제부터 일개 영토민까지 입학이 가능한 것을 넘어, 초식계 수인과 맹수계 수인이 더불어 재학하는 유일한 학술 공간으로도 저명했다.

이 이름난 곳의 신입생 중, 전체 평가 2등의 명예를 차지한 앨런 프레디안. 유달리 자존감이 높은 그는 최근 심기가 불편하기 짝이 없었다.

자신이 누군가. 흑표범 일족의 유서 깊은 가문, 프레디안가(家)의 차남이자, 장차 흑표범 영토를 이끌 아힌 그레이스의 직속 보좌를 꿈꾸는 불세출의 인재였다. 만일 학장인 릴리언의 눈에 들어 자리를 얻으면, 차남인 저를 안중에도 두지 않는 아버지의 인식을 바꿀 수 있을지도 몰랐다.

그렇게 입학 이래 전체 평가 1등을 유지하며 탄탄대로를 걷던 나날. 반년 전에 입학한 근본 없는 토끼가 앨런 프레디안의 목표를 송두리째 뒤흔들어 놓았다. 혜성처럼 나타난 토끼는 한순간에 전체 평가 1등의 자리를 채간 것도 모자라, 릴리언 학장의 총애를 독차지하고 있었다. 릴리언 학장은 나름 티를 내지 않으려 노력하는 듯했지만, 토끼를 볼 때마다 헤벌쭉 벌어지는 입이 위의 사실을 증명했다.

똑똑하다는 침팬지 일족도 아니고. 하물며 뚜렷한 신분이 있는 것도 아니며. 가진 거라곤 유독 반반한 얼굴과 죽어라 메고 다니는 배낭뿐인데, 왜 이리 거슬리는지 모를 일이었다.

'언뜻 보잘것없어 보이지만……'

그러나 1등의 비결을 캐기 위해 관찰한 결과, 토끼에게서 몇 가지 수상한 점이 발견됐다.

첫 번째는 묘할 만큼 페로몬이 느껴지지 않았다. 자고로 수인이라면 은연중에 페로몬을 흘리는 경우가 존재하는데도 불구하고.

하나 토끼는 본모습으로 돌아간다면, 수인이 아닌 동물로 착각할 만큼 페로몬을 읽기가 힘들었다. 소문으로는 수면 페로몬이라고 하니, 그리 대단하지 않은 페로몬이라 느낄 수 없는 걸까.

두 번째는 매일같이 아카데미 도서관을 들락날락하는데, 사서에게 빌려 간 서적이 뭔지 캐냈더니 하나같이 맹수와 관련된 책뿐이었다. 개중에는 글자 하나 없이 딸랑 삽화만 포함된 그림책도 있었다.

교활한 토끼가 맹수들을 상대로 음모를 꾸미기라도 하는 건지. 얕은 의심이 피어났다.

마지막으로는 그럴싸한 신분이 없음에도 불구하고 차림새가 보통 고급스러운 게 아닌 점이었다. 안 그래도 고가인 아카데미 교복이건만. 토끼의 맞춤 교복은 귀족들도 고심을 거쳐야 할 수준의 소재였다.

그뿐인가. 가끔씩 달고 나타나는 장식물은 경매장에나 나올법한 고가의 보석이었다. 덕분에 일부 학도들은 신분을 숨기고 재학하는 귀족 자제란 소문을 철석같이 믿을 정도였다.

뭐 어떻게 접근하여 정보를 캐내려 해도, 지난나 교수의 아들이 졸졸 따라다니니. 기운을 읽는 능력은 의도를 갖고 접근하는 이들을 쳐내기 딱 좋은 꺼림칙한 페로몬이었다.

"그 토끼 말이야. 학장이 손주의 짝으로 점찍어 뒀다는 소문도 있지 않나?"

앨런 프레디안의 옆에 선 두 명의 호랑이 수인 중 하나가 비스킷을 통 튕겨 받아먹었다.

"말도 안 되는 소리 좀 작작 지껄여. 그럼 토끼가 흑표범 차기 수장의 반려라는 소리야 뭐야."

"왜, 예전에 아힌 그레이스 님이 토끼 수인에게 홀랑 빠졌다는 가십도 났었잖아."

"그런 길거리 가십이나 믿으니까 네 추리 수준이 그 정도지."

실없는 대화를 나누던 두 명의 호랑이 수인이 하늘을 올려다봤다. 그들을 한심하게 곁눈질하던 앨런 프레디안도 자연스레 시선을 들었다.

삐이-.

늘 토끼의 주변을 맴도는 매가 공중을 자유롭게 유영하고 있었다. 그렇다는 것은……

"앨런, 저기 있네. 토끼."

호랑이 수인의 손가락이 수풀 한가운데를 가리켰다. 부스럭부스럭, 이윽고 잔잔하던 수풀이 흔들리더니 하얀 머리통이 뽁 튀어나왔다. 올망한 보라색 눈동자를 가진 토끼 수인이었다.

휙휙, 주변을 시찰한 토끼는 사람이 없음을 확인하고 슬금슬금 발끝부터 내디뎠다. 수풀과의 사투 끝에, 머리카락과 교복 군데군데에 나뭇잎이 들러붙은 몰골이었다.

그때였다. 토끼가 마침 반대편에서 걸어오는 치타 수인을 발견한 것은. 뒷걸음친 그녀는 다이빙이라도 하듯 도로 수풀 속에 풍덩 뛰어들었다.

"저건 사람이야, 토끼야? 멀쩡한 인도를 두고 꼭 저러네."

"저번에 대강당에서는 곰 수인을 보고 거품도 물었지 않나?"

일련의 과정을 지켜보던 두 명의 호랑이 수인이 떨떠름하게 중얼거렸다. 반대로 눈을 매섭게 빛낸 앨런 프레디안은 그럴싸한 의혹을 제기했다.

"혹시 모르지. 더러운 속내를 감추려 연약한 척 연기하는 걸지도."

토끼 수인은 유한 얼굴에 비해 이따금씩 매우 불순한 눈빛을 비추곤 했다. 마치 맹수들을 발아래 두고자 하는 야망을 표하는 듯한.

"필시 예사 토끼가 아니야……."

앨런 프레디안은 소리 나게 이를 까득 갈았다.

"토끼 주제에 매일같이 흑표범 영토의 일간 신문도 받아 본다지."

그러고 보니 보물단지처럼 메고 다니는 배낭도 수상해, 서슬 퍼런 눈빛을 한 앨런 프레디안이 나직하게 읊조렸다.

더욱이 흑표범 일족과 늑대 일족의 분쟁이 끝난 지 얼마 지나지 않은 지금. 어지러운 영토 정세를 틈타, 허점을 노리는 타 일족의 세작일 확률도 존재했다. 그 음습한 미소와 꿍꿍이가 다분한 보라색 눈. 맹수의 약점과 관련된 서적들. 독불장군이란 별명을 가진 릴리언이 마치 세뇌되기라도 한 듯 해롱거리는 것까지.

"……더 이상 지켜볼 수만은 없겠군."

함께 있던 호랑이 수인 두 사람은 전의를 불태우는 앨런 프레디안을 등지며 시선을 주고받았다.

'바보 아니야……?'

'소설을 쓰네.'

겁 많은 토끼는 많이 쳐 줘도 하급 귀족의 자제쯤으로밖에 안 보이는데.

소문이야 무성하다지만 어차피 학도들 사이로 도는 허언에 불과했다. 제아무리 앨런 프레디안이 수상하다 주장해 봤자, 실제로 토끼의 페로몬은 향마저 느껴지지 않는 하급에 가까웠으니. 그것은 혈통 좋은 귀족도, 능력이 뛰어난 수인도 아니라는 의미였다.

하나에 꽂히면 둘은 안 보이는 외골수가 어떻게 전체 평가 2등일까. 혀를 찬 호랑이 수인들이 각자 제 갈 길로 흩어졌다. 여전히 그 자리에 남은 앨런 프레디안은 토끼가 사라진 수풀을 한참이나 쏘아봤다.

"일 년 반 전에 발발한 흑표범 일족과 늑대 일족의 분쟁은, 대륙 역사상 최단기간에 흑표범 일족의 승리로 귀결되었으며……."

조용한 강의실 내로 교수님의 음성과 펜촉 소리만이 울려 퍼졌다.

"-이 또한 발렌스 그레이스의 업적 중 하나로 기록되었다."

열린 창문으로는 부쩍 따듯해진 바람이 불어 들었다. 턱을 괸 채 바람을 맞던 나는 뒤통수에 꽂힌 따끔따끔한 시선을 느끼곤 고개를 틀었다.

대각선 먼 자리, 앨런은 오늘도 이글거리는 눈으로 나를 노려보고 있었다. 갈색 머리카락 아래에 자리한 새빨간 눈 위로 불꽃이 튀었다.

'정말 왜 저런담.'

작작 좀 해. 경고의 의미로 슬그머니 미간을 모으자, 그의 눈썹이 확 치켜 올라갔다.

놀란 마음에 딸꾹질을 할 뻔한 내가 황급히 고개를 바로 했다.

"비비……? 안색이 안 좋아요."

옆자리에 앉은 돼지 일족의 하급 귀족이자 클래스 메이트인 헨드리가 속닥거렸다.

"또 앨런 프레디안인가 봐요?"

"네에, 뭐."

"강의 끝나면 토끼 사육장에 들를 거죠? 뒷길로 돌아가요. 오늘 저치가 비비를 벼르는 중이란 소문이 있으니."

"어제도 저를 벼르셨다면서요……."

"수석 자리를 뺏겨서 배알이 꼴리나 보죠. 비비가 편입하기 전까지 수석이랍시고 떵떵거리다가 꼴사납게 되었으니까요."

헨드리는 고소하다는 듯 비소를 숨기지 않았다. 눈치를 살핀 내가 조심스레 손을 뻗어 그녀의 손등을 덮었다.

"헨드리. 그럼, 우리 오늘 토끼 사육장에 같이-."

"돼지가 토끼를 뭐 하러 보살펴요? 그리고 비비의 취미에 저를 끼우지 마세요, 바쁜 몸이니까."

탁, 손바닥 뒤집듯 태도를 바꾼 그녀가 대번에 내 손을 밀쳤다.

'매정한 돼지 같으니라고.'

며칠 전만 해도 한가하다고 노래를 불렀으면서. 뱁새눈을 뜬 나는 내쳐진 손을 매만지며 은근히 물었다.

"애인?"

"맞아요, 얼마 전에 무도회에서 춤을 췄던 흑표범 일족의 영식. 꽤 괜찮은 느낌이라 계속 만나볼까 해요."

"제가 흑표범 일족은 전부 방정맞다고 말렸잖아요."

"맹수만 보면 얼어붙는 비비의 말에 신빙성이 있을 거라 생각해요?"

"……경험담이라서 믿어도 되는데."

제정신이 아니라니까, 덧붙인 내가 눈을 반짝 빛냈다. 그 진중한 눈빛을 마주한 헨드리가 중얼거렸다.

"심각한 겁쟁이인 줄만 알았는데, 요즘 보면 허풍이 심한 것 같기도 하고. 제가 너무 비비를 과소평가했나 봐요."

"지금 저 들으라고 그러는 거죠?"

"그럼요. 이다음엔 맹수는 엉덩이를 때리면 좋아한다는 괴상한 주장이나 할 거잖아요. 또, 또. 거짓말을 칠 때마다 콧잔등이 떨리네요."

"그건 허풍이 아니라……!"

점점 언성이 높아지던 우리는 앞에 그림자가 드리워짐을 깨닫고 입술을 꾹 닫았다. 그림자의 주인은 교수님이었다. 나와 헨드리를 번갈아 가리킨 교수님의 단호한 펜 끝이 물 흐르듯 강의실 뒷문을 향했다.

"퇴장."

헨드리와 헤어진 나는 토끼 사육장 쪽으로 터덜터덜 걸음을 옮겼다. 물론 인적 드문 뒷길을 이용하는 것도 잊지 않았다. 앨런과 마주치는 건 사양이었으니까.

앨런은 누가 흑표범 일족 아니랄까 봐 참으로 불편하기 짝이 없었다. 첫 만남은 대뜸 수석을 차지한 비법이 뭐냐 물어온 것이었다. 그래서 책을 많이 읽었다 대답하자, 간사한 토끼가 거짓말도 잘한다며 적의를 드러내는 게 아닌가. 기실 대부분 그레이스저에서 할아버님께 배운 내용이라 시험을 잘 치른 거지만, 사실대로 말할 순 없는 노릇이었다.

하루는 도서관에서 책을 읽고 있는데, 정신을 차리니 대각선에 앉은 앨런이 또 나를 노려보고 있었다. 곧 그는 내가 읽던 「맹수를 길들이는 법」이란 서적을 보고는 안색이 까매졌다.

'아, 이건 별거 아닌······!'

오해를 풀기 위해 애써 미소를 짓자, 괴성을 지른 그가 자리를 박차고 일어나는 건 한순간이었다. 그를 기점으로 무언가 단단히 오해한 모양인지, 항상 의심으로 점철된 눈길을 보내고 있으니.

'어쩜담.'

흑표범과 부딪히는 게 무섭기도 하고, 앨런의 중급 귀족이란 신분도 문제고. 심지어 할아버님과의 상의 끝에, 아카데미에서는 치유계 페로몬을 숨기는 중이었기에 정면 대결도 힘들었다.

풀 죽은 채 걸음을 옮기던 나는 문득 유리창 앞에서 멈춰 섰다. 유리창 속에 검은 교복을 입은 토끼 수인이 비쳤다. 바람에 흐트러진 백발을 쓸어내린 나는 뒤이어 타이를 정돈했다.

'……이제야 교복이 딱 맞네.'

나는 올해로 스무 살이 되었다. 탄생일이 정확히 기억나지 않는 탓에, 성인식을 기준으로 헤아리고 있었다.

그리고 스무 살의 나는 작년에 비해 훨씬 나아진 모습이었다. 피골이 상접했던 얼굴은 살이 올랐으며, 죽어 있던 혈색도 불그스름하게 생기가 돌았다. 약간이지만 신장도 자란 덕분에 헐렁하던 교복도 보기 좋게 맞았다. 귀족식 예법도 몸에 익혔고, 화가 난다고 발로 땅을 박차는 등의 토끼스러운 행동도 많이 줄었다.

무엇보다, 페로몬을 다루지 못해 인간화가 늦어졌다고는 믿을 수 없을 만큼 능숙히 페로몬을 다루게 됐다. 상급 맹수의 코를 자극하는 향을 아예 감출 수 있었으며, 내 몸에 난 작은 생채기쯤이야 쉽게 치료가 가능했다.

이제 아힌에게 조금쯤은 어울리는 사람이 되었을까. 내적으로도 외적으로도 나름 성장한 것 같지만 여전히 확신할 수는 없었다. 바깥 세상에서 바라본 아힌을 비롯한 그레이스가의 일원은 상상 이상으로 먼 사람들이었으니까. 그레이스란 성을 모르는 자가 없었으며, 하다 못해 이브린마저도 흑표범 일족인 학도들에겐 동경의 대상이었다.

'다들 잘 지낼까.'

아힌도, 애쉬도, 메이미도.

멍하니 유리창을 짚고 서 있던 나는 정수리를 뜨겁게 달구는 해를 올려다봤다. 혈관까지 시리게 만든 두 번의 겨울과 대조되는 따스한 날씨였다.

일 년 반 전, 어느 겨울날. 나로 인해 아힌은 삶을 연명했고, 나는 아힌으로 인해 평생의 소망을 이뤘다. 남은 건 내가 아힌에게 가야 하는 한 걸음뿐. 그러나 그 한 걸음은 호수보다 넓고 깊었다.

한 번 살아난 본능과 공포를 억누르는 데엔 생각 이상으로 많은 시간이 필요했다. 더욱이 겨울 끝자락에는 흑표범 일족과 늑대 일족의 분쟁마저 불거졌다. 반강제적으로 돌아갈 수 없게 된 나는 하염없이 신문만 뒤질 뿐이었다.

그 거대한 역사의 흐름 앞에서, 맹수 한 마리도 감당 못 하는 토끼가 할 수 있는 건 아무것도 없었다.

'……보고 싶어.'

지난날을 돌이키던 나는 손등으로 붉어진 눈가를 비볐다. 일 년 이상의 고된 훈련 끝에 더는 맹수계 수인을 봐도 혼절하지 않고, 할아버님과 수월히 대화를 나누는 것도 가능해졌으니.

중간 방학이 되면 할아버님을 따라 그레이스저에 가는 것에 대해 의논하는 중이었다. 그러나 시간만 나면 말도 안 되는 걱정이 발끝을 타고 올랐다.

금방은커녕 너무 오래 걸린 탓에 모두가 나를 미워하면 어떡하나. 당장 괜찮아졌다곤 하지만, 또다시 그레이스저의 누군가에게 상처를 주면 어쩌나.

처음에는 나를 자꾸 먼 영토로 숨기는 발렌스 님께 서운했으나, 시간이 지나니 그 뜻을 알 수 있었다. 심리적 공포를 떨쳐 내지도 못한 채, 충동적으로 돌아가서 또다시 서로에게 상처를 입히는 건 더욱 괴로워지는 지름길일 뿐이니까. 아무것도 모르는 애쉬에게 공포 어린 반응을 보이는 상상만 해도 간담이 서늘해졌다.

유리창을 짚은 채 넋을 빼고 있던 나는 천천히 시선을 옆으로 옮겼다. 유리창 뒤편에 앨런의 모습이 비쳤다. 뛰어오기라도 한 듯 갈색 머리카락이 삐죽 솟은 상태였다.

'……저 성가신 맹수.'

자꾸 따라다니면서 귀찮게 구는데, 오늘만은 혼쭐을 내야겠다고 다짐한 내가 휙 뒤돌았다.

"배낭 좀 보지."

그러한 다짐과 달리, 나는 대뜸 손을 내민 앨런 앞에서 한없이 쭈그러들었다.

"왜……, 왜……?"

"……."

"……그러시죠?"

"잔말 말고 내놔. 오늘만은 네 더러운 수를 파헤쳐야겠으니까."

더러운 속내는 또 뭔가. 반사적으로 배낭끈을 꽉 쥔 내가 고개를 도리도리 저었다.

'도대체 나한테 왜 이래?'

이 배낭은 발렌스 님이 보내 주신, 당근 무늬가 새겨진 소중한 선물이었다. 하물며 속에는 페레니움과 아힌에게 쓰다 만 편지가 전부기에 갑자기 이것을 탐내는 앨런을 이해할 수 없었다.

"……더더욱 수상하군."

안절부절못하는 내 태도 때문인지, 앨런의 눈에 깃든 의심은 짙어져만 갔다. 깊어지는 오해를 해명해야겠다고 생각한 나는 눈을 부릅떴다. 그때 헨드리의 충고가 귓가에 메아리치듯 울려 왔다.

'저치가 비비를 벼르는 중…….'

'비비를 벼르…….'

주르륵, 본능이 눈을 뜬 나는 식은땀을 흘리며 주변을 둘러봤다. 인적 드문 길에, 도움의 손을 건네줄 사람은 아무도 없었다. 통제를 벗어난 발은 도주를 위해 찔끔찔끔 옆으로 움직이기 시작했다.

"어디 가려는…… 거기 서!"

그렇게 배낭을 건 추격전이 시작됐다.

벨헬름 아카데미는 교정 내에서 마차를 타는 행위를 엄격히 금지했다. 마차만큼 부와 권력이 드러나는 것이 없기에, 학술 공간의 의미가 퇴색되지 않게끔 대대로 이어져 오는 교칙이었다.

덕분에 걸어서 교정을 가로지르는 중인 아힌이 눈살을 찌푸렸다. 가뜩이나 잠이 부족해 피곤한데, 정수리를 찌르는 햇볕이 지나치게 뜨거웠다.

"안녕하십니까."

"반갑습니다."

"러드 이브린입니다."

그는 옆에서 계속 허공을 향해 인사하는 이브린을 짜증스레 돌아봤다.

"너는 아까부터 누구한테 인사를 하는 거지?"

"아카데미 학도들이요. 저를 선망 어린 눈으로 바라보기에. 보시죠, 다들 인사에 기뻐하지 않습니까."

학도들은 기뻐하기는커녕 몰래 흘끔거리던 시선을 들킨 탓에 우수수 흩어질 뿐이었다.

관심에 목마른 이브린을 버려 둔 아힌이 휘적휘적 앞서 나갔다. 이브린은 그제야 인사를 멈춘 후 빠른 걸음으로 따라붙었다.

"은밀히 수집한 아카데미 재학생 및 편입생 명단에는 토끼님의 흔적을 찾을 수 없지 않았습니까. 수장님께서 작정하고 숨기는 중이시니, 제 생각에는 대륙 끝에 위치한 초식계 영토가 아닐까 싶습니다. 마지막으로 토끼님의 흔적을 발견한 곳도 양 영토였지 않습니까."

"그 영토의 위치를 조부님이 알고 있을 수도 있지. 전서를 무시하는 것부터 제법 수상하지 않아?"

재작년 겨울, 릴리언은 늑대 일족과의 분쟁이 발발하기 직전에 벨헬름으로 돌아갔다. 분쟁이 불거진 일 년 동안이야 어쩔 수 없었겠지만, 대부분의 문제가 해결된 지금에도 조용한 릴리언이 아힌의 덫에 걸렸다. 릴리언의 성격상 발렌스를 들들 볶아 토끼의 소재만은 파악하고 있을 확률이 높았다.

"그런데 수장님께서 그러셨지 않습니까. 토끼님이 돌아오고 싶을 때는 언제든지 돌아올 수 있도록 조치를 취해 두었다고. 아마 토끼님은 아직 돌아오실 준비가……."

종알대던 이브린은 아힌의 고요한 시선을 느끼곤 급히 말을 돌렸다.

"……기별도 없이 찾아왔으니, 학장실에 가도 릴리언 님을 만나 뵐 수 없을지도 모릅니다."

"그러니까 네가 발품을 팔아야지."

"예?"

아힌은 알면서도 모른 척 반문하는 이브린의 어깨를 꾹 눌렀다. 악력이 가해짐에 따라 이브린의 신장이 점점 줄어들었다.

"조부님을 찾은 후에 나한테 전서를 띄워."

"아힌 님은 어디에 계시려고요?"

다리를 굽힌 이브린이 불만스럽게 물었다.

"조금 쉬어야겠어."

"저도 쉬고 싶습니다. 영토 정세를 안정시키랴, 아힌 님을 따라다니랴, 또 토끼님의 흔적을 쫓으랴 숨 돌릴 틈도……."

"입."

"예."

입을 쉴 새 없이 놀리는 이브린을 떨친 아힌이 반대편으로 걸어갔다.

느릿한 걸음걸음마다 학도들의 시선이 따라붙었다. 아힌 그레이스. 훤칠한 키와 청명한 외양, 그리고 얼마 전에 영토 분쟁 해결의 공로자로 대륙 신문을 장식한 얼굴. 하물며 학장인 릴리언의 혈족을 못 알아볼 리가 없었다. 그 술렁임이 귀찮았던 아힌은 점점 외진 곳으로 이동했다.

보폭 큰 걸음이 여러 개의 푯말 앞에서 멈췄다. 토끼, 사슴, 돼지, 소 등등 사육장 방향이 표시된 푯말이었다. 그의 발걸음이 홀린 듯 열 시 방향인 토끼 사육장으로 향했다.

내리쬐는 햇볕이 점점 뜨거워졌다. 아힌은 견장이 치렁치렁 달린 재킷을 벗은 후 팔을 가볍게 풀었다. 한결 몸이 가벼워진 그는 아무도 없는 한적한 길을 천천히 걸었다.

커다란 아름드리나무가 마치 토끼 사육장으로 인도하는 듯 일정 간격으로 이어졌다. 범람하는 페로몬 향과 피비린내가 아닌, 평화로운 풀 내음은 오랜만이라고 생각하던 아힌은 문득 고개를 들었다.

이 길과는 별로 어울리지 않는 하얀 시계탑이 높이 솟아 있었다. 시계탑을 올려다보던 그는 품에서 꺼낸 회중시계를 만지작거렸다. 비비와 공유한 시간은 지울 수 없을 만큼 깊게 새겨졌는데. 기억이 담긴 물건이라곤 고작 회중시계 하나뿐이었다.

달칵, 달칵.

아힌은 회중시계를 열었다 닫는 손장난을 반복하며 불어오는 바람을 그대로 맞았다.

비비에게 삶을 얻은 지 일 년 반이 지났다. 그리고 비비를 만나지 못한지도 일 년 반이 지났다. 회중시계의 시곗바늘은 쉼 없이 움직이고, 계절은 계속 변하지만 아힌의 시간은 여전히 비비와 함께하던 그날에 머물러 있었다.

아침에 일어나면 습관적으로 침대를 더듬고, 냉기 도는 침실이 싫어 집무실에서 밤을 새우는 게 일상이 되었다. 어쩌면 비비가 영원히 돌아오지 않을지도 모른다는, 새까만 두려움이 그를 점점 막다른 길로 이끌었다.

그런 아힌을 보다 못한 이브린은 밤이 되면 조용히 바느질을 시작했다.

'바라, 바느질 매듭은 어떻게 짓는 겁니까?'

'물어뜯지 마십시오, 이러시면 안 됩니다. 토끼님의 분신이란 말입니다.'

고생 끝에, 이브린의 손에서 탄생한 토끼 인형은 아힌의 침대 한편을 차지했다.

누더기에 가까운 토끼 인형을 마주한 아힌은 반응 없이 이브린을 노려볼 뿐이었다. 그것은 어릴 적 그가 달고 다니던 토끼 인형과 지나치게 닮아 있었다.

어쨌든 다행인지 뭔지, 꼬박꼬박 침실로 돌아가 잠을 청하게 되었으니 토끼 인형은 제 역할을 다한 셈이었다.

직후 발발한 늑대 일족과의 분쟁은 아힌이 그럴싸한 합리화를 하게끔 만들었다. 비비는 흑표범 영토로 돌아오지 않는 게 아니라, 분쟁의 위험 때문에 돌아오지 못하는 거라고.

아힌은 그런 이기적인 합리화를 계속하면서 비비를 찾는 것을 멈추지 않았다. 멈출 수 없었다. 하나 발렌스는 그런 그를 우롱하기라도 하듯 더더욱 깊숙이 비비를 숨겼다.

양 영토, 사슴 영토, 말 영토, 염소 영토. 흔적을 찾을 때마다 비비는 증발하듯 그곳에서 자취를 감췄다. 간발의 차이로 놓치는 상황은 늑대 일족과의 분쟁이 발발하고 끝나기까지 지속되었다.

일 년이 지나고, 분쟁이 끝난 흑표범 영토가 안정을 되찾았을 즈음. 그때까지도 비비는 돌아오지 않았다.

그제야 아힌은 부인하던 사실을 인정할 수밖에 없었다. 비비가 돌아오지 않는 건 발렌스의 수작도, 분쟁 때문도 아님을. 비비 스스로 그러한 결정을 내린 것이었다.

비비는 언뜻 겁 많고 무력해 보이지만, 늘 자신의 문제를 스스로 이겨 내려 애썼다. 그렇기에 비비는 목숨을 앗아 가려 한 아힌을 원망하지 않으리란 걸 알았고, 아힌으로 인해 얻은 트라우마를 떨치기 위해 노력하리란 것도 알았다.

그러나 아힌은 비비를 찾는 행동을 멈출 수 없었다. 이대로라면 영영 잊힐 것만 같은 불안 때문에. 새끼 토끼와 그를 주운 흑표범 수인이란 연결고리는 언제든 쉽게 끊어질 수 있는 미약한 관계였다.

일 년 반의 기다림이면 충분하지 않나. 이제는 찾아야만 했다. 찾아서 사랑이든 연민이든, 발밑을 기든 뭐든 이 불안을 해소해야만 온전한 삶을 영위할 수 있을 것만 같았다. 그래야 고장 난 아힌의 시계가 흘러갈 수 있었다.

댕-.

시계탑 괘종이 오후 세 시를 알렸다. 그제야 꽤 오래 상념에 잠겨 있었음을 깨달은 아힌이 회중시계를 품에 넣었다.

동시에 탁탁, 가벼운 발소리가 들려왔다. 이윽고 시계탑 아래에 도착한 사람은 아힌을 발견하자마자 목석처럼 얼어붙었다. 쏴아아, 바람에 흔들리는 나뭇가지 소리가 적막을 채웠다.

멈춰 선 이는 꿈에서나 그리던 아힌의 얼굴을 멀거니 바라봤다. 귓가에 머문 결 좋은 은발을 비롯해 유난히 또렷한 붉은 눈. 맹수계 수인 중에서도 큰 체격과, 허리춤의 장검에 박힌 그레이스가 문양이 아힌의 신분을 증명했다.

귀신이라도 본 듯 굳어 있던 사람은 천천히 입을 가로막았다. 그러나 터져 나오는 굵직한 비명을 막을 수가 없었다.

"아힌 그레이스-!"

"왜."

아힌은 대뜸 자신의 이름을 버럭 외친 남자를 아래위로 훑었다. 붉은 눈이라면 흑표범 일족. 느껴지는 페로몬이 나쁘지 않은 걸 보면 귀족일 확률이 높은데, 딱히 기억 속에 없는 얼굴이었다. 한 가지 확실한 건, 붉게 달아오른 뺨과 일렁이는 눈은 명백한 호의를 담고 있다는 것이었다.

잘됐다 싶었던 아힌이 남자에게 다가갔다.

"이름은?"

"애, 앨······, 앨렁······!"

"앨렁? 웃긴 이름이네."

어눌하게 답해 버린 앨런이 낭패 어린 표정을 지었다. 내내 동경하던 인물에게 자신을 소개할 기회를 놓치다니. 눈동자 위로 까만 먹구름이 드리워졌다. 그런 앨런의 심정은 안중에도 없는 아힌이 그의 어깨를 툭툭 두드렸다.

"앨렁, 마차를 정비시켜 두는 곳에 가면 고릴라 수인 하나가 대기하고 있을 거야."

꺄, 얼핏 앨런에게서 꺼림칙한 탄성이 들린 듯도 했지만 무시한 아힌이 말을 이었다.

"그자한테 가서 아카데미 내 손님 전용 객실을 예약해두라 일러. 조부께서 내주지 않으실 것 같으니까."

"······."

"대답."

"예······, 예!"

앨런은 허둥지둥 마차를 정비해 두는 곳을 향해 달려갔다. 쿠당탕, 발이 엇갈려 엎어지는 그를 돌아본 아힌은 영 쓸모가 없겠다고 생각했다.

바작바작, 사육장 토끼들의 건초 씹는 소음만이 정적을 메웠다.

'갔나······?'

갔군. 인기척이 아예 사라졌음을 눈치챈 나는 음산하게 미소 지었다. 옛날 옛적에 인간화를 치른 이 비비 님에게 있어 앨런을 따돌리는 정도야 일도 아니었다.

'다들 고마워.'

모습을 드러낸 나는 은신을 도운 사육장 토끼들에게 감사 인사를 전했다. 토끼들은 마치 해야 할 일을 한 것뿐이라는 듯 신나게 깡충깡충 뛰어다녔다.

그런 그들을 쓰다듬어 준 내가 뿌듯하게 웃었다. 연고 없는 아카데미에서 아군을 얻기 위해 얼마나 노력했던가. 하루 세 번 사육장에 들러 인사하고, 할아버님께 얻은 고급 건초를 가져다주고. 온갖 정성을 쏟음으로써 사육장 토끼들을 내 편으로 끌어들일 수 있었다.

예전에 토끼 영토에서 유독 토끼들에게 인기가 없었던 건 아마도 아힌의 페로몬을 묻히고 있었기 때문이겠지. 반대로 아힌이 토끼들의 사랑을 한 몸에 얻을 수 있었던 건 내 페로몬을 휘감고 있었기 때문이고.

사부작거리며 사육장을 벗어난 나는 힘차게 걸음을 내디뎠다. 그러나 쉼 없이 발을 휘저어도 앞으로 나아가질 못했다.

'뭐야, 왜 이래?'

설마 앨런인가. 누군가에게 덜미를 잡힌 것을 인지한 순간 붕, 몸이 공중으로 떠올랐다. 그와 동시에 익숙한 향료 냄새를 느낀 나는 쩍 굳은 채 아무 말도 할 수 없었다.

'……왜.'

덜덜 떨리는 시선이 군청색 베스트에서 목선을 지나, 흑표범 일족 특유의 적안에 머물렀다.

'왜 네가 여기에.'

어떻게 아힌이 아카데미에, 그것도 토끼 사육장 주변에 있는 걸까. 꿈인가. 그러나 앨런에게 쫓기던 상황을 비롯하여, 코앞에서 느껴지는 숨결은 꿈일 리가 없었다.

현실임을 깨닫자마자 몸을 버둥거렸지만, 토끼로 변한 상태라 손에서 벗어나기가 힘들었다. 발버둥 칠수록 심장이 터질 듯이 쿵쿵 뛰어 왔다.

"바깥에 함부로 나오면 안 돼."

이윽고 붉은 입술이 열리며, 그토록 듣고 싶었던 낮은 저음이 흘러나왔다.

"많이 닮았네."

나를 양손으로 들어 올린 아힌이 빤한 눈으로 살폈다.

"내가 아는 토끼보단 똘똘하게 생겼지만. 몸도 좀 더 푸짐한 것 같고."

'푸짐하다니.'

그가 말한 아는 토끼는 내가 틀림없었다. 여전히 무례하긴. 성질을 내려던 나는 곧 멍하니 눈을 깜박였다. 설마 나를 알아보지 못한 걸까. 마치 수인이 아닌 진짜 토끼를 대하는 듯한 태도였다.

'⋯⋯그럴 리가 없는데?'

내가 인간화를 치른 사실을 모르지 않고서야⋯⋯.

넋 놓고 있던 나는 뒤늦게 발렌스 님의 철저함을 상기했다. 트라우마 치료에 집중하는 일 년 반 동안 아예 연락조차 자제시키시더니. 아힌에게마저 아무 소식도 알려 주지 않은 모양이었다.

더불어 인간화를 치르면서 더 이상 새끼 토끼가 아니게 되었으니 알아보지 못할 수밖에.

'아니, 아무리 그래도······.'

내가 페로몬을 깊숙이 감췄다지만, 아힌이 그 작은 흐름을 눈치채지 못할 리 없었다. 인간화를 치르지 못했을 때도 수상한 향이 난다며 목덜미에 코를 박았던 아힌이니까.

"토끼들은 다 비슷하게 생겼나?"

아냐, 이것 봐. 진짜 모르잖아. 추측하던 나는 망치에 머리를 꿍 맞은 느낌이 들었다.

만약 아힌이 내 몸에 흐르는 페로몬을 알아채지 못한 거라면······. 그것은 내 페로몬의 수준이 그의 페로몬과 대등하거나 혹은 그보다 위라는 의미였다.

'말도 안 돼.'

동공을 떨던 나는 울타리 주변으로 우르르 몰려든 토끼들을 돌아봤다. 아무래도 토끼 사육장이란 장소가 아힌이 의심하지 않는 것에 한몫한 모양이었다.

"왜 울어."

고개를 모로 기울인 그가 나직이 물었다. 몸을 뻣뻣하게 굳힌 나는 그제야 눈물을 뚝뚝 흘리고 있음을 깨달았다. 어쩐지 아힌의 얼굴이 가물가물하게 보이더라니.

"다쳤네. 아픈가 봐?"

당황할 새도 없이 아힌은 한쪽 손으로 내 앞발을 뒤집었다. 아파, 일순 따끔따끔한 감촉에 깜짝 놀란 내가 앞발을 뒤로 뺐다. 본모습으로 변한 직후, 앨런을 피하기 위해 수풀에 뛰어들다 긁힌 듯했다.

그는 짐짓 미간을 찌푸리더니 주변을 둘러봤다.

"여긴 사육사도 없어?"

'그 사육사가 나야……'

원래 담당은 연구원들이지만, 내가 줄기차게 드나들기 시작한 이후 암묵적으로 사육사 직책을 일임하고 있었다.

마땅찮게 두리번거리던 아힌은 이내 나를 품에 안아 든 채 걸음을 옮기기 시작했다.

'어, 어디 가?'

설마 교내 조리실은 아닐 테고, 의무실로 가려는 게 아닐까. 버둥거리며 탈출을 기도했으나, 안타깝게도 그가 팔에 힘을 주는 탓에 시도에서 끝나 버렸다.

"얌전히 있어, 교내 식당으로 방향을 바꾸기 전에."

'못된 말본새는 하나도 안 변했네.'

의도치 않게, 그리고 어이없이 아힌에게 안겨 가게 된 나는 조심스레 고개를 들었다. 밤잠을 설치며 걱정하던 것에 비해 지나칠 만큼 아무렇지도 않았다.

아힌의 눈이, 손길이. ……그리고 송곳니가. 이상한 일이었다. 어쩌면 토끼로 변한 덕분에 표정 위로 두려움이 드러나지 않은 걸지도 모르지만.

그래도 하나만은 확신할 수 있었다. 지금 세차게 뛰는 가슴은 공포 때문이 아닌 재회에서 비롯된 두근거림임을. 이럴 줄 알았으면 조금 더 일찍 아힌을 찾아가 볼걸. 그런 후회를 하면서도 시선을 뗄 수가 없었다.

일 년 반 만에 만나게 된 아힌은 그대로인 것 같으면서도 달랐다. 신기할 정도로 청아한 얼굴은 여전했으나, 소년과 청년의 경계에 있던 얇은 선이 굵직하게 변한 것만은 알 수 있었다. 덕분에 마냥 깨끗해 보이던 미소가 얼핏 서늘하고 야살스러운 느낌을 줬다.

어깨도 더 벌어진 것 같고. 또한 한층 거칠어진 손바닥이 늑대 일족과의 분쟁에서 쉼 없이 검을 잡았음을 증명했다.

나도 나름 많이 성장했다고 자부해 왔는데. 부쩍 낯설어진 아힌을 보니 내 변화가 한없이 조졸하게 느껴졌다.

'이게 뭐야……'

그도 모자라 인간화를 치른 주제에 사육장 토끼로서 안겨 가는 꼴이라니…….

다 부질없다고 생각하던 나는 눈을 새초롬히 떴다. 그렇게 치면 제아무리 동물로 착각하고 있다지만, 어쨌든 아힌은 지금 저 예쁜 얼굴을 해서는 외간 토끼를 안아 들고 있다는 소리가 아닌가. 나를 바람둥이라고 주장할 처지가 아니었다.

'참나.'

"눈빛이 흑표범보다 더러운데."

날카로운 일침에 움찔 떤 나는 진짜 토끼가 되기라도 한 양 모르쇠를 취했다.

어쩌면 다행일지도 몰랐다. 앨런에게 쫓기는 우스운 꼴로 아힌을 만난 게 아니라서. 오랜만의 재회가 맹수를 피하느라 뒹구는 와중에 이뤄졌을 거라 생각하면 눈앞이 아찔했다.

지금은 그냥 토끼인 척하는 편도 좋겠다고 생각한 나는 아힌의 품에 파고들며 이마를 비볐다. 그리운 향료 냄새가 났다.

많이 보고 싶었어.

돼지 영토에서 해후한 이후, 러셀은 비비의 절친한 친우로서 우뚝 자리매김했다.

서로 인간화가 늦어졌다는 아픔을 공유하며, 일 년 동안은 사람으로서의 예법과 생활양식을 함께 익혀왔다. 비비와 아카데미에 입학한 이래로는 강의 시간을 빼면 딱 붙어 다닌다 해도 과언이 아니었다.

그러나 불안하게도, 오늘따라 늘 쉽게 찾을 수 있었던 비비가 보이지 않았다.

'비비라면 곧장 토끼 사육장 쪽으로 갔을걸요?'

비비의 클래스 메이트, 돼지의 증언을 상기한 러셀이 고개를 갸우뚱 기울였다. 벌써 토끼 사육장을 두 번이나 오갔지만 비비를 발견할 수 없었으니.

러셀은 아름드리나무를 지나쳐 다시 토끼 사육장으로 돌아왔다. 역시나 사육장에는 폴짝거리는 비비의 부하들밖에 보이지 않았다.

"혹시 용사님 못 봤어……?"

몰려든 토끼들은 웅성거리며 저들끼리 떠들어 댔다. 수인과 짐승, 하물며 카피바라 수인과 일개 토끼들이 대화가 통할 리 없었다.

바스락, 그때 우거진 수풀로 뛰어든 새끼 토끼가 엉덩이만 쏙 내밀었다. 이어서 뛰어든 토끼들도 나란히 수풀 밖으로 엉덩이를 내보이는 기행을 보였다.

"……?"

여러 개의 솜덩이를 번갈아 보던 러셀은 무언가를 감지하곤 수풀을 파헤쳤다.

녹음이 갈라지며 나타난 것은 흑색 천 끝에 은빛 실선이 수놓아진, 아카데미 교복이었다.

조속히 다가간 러셀이 익숙한 물건을 집어 들었다. 배낭 끝에 조그맣게 새겨진 당근 자수. 틀림없는 비비의 배낭이었다.

용사님이 사라졌다! 직감적으로 비비의 위기를 감지한 러셀은 결국 으앙 눈물을 터뜨리고 말았다.

사육사가 위험하다나 봐.

아까 그 맹수 때문에?

토끼들도 술렁이며 분위기가 한층 격동했다.

한편, 아카데미 건물 위에서 모든 정황을 지켜보고 있던 퀸이 푸드덕 날아들었다. 갑작스럽게 아힌이 출몰한 덕택에, 숨어 있다가 나타난 참이었다.

"나쁜 새야……."

눈물을 닦아 낸 러셀은 비비의 교복과 배낭을 주섬주섬 챙겨 들었다.

이내 땅에 착지한 퀸의 주변을 러셀과 토끼들이 둘러쌌다. 비비가 있는 장소로 안내하란 무언의 압박이었다. 겁도 없이 저를 협박하는 초식동물들을 둘러본 퀸이 한숨을 내쉬었다.

안내하자니 당장 아힌은 물론 비비도 퀸의 존재를 인지하지 못했고. 더욱이 멀리서 살핀 게 전부라 두 사람의 만남이 어떤 식으로 이루어졌는지도 모르는 상태. 섣부르게 이들을 데려갔다가는 오랜만의 재회에 누를 끼칠 가능성이 존재했다.

퀸은 나름 당황스러운 마음에 날개로 머리를 긁었다. 그 망설임을 읽은 러셀이 작은 목소리로 회유했다.

"……딸기."

마침 딸기 금단 현상에 시달리고 있던 매의 눈이 날카롭게 빛났다.

"얌전히 있으려무나. 따가운 건 금방 끝난단다."

의무실 의관은 엄하게 말하며 상처 난 앞발에 약을 치덕치덕 발랐다. 이 정도 긁힌 상처는 치유계 페로몬 한 번이면 끝나는데. 의관에게 앞발을 붙들린 나는 움찔거리며 몸을 떨었다.

스스로 상처를 치료하는 방법을 깨우친 이후로는 지금과 같은 통증이 퍽 생소하게 다가왔다.

"끝난 건가?"

문에 비스듬히 기대어 선 아힌이 빤한 시선으로 나를 응시했다.

"가벼운 상처라 이 정도 조치로도 충분합니다."

의료 도구를 정리하던 의관이 묵례했다.

"따로 기르시는 토끼인가요?"

"아니, 사육장 토끼. 사육사도 없이 혼자 우리에서 나와 있던데."

"아, 우연히 발견하신 모양이로군요. 그럼 이 토끼는 제가 사육장으로 돌려보내겠습니다."

페로몬을 숨긴 채, 근 한 시간째 토끼 시늉을 지속하는 중인 내가 몸을 축 늘어뜨렸다. 의관마저 나를 수인이 아닌 토끼로 여기다니. 아무리 생각해도 이상했다.

페로몬을 능숙히 다루게 되었다지만 그럴 수가 있나. 그러나 쥐

죽은 듯 잠잠히 숨어 있는 치유계 페로몬을 보면 충분히 그럴싸한 일이기도 했다.

아무래도 드디어 이 비비 님의 능력이 진가를 발휘하기 시작한 모양이었다.

'그보다…….'

피곤한 척 침대에 뻗어 있던 나는 살며시 실눈을 떴다. 그리고 여전히 아힌의 시선이 머물러 있음을 깨닫자마자 도로 눈을 꽉 감았다.

'왜 안 가? 치료도 다 끝났는데.'

자리를 비워 줘야 사람으로 돌아가서 다시 극적인 만남을 이루든 뭐든 할 거 아니야. 심지어 사육장 토끼로 오인받은 상황에서 나란 사실을 들키게 된다면……. 정말 평생의 수치가 따로 없었다.

할아버님마저 내 변화에 대해 쉼 없이 자랑하고 싶은 것을 꾹 참고 계시지 않나. 무엇보다 좋아하는 마음만큼 제대로 된 모습을 보여 주고 싶었다.

'설마…….'

혹 저 맹수는 눈치가 비상하리만치 빠르니, 나에 대해 조금쯤은 의심하고 있는 걸까.

의심과 고민을 거듭하는 와중 똑똑, 누군가 의무실 문을 두드렸다.

"실례합니다."

문 너머에서 반가우면서도 증오스러운 음성이 들려왔다. 이브린이었다.

"잠깐만."

의관과 나를 느릿하게 번갈아 본 아힌이 복도로 나섰다. 문이 닫히는 것을 바라보던 나는 문득 등 뒤로 기척을 느꼈다. 고개를 돌리자 보인 것은 창문 너머에서 눈만 간신히 내민 러셀이었다.

"어머, 사육사 보조가 아니니."

의관은 지난나 교수의 아들로도 익히 알려진 러셀을 단번에 알아봤다.

'러셀, 어떻게 알고 왔어?'

의관의 품에서 내려다본 러셀은 빵빵하게 부푼 내 배낭을 멘 상태였다. 사육장 주변에 감춰 둔 교복을 발견한 듯했다. 뒤이어 시선을 옮긴 나는 우르르 몰려든 토끼들을 내려다봤다.

"귀여워라, 다 함께 친구를 데리러 온 모양이구나."

"으응. 이리 줘."

의관은 마침 잘됐다는 표정으로 나를 러셀에게 내밀었다.

"발에 상처가 있으니 조심하렴."

짧은 팔을 뻗은 러셀이 나를 조심스레 받아 들었다. 많이 걱정한 모양인지 까만 눈동자가 파도처럼 일렁였다.

'일단 가자.'

의관이 등 돌린 것을 확인한 나는 앞발로 사육장을 가리켰다. 고개를 끄덕인 러셀은 사육장을 향해 도도도 달리기 시작했다. 덩달아 토끼 군단도 우르르 뒤따랐다.

러셀의 품에 안긴 상태인 나는 저물기 시작한 하늘을 올려다봤다.

'그냥 나라고 말할 걸 그랬나.'

아쉬운 감정이 물밀듯 밀려들었지만, 그전에 꼭 할 일이 있었다. 괜찮은 것 같아도 먼저 지난나 교수에게 트라우마에 대해 다시 조언을 얻어야 하니까.

두 번의 상처는 안 될 일이니, 나와 아힌을 위해서라도 신중하고
싶었다.

*

아힌이 다시 의무실로 돌아왔을 때 토끼는 그새 사라진 상태였다.
의관이 전하길, 마침 사육사 보조가 나타나서 데려갔다고.
 옅은 한숨을 내쉰 아힌은 재잘대는 이브린과 함께 의무실을 나섰다.
 '……미쳤군.'
 넋을 뺀 아힌이 느슨한 손길로 목덜미를 쓸었다. 근래 아무리 제
정신이 아니었다지만 일개 짐승한테서 비비를 찾으려 하다니. 설마
하니 비비가 인간화를 치렀다 가정하더라도, 성수치고는 너무 작은
솜뭉치였다.
 그렇게 되뇌었으나, 자꾸만 치솟는 기시감은 토끼를 품에서 내려
놓지 못하게끔 만들었다.
 그러나 토끼는 수인이 아닌 보통 짐승이 분명했다. 접촉한 상태
에서 계속 페로몬을 읽으려 했지만 일말의 기운조차 느낄 수 없었
으니까.
 '비비 특유의 향도 느껴지지 않았는데.'
 멍하니 생각하던 아힌이 이내 바람 새는 웃음을 흘렸다. 기어이
비비를 그리다 미쳐가는 모양이었다.
 "아힌 님."
 교정을 걸으며 떠들던 이브린이 주의를 환기시켰다.
 "……아힌 님, 제 말 듣고 계십니까?"

"아니. 그리고 속삭이지 마."

"흘려들으시면 안 되는 내용입니다. 릴리언 님께서 자리를 비우셨는데, 비서의 말로는 출타하신 장소가 그레이스 저택이랍니다."

그제야 아힌의 주의가 이브린에게 기울었다.

"-수상하네."

"저도 그렇게 생각합니다."

최근 아힌은 비비의 발자취를 쫓기 위해 그레이스저로 오는 전서란 전서는 전부 중간에 가로채는 만행을 벌이고 있었다.

고로, 아힌이 출타한 틈을 타 릴리언이 그레이스저로 갔다는 건 발렌스와 은밀히 논의할 게 있다는 의미. 그리고 그것은 비비에 관련되었을 확률이 다분했다.

"여기 머물지 말고 바로 돌아가지."

"그레이스 저택으로요?"

"조부님을 잡아야겠어."

"저는 그 계획에서 빼 주십시오. 안 그래도 릴리언 님의 미움을 산 몸입니다."

요요한 아힌의 시선을 피한 이브린이 학장실 방향으로 발길을 돌렸다.

"그럼 이참에 재학생 명단을 다시 훔쳐…… 아니, 받아 오는 편도 좋겠군요. 마차에서 쉬고 계시면 출발 준비를 해 두겠습니다."

어느덧 노을 진 하늘이 교정을 붉게 물들였다. 잠깐 토끼 사육장 방향을 돌아본 아힌이 입을 달싹였다.

"이브린."

"예?"

"일개 토끼한테서 자꾸 비비가 떠오르면 미친 거겠지?"

웬만한 맹수는 압도할 법한 더러운 눈매와 날카로운 앞발이 계속해서 아힌의 머릿속을 점령했다. 이상하리만치 눈에 밟혔다.

"의무실에 데려다줬다는 토끼를 말씀하시는 거군요. 설마 지금 토끼님을 두고 바람을 피우시는 겁니까?"

"……."

"그러고 보니 오늘따라 이상하십니다. 아힌 님은 결코 상처 입은 짐승에게 자비를 베풀 만한 성품은 아닐 텐데요."

토끼님의 대용이라 이겁니까? 세상에, 이런 파렴치한. 이브린은 면전에 대고 욕 아닌 욕을 쏟기 시작했다. 더욱이 추궁하는 진지한 얼굴이 점점 아힌의 얼굴과 가까워졌다. 자칫 코끝이 닿을 듯한 거리감에 질색한 아힌이 몸서리쳤다.

"얼굴 치워."

그러나 드물게 흥분한 이브린은.

"제 몸과 마음을 바쳐 모시는 분이 바람이라니요."

앞뒤가 여러모로 생략된 발언을 서슴없이 외쳤다. 마침 황혼이 가까워진 두 사람의 얼굴을 붉게 물들였다.

지나가는 학도들의 오해 어린 시선을 한 몸에 받게 된 아힌은 오랜만에 이브린을 없애 버리고픈 충동을 느꼈다.

*

비비가 자취를 감춘 이후, 아힌은 병든 닭처럼 상태가 좋지 않았다. 물론 무식하리만치 단단한 몸 말고 머릿속이.

그렇기에 자칭 유능한 보좌관인 이브린은 아힌 대신 작은 단서 하나도 놓치지 않으려 애썼다.

'토끼라…….'

컴컴한 어둠이 내렸다. 저벅저벅, 그레이스저로 출발할 준비를 마친 이브린은 토끼 사육장으로 들어섰다.

확실히. 일개 토끼에게 관심을 기울이던 아힌의 행동이 묘하긴 했다. 비비를 상대하며 둥글어진 아힌이라지만, 그 유함을 짐승에게까지 베풀진 않을 테니. 출발 전에 확인을 하고 가도 나쁠 건 없었다.

램프를 끈 채 사육장을 서성이던 이브린은 다급히 일신을 감췄다. 묘한 기척을 느낀 탓이었다.

'무슨……!'

바스락, 이내 나타난 것은 러셀, 그리고 그들이 그토록 찾아 헤매던 비비였다. 심지어 입고 있는 흑색 교복은 두 사람이 아카데미에 재학 중이란 사실을 증명하고 있었다.

"다행이야, 지난나 교수님의 소견이 긍정적이라서."

"용사님은 그럼 이제 맹수 안 무서워?"

"내, 내가 언제 맹수를 무서워했다고. 걔네는 다 한주먹거리인걸."

사육장 토끼들에게 야참을 나눠 준 비비는 몸을 숙여 러셀과 눈높이를 맞췄다.

"그보다 러셀, 혹시 기운을 읽는 페로몬으로 동물과 수인도 구별할 수 있어?"

"으응?"

여러 번 생각해도 의아한 부분이었다. 제아무리 페로몬을 잘 감췄기로서니 아힌이나 의관마저 짐승으로 오인하게 만들 수 있다는 것이. 어쩌면 치유계 페로몬의 또 다른 능력일지도 모른다고 생각한 그녀가 말을 이었다.

"잠깐 본모습으로 돌아갈 테니까, 내게서 페로몬이 느껴지는지 한번 확인해 줄래?"

"좋아."

"고마워, 부탁할게."

러셀의 머리칼을 쓰다듬어 준 비비가 비장한 얼굴을 했다. 곧 한 결 매끄러워진 토끼 영토의 전통 춤이 시작됐다. 러셀로 인해 첫 단추를 잘못 끼워 버린 탓에, 이 방법이 아니고서는 본모습으로 돌아가는 게 영 힘에 부쳤다.

후드득, 이윽고 사육장에 화한 빛이 일며 교복과 배낭이 바닥으로 떨어졌다. 새하얀 토끼로 변해 착지하던 비비는 문득 심상찮은 기척을 느끼며 홱 고개를 틀었다.

"……토끼님."

'……!'

심오한 고민 끝에, 불쑥 얼굴을 내밀었던 이브린은 내심 당황했다. 그가 나타나자마자 소스라친 비비와 러셀이 풀썩 기절해 버렸기 때문에. 뒤늦게 어둠 속에서 얼굴 주변에 램프를 들고 나타났단 사실을 깨달았지만, 그때는 이미 늦은 후였다.

한 시간 후, 아카데미 정문에 세워져 있던 그레이스가의 마차가 출발했다.

창으로 토끼 사육장 쪽을 바라보던 아힌은 맞은편에 앉은 이브린을 아니꼽게 훑었다. 커다란 덩치와 어울리지 않게, 앙증맞은 배낭을 멘 끔찍한 꼴이었다. 배낭엔 또 뭘 집어넣은 건지 아래가 유독 볼록했다.

"뭔데, 그건."

"어울리지 않습니까?"

"없어지고 싶다는 말을 돌려서 하는 건가?"

토끼 귀 장식도 서슴지 않고 쓰는 이브린이니. 놀랍지도 않은 아힌이 회중시계를 확인했다.

쉬지 않고 달린다면 그레이스 저택까지는 네 시간. 마차에서 왠지 그리운 냄새가 나는 것 같다고 생각한 아힌은 점점 무거워지는 눈을 붙였다.

❉

약 네 시간 전, 이브린은 제 얼굴을 보고 혼절한 비비와 러셀을 급한 대로 아카데미 의무실에 옮겼다.

침대에 누운 둘은 세상에서 가장 끔찍한 걸 보기라도 한 표정으로 잠들어 있었다. 밖으로 튀어나올 것처럼 쾅쾅 뛰는 가슴을 움켜쥔 이브린은 속히 몸을 틀었다. 누구보다 토끼를 찾고 있는 사람에게 이 소식을 알려야 했다.

벌컥 의무실 문을 열어젖히던 그는 일순 우뚝 멈춰 섰다. 떨리는 시선이 몸을 쭉 뻗고 누운 토끼에게 고정됐다.

"……."

다시 조심스럽게 다가선 이브린은 일 년 반 전에 비해 두 배로 불어난 비비를 내려다봤다. 토끼는 시리게 추웠던 두 번의 겨울을 어떻게 보낸 걸까. 기뻐할 아힌으로만 가득 찼던 머릿속이 점차 비비에 대한 안쓰러움으로 뒤덮였다.

얼핏 봤던 인간의 모습은 동그랗던 얼굴선이 퍽 엷어져 있었으며, 본모습이 변한 것을 보면 그새 인간화도 치른 듯했다. 어떤 연유에서인지 지금은 아카데미에 재학 중인 모양이고. 홀로 모든 걸 딛고 일어났을 거라 생각하자, 온 대륙을 뒤져도 나타나지 않던 비비에 대한 야속함이 눈 녹듯 사라져 버렸다.

파리하게 질린 손끝이 차마 쓰다듬지 못한 채 하얀 털 위로 스쳐 지나갔다. 울컥 치미는 감정을 누른 이브린은 선뜻 발을 떼지 못하며 의무실을 서성였다.

등 돌려 아힌을 부르러 간 사이, 또다시 일 년 반 전의 그날과 똑같이 사라져 버리면 어쩌나. 미동 없는 비비의 모습이 마치 옅은 수채화처럼 흐릿하게 미어져 보였다.

어떻게 찾아낸 토끼인데. 덜컥 겁이 난 이브린의 손에 식은땀이 배어났다. 정신을 차렸을 때는, 이미 가방끈에 몸이 끼일 만큼 작은 비비의 배낭을 메고 있는 상태였다.

그리고 현재. 마차가 그레이스가의 정문을 통과한 것을 확인한 이브린이 불안하게 주먹을 말아 쥐었다.

근 네 시간째 정자세를 유지하고 있는 탓에 온몸의 뼈가 저렸지만 고통을 느낄 겨를조차 없었다. 보좌관 인생 중 가장 터무니없고 무모한 실수를 저지르고 말았으니.

그 실수는 현재 배낭 속에 잠들어 있는 작은 생물이고, 실수의 대가는 자신의 목일지도 몰랐다.

당장이라도 맞은편의 아힌에게 미주알고주알 보고해야 하건만. 이상하게 입술이 떨어지지 않았다. 만약 비비가 아직까지는 그들을 만나고 싶지 않은 거라면. 그런데 제 순간적인 충동으로 인해 그레이스저까지 와 버린 거라면.

"이브린, 갑자기 다리는 왜 떨고 난리야."

"최근 누구 덕분에 잠이 부족한 탓입니다."

"영원히 잠들고 싶은가 봐."

"죄송합니다."

평소처럼 의연히 아힌을 상대한 이브린은 손에 배어난 땀을 바지 자락에 닦았다. 이성은 무조건 아힌의 편에 서라 명령하고 있었지만, 이미 마음은 비비의 편으로 기울어 버린 지 오래였다.

'후……'

다행인지 불행인지, 아직 실수를 약간이나마 만회할 기회가 있었다. 릴리언 페이언트. 그가 현재 그레이스 저택에 있다는 사실은 천운임이 분명했다. 비비가 벨헬름 아카데미에 재학 중인 사실을 릴리언이 모를 리가 없으니까.

자세한 사정이야 몰라도 두 사람만은 어떠한 연결 고리가 있는 게 자명하니, 일단은 아힌에게 들키지 않고 비비를 넘긴다면…….

"……!"

이런저런 계획을 세우던 이브린이 허리를 꼿꼿이 세웠다. 배낭에서 인 미세한 꿈틀거림이 등으로 전해진 탓이었다.

'아직 깨어나신 건 아니군.'

끼이익, 운 좋게도 점점 느려지던 마차가 완전히 정차했다.

이럴 때야말로 평소처럼 행동해야 한다, 눈앞에 있는 건 하이에나 같은 흑표범이니까. 뇌까리며 아힌을 완벽히 보좌한 이브린이 저택 입구에서 깊숙이 묵례했다.

"송구하나 먼저 물러나겠습니다. 오늘만은 눈을 좀 붙여야 내일의 태양을 볼 수 있을 것 같으니까요."

고개를 든 이브린은 식은땀을 뻘뻘 흘리고 있었다. 비비가 완전히 깨어난 모양인지, 등의 배낭이 꾸물꾸물 움직이는 게 느껴졌기에.

한편, 후덥지근한 더위를 참지 못하고 눈을 뜬 비비가 앞발을 허우적거렸다. 이브린이 둘러 준 폭신한 천은 오히려 찜통 속에 있는 듯한 열기를 가져왔다.

막 잠에서 깬 것도 모자라, 정신을 흐리게 만들 수준의 더위로 인해 비비는 이게 꿈인지 생시인지 분간조차 되지 않았다.

'……여긴 어디야?'

그보다 이러다간 정말로 토끼 구이가 돼 버리겠어. 끔찍한 상상에 사로잡힌 비비가 정체 모를 천을 밀어내기 위해 버둥거렸다.

퉁, 퉁.

솜뭉치가 천을 뚫어 버릴 기세로 날뛰기 시작했다. 마치 분노한 야수와도 같은 발악이었다.

'토끼님, 제발, 제발-.'

삼십 초만이라도 참아 주십시오, 아힌에게 절대 등을 보일 수 없게 된 이브린이 속으로 눈물을 삼켰다. 배낭이 저 혼자 미친 듯이 움직이고 있었다. 아힌은 어딘지 행동거지가 조급한 이브린을 미심쩍게 훑었다.

'이상한데.'

근래 못 잔 건 사실이라, 수면 부족으로 아프기라도 한 건지. 홍조 띤 낯빛을 보면 열이 있는 것 같기도 했다.

"그, 그럼 편히 쉬십시오."

드물게 말을 더듬은 이브린이 배낭을 벗으며 아힌을 등졌다.

"서."

그런 그의 등으로 낮은 저음이 꽂혔다.

"뒤돌아."

꾹, 이브린의 등을 검 끝으로 누른 아힌이 조용히 명령했다.

다 망했구나. 이브린은 울며 겨자 먹기로 미적미적 몸을 틀었다. 동시에 배낭 뚜껑이 힘차게 열리며 토끼 귀가 뾱 솟아올랐다.

토끼의 빈자리

19

토끼의 빈자리

여전히 화려하기 짝이 없는 침실이었다. 장식물 대신 진열된 고가의 보석 하며, 먼지 한 톨 발견하기 힘든 카펫 하며. 하염없이 그리기만 하던 장소였는데. 막상 오게 되니 기쁨보다는 새삼스러운 감회가 앞섰다.

이것저것 앞발로 쿡쿡 찔러 보던 나는 결국 다리에 힘이 풀려 주저앉고 말았다.

집이었다. 인지하자마자 신경을 곤두세우며 버텨 온 지난 시간이 무색할 만큼 온몸이 노곤해졌다. 당장이라도 모두를 볼 수 있다는 설렘과, 지금만은 이 기분을 만끽하며 쉬고 싶다는 생각이 상충했다.

"아무거나 만지지 마, 주방장한테 넘기는 수가 있으니까."

마침 뒤편에서 냉랭한 음성이 들려왔다. 침대 쪽으로 뻣뻣하게 고개를 틀자, 팔로 얼굴을 받친 채 비스듬히 누운 아힌이 보였다. 잠들 준비를 마친 그는 가벼운 셔츠와 경장 바지 차림이었다.

'몹쓸 바람둥이 같으니라고.'

언짢아진 내가 몰래 이를 부득 갈았다. 아무리 일개 짐승으로 알고 있다지만 외간 토끼를 침실에 들이다니. 그나마 옷을 똑바로 갖춰 입어서 망정이지, 평소와 같은 가운 차림이었다면 크게 노하며 뒷발차기를 날렸을 것이었다.

"날이 밝으면 아카데미로 돌려보내 줄 테니 잠이나 자. 성가시게 하지 말고."

현재 아힌은 사건의 전말을 이브린이 수심에 잠긴 그를 위해, 날 닮은 토끼를 사육장에서 훔쳐 온 것으로 알고 있었다. 더욱 기가 차는 부분은, 이브린은 그런 아힌의 오해를 뻔히 알면서도 토끼가 나라는 설명을 하지 않은 것이었다.

몰래 비밀을 지키겠다는 신호를 보낸 걸 보아…… 아무래도 내가 본인임을 숨기고 싶어 한다 여기는 모양이었다. 틀린 판단은 아니었으나 여기까지 와서 그게 다 무슨 소용인가.

'어차피 사람으로 돌아오면 전부 들킬 텐데.'

막무가내로 데려올 땐 언제고, 아주 웃긴 맹수였다.

'어휴.'

그런 이브린이 미워 죽겠지만, 화는 치솟지 않는 걸 보면 나도 내심 지금의 상황이 그렇게 싫지는 않은 듯했다. 실은 눈물이 날 만큼 오고 싶었던 장소였다. 처음도 토끼의 모습으로 왔는데, 두 번째마저 토끼의 모습으로 오게 되다니. 역시 나와 아힌 사이에는 감동적이고 극적인 재회란 있을 수 없는 건가 봐.

하는 수 없이 정체를 알리기로 결심한 내가 우물쭈물 침대를 돌아봤다.

"눈 깔아."

저 경우 없는 맹수. 시간이 흐른 만큼 눈빛에 머문 오만함도 배가 되어 있었다. 슬그머니 눈을 깐 나는 드레스 룸으로 시선을 돌렸다. 차라리 저기로 가서 의복을 갖춰 입고 나오는 편이 낫지 않을까.

'이 문 좀 열어 줘.'

폴짝폴짝 뛰어 드레스 룸으로 이어지는 문을 짚자, 등 뒤로 날 선 음성이 울렸다.

"거긴 안 돼, 비비 거니까. 더러운 앞발 치워."

'저렇게 못된 말만 할 거면 침실에는 왜 데려왔대?'

어이가 없으면서도 저 말이 뭐라고 가슴이 뛰었다. 드레스 룸의 보석이 전부 내 것이 되어서인지, 아니면 오랜만에 이름을 불러 주는 아힌의 목소리를 들어서인지.

'그래도 드레스 룸에는 들어가야 하는데…….'

아힌의 앞에서 둥실둥실 엉덩이를 흔들며 사람으로 돌아갈 순 없는 노릇이었다.

일단 말하고 보자. 정체를 알리기로 마음먹자마자 한시 빨리 표현하고 싶어진 내가 침대로 달려갔다.

'올려 줘.'

침대를 짚고 일어선 내가 간절히 아힌을 올려다봤다. 그러나 반쯤 내리뜬 아힌의 붉은 눈은 놀라울 만큼 시린 빛을 띠었다.

"여기도 비비 말고는 안 돼."

심지어 검지를 휘둘러 침대를 짚은 내 앞발을 툭 떼어 냈다. 중심을 잃고 휘청거린 내가 바닥에 엎어졌다. 이 비비 님이 비비 자리를 이용할 수 없는 실정이라니.

나뒹군 그대로 멍하니 눈을 깜박이던 나는 벌떡 몸을 일으켰다.

토끼의 점프력을 이용하면 자력으로 못 올라갈 것도 없었다.

'간다.'

통, 통, 뒷발에 반동을 가한 내가 이윽고 땅을 박차며 높이 뛰어올랐다. 그리고 침대 프레임에 몸을 들이박으며 장렬히 나가떨어졌다. 순간적으로 허공에 별이 보인 것 같기도 했다.

머리를 털며 정신 차리기 위해 애쓰고 있자니, 덜미가 잡혀 공중으로 들어 올려졌다.

"……아까부터 뭐 하는 짓이야."

양발에 폭신한 침구가 닿았다. 웬일로 자비를 베푼 아힌이 침대로 올려 준 덕분이었다.

막상 지나치게 가까워진 거리감에 놀란 나는 슬금슬금 이불 속으로 숨어들었다. 안 그래도 무방비한 맹수건만, 묘하게 성숙해진 얼굴은 뭇 토끼의 음심을 자극하기에 충분했다.

음심을 누른 후 조심스럽게 고개를 빼자, 아힌이 아닌 웬 형겊 덩어리가 시야로 들어왔다.

'저런 건 침대에 왜 올려 둔 거지?'

솜이 삐죽삐죽 튀어나온 걸 보아 인형 같긴 한데…….

"만지지 마, 비비 분신이니까."

저게 어딜 봐서 나야. 하물며 백번 양보해도 절대 토끼라고 볼 수 없는 돌연변이였다.

낯빛이 붉으락푸르락해진 나는 엎드려 누우며 인형을 죽어라 노려봤다. 눈물 나게 못생긴 분신으로 인해 정체를 알리겠다는 소정의 목적이 흐려지고 있었다.

"-내가 점점 미쳐 가나 봐."

한참 후, 아힌은 특유의 나른한 목소리를 내며 검지로 내 코를 톡 눌렀다.

"흰 토끼를 볼 때마다 비비인지 아닌지 확인하게 되고."

'......'

"지금은 네가 내 말을 알아듣는 것만 같아."

코에서 옮겨진 검지가 머리를 느릿하게 쓸었다. 마치 아힌을 만났던 초반으로 돌아간 듯한 기분이 된 내가 노곤하게 눈을 깜박였다.

"이럴 줄 알았으면 탄생일 선물로 그딴 걸 비는 게 아니었는데."

탄생일 선물? 아힌의 혼잣말을 곱씹던 나는 곧 잊을 수 없는 한마디를 떠올렸다.

'내가 먼저 잘못하게 되는 일이 생기면, 한 번쯤은 조건 없이 용서해 줘.'

당시에는 그 아리송한 요구를 이해할 수 없었지만, 지금은 그게 어떤 잘못을 두고 말한 건지 알 수 있었다.

죽음을 염두에 두고 그런 식으로 말한 거겠지.

먼저 죽는 것을 용서해 달란 말을 하다니, 아무리 생각해도 괴씸하기 짝이 없는 발언이었다.

"죽일 뻔한 걸 어떻게 용서해 달라고 하겠어."

억눌린 듯 말하는 저음 속에 많은 감정이 묻어났다. 엎드린 몸을 뒹굴 굴린 나는 앞발로 머리를 쓰다듬던 아힌의 검지를 잡았다.

내가 무서웠던 만큼 너도 무서웠을 걸 알아. 떠나는 사람보다 기다리는 사람의 심정이 더욱 불안하고 무서운 것이 아닐까. 어쩌면 지금은 나보다 더 무서워하고 있을지도 모르지. 토끼로 살아오는 동안, 문을 닫는 사람들의 뒷모습을 보며 느낀 감정이기에 누구보다 잘 알 수 있었다.

무언가 이상함을 느꼈는지 아힌의 붉은 동공이 미세하게 떨렸다. 그와 동시에 내 몸에서 새하얀 빛이 일기 시작했다. 본모습으로 버틸 수 있는 시간이 끝난 탓에, 저절로 사람으로 돌아가는 중이었다.

결국 이불 속에서 사람이 되어 버린 내가 슬그머니 이불을 목 끝까지 잡아당겼다.

마주 본 상태로 누운 아힌은 굳은 채 아무 말이 없었다. 방금 전까진 재잘재잘 홀로 잘만 떠들더니. 그러나 정작 나도 무슨 말부터 꺼내야 할지 몰라 눈을 도르르 굴렸다. 아힌을 만나면 어떤 멋진 말을 할까, 배낭 속 수첩에 잔뜩 적어 둔 게 하나도 떠오르지 않았다.

"……안녕."

결국 나는 배시시 웃으며 실없는 말을 뱉어 버리고 말았다.

심혈을 기울인 인사를 내뱉은 나는 점점 미간에 주름이 패었다. 아힌은 아카데미에 세워진 동상처럼 말이 없었다. 멍하니 굳은 채 붉은 눈을 감았다 뜨는 것만 반복할 뿐.

놀란 건 알겠지만 약간이라도 반가운 기색 좀 비치면 안 되나. 정적이 길어질수록 상념은 많아지고 자신감은 떨어졌다.

새삼 맨살에 닿은 이불이 휑한 감각을 가져다줬다. 왜 매번 이런 경우 없는 꼴만 보이게 되는 건지. 급히 표정을 굳힌 나는 아힌이 덮은 이불까지 슬슬 뺏어 오기 시작했다. 동시에 그가 눈으로 좇기도 힘든 속도로 벌떡 몸을 일으켰다.

"오, 옷이 없어서……!"

반사적으로 왈칵 소리 질러 버린 내가 낭패 어린 표정을 했다.

"……."

"……요."

거기서 그런 없어 보이는 변명이나 하면 어떡해. 자책한 나는 발을 구르는 대신 이불을 눈 밑까지 끌어 올렸다.

흔들리는 시선이 일어나 앉은 아힌에게 닿았다. 그리고 안 그래도 흔들리는 시야가 지진이 일듯 진동했다.

툭, 붉은 눈에서 넘친 눈물이 아힌의 뺨을 타고 흘러내렸다. 매끄러운 뺨 위로 물줄기가 지나간 흔적이 그려졌다.

"……?"

눈을 비빈 후에 다시 확인했으나, 그의 턱 끝에 매달린 물방울은 허상 따위가 아니었다. 이불로 가슴팍을 가린 내가 허둥지둥 몸을 일으켜 앉았다.

"……아힌, 설마 울어?"

나도 안 우는데 네가 왜 울어. 고장 난 눈물샘을 가진 나는 덩달아 울상이 되며 입술을 꾹 깨물었다.

이불을 붙든 내가 반대편 손을 뻗어 그의 얼굴 쪽으로 가져갔다. 달달 떨리는 손가락에 물기가 묻어났다. 그러나 닦아 준 게 무색하게끔 다시금 차오른 눈물이 뺨을 적셨다.

흠칫, 뒤늦게 정신을 차린 아힌은 내 손을 쳐내며 얼굴을 뒤로 물렸다. 뒤이어 곧장 손등으로 입가를 가렸다.

"만지지 마."

냉담한 저음에 놀란 나는 재차 손을 뻗던 것을 멈췄다. 짙어진 붉은 눈동자에서 재회에 대한 환희는 찾을 수 없었다.

한순간의 서운함도 잠시, 얼굴의 반을 가려버린 아힌의 태도를 이해할 수 있었다. 지금쯤 아마 같은 생각을 하고 있겠지. 우리가 떨어져야만 했던 장면 장면이 파노라마처럼 눈앞에 그려졌다.

'……괜찮아.'

그간 초식계 영토를 전전하며 헛된 시간을 보낸 게 아니니까.

'비비 님이 유독 맹수계 수인에 대한 공포감이 심한 건 인간화를 늦게 치르지 못해서일 테죠. 타 수인에 비해 본능이 훨씬 강할 테니까요.'

다행히 지난나 교수의 가설은 맞아떨어졌다. 인간화 이후, 사람으로서 시간을 보낼수록 온갖 것에 가지던 공포심은 줄어들기 시작했으며, 큰 소리 하나에 책상 아래로 숨어들던 버릇도 사라졌다. 시종이 물건을 떨어뜨려도 내가 죽지 않음을 알게 되었으니까.

할아버님이 제안한 아카데미 입학에 응한 것에는 배움을 위한 목적도 있었으나, 무엇보다 우선시한 건 맹수에 대한 적응이었다.

"아힌."

그 과정이 있었으므로 나는 괜찮아. 그것을 표현하기 위해 다시금 손을 뻗었지만, 아힌은 그마저 피해 내며 나를 등져 버렸다.

아카데미에서 이미 한 번 마주쳤으면서. 하나 아힌은 당장 사고가 제대로 돌아가지 않는지, 맹수의 증거를 숨기는 것에 급급했다. 너른 등판을 마주하고 있자니 점점 심정이 복잡해졌다.

'이럴 때가 아닌데…….'

그러고 싶지 않은데, 등의 골격이 셔츠 밖으로 드러난 뒷모습에 시선이 머물렀다. 심지어 온 얼굴이 빨개져서 우는 나와 다르게, 아힌은 조용히 눈물을 떨어뜨리는 것마저 청초했다. 억눌러 둔 음심이

자꾸만 고개를 들었다.

"다 보여."

"……뭐가?"

"더러운 눈빛."

의미 모를 아힌의 말에, 당황스러워진 나는 고개를 빼꼼 내밀었다. 배회하던 시선이 침대에서 조금 멀리 설치된 거울에 머물렀다. 거울 속, 이불로 나신을 간신히 가린 채 더러운 눈을 한 변태 토끼가 고스란히 비쳤다.

"그런 적 없는데?"

건장한 어른이 불건전한 생각 좀 하겠다는데. 시치미를 떼면서도 부끄러움은 어쩔 수 없었던 나는 괜히 뚱하게 아힌의 뒷모습을 노려봤다.

"……얘기 안 할 거면 나 갈 거야."

"어디로?"

"날이 밝으면 아카데미로 돌려보내 주겠다며. 나 이제 갈 곳 많아. 지난나 교수님이랑 러셀도 있고, 헨드리라고 친한 클래스 메이트도 생겼고, 또……."

손가락을 접어 가며 가출 장소를 나열하던 나는 조금 좌절했다. 초식계 영토를 전전하며 만난 귀부인들 빼고는 짧은 인맥이 아닌가. 아니나 다를까 아힌에게서 비식 코웃음 치는 소리가 들려왔다.

등을 돌리지도 못하면서 보이는 그 오만한 태도에, 오기가 생긴 내가 강수를 던졌다.

"애, 앨런이라고 요즘은 쫓아다니는 맹수도 있어."

"앨런?"

"앨런이라니까."

"-앨렁은 조금 놀랍네."

그제야 약간이나마 반응을 보인 아힌이 비스듬히 고개를 틀었다. 흐트러진 은발 아래로 드러난 붉은 눈과 마주치자, 허리가 절로 뻣뻣하게 곧추세워졌다.

"……그러니까 결론은 이제 송곳니를 봐도 괜찮다, 이 말이지."

"……."

"나 안 보고 싶었어?"

막무가내로 던지고 나서야 수줍어진 내가 고개를 숙였다. 새하얀 침구가 시야를 채웠다. 바스락, 아힌이 침구를 짚고 몸을 트는 소음이 청각을 민감하게 만들었다.

영겁같이 느껴지는 정적 후, 낮게 잠긴 음성이 들려왔다.

"가도 돼?"

그 질문과 함께 아힌에게 닿을 수 없었던 괴로운 시간이 떠올랐다. 목이 뚫리는 고통과, 죽음의 문턱에 다다른 공포. 걱정해 주는 사람들을 쳐 내야 했던 슬픔, 좋아하는 만큼 힘들었던 이별. 그렇지만 그러한 과정이 없었더라면, 지금 저 목소리를 영영 듣지 못했을지도 몰랐다.

시선을 든 나는 아힌과 눈을 맞췄다.

"내가 갈게."

이제 절대 헤어질 일 없을 거야. 스스로에게 다짐한 내가 이불을 두른 채 엉금엉금 기어 아힌에게 다가갔다.

아힌은 힘차게 밀어붙이는 대로 고분고분 침대 헤드로 밀려났다. 등은 침대 헤드로 가로막히고, 전방은 내가 버티고 앉은 그는 진퇴

양난의 상황에서도 곱게 눈을 휘었다. 오랜만에 보게 된 숨 막히는 미소였다.

"나한테 온 거 후회할 텐데."

"그렇게 말하니까 조금 후회되는 것 같아……."

"그럴 때는 후회할 일 없다고 답해야지."

단단한 양팔이 허리를 완전히 옭아맸다. 아힌의 다리 사이에 갇힌 꼴이 된 나는 눈을 쪼뼛하게 떴다.

"나를 알아보지도 못했으면서."

조심스레 팔을 뻗은 내가 아직 그의 눈가에 매달린 물기를 훔쳤다. 그리고 손을 떼어내려는 찰나, 차가운 손이 손목을 휘감았다. 내 손목을 도로 끌어당긴 아힌이 뺨에 손바닥을 가져다 댔다. 부드러운 감촉이 손바닥에 맞닿았다.

"너무 쉽게 만나서, 그럴 리가 없다고 생각했어."

"……왜 쉽게 만나면 안 되는데?"

"비비보다 힘들어야 하니까."

오늘의 아힌은 울보였다. 구슬 같은 눈물이 툭툭 떨어지는 것을 보고 있자니, 왜 그가 내게 자꾸만 울어 보라는지 조금씩 이해가 되기 시작했다. 손을 타고 흘러 팔목을 적시는 물기를 바라본 나는 까만 마음을 누르려 애썼다.

"……비비, 아까부터 눈빛이 더러워."

"드, 드레스 룸이 내 거라는 말을 생각하고 있었던 거야."

뺨에 열이 오른 나는 이런 변태 같은 심정을 들킬까 다급히 변명했다. 잠깐 드레스 룸을 돌아본 그는 물기가 묻은 내 손을 옅게 핥았다. 말랑한 감촉에 온몸의 솜털이 쭈뼛 선 내가 눈을 크게 떴다.

"예전부터 생각했는데, 생각보다 보석을 좋아하네."

허리를 두른 팔로 나를 조금 더 당긴 아힌이 눈을 반쯤 내리깔았다. 특유의 향료 냄새가 훅 가까워졌다.

"보석 자체보다는, 만약이라도 홀로 서게 되었을 때 필요한 자금 때문이겠지. 나한테 페로몬을 들키지 않을 정도면 치유계 페로몬도 완전히 능숙하게 다루겠다, 의원을 차려도 괜찮을 것 같고."

"……."

"아카데미도 조기 졸업으로 이수할 생각 아니야? 벨헬름 아카데미의 졸업증을 받으면 신분을 불문하고 직업을 얻기도 수월할 테니까."

아힌의 말이 이어질수록 내 입이 조금씩 벌어졌다. 정신을 빼놓고 있는 것 같더니, 무서울 정도로 비상한 눈치가 다시 돌아오고 있었다.

"그사이에 적적하니 앨렁이라는 새끼랑 바람도 나고."

"……."

"설마 춤바람도 난 건 아니겠지."

눈가는 발갛게 달아올라선 강아지처럼 손에 뺨을 비비고 있는 주제에, 입에서 나오는 추궁은 하나같이 무시무시했다.

"사실 앨런은……."

앨런의 이름을 언급하자마자 붉은 눈이 살벌하게 번득였다.

"그, 그 자식은……!"

말을 바꾸자 그제야 입꼬리가 흡족하게 휘어졌다. 문득 이 공방이 억울해진 나는 미간에 힘을 줬다. 매번 바람둥이란 누명을 씌우는데, 이번만은 나도 따질 말이 많았다.

"그러는 아힌도 신나게 바람피웠으면서."

"-내가?"

시선을 내린 아힌이 아니꼽게 눈썹을 들었다.

"모르는 외간 토끼를 의무실에 데려다주고, 침실에 데려오고. 심지……."

팡팡, 기세등등해진 나는 침대 시트를 거칠게 내려쳤다.

"여기! 이곳! 침대에까지 올려 주고!"

"결국은 너였잖아."

"그건……!"

"그건?"

"……그렇네요."

달리 반박할 말이 없었다. 기세가 급격히 누그러들자, 아힌은 양 팔로 이불과 함께 나를 더 가두듯 당겼다.

'미쳤어.'

몸이 거의 밀착된 내가 숨을 멈추며 그를 올려다봤다. 맹수계 수인이라 그런지, 아니면 아힌이라 그런지, 일 년 반 사이 더 단단해진 몸과 체구가 버거웠다.

잠깐의 침묵 후, 나른하게 늘어진 음성이 흘러나왔다.

"말했잖아."

"……뭐를?"

"드레스 룸도 비비 거고, 침대 위도 비비 자리고."

그의 말에 따라 내 시선이 드레스 룸에 머물렀다가 침대로 옮겨졌다.

"책장에는 비비가 읽는 서적뿐이고. 비비 때문에 몇 년째 주머니 달린 의복만 입고, 수족이란 것들은 하나같이 비비한테 넘어가고."

새로운 사실을 깨달은 나는 이불을 말아 쥔 손을 꼼지락거렸다.

그러고 보니 아힌은 한 번도 주머니가 없는 재킷을 입은 적이 없고, 크라바트는 내가 사람일 때만 넣어 두곤 했다.

"또라이도 비비 건데."

"……."

"그런데 내가 바람을 어떻게 피워?"

말랑한 입술이 가볍게 이마에 닿았다가 떨어졌다. 일순 아힌에게 치유계 페로몬을 불어넣기 직전, 마음을 전한 사실이 머릿속을 스쳤다.

선명한 붉은 눈동자에 내가 비쳤다. 처음 바구니에서 주워졌을 때는 언제든 나를 죽일 수 있을 듯한 눈을 하고 있었지 않나. 그러나 지금은 그러지 못하리란 확신이 들었다. 지금까지 내 마음이 더 크다고 자부했는데. 표정은 여유롭지만 절대 놓아주지 않는 팔에서 느껴지는 감정은 초조함과 안달이었다.

연달아 입술이 이마, 콧방울, 뺨에 내려앉았다.

'위험해.'

뒤늦게 전라의 상태란 사실을 상기한 나는 낯빛을 딱딱하게 굳혔다. 이러다가는 정말 아힌을 위험하게 만들지도 몰라.

"아힌, 일단 드레스 룸에 좀."

"왜?"

"……이러고 있을 순 없잖아."

"……."

"……요."

목을 뻣뻣하게 세운 나는 턱으로 이불을 가리켰다. 그를 따라 이불을 내려다본 후, 다시 나를 마주한 아힌이 눈가를 야살스럽게 접었다.

"굳이 입을 필요도 없잖아."

'하긴.'

……이 아니지. 하마터면 자연스레 수긍할 뻔한 내가 이불을 꽁꽁 싸맸다.

"안 그래?"

어쩜 저런 말을 태연자약하게 뱉을 수가 있을까. 눈웃음을 살살 치며 사냥감을 홀리는 요악한 흑표범이었다.

코끝이 닿은, 서로의 숨결이 섞일 만큼의 거리가 입술을 바짝 마르게 만들었다. 몸을 살짝 뒤로 빼자, 그제야 음영이 드리워진 아힌의 얼굴을 제대로 볼 수 있었다. 어스레한 램프 빛이 붉은 눈동자를 짙게 물들였다.

나른한 눈매와 툭 불거진 목젖, 그리고 내 허리를 두른 단단한 팔은 일 년 반 전과는 확연히 달랐다. 또한 이불 너머로도 느껴지는 굴곡진 몸은 늑대 일족과의 분쟁이 그만큼 고단했음을 증명했다.

신문에 룬과 나란히 실린 초상화를 봤을 때만 해도 과장이라 생각했는데. 소년미가 거의 남지 않은, 사뭇 달라진 외적 변화가 새삼 낯설게 다가왔다.

'못 쳐다보겠어……'

메마른 입술을 혀로 축이자 일순 그의 시선이 내 입술에 닿았다. 어쩌면 다시 만나게 되는 순간 관계에 변화가 일어날지도 모른다고 예상은 했었다. 성적 페로몬이 존재하는 수인인 만큼 원초적인 본능을 누를 필요는 없으니까.

떨리는 눈길이 아힌의 청아한 눈과 코, 입술에 차례로 머물렀다.

확 덮치고 싶다가도 내 체구의 두 배나 되는 맹수계 수인을 감당할 수 있을까 싶은 걱정이 밀려드니. 고뇌의 마지막에 남은 건 긴장과 혼란이었다.

이 아슬아슬한 고요를 더 이상 견디기가 힘들었다. 살짝 시선을 피한 나는 인내심을 쥐어짜 내며 입을 달싹였다.

"아힌."

"말해."

"예전에…… 내 발밑을 기겠다고 했었잖아."

갑작스러운 말에 눈을 몇 번 깜박인 아힌이 곧 웃음기 어린 음성으로 답했다.

"기고 있는데."

도대체 어디가.

"또 잘 길들여지겠다고도 했었고."

"응, 그러고 있잖아."

도대체 어느 부분에서.

눈을 치뜨던 나는 침대 옆에 세워진 장검을 발견하자마자 올라간 눈꼬리를 바로 했다. 수틀리면 검부터 뽑고 보는 또라이의 입장에선 충분히 굴종하고 있는 게 아닐까 싶었다. 당장만 해도 아힌은 최대한 송곳니를 보이지 않으려 하고 있는 듯하니까.

"……그럼 내 요구부터 들어줘야 하는 거 아니야?"

"앨링이라는 새끼랑 바람피우겠단 말만 빼면 다 들어줄게."

"여기서 앨런이 왜 나오는……, 아니, 그, 그 자식 이름이 왜 나와."

"보통 바람둥이가 아니어야지."

시간이 흘러도 저 억울한 누명은 벗겨질 기미를 보이지 않았다.

도끼눈으로 흘긴 나는 대답 없이 슬금슬금 뒤로 물러나기 시작했다. 이 음심을 잠재우기 위해서는 드레스 룸으로 가야만 했다.

"어쨌든 네글리제라도 입고 올…… 악!"

아힌에게 발목을 턱 잡힌 나는 그만 중심을 잃으며 침대에 코를 박고 말았다. 포기할쏘냐. 파박, 발버둥을 쳤지만 애처로운 몸부림에 불과했다.

"그냥 해 본 말이었는데, 자꾸 도망치려 하니까 속상하네."

전혀 속상해 보이지 않는 목소리가 바로 위에서 울렸다.

"속상하니까 오늘은 말 안 들을래."

푹. 얼굴 옆, 아힌이 팔을 지탱하자 침대가 꺼졌다.

숨 쉬는 것마저 잊은 나는 차마 엎드린 몸을 돌릴 수가 없었다. 분명 얼굴이 빨개져서 엉망일 거야.

"비비."

"네……?"

스륵, 아힌이 헝클어진 내 머리카락을 옆으로 쓸어 넘기자, 감춰져 있던 목덜미가 훤히 드러났다.

"이렇게 인간화도 내가 없는 곳에서 치르고……."

서늘한 손끝이 목뒤에 자리한 열꽃 흉터 위를 스쳤다.

"겨우 마주쳤을 때는 토끼인 척을 하고. 그것도 모자라 방금처럼 달아나려 들면 내 기분이 어떨 것 같아."

"많이 속상하시겠죠……."

"잘 알면서 왜 그래. 또 나를 울릴 셈이야?"

가까워진 은발이 이불 밖으로 드러난 어깨를 스쳤다. 곧 부드러운 입술이 어깨에 닿았다 떨어졌다.

'이게 정말……!'

불굴의 인내심을 발휘하여 지켜 주려 했더니. 요망한 유혹을 견디는 데도 한계가 있었다.

이불을 꼭 말아 쥐고 버티는 와중, 옮겨진 손길이 목 언저리의 송곳니 자국에서 멈췄다. 아힌이 물어뜯었던 흔적은 치유계 페로몬으로 인해 사라지고, 그 이전에 판잣집에서 남긴 잇자국이었다.

"많이 아팠어?"

한순간이지만 아힌의 손끝이 가느다랗게 떨렸다. 아무래도 목숨이 위험할 만큼 물어뜯었을 때의 흔적이라 여긴 모양이었다.

'그 상처는 이미 사라졌는데.'

홀로 감내해야 했던 고통을 상기한 나는 투정 부리고 싶은 마음에 중얼거렸다.

"엄-청 아팠지."

"얼마만큼?"

"하늘이 노랗게 보일 만큼."

아힌은 조심스러운 손길로 굴곡진 흉터 부근을 매만졌다. 그의 표정을 확인하고 싶었지만, 몸을 돌리는 순간 돌이킬 수 없는 일이 벌어질 것만 같았다.

"……송곳니를 뽑아 버릴까."

"뭐?"

작은 투정은 끔찍한 결론을 불러오고 말았다. 당황한 내가 황급히 말을 덧붙였다.

"그런데 정신을 차렸을 땐 거의 회복한 상태여서, 딱히 기억도 안 나……!"

아힌은 아무런 대답도 하지 않은 채 흔적으로 남은 송곳니 자국을 매만졌다.

'설마 진짜로 송곳니를 뽑을 셈인 건 아니겠지?'

기겁하던 나는 뒤늦게 그가 금방 나왔다는 변명을 믿지 않고 있음을 깨달았다. 치유계 페로몬으로 스스로의 상처도 치료할 수 있다는 것을 아힌은 아직 모르니까.

"비비."

설명을 이으려 했으나, 아힌이 한 박자 더 빠르게 말문을 뗐다.

"더 이상 그런 일 없을 거야. 설령 그런 순간이 오게 되더라도 스스로 목숨을 끊을 거니까."

"말도 안 되는 소리 하……."

"그러니까 다시는 사라지지 마."

그때는 네 말대로 진짜 빌어먹을 맹수가 돼 버릴지도 몰라, 잠긴 저음이 귓가를 간질였다.

동시에 예고 없이 뼈대 굵은 손이 이불 속으로 파고들었다. 맨살에 닿은 거친 감촉이 온몸의 신경을 곤두서게 만들었다. 검을 잡느라 굳은살 박인 손바닥이 살갗을 스칠 때마다 절로 달뜬 숨이 흘러나왔다.

"흣."

침입한 손은 누구도 닿은 적 없는 곳을 멋대로 헤집기 시작했다. 배려하는 듯하면서도 조급한 움직임에 정신마저 혼미해졌다. 불규칙적으로 흘러나오는 습기 어린 목소리가 스스로도 낯설었다.

"아힌, 잠깐."

"-왜?"

박자 느린 대답과 달리 손은 착실하게 자취를 남기고 있었다. 열이 오른 몸으로 인해 목뒤에 내려앉는 입술이 오히려 서늘하게 느껴졌다.

이내 한 번도 겪어 보지 못한 페로몬이 퍼지며 아랫배를 뭉근하게 달구었다. 침실에 흐트러진 나른한 향은 아힌이 흘린 성적 페로몬이 틀림없었다. 바르작거리며 간신히 몸을 뒤집은 나는 말없이 가느다란 눈으로 아힌을 노려봤다.

"……."

"말했잖아, 그렇게 째려보면 설렌다고."

웃음이 짙어진 그가 하얀 머리카락 한 줌을 집어 입을 맞췄다. 미소 뒤에 숨겨진 붉은 눈동자에서 뚜렷한 정염이 묻어났다.

"……언제는 나보고 성적 페로몬을 흘리지 말라더니."

"그런 적 없어. 다른 새끼한테 배워 온 사실이 짜증 나는 거지."

아힌은 다시 생각해도 화나는 듯 일순 무감각한 표정을 지었다. 금욕적인 얼굴로 자아내는 농밀한 페로몬은, 부조화는커녕 솜털이 쭈뼛 설 정도로 위험한 감각을 가져왔다.

"비비, 방금 또 나를 음흉한 눈으로 쳐다봤어."

"내가 언제."

"……."

"……요."

시치미를 뚝 떼며 시선을 피하던 나는 곧 미간을 바득 좁혔다. 생각해 보니 요망하기 짝이 없는 맹수에게 그런 말을 듣는 자체가 모순이 아닌가. 한 마리의 뻔뻔한 토끼로 거듭난 내가 도로 아힌과 시선을 맞췄다.

"내 거 좀 보겠다는데, 그게 뭐가 어때서 그래?"

이 비비 님이 가끔은 엉큼할 수도 있는 거지. 당당한 태도에 겁을 집어먹은 아힌이 멍하니 눈을 깜박였다.

형용할 수 없는 적막이 지나갔다. 뻔뻔하게 나간 것이 민망해질 즈음, 이윽고 짧게 침음성을 흘린 그가 엄지로 내 눈가를 쓸었다.

"그렇게 말하는 사람이 눈물은 왜 흘려."

"아, 이건……."

얼굴에 열기가 오른 탓에 자연스레 흘러나온 눈물이었다. 물기를 엄지로 훔친 아힌은 그것을 느릿하게 핥았다.

"뭐, 어차피 상관없지만."

"상관없다니, 그게 무슨…… 아!"

순식간에 내 무릎 아래로 손을 집어넣은 그가 다리를 찍어 눌렀다. 위로 올라탄 아힌은 정제되지 않은 욕심을 고스란히 드러내며 미소 지었다.

"더 울릴 거라서."

ꙮ

퍽. 주먹으로 베개를 내려치자, 손이 퉁 튕겨 나간 반동에 깜짝 놀란 내가 눈을 떴다. 인간화를 치렀음에도 불구하고 몹쓸 잠버릇은 여전했다.

몽롱하게 눈을 깜박인 나는 몸을 뒤척여 창문을 돌아봤다. 두꺼운 커튼으로 인해 시간을 가늠할 수 없었다. 어스름한 새벽쯤에 겨우겨우 잠든 것 같은데.

청각을 집중하자, 어렴풋이 고용인들이 아침을 여는 소음이 들려왔다.

'……아힌은 어디 갔지?'

무심결에 침대를 더듬던 나는 곧 욕실에서 물소리가 들리고 있음을 깨달았다. 체력도 좋은 맹수. 욕실을 죽어라 흘겨본 내가 푹신한 침구에 파묻히며 욱신거리는 몸을 달랬다.

감당키 힘든 묵직한 고통과 이름을 불러 달라 요구하던 저음을 떠올리자 귓가로 또다시 열이 올랐다. 얼마나 시달리고 또 울었는지 페로몬 수련을 하고 난 후보다 훨씬 몸이 욱신거렸다.

새벽이 다 되어서야 눈을 붙인 건 잠들었다기보다는 도중에 까무룩 기절했단 표현이 적합했다. 언제 잠들었는지 기억도 나지 않았으니까.

'저 또라이……!'

빌어먹을 흑표범. 돌아 버린 흑표범. 중얼거린 내가 부르튼 입술을 잘근잘근 물었다. 아무리 엉큼하기로서니, 맹수의 끝없는 체력엔 도저히 따라갈 수가 없었다.

'더 울어 봐.'

작작 좀 하라며 엉엉 울어 봤자 아힌을 자극할 뿐이었으며,

'……이게 뭐야!'

몸을 확인하자마자 경악을 감출 길이 없었다. 이불을 칭칭 휘감은 내가 차오르는 원망을 삼켰다.

아힌이 온몸을 물어뜯다시피 한 덕분에 피부가 울긋불긋 난리도 아니었다. 대응해 보겠답시고 아힌의 목을 꽉 깨물었다가, 오히려 잡아먹을 것처럼 달려든 탓이었다. 다리마저 온통 제 흔적을 남겨 놓았으니. 교복을 어떻게 입을지조차 걱정이었다.

'치마 말고 바지를 입어야겠…… 아차, 아카데미!'

그러고 보니 저열한 이브린에게 납치 아닌 납치를 당했구나. 뒤늦게 이곳이 그레이스가라는 사실을 상기한 내가 벌떡 몸을 일으켰다. 출석도 출석이지만, 깨어난 러셀이 내가 없어진 사실을 알면 다시 꼬르륵 넘어가고도 남을 것이었다. 할아버님의 귀에까지 전해지면 그야말로 엎친 데 덮친 격이고.

'흠…….'

바로 어제 재회했는데, 과연 아힌이 순순히 아카데미로 돌려보내 줄까.

'그럴 리가 없지.'

아니라고 판단 내린 나는 일단 옷이라도 입기 위해 이불을 칭칭 감은 채 살금살금 움직였다. 어젯밤부터 실오라기 하나 걸치지 못한 채 괴롭힘에 시달린 실정이었다.

찰칵, 한껏 기척을 죽인 내가 살그머니 드레스 룸 문고리를 돌렸다. 비비의 것이라는 주장답게, 드러난 내부는 얼핏 봐도 내 것으로 보이는 의상으로 가득했다.

흡족해진 나는 입꼬리를 음산하게 끌어 올렸다.

"-몰래 가려고?"

"고려하는 중이야, 중간 방학까지 출석 일수가 남았거든."

"이미 잡은 사냥감은 이제 필요 없다 이건가."

"할 일은 해야 하니까 어쩔 수 없지."

"변태 쓰레기 토끼."

"아무리 그래도 너무 무례한 말 아니……."

세상에. 발끈해서 반박하던 내가 양손으로 입을 가로막았다. 뒤돌

아 확인하지 않아도 뒤편에 서 있는 거대한 그림자의 주인을 예상할
수 있었다.

뒤에서 쑥 튀어나온 손이 문고리를 붙들었다. 달칵, 문이 닫히며
휘황찬란한 드레스 룸이 시야에서 사라졌다. 입을 막은 자세 그대로
굳어 있자, 새벽 내내 들었던 음성이 귓가에 내려앉았다.

"홀연히 사라질 생각이었어?"

"그게 아니라……."

변명할 말을 찾지 못한 내가 고개를 푹 숙였다.

"실망이네, 토끼한테 잡아먹힌 후에 버려질 줄은 몰랐는데."

"……."

"새벽만 해도 평생 곁에 있을 것처럼 등을 긁었으면서."

"그런 말 좀 입 밖으로 꺼내지……."

맙소사. 휙 뒤돌던 나는 재차 입을 틀어막았다. 문짝만 한 아힌이
앞을 가로막은 건 예상했기에 딱히 놀랄 일은 아니었다. 다만, 경장
바지만 걸친 차림새는 상당히 문제가 다분했다.

못살게 구는 통에 제대로 기억도 안 나는 탄탄한 상체가 시야를
가득 채웠다. 아무렇게나 흐트러진 은발에서 흘러내린 물기가 똑,
갈라진 상체에 떨어졌다.

혹시 나는 전생에 대륙을 구한 용사님이 아닐까. 얼굴에 피가 몰
린 내가 침착하게 이불로 코밑을 쓸었다. 천만다행히 피가 묻어나는
참상은 벌어지지 않았다.

연신 헛기침을 한 나는 살짝 시선을 내리며 말했다.

"아힌, 제발, 옷 좀……."

일부러 이런 꼴로 욕실에서 나온 게 분명해.

"-다 벗길 원하면 뒷발을 들어 주세요."

슬그머니 뒤꿈치를 들던 내가 정신을 차리곤 발을 탕 굴렀다.

"이제 그런 농담하지 마, 인간화도 치렀으니까."

"접시에 올리는 것도 안 돼?"

"당연히 안 되지!"

"그럼 주방장이랑도 화해하겠네, 사이가 좋지 않았잖아."

"……."

인간화와 주방장과의 관계 개선은 지극히 별개의 문제였다.

입술을 꾹 다물며 대답을 피하는 동시에 몸이 공중으로 붕 떠올랐다. 이불 채로 나를 들어 올린 아힌이 침대로 직행했디.

결국 침대에 다시 돌아와 버린 나는 지난 새벽을 떠올리곤 이불 속에 숨어들었다. 도대체 무슨 용기로 아힌의 셔츠 단추를 뜯어 버렸을까. 직후 눈빛이 변한 아힌은 램프를 꺼 달라는 요구를 무시하는 건 기본이고, 예쁜 입술에서 끊임없이 나오는 말이라곤 설명조차 버거운 경박한 종류였다.

"배 안 고파?"

느릿한 목소리에, 현실로 돌아온 내가 이불 속에서 머리만 빼꼼 내밀었다. 침대에 걸터앉은 그는 여분의 셔츠를 걸친 후 단추를 잠그고 있었다. 조찬을 직접 가져올 심산인 모양이었다. 다른 의미로는, 은근슬쩍 나를 침실에서 내보내지 않겠다는 의사를 비친 것과도 다름없었다.

"……아카데미로 돌아갈 거야."

"-날 버리고?"

"어차피 중간 방학이 되면 그레이스저로 돌아올 생각이었…… 이

거 놔!"

또다시 이불째 나를 질질 끌어당긴 아힌이 품에 안아 들었다.

얼떨결에 무릎 위에 안착한 나는 이불을 머리까지 덮어써 빨개진 귀를 가렸다. 후퇴란 없는 직진에 심장이 남아나지 않을 지경이었다.

"여기서도 비비가 원하는 건 뭐든 할 수 있는데."

눈가를 반달로 접은 아힌이 나른한 음성으로 이어 말했다.

"필요하면 교수진보다 뛰어난 강사도, 원하는 서적도 구해 줄게."

그러니까 여기 있어, 실제로 아힌이 말하진 않았지만 목소리가 되어 귀에 꽂히는 듯했다.

흑표범의 소굴은 꿈결과도 같은 장소였다. 서재는 아카데미 도서관과도 비슷한 규모를 자랑했으며, 바깥세상에서 알게 된 흑표범 영토의 부와 권력은 상상 그 이상이었다. 무엇보다 이곳에는 아힌이 있었다.

안일해지려는 마음을 억누른 내가 어렵사리 시선을 피했다.

"……안 돼, 그래도 돌아가야 돼."

네 옆자리에 서기 위해서는. 비록 중급 귀족의 혈통을 이었다지만 당장은 신분이 모호한 나에 비해, 아힌은 한 영토에서 가장 높은 위치에 서게 될 사람이었다. 할아버님께서 내게 아카데미 입학을 제안한 건 이를 염두에 둔 것이기도 했다. 입학시험부터 어려운 벨헬름 아카데미를 수석으로 졸업하게 될 시, 명예는 물론 하급 귀족이란 신분이 따라오니까.

그나마 다행인 점이라면 맹수계 영토는 초식계 영토보다 힘의 논리가 적용된다는 점이었다. 초식계 영토가 엄격한 규율과 혈통으로 서열을 나누는 반면, 맹수계 영토에서는 뛰어난 페로몬이 힘이자 권력의 한 종류였다. 페로몬은 이미 치유계 페로몬을 지녔으니 아힌의 지배계 페로몬쯤이야 뭉개 버리면 끝이고. 내게 필요한 건 인간으로서의 삶과 신분이었다.

생각 도중, 무심결에 아힌의 목깃을 잡아버린 내가 흔들리는 마음을 다잡았다.

"조금만 더 기다려 줘."

이 비비 님만 믿어. 미간에 힘준 나는 믿음직스러운 표정을 지어 보였다. 답 없이 물끄러미 바라보던 아힌은 한참 후에야 천천히 입술을 열었다.

"그럼 나도 가지."

"……뭐?"

"아카데미."

미친 거 아니야? 당장 정무를 봐도 모자랄 판에 교복을 입고 아카데미나 활보하겠다고?

찰싹, 돌아버린 입을 때린 나는 품에서 벗어나기 위해 온몸을 버둥거렸다. 그러나 허리를 꽉 옭아맨 아힌으로 인해 부질없는 몸부림에서 그치고 말았다.

"비비, 어차피 오늘은 늦었어. 조부님도 지금 저택에 있고."

"할아버님이 여기 계셔?"

"-꽤나 가까워졌나 봐? 목소리가 밝아지는 거 보면."

아힌 특유의 은근한 추궁이었다. 이를 눈치챈 나는 노골적으로 말을 돌렸다.

"그, 그럼 온 김에 발렌스 님께 인사부터 드려야겠다."

더 이상 모두를 피할 필요가 없으니까. 보고 싶었던 얼굴들을 볼 수 있다고 생각하자 가슴이 떨리기 시작했다. 안달 난 내가 재촉하 듯 물었다.

"아힌, 애쉬는?"

"애쉬는, ……아."

말을 하다 마는 아힌으로 인해 일순 심장이 덜컹 내려앉았다. 불 안이 피어난 나는 그의 다음 말만을 기다렸다.

"조금 문제가 생겨서."

"……?"

"말 그대로야."

"무…… 문제라니……?"

뭐야……. 분명 주기적으로 오는 발렌스 님의 전서에는 별다른 언 급이 없었는데. 눈앞이 새하얘진 내가 벌떡 몸을 일으켰다.

"애쉬는 어디 있는데?"

"아침을 든 후에 나랑 같이-."

아힌의 목소리가 의식 너머로 멀어졌다. 정신이 들었을 때는 어느 새 테라스 커튼을 젖히고 있었다.

"……비비?"

드르륵. 이불을 감은 채 테라스로 나서자, 난간에 앉아있던 퀸이 당황하며 날갯짓을 시도했다.

"퀸, 가지 마. 지금까지 주변에 있어 줬던 거 다 알고 있으니까."

그레이스저를 떠나기로 결정한 그날부터. 퀸이 늘 내 주변을 맴도 는 사실을 알았기에 일 년 반을 단단히 버틸 수 있었다.

"애쉬가 있는 곳으로 데려가 줘."

한시도 지체할 수 없었다.

"부탁해."

초조함을 숨기지 못한 채, 내 몸에서 새하얀 빛이 퍼져 나가기 시작했다. 이윽고 펄럭이며 떨어진 이불이 시야를 가렸다. 본모습으로 돌아간 나는 이불 아래서 튀어나와 힘차게 퀸의 다리에 매달렸다.

푸드덕, 다행히 저항하지 않은 퀸이 공중으로 날아올랐다.

"......."

한편, 덩그러니 버려진 아힌은 직전에 펼쳐진 장면을 곱씹었다. 본모습으로 돌아가기 전, 이불을 감싼 채 엉덩이를 씰룩인 비비의 의도는 도대체 무엇일까. 한두 번 해 본 게 아닌 숙련된 움직임이었다.

뒤늦게 깜박 정신이 든 그기 디급히 테라스로 나싰다. 매의 목에 앞발을 두른 솜뭉치가 슝 멀어지고 있었다.

이상한 일이지. 저 기묘한 광경을 보고 나서야 비비가 돌아왔다는 사실이 실감 났다. 더욱이 인간화를 치른 이상, 본모습으로 돌아가는 것을 웬만한 수인보다 꺼릴 거라 여겼는데. 오히려 자신만만하게 토끼로 변하는 것도 모자라 행동력마저 더해지고 말았다.

퀸이라는 비행 수단까지 섭렵한 저 토끼를 어떡해야 할까. 헛웃음 친 아힌은 어쩐지 눈앞이 아득해짐을 느꼈다.

\|/

메이미는 그레이스가의 이면에 있는 일을 처리하는 것이 본연의 업무였다.

단검은 삶의 수단이었으며, 은신은 특기 중 하나였다. 감정을 드러내지 않는 건 음지에서 활동하는 그림자에겐 필수적인 일이었다.

원래 과묵한 성격 탓도 있긴 하지만. 아힌이 보통 시녀가 아닌, 메이미에게 비비를 맡긴 이유도 도주를 시도할 시 어렵지 않게 제압할 수 있기 때문이었다.

휘릭, 탁, 탁.

날아간 단검이 목각 인형의 두 눈을 정확히 꿰뚫었다. 아침 훈련을 끝낸 메이미는 칼같이 자른 붉은 단발을 귀 뒤로 꽂았다.

단조로운 일상이었다. 비비가 사라진 뒤로 무기한 휴무를 선사받게 되었으니까. 보통의 고용인이라면 기뻐하며 펄쩍 뛰고도 남았겠지만, 이상하게 무료했다.

문득문득 애쉬가 어지른 물건을 함께 정리하던 선량한 새끼 토끼가 떠올랐다. 메이미가 빨리 쉬었으면 하는 마음에 늘 일찍 침실로 돌아가고, 진흙탕에서 뒹굴기라도 하면 눈치를 보며 닦아 달라 손수건을 내밀던.

자리를 비운 사이 새끼 토끼가 늑대에게 물려 죽을 뻔했던 당시, 토끼가 아힌에게 싹싹 빌어 자신의 목을 보전하게 된 사실도 알고 있었다. 작은 실수에도 목이 날아가는 그림자의 일생에선 이례적인 일이었다.

틈만 나면 토끼를 떠올리고 있음을 깨우친 메이미가 멋쩍게 목덜미를 매만졌다.

"저게 뭐람?"

"퀸 님이시잖아."

"아니, 그 위에……."

철컹, 철컹, 떨어진 단검을 집어넣던 그녀는 어딘지 소란스러운 연무장 한편을 돌아봤다.

웅성거리는 소음이 점점 커지자, 그녀의 무감한 얼굴 위로 의아함이 번졌다. 한창 아침을 열던 정원사들이 업무를 팽개친 채 하늘을 올려다보고 있었다. 자연스레 위를 올려다본 메이미의 붉은 동공이 크게 확장됐다.

'⋯⋯토끼?'

매의 등에서 고개를 내민 솜덩이가 눈에 들어왔다. 외형이 조금 변한 듯하기도 하나, 매를 타고 다닐만한 토끼는 세상에 하나밖에 없었다.

'메이미!'

"토끼님!"

퍽 위험한 짓이라고 판단한 그녀가 엄하게 외쳤다.

'무슨 의미지?'

활짝 벌린 양팔을 흔드는 메이미를 내려다본 비비가 눈을 깜박였다. 아무리 반가워도 여기서 뛰어내리라니, 메이미치고는 격한 환영이었다.

'무서운데⋯⋯.'

오들오들 몸이 떨리지만 겨우 만나게 된 메이미의 환영 인사를 무시할 수도 없고. 저렇게 흐트러진 모습은 처음이었다.

퉁, 짧은 시간 동안 고민을 마친 비비는 양발을 펼쳐 과감히 뛰어내렸다. 메이미라면 안전히 받아 줄 것을 믿어 의심치 않았다.

반면, 메이미는 실수로 떨어진 것도 아닌, 제 발로 몸을 날린 비비로 인해 경악을 금치 못했다. 눈꺼풀을 여닫지도 못한 그녀가 양손을 뻗었다. 대자로 떨어지는 토끼가 마치 파노라마처럼 느리게 보였다.

풀썩, 비행을 마친 비비의 몸이 다소 거친 손 위로 안착했다.

'오랜만이야.'

화색을 띠운 비비가 메이미의 엄지를 붙들고 흔들었다. 그러나 함께 웃을 수 없었던 메이미가 벌렁거리는 심장을 진정시키며 외쳤다.

"이게 뭐 하는 짓입니까!"

엄한 호통에 깜짝 놀란 비비가 귀를 반으로 접었다. 메이미가 뛰어내리랬잖아⋯⋯. 억울하게 눈치를 살피던 비비는 걱정 어린 메이미의 얼굴을 보고서야 그런 의미가 아니었음을 깨우쳤다.

"제가 얼마나⋯⋯!"

재차 소리치던 메이미는 주먹 두 개 정도로 불어난 토끼를 마주했다. 인간화를 치른 듯했으며, 자신을 피하지도 않았다. 겨우내 정문 앞을 지킨 보람이 있을 만큼 근엄해진 모습이었다.

꾹 다물린 입술이 미세하게 경련했다. 왈칵 눈물이 차오른 메이미는 기다린 토끼님에게 안겨 한참을 울고 말았다.

메이미를 달랜 후, 나중을 기약한 나는 다시 애쉬에게 향하기 위해 퀸의 등에 올랐다.

비행의 종착지는 늘 애쉬가 머물던 이브린의 침실이 아닌, 금빛 난간이 세워진 화려한 테라스였다.

'퀸, 진짜 여기 맞아?'

난간에 선 매를 의심스럽게 흘끔거리자, 칵— 눈 깔라는 매서운 답변이 돌아왔다. 곧바로 눈을 깐 나는 조심스레 열린 테라스 문 안쪽으로 들어섰다.

'애쉬……?'

앞발로 커튼을 젖히니 아늑하면서도 넓은 방이 드러났다. 한 발한 발 내디디며 두리번거렸지만 애쉬는 보이지 않았다.

캬옹-.

그때 한편에서 짐승의 포효 소리가 들려왔다. 애쉬의 포효가 이렇게 간드러진 소리는 아니었는데. 의뭉스럽게 고개를 돌리던 나는 그 자리에서 굳고 말았다. 까만 새끼 흑표범 두 마리가 접근해오고 있었다. 얼핏 고양이 같기도 했지만 분명한 맹수의 새끼였다.

설마 아직 인간화를 치르지 못한 어린 수인인가. 그러나 날랜 몸짓과 낮춘 자세는 두세 살의 어린 수인이라 보기엔 무리가 있었다.

'……진짜 흑표범이야.'

머릿속이 새하얘질 즈음, 어느덧 주위를 좁혀 온 새끼 흑표범 두 마리와 대치 상태가 형성됐다.

'저리 가.'

캬옹-.

애쉬나 바라에 비해 쪼끄마한 새끼의 포효는 한 치의 위협도 주지못했다. 가소롭긴. 코웃음을 친 나는 후들후들 떨리는 앞발을 내밀며 위협했다.

'혼날래?'

긴장 상태가 이어졌다. 다행히 두 마리 중 한 마리는 금세 흥미를잃곤 널브러져 뒹굴었다. 그러나 남은 한 마리는 으르렁거리며 하찮은 입질을 시도했다. 아무리 새끼라도 자칫하면 몸이 찢길 텐데. 토끼치고도 덩치가 작은 편인 나는 몸을 데굴데굴 굴려 입질을 피해 냈다.

순식간에 측면으로 달려간 내가 뒷발로 새끼 흑표범을 뻥 차 버렸다. 새끼 흑표범은 바닥에 엎어진 꼴로도 굴종하지 않고 날을 세웠다. 사냥감이라 인식한 모양이었으나, 안타깝게도 먹이 사슬은 내가 위였다.

'이 쪼끄마한 게……!'

요놈, 요놈.

찰싹, 찰싹, 앞발로 주둥이를 치며 반격하는 도중, 위로 거대한 그림자가 드리워졌다.

내게 깔려 버둥거리던 새끼 흑표범은 구세주라도 본 듯 아롱아롱한 눈망울을 했다. 본능적으로 아군은 아닐 거라 판단한 내가 날카로운 눈으로 돌아봤다.

'……바라?'

눈을 가로지르는 흉터를 가진, 우람한 흑표범을 올려다본 내가 입을 뻐끔거렸다. 바라는 냄새로 알아챘는지 공격 의사를 비치지 않은 채 물끄러미 내려다보기만 했다.

일순 번개처럼 스치는 생각은 새끼 흑표범들이 누군가를 퍽 닮았단 사실이었다.

'서, 설마……!'

휙, 얼떨떨한 시선이 진작 널브러진 새끼 흑표범에게 향했다. 우수에 젖은 듯하면서도 범접할 수 없는 비범함이 우리 애쉬를 닮았지 않나.

휙, 옮겨진 시선이 내 앞발에 깔린 새끼 흑표범에게 닿았다. 깽깽거리며 끝까지 반항하는 집념과 밉살맞은 생김새는 딱 바라가 아닌가.

드디어 아힌이 말한 작은 문제는 이 짐승들임을 파악한 내가 앞발로 입을 가로막았다.

'바라, 너-!'

이 도둑놈의 자식……! 친구이자 자매, 또한 자식을 빼앗긴 상실감이 한꺼번에 휘몰아쳤다. 괜히 앞발로 바라의 털을 흔들던 내 발짓이 점점 느려졌다.

사실 그레이스저를 떠나면서도 가장 염려스러운 건 애쉬였는데. 그사이 잘 보듬어 줬는지, 바라의 외사랑이 결실을 이룬 게 얼떨떨하면서 한편으론 기쁘기도 했다.

'바라, 애쉬는?'

마치 생각을 읽기라도 한 듯, 바라는 상앗빛 문을 밀며 나를 돌아봤다. 빠르게 띠리나시자, 뒤편으로 바삭거리는 발소리가 울렸다. 까만 솜뭉치들이 뒤를 따르고 있었다.

함께 가도 되는 건가. 눈치를 살폈으나 바라는 무관한 양 앞장서서 달리기 시작했다.

"슈, 비온, 저택 내에서는 뛰면…… 토끼님?"

"슈, 비온 이 녀석들! 위험하잖…… 토, 토끼님?"

"슈, 비온, 하마터면 밟을…… 토끼님!"

우왕좌왕 발을 들던 고용인들은 하나같이 경악하며 똑같은 단어를 외쳤다. 두두두, 아랑곳하지 않고 저택을 질주한 우리는 정문을 향해 달려갔다.

'설마 애쉬가 외출이라도 한 건가?'

기동성은 떨어지겠지만, 차라리 사람으로 변할까 고심하던 내가 눈살을 찌푸렸다.

멀리, 철창 앞에 주저앉은 새까만 생물체가 보였다. 점차 느려진 뜀박질이 이윽고 완전히 멈췄다. 내가 제자리에서 움직이지 않자, 바라와 새끼 흑표범들도 멈춰 서서 의아하게 갸웃거렸다. 그럼에도 멍하니 굳은 나는 발렌스 님의 전서를 떠올렸다.

애쉬는 무척 건강하다만, 이리 고집스러운 아이인 줄은 몰랐구나.

애쉬는 고분고분 잘 따르다가도 수틀리면 고집쟁이로 변하기 일쑤였다. 원하는 만큼 관심을 주지 않으면 침구를 잔뜩 더럽혀 놓았고, 종종 아힌을 노려보며 이브린의 침실로 가지 않으려 떼를 썼다.

한 번은 내가 감기 때문에 끙끙 앓을 때마저 곁에 있으려 고집부리다가.

'*애쉬!*'

메이미에게 된통 혼나기도 했다.

먹지도 못한 채 골골거리고 있으니, 정원 잔디를 뜯어 와 침실 앞에 차곡차곡 쌓은 적도 있었다. 내가 늘 건초를 먹으니 풀을 주면 나을 거라 판단한 모양인데. 정원사들이 파괴되는 정원을 보며 눈물을 훔친 사연을 알게 된 건 나중의 일이었다.

시간을 공유할수록 깨달은 건 애쉬는 독불장군에 황소고집이란 사실이었다. 그리고 고집쟁이의 아집은 기약 없는 기다림 앞에서도 유효했다.

'……저 바보.'

그저 정문 앞에 오도카니 앉아 있을 뿐임에도 애쉬의 일 년 반을 알 수 있었다. 정문을 지키는 경비 기사들의 태연한 태도가 얼마나 숱한 일이었는지를 증명했으니.

어쩌면 이곳에서 가장 나를 기다려 준 건 애쉬일지도 몰랐다. 어떤 상황인지도 알 수 없고, 의사소통이 가능한 것도 아니니까. 아무 것도 모르니까.

애쉬에게 있어선 늘 함께하던 이가 한순간에 사라진 것과도 같았겠지. 그렇기에 이별을 받아들이지 못한 채 언제 올지도 모르는 나를 매일같이 기다리고 있는 것이었다.

붉어진 눈시울을 앞발로 문지른 나는 무거운 걸음을 옮기기 시작했다. 한 걸음, 한 걸음. 거리가 좁혀질 때마다 맹목적으로 곁을 지켜주던 애쉬와의 나날이 그려졌다.

저 우직함에 어떻게 보답하면 좋을까. 기다림을 쉬서 미안하다 사과해야 할지, 아니면 고맙다는 표현부터 해야 좋을지 판단이 서질 않았다. 아마 엎드리고 빌어도 애쉬는 이해하지 못하겠지. 사람과 동물이란 간극이 진심을 오롯이 전하는 것에 제동을 걸었다.

까만 엉덩이가 점점 가까워졌다. 바닥에 늘어진 꼬리를 조용히 지나친 나는 툭, 앞발로 애쉬의 엉덩이를 가볍게 때렸다.

갑작스러운 기척에 놀란 애쉬가 고개를 돌리는 동시에 반대편으로 돌아 숨었다. 뒤에 아무것도 없자 당황한 애쉬가 빙글 한 바퀴 돌며 다시 앞을 바라봤다. 지금이었다.

'왕!'

여느 때처럼 양 앞발을 치켜든 내가 흑표범 행세를 하며 장난을 걸었다. 그런 나를 마주한 애쉬는 제자리에 멀거니 굳고 말았다. 한참을 가만히 있던 애쉬는 대뜸 엎드려 누우며 내게 이마 대신 코를 비볐다. 토끼들이 나누는 친애와 애착의 표시였다.

'토끼도 아닌 흑표범이 이런 걸 왜 해.'

나랑 지내더니 제가 토끼인 줄 아나 봐. 눈물과 헛웃음을 동시에 흘린 내가 이마를 비볐다.

'네 말을 알아들을 수 있다면 얼마나 좋을까.'

수인보다 수명이 짧은 흑표범에겐 일 년 반이 수년처럼 느껴졌 겠지. 주책맞게, 벌써부터 먼저 갈 애쉬를 생각하자 눈물이 그렁그 렁 차올랐다. 그때가 되면 오지 않을 애쉬를 기다리며 가슴에 묻고 살아가는 건 내 역할이었다.

이제는 절대 말없이 사라지지 않을게. 반드시 네가 눈을 감을 때 까지 곁을 지킬게. 진심이 닿기를 간절히 바란 나는 한참 동안 애쉬 를 안아 줬다.

비비의 결단

20

비비의 결단

장로회. 그레이스가와 연을 댄 자의 모임으로, 주로 정계에서 은퇴한 이들로 이루어진 것이 장로회였다.

아힌은 장로회를 꼰대 소굴이라 조롱했지만, 실제로 그들이 흑표범 영토의 귀족 사회나 사교계에 미치는 영향은 현저했다. 현 수장인 발렌스도 영토의 중대한 문제를 결정할 때는 비공식적으로 장로회의 승인을 거치곤 했다.

그리고 현재. 장로회에서 가장 혈안이 되어 있는 사안은 그레이스가의 후사 문제였다. 지금까지는 차기 수장, 아힌 그레이스의 구실 불구설이든, 토끼와의 염문설이든 코웃음 치며 넘겨왔으나……. 아힌의 나이 앞자리가 바뀌니 슬슬 불안이 고개를 든 탓이었다.

후계 문제가 **빼놓을** 수 없는 중대사인 그레이스가는 대대로 혼인을 빨리 치르는 편이었다. 그러나 도대체. 왜. 어째서. 두 번째 성인식을 치르고도 이 년이나 흐른 이 시점까지 혼인은커녕 약혼 소식마저 들리지 않는 건지. 그렇다고 감히 차기 수장인 아힌의 멱을 흔들며 구실 여부를 추궁할 수도 없는 노릇이었다.

따라서 수장인 발렌스에게 전서로 자문을 구했으나…….

정신조차 제구실을 못 하는 아이라. 때가 되면 알아서 하겠지요.

우아한 필체로 돌아온 답변은 장로회 일원이 뒷목을 잡기에 딱 좋은 내용이었다. 다른 방면으론 책잡힐 일 없이 완벽하면서, 어찌 후계 문제에서는 나 몰라라 식의 태평한 태도인지 모를 노릇이었다.

고로 최후의 방편은 문제 제기뿐. 그를 위해 그레이스가로 파견된 장로회의 신입 보좌관, 레이먼은 공손히 무릎을 모았다.

접객용 소파에 앉은 그는 찻잔을 만지작거리며 조심스레 눈을 굴렸다. 미친놈이란 오명이 붙은 소문과 달리, 아힌의 집무실은 정갈하고 깔끔했다.

흘끔거리는 시선이 집무 책상에 앉은 아힌에게 닿았다. 처음이자 마지막으로 본 게 탄생 연회에서 케이크를 올려다보는 모습이었는데. 가까이서 보게 된 아힌은 상상과는 사뭇 달랐다. 의복도 견장 달린 로브까지 걸친 완벽한 차림새였으며, 집중한 채 무언가를 작성하는 모습은 진중함을 더했다. 분명 영토의 사활이 걸린 사안이 아닐까. 붉은 눈에서 언뜻 읽히는 시린 기운 하며, 측방에 세워진 화려한 장검은 레이먼이 그려온 차기 수장의 표본이었다.

저런 분의 뒤로 어찌 미친놈에 토끼 애호가, 구실 불가도 모자라 개차반이란 속어까지 따라붙은 걸까. 넋 놓고 바라보던 그는 일순 옆에서 기묘한 기운을 느끼곤 휙 고개를 틀었다.

"장로회에서 나온 분이십니까?"

"으악!"

이브린의 무표정한 얼굴을 코앞에서 마주한 레이먼이 몸서리쳤다.

"조금만 기다려 주십시오. 지금 무척 중한 서류를 작성 중이셔서."

벌렁거리는 심장을 누르는 레이먼을 뒤로한 이브린이 아힌에게 다가섰다.

사각사각, 펜촉 소리가 끊이지 않았다. 이브린은 그가 심혈을 기울여 작성 중인 서류를 물끄러미 내려다봤다. 벨헬름 아카데미 입학 신청서였다.

"……반려당할 거란 것에 제 일기장을 겁니다."

"역시 신분 조작을 해야 하나."

"얼굴을 바꾸지 않는 이상 금세 들통나시겠죠. 아힌 님 말고 제가 대신 가겠습……."

"입."

"예."

레이먼은 은밀히 무언가를 논하는 두 사람의 대화에 청각을 곤두세웠다. 신분 조작에 보좌관의 희생정신이라니, 역시 보통 사안이 아닌 모양이었다. 아니나 다를까 이브린의 높낮이 없는 진지한 목소리가 이어졌다.

"포상은 없습니까?"

"무슨 포상?"

"납치에 성공한 것은 접니다."

이브린은 태연스레 배낭을 메는 시늉을 보였다. 마치 사람을 짊어지고 납치한 듯한 시늉이 아닌가. 평생을 반듯하게 살아온 레이먼의 붉은 동공이 흔들렸다. 그러나 마나 입매를 매끄럽게 끌어 올린 아힌이 펜을 휘휘 돌렸다.

"이번 해는 봉급을 두 배로 쳐 주지."

그 청량한 미소가 한없이 악랄해 보이기 시작한 레이먼은 부르르 몸을 떨었다. 슥, 입학 신청서를 이브린에게 건넨 아힌은 얼빠진 레이먼에게 시선을 옮겼다.

"용건이 뭔데."

"……."

"용건이 뭐냐고."

격식이라곤 일 할 도 없는 물음이 저를 향한 것임을 깨달은 레이먼이 벌떡 몸을 일으켰다.

"호, 혼약 건을 논의하고자……!"

아차, 기에 눌려 외치던 그가 입을 가로막았다. 장로회에서 차기 수장을 잘 구슬려 제대로 된 대답을 얻어 내라 신신당부했건만. 본론부터 꺼내고 만 꼴이었다.

"죄송하지만…… 아힌 님께서는 혼약을 논할 겨를이 없으십니다."

눈을 깜박인 이브린이 레이먼을 향해 호언했다. 이판사판이라 생각한 레이먼은 임무를 완수하기 위해 주먹을 꽉 말아 쥐었다.

"무, 물론 늑대 영토와의 분쟁도 정리하는 중이고, 정무로 인해 바쁘신 것도 인지하고 있습니다. 하나 저희 장로회의 입장에선 혼약 또한 더 이상 늦출 수 없는 문제입니다. 정 사안을 미룰 시 정식 회의를 요청하는 수밖에……."

"재차 죄송합니다만, 혼약보다 토끼님의 문제가 더 중한 탓에."

"토, 토끼님이 뭡니까?"

"경계의 숲에서 주워 온 토끼입니다."

"……?"

반려동물을 말하는 건가. 도무지 의미를 이해하지 못한 레이먼이 입을 달싹였다. 이브린은 태연히 들고 있던 입학 신청서를 가리켰다.

"아힌 님께서는 토끼님의 수발을 드느라 바쁠 예정이시니까요."

감히 차기 수장을 그런 식으로 비하하다니. 천인공노할 하극상을 마주한 레이먼이 홱 아힌을 돌아봤다. 경악 어린 시선을 마주한 아힌은 조금 수줍어하며 턱을 괬다.

"-발밑을 기는 게 빠졌어."

미친. 살면서 처음 속으로 욕지거리를 읊조린 레이먼은 어쩐지 현기증마저 느껴지는 듯했다.

"토끼님께서 방문을 원하십니다."

그런 그가 정신을 차릴 겨를도 없이 똑똑, 문지기의 목소리가 들려왔다. 집무실 한편에 나란히 앉아 있던 보좌관들이 일사불란하게 움직이기 시작했다. 그들은 아힌의 책상에 깨끗한 쿠션을 올려두고, 창을 열어 잉크와 서류 특유의 냄새를 환기시켰다.

"……?"

레이먼은 제가 왔을 때보다 훨씬 극진히 준비하는 이들을 어리둥절하게 둘러봤다.

끼익, 이윽고 문이 열리며 나타난 건 메이미와 흑표범 일가족, 그리고 애쉬의 머리에 찰싹 달라붙은 솜뭉치였다. 위풍당당한 동물들의 입장을 목격한 레이먼은 눈을 휘둥그레 떴다.

친히 걸음을 옮겨 비비를 들어 올린 아힌은 애쉬를 빤히 내려다봤다. 내내 정문에서 기다린 정성을 높이 사 비비를 양보했더니, 돌아온 건 왜 빼앗느냐는 사나운 눈초리뿐이었다.

내 건데. 아힌은 비비 몰래 살짝 혀를 내민 후 집무 책상으로 돌아가 앉았다.

"이 거치적거리는 건 뭔데?"

검지를 뻗은 그는 비비가 걸친 발레용 튜튜를 건드렸다. 찰싹, 곧장 앞발로 불경한 검지를 쳐 낸 비비가 쿠션에 안착했다.

'토끼 수인…… 인가?'

레이먼은 흔들리는 눈으로 아힌과 이브린, 토끼를 번갈아 봤다.

"가주님께 인사를 올리고 오는 길이십니까?"

"아, 전속 화가를 만난 모양이군."

더욱이 토끼는 앞발로 관자놀이를 짚으며 절레절레 고개를 저었을 뿐인데. 아힌과 이브린이 그 몸짓을 단번에 해석하는 광경이 도저히 믿기지 않았다.

'토끼 애호가는 헛소문이 아니었나…….'

아힌의 분위기가 한결 부드러워진 건 물론, 그는 큼지막한 체구를 구겨 엎드리면서까지 토끼와 시선을 맞추고 있었다.

"-비비, 나 보러 왔어?"

느슨한 음성으로 물은 아힌이 팔에 머리를 비스듬히 묻었다. 비비는 탱탱 부은 눈 때문에 사람으로 돌아가지 않은 것에 감사했다. 아니었으면 초 단위로 붉어지는 얼굴을 들켰을 테니까.

큼큼, 헛기침을 하며 앞발을 가다듬은 그녀가 배낭을 메는 시늉을 했다.

"오늘 아카데미에 돌아가기로 어머니와 대화를 끝냈다고?"

해석하자마자 아힌의 미간이 바득 일그러졌다.

"중간 방학도 못 기다려. 나도 같이……."

찰싹, 비비의 앞발이 그의 입술에 명중했다. 말문이 막힌 아힌은 재차 반박을 시도했다.

"막아도."

찰싹.

"소용 없."

찰싹.

네 이놈. 비비는 필살기를 날려 턱없는 주장을 미연에 방지했다. 단호한 앞발이 책상 한편에 쌓인 서류의 산과 보좌관들을 가리켰다. 각자의 자리에서 할 일부터 똑바로 하자는 엄포였다.

"……짜증 나, 너."

엎드린 몸을 일으킨 아힌이 못마땅한 심정을 여과 없이 드러냈다.

"내 전부를 바쳤는데, 흥미가 떨어지니 버리는 서네."

신파 연극에나 나올 법한, 딱 오해 사기 좋은 발언이었다.

기겁한 비비가 미심쩍은 표정이 된 보좌관들과 손님인 레이먼을 향해 앞발을 내저으며 해명했다. 실상은 중간 방학까지 한 달도 채 남지 않았건만, 그 헤어짐마저 싫다고 투정 부리는 실정이었다.

"이브린, 주방장한테 여기 살찐 토끼가 있다고 전해."

'이브린, 전하기만 해 봐.'

애꿎은 이브린에게 비비와 아힌의 날 선 시선이 꽂혔다. 뒷짐 진 이브린은 담담히 화창한 창밖을 돌아봤다. 토끼와 흑표범의 대치가 팽팽하게 이어지는 지금, 선택의 순간이었다.

'이브린, 주군과 수하의 관계에 영원이란 존재하지 않는다.'

어머니가 말씀하시길, 이브린가(家)의 생존 법칙은 권력의 흐름을 파악하는 것이었다. 하물며 지배계 페로몬은 사람을 죽이는 종류고, 치유계 페로몬은 사람을 살리는 종류가 아닌가. 유사시에 자신을 살릴 수 있는 사람은……. 눈을 감았다 뜬 그가 천천히 입술을 열었다.

"아힌 님, 실질적으로 아카데미 입학은 무리임을 알고 계시지 않습니까. 그리고 토끼님, 아카데미로 돌아갈 준비는 이 유능한 이브린이 돕겠습니다."

토끼의 권력으로 편승한 이브린이 조심스레 비비를 양손에 올렸다.

"입학 선물도 드리지 못했는데, 하계 교복과…… 이제는 따로 전령 새를 두는 것도 괜찮겠군요. 준비해 드리겠습니다."

달칵, 묵례한 이브린은 비비와 함께 문을 열고 집무실을 나섰다. 덩그러니 남겨진 아힌을 향해 콧방귀를 뀐 애쉬가 후다닥 비비를 따라나서자, 새끼 흑표범 두 마리가 빠르게 뒤를 따랐다. 바라는 홀대받는 아힌을 짠하게 훑은 후, 양발로 조용히 문을 닫고 뒤따랐다.

주요 인물이 전부 자리를 뜬 집무실에 묵직한 적막이 내려앉았다. 레이먼은 본능적으로 이곳에 머물러선 안 된다는 생각이 강하게 들었다. 입을 여닫은 그가 긴긴 정적을 깨뜨렸다.

"……저희 장로회의 입장은 이게 전부입니다. 소, 송구하나 이만……."

"서."

단어 하나에 몸이 얼어붙은 레이먼의 등으로 식은땀이 주르륵 흘렀다. 토끼를 대할 때와는 전혀 다른 온도의 붉은 눈이 그에게 꽂혔다. 찍소리 못한 채 차렷 자세를 취한 레이먼을 훑은 아힌이 방긋 웃었다.

"방금 봤어? 토끼가 드디어 나한테 마음을 연 거."

마음을 닫은 건 아니고? 전혀 공감하지 못한 보좌관들과 레이먼이 입을 오물거렸다. 오히려 다툼을 벌인 탓에 마음을 닫았다고 보는 편이 맞았다. 그런 그들의 반응은 안중 밖인 아힌이 송곳니를 느릿하게 만지작거렸다.

"원래는 내 입을 때리는 걸 꺼렸는데, 아무렇지도 않았잖아."

"……."

"-더 때려 주고 가면 좋았을 텐데."

미친, 미친. 레이먼은 속으로 제가 할 수 있는 최대한 불경한 욕을 되뇌었다.

"그러니까 장로회에 전해. 당분간 혼약에 대해서는 입 다무는 게 좋을 거라고."

"그, 그게 무슨……!"

"괜히 혼약을 들먹이다 토끼가 도망치기라도 하면 장로회든 뭐든 없애 버릴 줄 알아."

"……."

"가 봐."

쫓겨나듯 집무실을 나선 레이먼이 마른세수를 했다. 장로회에 무엇부터 전해야 할지 감도 오지 않았다.

차기 수장은 참신한 미친놈이었습니다?

맞는 것을 좋아합니다?

웬 토끼에게 눈이 먼 것 같습니다?

뭐가 되었든 장로회에 풍파를 불러일으킬 것은 불 보듯 뻔한 일이었다.

타원형 책상이 설치된 회의장.

쾅, 장로회 일원은 경악을 금치 못하며 책상을 내리쳤다.

신입 보좌관, 레이먼이 가져온 정보를 취합하면 하나의 결론을 도출할 수 있었다. 약 이 년 전, 아힌 그레이스가 토끼 수인에게 홀랑 넘어갔단 가십 기사가 사실일 가능성이 크다는 것.

"······그래서 저를 여기까지 부르신 겁니까? 가십의 사실 여부를 확인하려고?"

턱을 괸 룬이 길게 하품했다.

"그게 기밀?"

"귀한 발걸음에 감사드립니다. 비록 가십이나, 흑표범 영토의 중대사이니 부디 증언을 부탁드리는 바입니다."

수염을 쓸어내린 노신사가 신문 한 부를 내밀었다. 룬은 벌써 이 년이나 지난, 색 바랜 신문을 펼쳐 들었다.

「토끼와 흑표범, 그리고 사자」

자극적인 헤드라인을 본 그에게서 비식 바람 새는 웃음이 흘러나왔다. 부스럭, 기사를 읽은 후 신문을 접는 룬의 손끝에 회의장 내 모든 이들의 시선이 박혔다.

"-반은 사실이네요."

"······!"

룬은 나이 지긋한 노인들이 맞추기라도 한 듯 입을 틀어막는 광경을 훑었다.

"그래서 묻고 싶은 게 뭔데요? 토끼 수인에 대해?"

차마 대답도 못한 그들이 체통도 잊은 채 고개를 끄덕였다. 꼴깍 마른침 넘어가는 소리가 바깥까지 울렸다. 놀리듯 뜸 들인 룬은 오랜만에 하얀 머리카락을 떠올렸다.

"예뻐요."

맹수계 영토엔 없는 보라색 눈동자와 신기한 생김새가.

"멋있고."

어울리지 않게 부딪치고 보는 성미가.

"웃기기도 하고."

시시때때로 바뀌는 표정이.

"뭐, 힘이야 말할 것도 없죠."

치유계 페로몬은 웬만한 영토의 수장에게서도 찾아볼 수 없는 능력이었다. 전혀 도움이 안 되는 답변이지 않나. 두루뭉술한 설명에 안달 난 장로회 일원이 레이먼을 곁눈질했다. 사실이냐는 무언의 추궁 앞, 푹신하게 생긴 토끼밖에 못 본 레이먼으로선 어깨를 으쓱이는 대답이 최선이었다.

"적어도 그레이스 경께는 과분한 토끼예요."

의자에서 일어난 룬은 털레털레 걸어가 회의장 문 앞에서 멈췄다.

"아는 건 전부 말씀드렸으니, 앞으로 이런 일로는 뵐 일 없기를 바랍니다."

초점 없는 금안 위로 일순 날카로운 기운이 스쳤다. 제아무리 장로회라지만 타 일족, 심지어 수장의 직계를 오가라 하기엔 애매한 사안이기도 했다.

"아, 그리고 그레이스 경이야 모르겠지만 저는 멀쩡합니다."

구실요, 회의장을 나서던 룬이 고개를 쏙 내밀며 덧붙였다. 그의 발소리가 완전히 사라질 때까지도 회의장은 찬물을 끼얹은 듯 조용했다.

"……일족이 다르더라도 최소한 맹수계 수인이어야 할 것 아닙니까."

누군가 쥐어짜 내듯 말한 목소리에 장로들이 고개를 끄덕이며 동의했다. 토끼 일족과 흑표범 일족이라니. 들을수록 머리가 지끈거리는 사안이었다.

물론 일족이 다르다고 자손에게 신체적 결함이나 문제가 생기는 건 아니었다. 그러나 장로회가 혼약에 심혈을 기울이는 이유가 무엇인가. 장차 흑표범 영토를 이을 차기 수장, 즉 후계를 위해서였다. 만약에라도 토끼 일족과 자손을 보게 된다면. 일족 고유의 눈동자 색은 고사하고, 본모습이 토끼나 흑표범일지조차 정하지 못하는 것이었다.

가령 보라색 눈동자를 지닌 흑표범 수인을 잉태해도 문제였다. 일족을 대표하는 수장의 눈동자가 토끼 일족처럼 보이게 되니까. 그렇다고 붉은 눈동자를 지닌 토끼 수인을 후계 자리에 앉힐 수도 없는 노릇이었다. 하물며 붉은 눈동자를 지닌 흑표범 수인을 잉태할 확률도 낮을뿐더러……. 가장 큰 문제는 나약할 게 뻔한 토끼 수인의 페로몬이었다.

은연중에 초식계 수인의 페로몬은 한계치가 존재한다는 편견을 가진 장로회 일원이 시선을 주고받았다. 누구보다 강해야 할 수장의 후계가 근본 모를 토끼 수인의 페로몬을 가져선 안 될 일이었다.

더욱이 잘 구슬려 이중 결혼을 하는 것도 무리가 있어 보였다. 발렌스 수장도 정부를 두지 않는데, 구실 불가설이 떠도는 아힌이라면 말할 것도 없었다.

지그시 눈을 감았다 뜬 장로회 회장이 자리에서 일어났다.

"발렌스 수장께 정식 회의를 요청하는 것을 제안하는 바입니다."

흑표범 영토를 거친 마니언츠가의 마차가 토끼 영토로 막 넘어왔
을 때였다. 덜커덩, 휘청거리던 마차가 완전히 멈춰 섰다.

"무슨 일이지?"

문을 열고 내려선 레스틴이 마부를 향해 물었다.

"송구합니다, 갑자기 바퀴 나사가 풀려서…… 오는 중에 자갈 많
은 길을 지난 탓인 모양입니다."

"수리 시간은 얼마나 걸리겠나?"

"한 시간은 걸릴 듯합니다. 최대한 빨리 손보겠습니다."

마차 창으로 씨름하는 두 사람을 둘러본 룬이 밖으로 내려섰다.

"룬 님, 어디 가십니까?"

"한 시간은 걸린다며. 근처 교목에서 눈 좀 붙이고 올게."

햇볕도 적당하고, 바람도 선선한 날씨였다. 숲길로 발걸음을 돌리
던 룬은 "힉!" 뒤편에서 비명이 들리자 고개를 돌렸다.

"무, 무슨 토끼가 이렇게 많습니까? 룬 님, 룬 님!"

소스라친 레스틴이 폴짝 뛰어 마차 난간에 올라섰다.

"저리 가…… 주십시오!"

그러든지 말든지, 우르르 몰려든 하얀 토끼 군단이 마차를 탐색하
듯 에워쌌다. 토끼 영토 내 경계의 숲이니까 토끼가 살겠지. 헛웃음
을 흘린 룬은 무시하며 숲 깊숙이 걸어 들어갔다.

옅은 분홍색 곱슬머리가 산들바람에 흩날렸다. 신장은 한 뼘이나
더 자라고, 눈동자는 흐리지만 눈매는 조금 날카로워졌다. 외관이

변할 정도의 시간이 흘렀음에도 기억은 여전히 선명했다.

비비도 많이 변했을까. 늑대 영토와의 분쟁에서 부대 하나를 홀로 쓸던 아힌을 떠올린 룬은 찜찜하게 목덜미를 쓸었다. 고삐가 풀리다 못해 없는 수준인 흑표범을 토끼가 어떻게 감당하고 있을지. 더군다나 장로회에서 저렇게 나오는 것을 보면, 아무래도 비비에게 또 시련이 주어질 모양이었다.

곧 제가 걱정할 일이 아니라 되뇌며 고개를 저은 그가 발을 옮겼다. 자박자박, 안락한 교목을 찾아 걸어가던 룬이 대뜸 멈췄다.

"……."

자박자박, 다시 걸음을 옮기던 발이 재차 멈췄다.

"……언제까지 따라올 셈이지?"

뒤돈 룬은 발치까지 따라붙은 새하얀 토끼를 내려다봤다. 쌀쌀한 어느 날, 아힌의 구두코에서 엉덩이를 덥혔던 토끼였다. 무릎을 굽힌 룬은 도망갈 생각조차 안 하는 토끼의 턱을 검지로 짚었다.

"닮았군."

이내 팽하니 뒷발로 룬의 손가락을 걷어찬 토끼는 그의 구두코에 앉아 엉덩이를 덥혔다. 감히 비비를 닮은 토끼를 떨치지 못한 룬은 멍하니 구두코만 내려다봤다.

"룬 님!"

레스틴이 룬을 찾는 외침이 들릴 때까지도 하얀 토끼의 휴식은 계속됐다.

"룬 님, 어디 계십니까?"

마차가 있는 방향을 한 번, 노곤하게 눈을 붙인 토끼를 한 번. 번갈아 보던 룬이 나지막이 물었다.

"나랑 갈래?"

훨씬 따뜻한 곳에서 지낼 수 있게 해 줄게. 토끼를 들어 올린 그가 해사하게 미소 지었다.

∖∣∕

비어 있던 강의실이 점점 학도들로 들어찼다.

수업 준비를 마친 나는 책상에 잠깐 엎드렸다. 아카데미로 돌아오기까지 얼마나 험난한 여정이었던가. 특히 꼬물거리는 새끼 흑표범들을 이끌고 당연하게 마차에 앉아 있는 애쉬와 바라가 문제였다.

애쉬 하나도 아니고, 기숙사에서 흑표범 일가족을 어떻게 데리고 살아…… 호통치는 애쉬에게 잠을 스무 번만 자면 돌아온다고 싹싹 빈 후에야 상황을 정리할 수 있었다.

'용사님, 나빠.'

드디어 숨 좀 돌리나 싶었더니, 아카데미에 돌아오자마자 울고불고 땅을 치는 러셀을 달래야만 했고. 더욱이 여전히 강의실 한편에서 등이 쿡쿡 쑤실 만큼 노려보는 앨런의 존재까지.

'……하.'

며칠 사이 퀭해진 내가 지끈거리는 관자놀이를 눌렀다. 그도 모자라, 결코 조용할 것 같지 않던 아힌이 묘하게 조용한 부분도 걱정이었다.

'편지에는 답장도 없고…….'

막돼 먹은 맹수.

헤어지기 싫어하는 아힌에게 너무 잔혹하게 대한 걸까. 그래도 짜

중 난다고 할 것까진 없잖아.

툴툴거린 나는 힐끔 손목 부근을 확인했다. 그나마 다행인 건, 온몸에 새겨진 울혈을 치유계 페로몬으로 지울 수 있다는 사실이었다. 왠지 아힌이 알면 몹시 못마땅해할 것 같은데. 당분간 이 사실은 숨기는 편이 좋을까.

양손에 얼굴을 묻은 채 온갖 생각을 이어 가던 나는 문득 축축 처지는 우울한 분위기를 감지했다. 측방으로 고개를 틀자, 클래스 메이트인 헨드리가 나와 똑같은 자세로 앉아 있었다. 이 돼지는 또 왜 이래. 흠칫 어깨를 떤 나는 조심스레 그녀를 살폈다.

"……헨드리?"

"비비……."

손에 얼굴을 묻고 있던 헨드리가 천천히 고개를 들었다.

"아, 안색이 왜 그래요?"

낯빛에는 먹구름이 잔뜩 드리워졌고, 눈은 온종일 울기라도 한 듯 퉁퉁 부어 있었다. 순간 이유를 직감한 나는 헨드리의 어깨를 붙들었다.

"그때 만나 본다던 흑표범 때문이죠?"

정답인 모양인지 경련하던 그녀의 표정이 점점 울상으로 변했다.

"……몹쓸 사람이었어요."

"무슨 일인데요?"

"글쎄, 저를 만나기로 한 날만 해도 세 명의 영애를 만났다지 뭐예요……!"

언성을 높인 헨드리가 손수건을 꺼내어 눈가를 찍었다. 이걸 어떻게 달래야 하나. 난감하게 목덜미를 쓸던 내가 살며시 그녀의 등을 토닥였다.

"그러게 말했잖아요, 흑표범은 안 된다고……."

"애인 하나 없었을 것 같은 비비의 말이니까 흘려들었죠."

그런 앞뒤 없는 논리가 어디 있어. 울컥한 내가 책상을 탕 내리쳤다.

"저도 연인 정도는 있……!"

"있?"

"있……!"

아힌을 여기서 함부로 거론하면 안 되겠지. 당차게 주장하다 말고 멈춘 나는 입을 뻐끔뻐끔 여닫았다. 더군다나 아힌의 얼굴이 떠오르자마자 의도치 않게 뺨이 발그레 달아올랐다. 어쩔 줄 모르는 내 태도를 마주한 헨드리의 아랫입술이 파르르 떨렸다.

"비비, 설마 진짜 있……!"

"모두 정숙하세요."

마침 교수님이 강의실에 들어섬으로써 대화가 뚝 끊겼다. 사각사각, 필기 소리와 교재를 읊는 교수님의 음성만이 강의실을 울렸다.

필기에 집중하고 있자니, 쿡쿡, 헨드리가 팔꿈치로 옆구리를 찔러왔다. 시선이 마주친 그녀는 종이에 전할 말을 쓰다가 답답했는지 곧장 속삭였다.

"틈만 나면 도서관이랑 사육장만 들락거리던 분이, 애인이 있었어요?"

"그건……."

아힌을 없다고 말하긴 싫은데. 이 정도야 괜찮겠다고 생각한 나는 수줍게 긍정했다. 헨드리는 부르르 떨며 소리 없는 비명을 질렀다.

"흑표범 일족한테 예민하게 반응하더니, 알고 보면 흑표범 일족 아닌가 몰라."

"……!"

대답하지 않았지만 표정에 다 드러났는지, 헨드리의 얼굴이 확신으로 물들었다.

"얼굴 한 번 비춘 적 없는 분이 애인이라고요? ……그러고 보니 비비는 매일같이 흑표범의 험담만 일삼았었죠."

내 침묵을 긍정으로 해석한 헨드리는 파란 머리칼을 귀 뒤로 꽂으며 진중히 말했다.

"남몰래 마음고생 중인 거 아니에요? 보아하니 안색도 좋지 않아요. 비비, 어서 말해 봐요."

따듯한 눈을 한 헨드리가 내 손위로 제 손을 꼭 덮어왔다. 아힌 때문에 마음고생 할 게 뭐가 있어. 오해라며 고개를 젓던 나는 일순 미간을 와락 구겼다.

"편지에 대한 답장이 오지 않아서요."

퀸 말고 첫 전령 새가 생기자마자 아힌에게 가장 먼저 전서를 부쳤는데. 생각할수록 괘씸했다.

'변태 쓰레기 토끼.'

"……종종 폭언도 하고."

자세히 설명할 수 없었던 나는 두루뭉술하게 중얼거렸다.

"계속 말해 봐요."

낯빛이 굳어진 헨드리가 연신 고개를 끄덕였다

'보통 바람둥이가 아니어야지.'

그녀의 강한 공감에 탄력이라도 받은 건지, 그간의 설움이 하나하나 떠오르기 시작했다.

"외간 토끼를 침실에 들이면서 오히려 내게 바람쟁이란 누명을 씌우고……."

'더 울어 봐.'

"또 제가 매일 슬펐으면 좋겠나 봐요."

"쓰레기네."

"……!"

"그거 다시없을 쓰레기네요!"

격분한 헨드리가 내 멱살을 콱 틀어잡았다. 지금까지 보여 준 고상한 모습과 대비되는 과격한 행동이었다.

"혹시 디너 파티의 파트너마저 그 쓰레기는 아니겠죠?"

나는 멱을 잡힌 채 동공을 떨었다. 디너 파티라면 중간 방학을 기념하며 개최되는 아카데미의 연례행사였다. 기숙사에 쌓인, 발렌스 님이 잔뜩 보내 온 드레스 더미를 떠올린 내가 입을 달싹였다.

"파, 파트너로 와 줄 리가 없는데……. 혼자 참석할 예정이에요."

정확히는 신분, 그리고 얼굴이 다 알려진 탓에 올 수 없는 거지만. 설명을 애매하게 했음을 깨닫기도 전에 헨드리의 눈에 쌍심지가 켜졌다.

"설마하니 혼약을 전제로 만나는 상대는 아니겠죠, 당장 헤어……."

"비비 학도, 헨드리 학도."

어느새 책상 앞에 선 교수님을 올려다본 우리가 조용히 교재에 코를 박았다. 마침 대륙사 교재에는 그레이스가와 마니언츠가 등, 각 영토 수장의 가문에서 이룬 업적들이 나열되어 있었다.

책에서 시선을 뗀 나는 날 좋은 창밖을 돌아봤다. 새삼 그들의 무게가 와 닿은 동시에 헨드리가 말한 혼약이란 단어가 머릿속을 떠다녔다. 지금까지는 인간화와 아힌을 향한 마음 하나로 달려왔으나, 앞으로는 현실적인 가시밭길이 남아 있었다. 냉정히 정의 내리면 아힌은 죽어서도 역사로 남을 사람이지만, 나는 약물로 인해 인간화가 늦었을 뿐인 일개 토끼에 불과하니까.

물론 발렌스 님과 할아버님이 그 격차를 줄이기 위한 준비를 하고 있는 것을 모르지 않았다. 발렌스 님은 후세를 위해서도 지배계 페로몬과 치유계 페로몬의 상관관계를 공표하는 동시에, 아힌을 살린 내 존재를 알릴 심산인 듯하고. 할아버님이 아카데미 입학을 제안한 것엔 이곳 귀족들에게 얼굴도장을 찍어 두기 위한 목적도 있었겠지.

한숨을 감추지 못한 내가 턱을 괬다. 아무도 내게 혼인이나 약혼에 대한 말을 꺼내지는 않았다. 발렌스 님은 토끼 영토 수장처럼 허리가 굽을 때까지 수장의 권좌에 앉아 있겠노라 우스갯소리도 흘렸고.

그러나 이것이 멀리 미룰 수 없는 사안임을 알고 있었다. 후계의 입지가 탄탄할수록 가문도 안정적으로 자리 잡으니까. 중급 귀족인 래비안가에서도 뛰어난 후계를 선별하려 혈안이었는데, 하물며 그레이스가의 차기 수장이 약혼자 하나 없다는 건 말이 안 됐다.

남은 것은 내가 그 왕관의 무게를 감당할 수 있냐는 건데. 이제 모든 것을 배워가기 시작한 입장에선 섣불리 호언하기가 힘들었다. 한 영토의 사활이 걸린 자리니까. 그런 주제에 아힌의 옆자리에 다른 수인이 앉는다고 생각하면 눈에 불길부터 이는 한심한 일개 토끼였다.

상념에 잠긴 채 밖을 바라보던 나는 몽롱하게 눈을 깜박였다. 하도 흑표범 생각을 해서 그런가, 창밖으로 흑표범의 머리통이 보였다.

'애쉬네⋯⋯.'

오늘도 육아는 바라한테 맡기고 돌아다니는 건가. 칼 같은 앞발 경례로 인사를 전한 애쉬가 스르륵 사라졌다.

다음에 솟아오른 것은 이브린의 머리였다. 그는 입 모양으로 열심히 의사를 전달했다.

[토끼님, 강의 후에 학장실로 와 주십시오.]

자리를 빼앗긴 애쉬는 뒤에서 그의 머리통을 잘근잘근 물어 댔다. 주르륵, 이브린의 이마에서 한줄기 피가 흘러내렸다.

세상에. 멍하니 그 참상을 바라보던 나는 자리를 쾅 박차며 일어났다. 허상 따위가 아니었다.

"―비비 학도."

기겁하던 나는 교수님의 엄한 음성에 퍼뜩 정신이 들었다.

"흐, 흑표범이……!"

휙, 다급히 검지로 창문을 가리켰지만 창밖에는 아무것도 없었다.

"마침 퇴장하기 좋은 화창한 날씨로군요."

함께 창밖을 돌아보던 교수님은 단호하게 뒷문을 손가락질했다.

"퇴장."

\\ /

이브린은 휴가도 반납한 채 아힌 몰래 벨헬름 아카데미로 숨어든 실정이었다. 그 과정 중 감시꾼인 퀸을 수면제를 넣은 딸기로 따돌리고, 귀신같이 따라붙은 애쉬를 떨치려다 물리기도 했다.

겨우겨우 학장실에 다다라, 릴리언에게 자초지종을 전한 그가 숨을 골랐다.

"장로회 그 썩을 것들, 우리 토끼의 진면목을 몰라보고 헛발질이나 해 대는군."

창가에 선 릴리언은 못마땅하게 팔짱을 꼈다. 그 옆에 나란히 선 이브린이 창밖을 내다봤다. 아카데미 교정이 한눈에 들어오는 절경이 펼쳐졌다.

현재, 아힌은 허구한 날 반복되는 장로회의 이의 제기에 시달리는 중이었다. 토끼의 존재와 합당한 능력을 증명하라 외치는 그들로 인해 나날이 아힌의 미소가 짙어졌다. 그는 곧 장로회를 썰어 버리겠다는 끔찍한 신호와도 같았다.

실상 비비가 치유계 페로몬을 증명만 하면 어느 정도 잠재워질 소란인데. 아힌은 이상하리만치 장로회의 설레발이 비비의 귀에 들어가는 것을 꺼리고 있었다.

"애쉬 님, 애쉬 님은 알고 계시겠죠."

제 답답한 마음을. 수그려 앉은 이브린이 애쉬의 앞발을 잡았다. 애쉬는 심드렁하게 무시하며 벌렁 드러누웠다. 어서 비비가 오기만을 기다릴 뿐이었다.

"손주 녀석이 그러는 이유가 달리 있겠느냐."

쯧 혀를 찬 릴리언이 뒷짐을 졌다.

"괜히 준비도 안 된 우리 토끼를 독촉하다 또 사라질까 겁나는 거겠지. 한심한 것."

"릴리언 님도 너무하십니다, 토끼님을 몰래 빼돌리시고. 아힌 님이 토끼님과 떨어져 있는 동안 매일 악몽에 시달리셨는데."

"그건 우리 토끼도 마찬가지다!"

몸을 일으킨 이브린은 꼬박꼬박 토끼 앞에 우리를 붙이는 릴리언을 곁눈질했다.

"그래서, 네놈이 예까지 온 목적은 무엇이냐."

"장로회와의 갈등은 장기적으로 우리 토끼님에게도 좋지 않습니다. 하여, 은밀히 우리 토끼님의 의사를 여쭙기 위해 왔습니다."

내일은 장로회와의 정식 회의가 개최되는 날. 그곳에서 이브린이 제 몸에 상처를 내고, 비비가 그를 즉시 치료하는 능력만 보여도 회의는 원만히 흘러갈 게 자명했다.

"저놈들이⋯⋯!"

그때, 창밖을 바라보던 릴리언이 왈칵 인상을 썼다.

"왜 그러십니까?"

의아해진 이브린과 애쉬가 창가로 다가섰다. 일순 둘의 얼굴이 굳어졌다.

"또 앨런 프레디안이군."

"우리 토끼님과 관계가 있는 분입니까?"

원형의 진을 친 학도들의 중간, 배낭끈을 꽉 말아 쥔 비비가 보였다. 얼핏 봐도 해코지의 현장이었다.

"아무렴, 우리 토끼를 못 잡아먹어서 안달인 놈이지. 큰일이구나, 지금은 치유계 페로몬을 완전히 드러낼 수 없는 처지인데. 내가 가서 저지하고 오⋯⋯."

"잠깐만요, 릴리언 님께서 막으셔도 일시적인 해결일 뿐입니다."

"그럼 방관하자는 말이더냐?"

"제가 누굽니까."

"네가 누군지는 알고 싶지 않다!"

"이 유능한 이브린에게 생각이 있습니다."

벌컥, 창문을 열어젖힌 이브린의 눈이 반짝 빛났다.

"상대에게 패배감을 주면서, 이참에 우리 토끼님의 매운맛을 보여 주는 것도 좋겠죠."

담담히 설명한 이브린이 뚜둑, 소리 나게 손목뼈를 풀었다. 그가 말하는 매운맛이 내심 궁금해진 릴리언은 힐긋 밖을 내다봤다. 학장실은 건물 높이 위치한 터라 자세한 상황까지는 알 수 없는 거리였다.

"제 페로몬이 상쇄 페로몬인 것은 아십니까?"

천천히 페로몬을 운용시킨 이브린이 고저 없는 음성으로 물었다.

"너에 대해선 궁금하지 않으니 방법이 뭔지나 말하거라."

"물론 이 작전엔 상대에게 충격을 주는 릴리언 님의 페로몬도 필요합니다."

아무도 몰라주는 유능함을 증명할 시간이 온 이브린이 창밖으로 고개를 내밀었다. 칠흑 같은 새까만 머리칼이 흐트러졌다.

"예전부터 우리 토끼님은 궁지에 몰리면 오히려 위협을 시도하시곤 했죠."

"……그래서?"

"혹여 학도들이 페로몬을 사용할 시, 제가 전부 상쇄시키겠습니다. 릴리언 님께서는 우리 토끼님이 위협하는 대상에게 페로몬을 쏘아 주시면 됩니다."

"도대체 무슨 속셈인 게냐?"

릴리언은 반박하면서도 홀린 듯 손끝에 페로몬을 집중시켰다. 그런 그를 확인한 이브린이 신중하게 아래를 주시했다. 비비를 둘러싼 학도들이 점점 거리를 좁히기 시작했다.

주춤거리던 비비가 발을 쾅 굴리며 위협을 시도하는 순간.

"릴리언 님, 지금입니다."
이브린의 지시가 떨어졌다.

한편, 또다시 앨런의 시답지 않은 시비에 휘말린 비비가 미간을 모았다.

"강의실에서 흑표범이란 말은 왜 외친 거지?"

왜긴 왜야, 애쉬가 왔으니까. 이브린과 한시도 같이 있기 싫어하는 애쉬를 위해 빨리 학장실로 가야 하는데. 앨런이 맹수 여럿까지 거느리고 온 탓에 벗어나는 게 영 쉽지가 않았다.

"또 배낭부터 숨기는군."

앨런의 날카로운 시선이 배낭끈을 부여잡은 비비의 손에 닿았다.

'도대체 배낭에는 왜 집착하는 거야.'

지긋지긋한 맹수. 한없이 억울해진 비비가 입술을 깨물었다. 토끼로 변하면 피신은 용이하겠지만, 발렌스 님이 선물한 배낭을 빼앗기게 될 테고.

'……유사시에는 치유계 페로몬을 사용하는 수밖에.'

고심하던 비비는 하이에나 수인이 슬슬 접근을 시도하고 있음을 눈치챘다.

'오, 오면 가만 안 둔다.'

콧잔등을 뜬 비비가 경고용으로 오른발을 세차게 굴렸다.

순간이었다. 은밀히 접근하던 하이에나 수인의 낯빛이 하얘지더니 이윽고 쿵, 바닥에 쓰러졌다.

"......?"

갑작스러운 상황을 마주한 비비와 앨런이 시선을 주고받았다. 휙, 앨런은 급히 몸을 굽혀 하이에나 수인이 기절한 것을 확인했다. 의심으로 물든 붉은 눈이 비비를 향했다.

"너!"

"내, 내가 그런 게 아니……."

양손을 휘저어 부인하던 비비는 뒤편에서 위험한 기척을 감지했다. 그사이 접근한 호랑이 수인의 기척이었다.

엄마야, 소스라친 비비가 저도 모르게 확 손을 뻗었다. 그와 동시에 호랑이 수인마저 종잇장처럼 픽 쓰러지고 말았다.

'뭐야……?'

당황을 수습지 못한 그녀는 제 양손을 번갈아 살폈다. 페로몬을 전혀 사용하지 않았는데, 어째서 맹수들이 쓰러지는 걸까.

의문에 휩싸인 보라색 눈동자가 마침 페로몬을 사용하려 손을 드는 치타 수인에게 머물렀다. 사실 치타 수인은 계속 페로몬 운용을 시도하고 있었으나, 증발하듯 상쇄돼 버려 우왕좌왕하는 중이었다. 누군가 의도적으로 페로몬 사용을 막는 듯한 감각이었다.

'혹시 몰라.'

합, 비비는 시험 삼아 허공에 뒤 돌려 차기를 날렸다. 그러자 치타 수인 또한 앞선 수인들처럼 풀썩 기절해버리는 게 아닌가.

한순간에 일행이 전부 기절한 앨런은 힘이 풀리려는 다리를 억지로 지탱했다.

"이게 다 무슨……!"

함께 온 학도들은 자신과 비등비등한 실력자들이었건만. 입학하자마자 수석의 자리를 채간 건 요행이 아닌 모양이었다. 더욱이 자신은 토끼가 페로몬을 사용하는 것조차 느끼지 못했지 않나. 페로몬을 밖으로 흘리지도 않는 조준 실력은 감히 범접할 수조차 없는 경지였다.

"감히!"

발악하듯 페로몬을 끌어 올리던 앨런이 멈칫했다.

크르릉-.

어디서 나타난 건지 모를 흑표범이 보호하듯 토끼의 곁을 지켰다. 흑표범 영토에서 영물로 취급되어도 손색이 없을 자태를 지닌 흑표범이었다.

어른어른하게 흐려진 앨런의 붉은 눈이 토끼에게 닿았다. 스윽, 토끼가 주먹을 내보이자 앨런은 저도 모르게 움찔 어깨를 떨었다.

토끼는 마치 숨겨 둔 능력을 드러낸 것처럼 오연한 얼굴로 앨런을 바라보고 있었다. 말아 쥔 작은 주먹에서 뿜어져 나오는 기백이 보통이 아니었다.

토끼가 흑표범을 부리는, 꿈결 같은 장면을 마주한 앨런이 바닥에 털썩 주저앉았다. 초식계 수인이라며 얕보고 헐뜯은 오만에 대한 수치심, 그리고 패배감이 휘몰아친 그가 침음성을 흘렸다.

"젠장……."

마치 패배를 시인하는 듯한 앨런의 동작에, 제가 모두를 쓰러뜨린 양 연기하고 있던 비비도 몰래 안도의 숨을 삼켰다.

'내, 내가 한 게 아닌데…….'

비비는 바들바들 떨리는 자신의 양손을 번갈아 봤다. 페로몬은 일절 사용하지 않았건만. 그러나 분명 주먹을 내지를 때마다 수인들이 픽픽 쓰러졌지 않았던가.

"실력을 숨기고 있었군."

자포자기한 앨런이 갈라진 음성을 냈다.

'내가……?'

혼란에 휩싸인 비비의 보라색 눈동자가 잘게 떨렸다.

'단지 기합만으로……!'

오래전, 토끼님은 장군의 기백을 가졌다는 이브린의 말이 머릿속에 메아리쳤다.

\\|/

밤안개가 그레이스 저택을 감쌌다.

집무실에 홀로 남은 아힌은 내일을 위해 검날을 확인했다. 곧게 뻗은 날붙이를 올려다보던 그는 푸드덕, 창틀로 날아온 전령 새를 훑었다. 릴리언의 나이 지긋한 비둘기였다.

가져온 전서 내용은.

네 이놈, 어째서 우리 토끼에게 답장을 보내지 않는 게냐?

로 시작하여, 당장 비비에게 답장을 보내지 않으면 경을 치겠다는 협박으로 그득했다.

어이가 없어진 아힌은 전서를 구겨 뒤로 던졌다. 편지에 답장을 하지 않았더니, 비비가 그새 쪼르르 릴리언에게 달려가 하소연한 모양이었다.

철컹, 검을 검집에 집어넣은 그는 릴리언의 비둘기를 아니꼽게 쳐다봤다. 기어코 꼰대의 환심마저 등에 업게 된 비비라니. 다소 맹목적인 구석이 있는 릴리언은, 혹여 비비가 아힌의 곁이 싫다 말하면 얼씨구나 숨겨줄 위인이었다.

꽤나 성가신 조합이라 생각하던 아힌은 서랍에서 서간지를 꺼내어 펼쳤다. 저답게 꼼꼼한 필체로 써 내려간 비비의 편지였다. 주로 아카데미에서의 일상에 관한 내용이었으며, 마지막은 아힌도 함께이면 좋았을 거란 작은 소망을 덧붙였다.

"-이런 건 굳이 답장할 필요가 없지."

아힌은 서간지를 비둘기에게 보여 주며 느슨히 미소 지었다.

"당장 아카데미로 오란 말이잖아. 안 그래?"

비비가 들었으면 기겁할만한 해석을 한 그는 내일의 일정을 상기했다. 장로회를 족친 후에 벨헬름 아카데미로 넘어간다. 만족스레 되뇐 그가 홀로 소리 없이 웃자, 비둘기의 눈이 가늘어졌다. 미친 것. 비둘기는 전령 새 인생 말년에 고생이라 생각하며 높이 날아올랐다.

그 날갯짓에, 뒤늦게 하루 내내 퀸이 보이지 않았음을 깨달은 아힌이 창가로 다가섰다.

"퀸 님, 제 준수한 머리칼을, 잠깐만요. 쪼지 마십시오."

마침 휴가를 맞아 본가에 다녀온 이브린이 아힌의 시야로 들어왔다. 무슨 이유에선지 날카로운 부리로 그를 쪼아대는 퀸. 그리고 옆에서 볼록한 배낭을 멘 채 어슬렁거리는 애쉬가 보였다. 함께 외출을 하고 온 듯한 그들을 내려다보던 아힌의 눈이 차갑게 식었다.

'수상하군.'

이브린을 흥보기도 바쁜 애쉬가 같이 외출을 한 것이.

최근 이브린은 아힌과의 이십 년에 가까운 의리를 저버리며 배신을 꿈꾸고 있었다. 가령 비비의 끄나풀인 애쉬와 결탁하여 아힌의 의사에 반하는 짓을 벌인다든가.

팔짱 낀 아힌이 창가에 비스듬히 기대어 섰다.

'-너무 비약인가.'

기실 이브린과 애쉬가 하루 이틀 지낸 사이도 아니고, 외출 정도야 충분히 함께할 수 있는 정도였다.

애초에 아힌은 비비만 관련되면 안 그래도 없는 상식이 사라져 버리니. 어디까지가 적정선에 이르는 의심인지 정확히 감이 오지 않았다. 지난 일 년 반에 가까운 시간 동안 신경을 극도로 예민하게 곤두세운 탓일까.

버선발로 달려 나와 애쉬의 배낭을 받아 무는 바라를 보던 아힌이 커튼을 쳤다.

늦은 밤. 바라에게 배낭을 전달받은 이브린은 은밀히 발렌스 님의 집무실로 향했다. 달칵, 집무실로 완전히 들어선 그는 조심스레 배낭을 열어 바닥에 내려뒀다.

"토끼님, 나오셔도 됩니다."

드디어 바깥으로 나오게 된 나는 헝클어진 털을 정리했다. 이브린은 집무 책상에 앉은 발렌스 님을 향해 공손히 묵례했다.

"가주님, 전달드린 대로 내일까지 토끼님을 잘 부탁드립니다."

'잘 부탁드립니다.'

멀뚱멀뚱 있을 수 없었던 나도 바닥에 납작 부복했다.

"걱정 마려무나."

왠지 기분이 좋아 보이는 발렌스 님은 고아한 미소로 화답했다.

은발을 한쪽으로 땋아 내리고, 긴 숄을 두른 편안한 차림이었다. 이어서 문안 인사까지 마친 이브린은 문을 열고 복도로 나섰다.

"……."

그와 나는 열린 문을 사이에 두고 진한 시선을 교환했다.

몇 시간 전, 대뜸 아카데미로 찾아온 이브린은 장로회와의 갈등에 대해 전달했다. 당장 내일 나를 주제로 한 정식 회의가 개최되며, 아힌은 혼약이란 단어가 내 귀에 들어가는 것을 꺼린다는 사실까지도. 아힌이 이참에 사사건건 간섭하는 장로회를 쓸어 버릴 계획을 세우는 것 같단 설명을 들었을 때는 온몸에 오한마저 들었다.

그래서 할아버님께 허락을 받은 후에 부랴부랴 그레이스저로 오긴 했는데……. 이브린은 꼭 회의에 참석하여 능력을 선보일 필요는 없으니, 오늘 밤 동안 신중히 고민한 후에 거절해도 된다고 일렀다. 따라서 일단은 발렌스 님께 나를 인도하여 밤을 보내기로 한 참이었다.

'그보다…….'

조금 염려스러워진 나는 앞발로 이브린의 구두코를 짚었다. 그는 아힌에게 나를 그레이스저로 데려온 것도, 장로회에 대한 사실을 알린 것도 전하지 않았다. 내가 결심하기까지 평안한 시간을 주고픈 건 알겠지만, 독단적으로 행동한 이브린의 앞날은 위태로울지도 몰랐다.

"혼약이란 단어가 토끼님께는 무거운 단어임을 압니다."

수그려 앉아 무릎에 손을 얹은 이브린이 시선을 맞췄다.

"그래서 아힌 님도 토끼님께 장로회에 관해 알리지 않으신 거겠죠. 그러나 제 생각에는…… 회의를 엎어 버리면 당장은 장로회도 수그러들겠지만, 아마 빠른 시일 내에 다시 이의를 제기할 겁니다."

잠깐 입을 여닫은 이브린이 천천히 말을 이어 갔다.

"그게 반복될수록 아힌 님과 토끼님에 대한 장로회의 반감은 깊어질 겁니다. 그럼 다른 사안을 논의할 때도 협조적으로 나오진 않겠죠."

이브린도 깊은 생각을 한다는 놀라움 반, 장로회에 대한 고민 반으로 머릿속이 복잡해진 내가 철퍼덕 주저앉았다.

그가 말하고자 하는 바를 모르지 않았다. 장로회의 반감을 살수록 차후 혼약을 치르고자 할 때 반대도 심해지겠지. 종족을 문제 삼든, 신분을 문제 삼든. 그럴 바에는 이번 기회에 치유계 페로몬을 증명하여 반감 대신 능력에 대한 호의를 사두는 게 나았다. 그러나 그는 곧 아힌과의 혼약이 사실 시 되는 것과도 다름없었다.

"두 분을 위한 방법이라고는 하지만, 결국은 부담을 드려서 죄송합니다. 물론 능력 증명을 거절하셔도 되고, 만일 증명을 하더라도……."

흠, 고심하듯 허공을 바라본 이브린이 다시 나를 내려다봤다.

"차후 정 아힌 님이 마음에 안 들면 버리면 되죠. 덧붙여 이렇게 말씀드린 건 비밀입니다. 물론 두 분도요."

이브린의 지긋한 시선이 양옆을 지키는 경비 기사들을 향했다. 무언의 압박을 받게 된 그들은 못 들은 척 눈길을 피했다.

"가주님께서도 비밀로 해 주실 거라 믿습니다."

"생각해 보마."

집무실 안쪽에서 대화를 듣고 있던 발렌스 님의 대답이 들려왔다. 정말 이브린은 이러고도 어떻게 살아 있는 걸까.

"너무 늦게 말씀드리지만……."

폭 한숨을 내쉬고 있자니, 그의 검지가 앞발을 톡 덮었다.

"비비 님, 무사히 돌아와 주셔서 감사합니다."

이브린에게서 흘러나온 비비 님이란 호칭이 낯설다고 생각하길 잠깐, 그가 처음 내 이름을 제대로 불러 주었음을 깨달았다. 가슴 찡해진 나는 앞발로 이브린의 검지를 살포시 쥐었다. 이제 그 토끼님이란 이상한 호칭은 버리기로 한 거야?

"하지만…… 그래도 편지 한 통 정도는 쓰셨어야죠."

하나 대번에 태도를 뒤바꾼 이브린은 톡, 검지로 앞발을 내쳤다.

"그레이스저에 지내는 내내 저를 열렬히 필요로 하셨으면서, 어찌 소식 하나 없을 수가 있습니까."

'그건……!'

송곳니만 떠올려도 손이 떨려서 전서조차 쓸 수 없었어. 하물며 너를 열렬히 필요로 한 적도 없고.

나름 할 말이 많은 내가 번쩍 두 발로 일어섰다. 톡, 그러나 이브린이 검지로 뒷발을 들어 버린 탓에 비틀거리며 쓰러지고 말았다.

"솔직히 서운합니다, 제 얼굴을 볼 때마다 이를 가시고."

'이게 정말!'

"아힌 님께 전부 이를 겁니다. 강의 시간마저 돼지 수인과 사랑을 속삭인 것도요."

헨드리와는 그저 귓속말을 나눴을 뿐인 것을. 여전히 모함이 수준급이었다.

도끼눈을 뜬 나는 솜뭉치 같은 앞발을 뚫어져라 쳐다봤다. 만일 낮에 내 기합에 맹수들이 픽픽 쓰러졌던 게 우연이 아니라면. 이브린에게 시험해 볼까 망설이는 와중, 단정한 그의 낯을 올려다보자 처음 만난 날이 파노라마처럼 스쳤다.

'아마 특별한……! 비상식량인 것 같으니.'

저 침착한 또라이만 아니었더라면 내 위치가 주워 온 토끼에서 비상식량까지 추락하진 않았겠지.

제발 잠재된 능력이 있다면 지금 나와 주세요. 분노가 용솟음친 나는 허공을 향해 합! 기합과 함께 앞발을 내질렀다. 난데없는 기행을 멍하니 바라보던 이브린은 곧 풀썩, 배를 부여잡으며 바닥에 무너져 내렸다.

'이, 이브린!'

황급히 달려가 이브린의 눈꺼풀을 들췄으나 미동이 없었다. 설마 진짜 통할 줄이야. 부들거리며 물러난 내가 앞발을 앞뒤로 뒤집었다. 아무래도 숨겨진 힘이 있나 봐.

\\|/

다행히 금세 정신이 든 이브린은 비틀거리며 침실로 돌아갔다.

몇 번이나 기합 연습을 한 후, 사람으로 돌아온 나는 팔을 이리저리 돌렸다. 은밀히 그레이스저로 들어오기 위해 토끼로 변한 탓에 온몸이 뻐근했다. 이래서 수인들이 본모습으로 변하는 것을 꺼리는 모양이었다.

"시중을 들겠습니다."

팔다리를 쭉 뻗는 내 뒤로 따라붙은 사람은 발렌스 님의 전속 시녀였다. 그녀는 노련한 손길로 잠자리에 들 준비를 도운 뒤, 나를 익히 아는 침실로 데려다줬다.

너른 침실에 덩그러니 선 나는 분홍 네글리제 자락을 매만졌다.

시선 끝에는 침대 헤드에 기대어 서적을 읽는 발렌스 님이 있었다. 옆에 세워둔 램프가 그녀의 얼굴을 주홍빛으로 물들였다.

'따로 침실을 내주시는 게 아니었나⋯⋯?'

파들파들 떨리는 손을 감춘 내가 침대 빈자리를 바라봤다. 순간 기숙사 침대에서 굴러다니는 몹쓸 잠버릇이 떠올랐다. 만약 자는 중에 수장의 뺨을 치면 어떻게 되는 걸까.

'안 돼⋯⋯!'

밧줄에 꽁꽁 묶여 교수대로 끌려가는 토끼를 상상하자, 얼굴에 핏기가 싹 가시는 기분이었다.

"뭐 하니? 이리 오질 않고. 오늘은 나와 자고 싶다고 했잖니."

"그게⋯⋯."

그 의미가 아니라 잠자리를 내어 달란 의미였는데. 손짓하는 발렌스 님의 표정이 퍽 기뻐 보여, 차마 정정진 못한 내가 네글리제를 만지작거렸다. 뜸 들이는 시간이 길어질수록 그녀의 어깨가 아래로 내려갔다.

"⋯⋯시간이 촉박해서 당근 모양 네글리제는 준비하지 못했단다."

그것 때문에 이러는 게 아니에요.

"아니면⋯⋯ 나와 함께 자는 게 부담스러운 거니?"

설마설마 싶었는지 그녀의 눈매가 점점 서글퍼졌다. 아힌과 닮은 아름다운 얼굴이 슬퍼지자, 나는 울며 겨자 먹기로 옆자리에 몸을 뉘었다. 토끼 인생에 흑표범 수장과 동침하는 날이 올 줄이야. 양손이 명치 위에 절로 공손히 모였다.

"이리 타인과 잠자리에 드는 건 오랜만이구나."

서적을 내려 둔 발렌스 님은 나를 바라보며 비스듬히 누웠다. 뒤척인 나도 몸을 틀어 그녀를 마주 봤다.

"장로회에 대한 결정은 내렸니?"

"……아직은 잘 모르겠어요."

"정 어려우면 굳이 능력을 선보일 필요는 없단다. 장로회는 내가 적당히 설득하여 돌려보내마."

나붓이 웃은 발렌스 님이 슬금슬금 손을 움직여 내 손을 맞잡았다. 그녀의 손은 아힌처럼 거칠었다. 굳은살 박인 손을 물끄러미 응시하자, 발렌스 님은 엄지로 내 손등을 천천히 쓸었다.

"이 자리의 무게 때문에 더욱 고민일 테지. 수장의 옆자리에 앉는 순간부터 남들과는 다른 삶을 살게 되니까."

밤과 어울리는 나긋나긋한 음성이 귓가를 두드렸다.

"죽음에 놀라지 않게 되고, 어쩌면 시간이 지날수록 감정에 초연해질지도 모르지. 쉽게 정하지 못하는 걸 보니 잘 알고 있는 것 같아 다행이구나."

"……."

"그래서 나도 부군…… 이디스에게 그런 자리를 짊어지게 하는 것을 망설였단다. 크게 다퉈도 다음 날이면 꽃을 한 아름 안고 오는 여린 사람이었거든."

"화해의 선물로요?"

"아니, 나도 그런 줄 알았지. 받으려 손을 내미니 저를 닮아 가져온 거라며 고개를 젓더구나."

제가 세상에서 가장 예쁜 줄 아는 아힌의 자만은 이디스 님에게서 비롯된 거였구나. 입매를 일자로 굳힌 나는 할아버님이 보여 준 이디스 님의 초상화를 떠올렸다. 초상화에 두 눈을 찔린 듯한 충격적인 아름다움이었다.

"-잡담이 길어졌는데, 아가 너는 죽음에 무뎌질 일은 없겠구나. 이 손은 생명을 살리는 손이잖니."

"……너무 과분한 평가예요."

"글쎄, 어쩌면 지배계 페로몬과 치유계 페로몬의 결합은 흑표범 영토에 새로운 국면을 가져오게 될지도 모르겠구나."

손깍지를 낀 손을 흔든 발렌스 님은 순간이지만 수장의 눈을 했다. 이내 금세 눈가를 부드럽게 접은 그녀가 말을 이었다.

"급한 건 없으니 찬찬히 생각하렴. 애초에 네가 없었다면 지금의 시간을 선사 받지도 못했을 테니."

아힌도 하늘 아래 없었겠지, 발렌스 님은 태연히 무시무시한 가설을 덧붙였다.

"……아가. 너를 멀리 떠나보낸 내가 밉지는 않았니?"

잠시 후, 넌지시 묻는 목소리에 은근한 망설임이 묻어났다. 그럴리가 없잖아요. 메인 목을 삼킨 내가 붉은 눈을 똑바로 바라봤다.

발렌스 님의 무조건적인 지원 아래, 지난 일 년 반 동안 세상을 익히며 대륙을 돌아다녔었다. 그 나날을 상기한 나는 조심스레 몸을 움직여 그녀의 품에 파고들었다. 다행히 거부하지 않은 발렌스 님이 팔을 둘러 나를 안아 줬다. 이런 게 부모님의 품일까. 단 한 번도 느껴 보지 못한 온기라 그저 가늠해 볼 뿐이었다. 그를 알아채기라도 한 듯 발렌스 님은 오랫동안 내 등을 쓸어 줬다.

"아가."

한참의 침묵 뒤, 그녀의 진중한 음성이 흘러나왔다.

"몸에 전혀 근육이 붙질 않는구나. 초식계 수인은 전부 이런 솜덩이 같은 몸을 갖는 거니?"

"네에……?"

그럴 리가 없잖아요.

"ㅡ검을 가르쳐야 하나."

칼날을 보기만 해도 주저앉는데, 뭐라고요? 이의를 제기하진 못한 내가 부르르 몸을 떨었다.

낮게 웃은 발렌스 님은 이만 자자며 측방에 있는 램프를 껐다. 그녀의 품에 안긴 채 눕게 된 나는 문득 스치는 생각에 쉬이 잠들지 못했다.

'검이라……'

장로회, 혼약, 치유계 페로몬, 검. 고민이 깊어지는 밤이었다.

그레이스 저택 내 회의장. 창가로 스며든 따스한 햇살이 회의장을 밝게 비췄다.

상석에 자리한 아힌은 예상을 빗겨나간 상황을 가만히 지켜봤다. 이른 아침부터 아카데미에서 날아온 릴리언이 떡하니 자리를 차지하고 있었으니. 이대로라면 꼰대와 꼰대들의 전쟁이 불거질 가능성이 컸다.

"저희 장로회에서는 토끼 수인과의 혼약을 결코 받아들일 수 없습니다. 이대로 계속 토끼 수인의 존재를 감춘 채 침묵으로 일관할 시엔, 귀족들에게 반대 성명문을 알리는 것도 불사할 예정입니다."

장로회 회장의 일침을 시작으로, 장로회 일원의 맹렬한 비판이 이어졌다. 비비에 대한 비판이 비난으로 치달을수록 릴리언의 두 주먹이 부들부들 떨렸다. 각고의 인내를 발휘한 그는 천천히 수염을 쓸어내렸다.

"근본 모를……."

"하등한 초식계……."

"쓸모없는 페로몬……."

아힌은 릴리언의 이마에 핏대가 툭 불거지는 순간.

"우리 토끼더러 무슨 망발을 지껄이는 건가!"

이 회의는 성공적이라고 생각했다.

"방금 쓸모없다고 말한 건 누군가, 자넨가? 자네요?"

쾅, 목에 핏대를 세운 릴리언이 회의장 책상을 박차고 일어났다.

"릴리언 님, 우선 진정하시고 토끼 수인의 존재에 대해……."

"알리고 싶지 않다!"

"태생과 페로몬 여부를……."

"어허, 알리고 싶지 않대도!"

릴리언의 손에 있던 고목나무 지팡이가 우지끈 소리를 내며 두 동강 났다.

"누가 내 소중한 지팡이를 부순 게야!"

방금 당신이 그랬잖소, 동시에 똑같은 생각을 한 장로회 일원들이 질린 낯을 했다. 다혈질인 릴리언을 최대한 신사적으로 상대하던 그들은 점점 언성을 높이기 시작했다. 결국 단체로 자리에서 일어난 릴리언과 장로회 일원들의 왈왈 거친 언쟁이 불거졌다.

느릿하게 턱을 쓴 아힌은 순조롭게 망해가는 회의를 방관했다. 이 대로라면 그가 검을 꺼내 들 필요가 없을지도 몰랐다. 나름 조부로

서 존중하여 릴리언을 끌어들이지 않았던 건데. 일대 다수로도 밀리지 않는 릴리언의 깡판은 타의 추종을 불허하고 있었다.

휘리릭, 두 동강 난 지팡이를 휘두르는 릴리언의 손에 아힌의 만족 어린 시선이 따라붙었다.

'멋진데.'

한층 부드러워진 붉은 눈이 가늘게 휘어졌다.

폭발한 릴리언이 책상을 엎길 고대하던 아힌은 천천히 측방으로 고개를 돌렸다. 흡족한 심정과는 별개로 이상한 점이 두 가지 있었다.

하나는 상석에 앉은 발렌스였다. 맞기라도 한 듯 한쪽 뺨이 묘하게 붉은데, 이런 공석에서 뺨의 여부에 대해 물을 순 없는 노릇이었다.

그리고 나머지 하나는 옆에 선 이브린이 유독 조용하단 것. 그의 잔잔한 시선은 굳게 닫힌 회의장 문에 머물러 있었다.

흘긋 문을 쳐다본 아힌이 느릿하게 턱을 괬다.

"-비비를 기다려?"

"예?"

정곡을 찔린 이브린은 어깨를 잘게 떨었다. 눈치 빠른 미치광이 같으니라고.

"비비에게 장로회에 관해 알리지 말라 일렀을 텐데. 배신자가 바로 옆에 있을 줄이야."

"그럴 리가요, 제 몸과 마음은 전부 아힌 님의 것입니다."

"지저분한 아부로 넘기려 들지 말고. 아카데미는 즐거웠어?"

이브린은 혹시 아힌의 페로몬 능력 중에 머릿속을 읽는 것도 있는 건 아닐까 생각했다.

"아쉽지만 생각은 못 읽어."

"참으로 의외인 사실이군요. ……어떻게 아셨습니까?"

"애쉬가 너랑 외출한 것도 수상한데, 아침부터 조부께서 저택에 찾아왔으니 추측할 필요도 없지."

방긋 웃은 아힌이 낮게 말했다.

"어차피 비비는 못 와."

"확신하시는 이유를 여쭤도 되겠습니까?"

"그레이스저의 외부 경비를 강화시켰으니까. 음험한 눈을 한 토끼가 나타나면 포획해 두라 일러 뒀거든."

간신히 표정을 관리한 이브린은 땀이 배어난 손을 뒤로 감췄다. 아힌은 비비를 토끼로 변모시켜 저택 내로 데려온 사실까진 예측하지 못한 모양이었다. 그러나 그것을 눈치채는 것도 시간문제라고 생각한 이브린이 간신처럼 양손을 모았다.

"제가 배신한 건 아힌 님을 위해서였습니다. 예전에 배신자를 곁에 두는 것도 짜릿해서 나쁘지 않다고 하셨잖습니까."

"비비와 관련된 건 예외……."

시시껄렁한 농담을 주고받던 아힌과 이브린의 대화가 일순 뚝 멎었다. 끼이익, 조금 열린 회의장 문 사이로 비비가 고개를 쏙 내민 탓이었다.

결의 어린 얼굴을 한 비비는 신중히 회의장을 둘러봤다. 문지기가 계속 문을 두드렸으나, 소란스러운 소음에 묻힌 탓에 내부를 확인하려 들어선 참이었다.

"이런 대접은 장로회의 권한을 무시하는 행위입니다!"

"우리 토끼에게 입에 담기 힘든 폭언을 퍼부은 것부터나 사과하시오!"

"아니, 도대체 저희가 언제 입에 담기 힘든 폭언을 했습니까?"

휘몰아치는 언쟁을 마주한 보라색 눈동자가 세차게 진동했다. 스르륵, 미끄러지듯 머리통이 사라지며 다시 문이 닫혔다. 허상인가. 넋 놓은 채 그 장면을 바라보던 아힌이 자리를 박차고 일어났다.

장내가 찬물을 끼얹은 듯 조용해졌다. 대뜸 일어난 아힌에게 시선을 한 번, 발렌스의 눈치를 살피길 한 번. 그리고 눈이 마주친 릴리언과 장로들의 얼굴이 재차 시뻘겋게 달아올랐다. 그들은 2차전을 시작하기 위해 입을 크게 벌렸다.

"이……!"

"토……!"

동시에 쾅, 회의장 문이 대차게 열리며 한순간에 분란을 잠재웠다. 빛을 등진 탓에 당장 확인할 수 있는 건 비교적 작은 체구의 실루엣뿐이었다.

자박자박, 문을 열어젖힌 비비는 후들거리는 다리를 지탱하며 회의장 중앙으로 걸어갔다. 이윽고 그녀가 반원형 회의장의 단상에 올라서자 모든 시선이 집중되었다.

'……토끼 수인.'

정체를 확신하게 만든 단서는 비단 보라색 눈동자만은 아니었다. 전체적으로 오목조목한 이목구비 하며, 기다랗게 늘어뜨린 백발과 여린 체구에서 맹수계 수인의 면모는 찾아보기 힘들었다.

뿐만 아닌, 팔이 드러난 가벼운 원피스 아래의 발목이 달달 떨리고 있으니. 수많은 맹수를 코앞에 둔 토끼가 취할 법한 적나라한 반응이었다.

그렇게 수십 쌍의 눈동자 가운데 선 비비는 찬찬히 회의장을 둘러봤다. 하나같이 견장 달린 로브를 걸쳐 위엄을 뽐내는 장로들, 표정이 흐물흐물해진 릴리언을 지난 눈길이 멍하니 선 아힌에게서 멈췄다.

'아힌.'

잠깐이지만 시간이 멈춘 듯한 기분을 느낀 비비와 아힌이 눈을 맞췄다. 일 년 반도 떨어져 있었던 주제에 아카데미로 떠난 그 며칠이 뭐라고. 묘한 그리움과 설렘을 동시에 느낀 두 사람은 그저 서로를 응시했다.

가만히 바라보던 비비는 아힌의 오른쪽 귀로 시선을 옮겼다.

'비비, 그거 알아요? 저희 돼지 영토에서 귀걸이를 나눠 갖는 건 영원히 함께하고 싶단 의미예요.'

'귀걸이를 사려고요? 설마 그 쓰레기한테……! 그거 내려 둬요. 러셀, 당장 비비의 손지갑을 뺏어요!'

헨드리의 설명에 혹해 아카데미 상점에서 구입한, 은 귀걸이 한 쌍 중 한쪽을 편지에 동봉해서 보냈는데. 막상 의미도 모른 채 자그마한 귀걸이를 착용한 아힌을 보자 마음이 간질거렸다.

한편, 아힌은 지난밤 애쉬의 볼록한 배낭을 상기하곤 바람 새는 웃음을 흘렸다. 두 번이나 배낭을 통해 올 줄이야. 덩치가 불어나 주머니에 몸통이 끼이니, 아예 배낭으로 이동 수단을 바꾼 모양이었다.

비뚜름하게 웃은 아힌이 곧 입술을 살짝 움직였다.

'어쩌려고.'

입 모양으로 전달한 의사를 알아챈 비비는 사뭇 미간을 찌푸렸다. 자신은 긴장돼 죽을 지경인데, 아힌은 뭐가 즐거운지 살살 웃는 게 그리도 얄미울 수 없었다.

휙휙, 그녀는 손짓으로 앉으란 의사를 표현했다. 이 비비 님이 다 해결할게.

그 늠름한 호언을 전달받은 아힌은 느릿하게 제자리에 착석했다. 비비 앞에서 더 이상 추태를 보이기 싫었던 릴리언도 큼- 헛기침을 하며 앉았다.

'나 참.'

여전히 멀거니 선 상태인 장로회 일원은 기가 찬 시선을 교환했다. 손짓 한 번에 미친 차기 수장을 자리에 앉히고, 불같이 날뛰던 릴리언이 순한 양처럼 얌전해지다니. 특히 수염을 쓸며 대륙 제일의 신사인 양 점잔 떠는 릴리언의 작태는 분노마저 불러일으켰다.

장로 중 한 명이 삐딱한 어조로 물었다.

"릴리언 님, 조금 전까지만 해도 이 저택에 토끼 수인은 없다고 말씀하셨지 않습니까?"

"제가 언제 그랬습니까? 자, 모두 진정들 하시고 자리에 앉으십시오. 한 세대를 휘어잡았던 분들이 이 무슨 추태인지 모르겠습니다."

릴리언은 저 멀리 던져 두었던 경어까지 꼬박꼬박 써 가며 답했다. 허, 참, 하. 각각 한숨을 삼킨 장로들이 하나둘 의자에 엉덩이를 붙였다. 장내 분위기가 슬슬 진정되어 가자, 조용히 관망하던 발렌스가 말문을 뗐다.

"……그대들이 그토록 원한 토끼 수인이 나타났으니, 설명을 마칠 때까지 모든 질문과 추궁을 불허하겠소."

"그런……."

반발하려던 장로들이 짐짓 입을 꾹 다물었다. 따스한 날 잔잔한 파도 같은 발렌스의 미소 뒤에는 폭풍우와 소용돌이가 감춰져 있었다. 그도 그럴 게 역대 수장 중에서도 가장 발군의 무력을 지녔으니.

더욱이 벌써 대륙사에 실릴 만큼 수많은 업적을 이뤘으며, 영토민의 신망이 두터운 그녀의 반감을 사 좋을 것 하나 없었다.

뒤늦게 이미 릴리언과 한바탕 난장을 벌인 무례를 상기한 장로들이 괜히 헛기침을 했다.

"자-."

모든 이가 대강이나마 이성을 찾자, 빙긋 웃은 발렌스가 주의를 환기시켰다.

"토끼 수인의 신분과 인적 사항은 정리 중이니, 자세한 부분은 차후 논의하기로 하고. 분명한 귀족의 피를 이었으니 혈통에 대한 염려 또한 접어두길 바라오. 그보다 먼저 그대들에게 알려야 할 중요한 사안이 있소."

엄중히 말한 발렌스는 느리게 눈을 감았다 떴다. 허공에 그녀가 사랑한 살랑거리는 백금발과 장난스럽게 휘어지는 이디스의 적안이 그려졌다. 조금만 더 비비를 빨리 만났더라면 그도 생을 연장할 수 있었을까. 허황된 바람을 뒤로한 발렌스는 이디스가 사망하게 된 실질적인 원인부터 지배계 페로몬과 치유계 페로몬의 관계성, 그리고 비비가 지닌 능력에 대한 설명을 이어 갔다.

'페로몬 발작!'

이야기가 길어질수록 장로들의 낯빛이 시시각각 변했다. 개중엔 이디스의 죽음에 눈시울을 붉히는 자도 있었으며, 체통도 잊은 채 쩍 벌린 입을 다물지 못하는 자도 다수였다.

장로들은 아힌이 사망 직전에서 가까스로 목숨을 건진 구간에서는 간담마저 서늘해졌다. 하마터면 수장의 유일한 정통 후계를 잃을 뻔하다니.

추후 지배계 페로몬과 치유계 페로몬에 관한 정보를 공표할 예정이라 덧붙인 발렌스가 말을 끝맺었을 때, 장내 모든 시선은 비비에게 꽂혀 있었다.

형용 못 할 정적 속, 파르르 입술을 떤 장로 하나가 간신히 질문을 꺼냈다.

"그럼…… 차기 수장께서 페로몬 발작을 일으킬 우려는 더 이상 없는 것입니까?"

"근 몇 년은 징조가 없었지만, 혹시 모르는 일이지-."

애매하게 답한 아힌이 말꼬리를 늘였다. 실상 완전히 제 것으로 자리 잡은 지배계 페로몬이 발작을 일으킬 확률은 바닥에 가까웠다. 그러나 굳이 이것을 발설하여, 치유계 페로몬의 불필요성을 각인시킬 필요까진 없었다.

술렁임이 짙어진 장로들은 저들끼리 짧은 토의를 거쳤다. 잠시 후, 대충 의견을 수렴한 장로회 회장이 발언을 위해 자리에서 일어섰다.

"……사안이 중대한 만큼 치유계 페로몬의 여부 확인을 부탁드리는 바입니다."

드디어 제 차례임을 상기한 비비는 허리를 곧게 바로 세웠다. 떨리는 목을 가다듬은 그녀가 천천히 입술을 뗐다.

"절차 없이 회의장 단상에 선 것에 사죄드리며, 세세한 소개는 먼저 능력을 증명한 후에 이어가겠습니다."

낭창한 음성이 회장 내에 울려 퍼졌다.

우리 토끼는 어쩜 발음도……! 릴리언은 벅찬 함성을 지르며 손뼉을 빡빡 치고픈 충동을 눌렀다. 연설 실력이 아카데미 학생회장 자리를 차지하기에도 손색이 없었다.

기실, 어느 누구의 얼굴도 눈에 들어오지 않는 중인 비비는 연신 심호흡을 했다.

'세상에……'

어떻게 하나같이 저런 흉괴한 송곳니를 가졌을까. 하필 회의장도 원형인 탓에, 몇십 마리의 흑표범 사이에 둘러싸인 느낌이었다. 꼴딱 넘어가려는 숨을 가다듬은 비비가 주먹을 꽉 말아 쥐었다. 어찌되었든 맹수는 수인 중에서도 가장 힘의 논리에 감응하지 않나. 이왕 치유계 페로몬을 증명할 자리를 얻게 된 이상, 제가 할 수 있는 최대한의 능력을 선보여야 했다.

고심하던 비비는 순간 묘안 하나를 떠올렸다.

'혹시……'

스윽, 미간에 잔뜩 힘을 준 그녀가 솜덩이 같은 주먹을 내밀었다. 난데없는 위협을 마주하게 된 장로들은 어리둥절하게 눈을 깜박였다. 그 자리에서 유일하게 비비의 행위가 무엇을 의미하는지 눈치챈 이브린과 릴리언은 빨개진 얼굴을 감추기 위해 고개를 푹 숙였다.

설마하니 이 자리에서 기합을 시도할 줄은……. 배포만은 토끼들의 왕이라 불리기에도 손색이 없지 않은가. 웃음을 욱여넣느라 혼난 두 사람의 어깨가 잘게 경련했다.

시간이 흘러도 아무 일도 일어나지 않자, 머쓱해진 비비가 원피스 자락에 손을 문질렀다. 역시 요행에 불과했던 걸까.

'……하는 수 없지.'

어젯밤부터 생각한 방편으로 화살을 돌린 비비는 허리춤에 걸어 둔 작은 단검을 꺼내었다.

이른 아침, 먼저 일어난 발렌스가 자리를 비운 틈에 침실에서 가져온 것이었다. 본의 아니게 허락 없이 물건을 빌리게 된 그녀는 속으로 사죄의 말을 건넸다.

철컹, 검집이 벗겨지며 드러난 칼날이 빛을 받아 예리하게 번쩍였다. 비비가 사용하기엔 썩 위험한 단검을 바라보던 아힌은 측방으로 고개를 돌렸다. 그는 담담히 소매를 걷어붙이는 이브린을 보자마자 수를 읽었다. 아마 이브린에게 상처를 내고 비비가 곧장 치료하는 것으로 합의를 본 거겠지.

"네 차롄가?"

"예. 아힌 님이 대신하시겠습니까?"

"그래도 되고."

"눈물이 날 만큼 두렵지만 제가 하겠습니다. 아힌 님을 대상으로 하면 토끼님이 긴장할 확률이 높으니까요."

팔뚝을 완전히 드러낸 이브린이 무감한 음성으로 답했다. 옅게 고개를 끄덕인 아힌은 가볍게 은발을 흩뜨려 쓸었다. 분명 안심해도 무관한데, 왜 이상하리만치 불안할까. 막아서고 싶은 충동을 누른 아힌이 다시 전방으로 시선을 돌렸다.

그러나 예상과 달리 비비의 시선은 이브린이 아닌, 발렌스에게 닿아 있었다.

'발렌스 님의 뺨이……?'

마침 살짝 부은 발렌스의 뺨을 발견한 비비의 동공이 바르르 떨렸다.

'설마, 설마……'

설마 내 잠버릇 때문은 아니겠지……! 천인공노할 불경이라 생각한 그녀는 제발 아니길 빌며 고개를 휘휘 저었다.

겨우 불안한 마음을 가다듬은 비비는 다시 발렌스와 시선을 주고받았다. 질끈 입술을 깨무는 발렌스를 보아, 아무래도 자신이 무엇을 시도하려는지 눈치챈 모양이었다.

'아마 아힌은 아직 모르겠지.'

치유계 페로몬으로 스스로의 상처를 치료할 수 있단 진실을. 이브린도, 할아버님도 모른 채 발렌스와 자신만이 알고 있을 확률이 높았다. 인간화를 치른 것마저 끝까지 숨긴 발렌스의 행적을 미루면, 여타 다른 사실도 알리지 않았을 테니까.

'다들 많이 놀라려나……'

차라리 아무것도 모르는 편이 나을지도 몰랐다. 제가 시도하려는 게 무엇인지 알았다면, 결사반대하며 회의장에는 발도 들이지 못하게 했을지도 모르니까. 그나마 애쉬가 회의장에 들어올 수 없단 사실이 참으로 다행이 아닐 수 없었다.

곧 결심한 비비가 허락을 구하는 눈길을 보내자, 발렌스는 마지못해 고개를 끄덕였다.

'좋아.'

마른 입술을 축인 비비는 오른손에 쥔 단검으로 눈길을 옮겼다.

연습이라도 해 볼걸. 막상 시도하자니 두려움에 머릿속은 하얘지고 눈앞마저 흐려졌다. 그러나 가장 효율적으로 최대한의 능력을 선보일 수 있는 건 이 방법뿐이었다. 그것을 위해 격식도 버리고 팔이 훤히 드러난 원피스를 입고 오지 않았나.

망설임 후, 결의를 다진 그녀가 단검을 높이 치켜들었다. 손잡이를 쥔 방향을 틀자, 날카로운 검 끝이 그 누구도 아닌 비비 자신을 향했다.

'잠깐.'

일순 불길한 예감이 적중했음을 깨우친 아힌이 의자를 젖히고 일어났다.

"비비!"

빠르게 허공을 가로지르는 칼날이 그의 눈에는 느리게만 보였다. 말릴 새도 없이 내리꽂힌 검이 푹, 비비의 아래팔을 관통했다.

아힌은 난생처음으로 피가 싸하게 식는 감각을 느꼈다.

툭, 투둑, 단검을 타고 흘러내린 피가 단상에 떨어졌다. 끔찍한 고통을 감내한 비비의 이마로 땀이 송골송골 맺혔다. 어찌나 아픈지 눈물마저 차올랐다.

'이, 이게……, 이게 아닌…….'

의도한 것보다 상처가 지나치게 깊은데……! 지독히 긴장해서인지, 살이 여려서인지, 예상을 훨씬 비껴간 상처로 번지고 말았다. 단 한 번도 무언가를 찔러 보지 않아서 강도를 가늠치 못한 탓도 있었다.

'……침착해.'

진정해. 겁먹으면 안 돼. 울기나 하려고 이 자리까지 온 게 아니잖아. 되뇐 비비가 눈을 꾹 감았다 떴다.

지난밤. 비비는 한숨도 잠을 이루지 못한 채 긴긴 새벽을 지새웠다.

'아가, 얼른 자려무나.'

이마에 입을 맞춰 준 후 잠든 발렌스를 바라보며 얼마나 고민을 거듭했던가. 몇십 명의 맹수들이 몰린 회의장에 들어가는 것부터가 난관인데. 그것도 제 존재를 반대하는 맹수들의 앞에 서자니 보통 두려운 게 아니었다. 이브린도, 발렌스 님도, 할아버님도. 다들 참석하지 않아도 괜찮다고 했으니, 이번만은 달아나도 되지 않을까.

그러나 아카데미를 다니며 은연중에 느꼈던 것을 상기하면, 무섭다는 이유로 넘어가기는 어려웠다.

맹수계 수인들은 대체로 초식계 수인이 저들보다 뛰어난 페로몬을 가졌을 거라곤 생각지 않았다. 통계적으로는 사실이기도 하니, 하물며 귀족이나 장로들은 그 인식이 얼마나 깊을까. 그를 고려하면 장로회는 제가 힘을 드러낼 때까진 끊임없이 이의를 제기할 게 뻔했다.

그런 그들이 야속하면서도 한편으론 이해가 되는 자신의 처지가 밉기도 했다. 하다못해 제가 고위 귀족이었으면…… 하는 바람을 갖게 될 줄은 상상도 못 했는데.

비상식량의 칭호를 벗어던지자 새로이 따라오는 것은 종족과 신분의 격차였다. 아힌의 곁을 고집하면서도, 곁에 머물러도 될까 싶은 망설임이 차츰차츰 비비를 갉아먹었다.

새벽이 지나가고, 아침을 준비하는 새소리가 들려올 즈음. 눈 밑이 퀭해진 비비는 더 이상의 체념은 싫다는 결론을 내렸다. 아버지, 어머니, 동생, 사용인들의 뒷모습만 바라보며 자라왔는데. 욕심을 부리더라도 아힌의 뒷모습만은 보고 싶지 않았다.

더 강해질 거라 다짐한 비비는, 날이 밝아서야 겨우 잠들며 힘차게 발렌스의 뺨을 쳤다.

그리고 현재. 졸도하고픈 수준의 고통과 당황을 감춘 비비는 이를 악물어 단검을 뽑아냈다.

긍정적으로 생각하면 치유계 페로몬을 각인시킬 수 있는 기회일지도 몰랐다. 스스로의 중상도 치유가 가능하다는, 가장 최대치의 능력을 보여 줄 수 있으니까.

애써 의연한 표정을 유지한 비비는 능숙히 치유계 페로몬을 운용하기 시작했다.

회복은 오래 걸리지 않았다. 울컥울컥 흘러나오던 피가 멎어 들고, 검이 파고든 자리에는 새살이 돋았다. 새살은 주변 피부와 조화롭진 않았으나, 이 또한 시간이 지나면 자연스러워질 것이었다. 오래된 상처가 아닌 이상 흉터도 남지 않으니.

'⋯⋯하.'

고통이 멎어 드는 것을 인지한 비비는 상처 부근의 피를 닦아 냈다. 그녀는 말끔해진 부위가 잘 보이게끔 팔을 들어 보였다. 두 눈으로 확인하고도 믿기 어려운 광경을 마주한 장로들이 경악 어린 표정을 지었다.

이어서 터져 나온 것은 탄성이었다.

"맙소사!"

"치유계 페로몬이 본인의 치료도 가능한 것이었습니까?"

흥분을 감추지 못한 그들이 벌떡 일어나 질문 공세를 퍼부어댔다. 장로들의 눈은 놀라움과 환희로 물들어 있었다. 그 격정적인 반응에, 조금이나마 긴장을 푼 비비가 단검을 아래로 늘어뜨렸다. 예상대로 가시적인 결과는 반감을 지운 것도 모자라 생각 이상의 성과를 가져왔다.

'다행이야⋯⋯.'

이로써 난관 하나는 넘어선 걸까. 한결 마음이 가벼워진 비비가 입을 달싹였다.

"방금 보셨다시피, 치유계 페로몬의 가장 높은 경지는⋯⋯."

미처 말을 끝맺기도 전에 그녀의 발이 바닥에서 붕 떨어졌다. 어느새 단상까지 당도한 아힌이 어깨와 허벅지 아래를 받쳐 안아 든 것이었다.

챙강, 놓친 단검이 바닥으로 떨어졌다. 비비는 아힌의 무감한 얼굴을 코앞에서 보자마자 덜컥 심장이 내려앉았다. 지금까지 본 중에 가장 화가 난 듯한 표정이었다.

심상찮은 분위기가 감돌자, 떠들썩하던 장내도 고요 속에 잠겼다.

"만족하나?"

가라앉은 눈으로 회의장을 둘러본 아힌이 서늘하게 웃었다. 딱 돌아 버리기 직전의 눈이었다.

"지금 내가 수장이 아닌 것을 다행으로 여겨."

이 자리에 비비가 있는 것도, 입 모양으로 덧붙인 그가 곧장 회의장을 벗어났다.

뚜벅뚜벅, 아힌은 보폭 큰 걸음으로 빠르게 복도를 가로질렀다. 생경한 감각이었다. 미칠 만큼 두려우면 오히려 그 자리에서 발이 얼어붙는 게. 깜짝 놀랄 때마다 귀를 쫑긋 곤두세운 채 얼어붙던 새끼 토끼의 반응이 이제야 십분 이해가 갔다.

"……아힌, 어디 가?"

망설이던 비비가 겨우 입술을 뗐다.

"주치의."

돌아오는 저음은 눈보라보다 차가웠다. 치료에 있어선 주치의보다 제가 더 확실한데. 차마 그렇게 덧붙이진 못한 비비가 조심스레 팔을 내밀었다.

"다 나았어, 이거 봐. 거의 흔적도 없잖아."

실제로 팔은 핏자국을 빼면 상처가 있었다고도 믿기 힘들 만큼 깨끗했다.

"그래서."

"……어?"

"치료가 가능하면 팔을 뚫어도 돼?"

일부러 적나라하게 표현한 아힌이 우뚝 걸음을 세웠다. 차라리 저나 이브린이었다면 검이 팔을 관통할 일은 없었을 텐데. 얇은 팔을 가로지른 단검을 상기하기만 해도 눈앞이 아득해졌다.

"고의로 그런 건 아니야. 애초에 이브린이 대신 다친다는 방법도 싫었고…… 또 본인을 치유하는 게 더 월등한 능력이니까…… 반만, 아니 약간만 찌른다는 게 그만……."

횡설수설 변명하는 비비의 음성이 점점 줄어들었다. 제게 이토록 매서운 아힌은 처음이라 심장이 벌렁거렸다.

문득 비비는 자신이 그의 페로몬 발작을 두려워하는 만큼, 아힌도 제 피가 두려울 수 있단 것을 깨달았다. 차라리 스스로를 치료할 수 있단 사실을 미리 알렸으면 좋았을 것을. 굳이 일 년 반 전의 일을 언급했다가 도리어 서로의 상처를 후벼 파는 꼴이 될까, 입을 다문 것도 어찌 보면 일방적인 판단에 불과했다.

눈썹을 축 늘어뜨린 비비는 손을 꼼지락거렸다.

"미안합니다……."

나름 잘해 보려고 한 건데……. 제가 감내하기로 각오한 고통에 신경이 치우쳐, 다른 이들의 충격까진 헤아리지 못하고 말았다.

"-뭐가 미안한데요."

비비는 살짝 고개를 들자마자 시리도록 감흥 없는 붉은 눈과 마주쳤다. 도로 천천히 시선을 내린 그녀가 침울하게 바닥을 바라봤다.

"전부요……."

"놀라게 만들어서요?"

"네……."

옅은 한숨을 내쉰 아힌이 입을 여닫는 순간.

"거기 서거라!"

쩌렁쩌렁한 릴리언의 비명이 복도를 뒤덮었다. 두 동강 난 지팡이를 내던진 그는 믿기 힘든 속도로 두 사람을 향해 달려왔다.

"팔은? 팔은 괜찮더냐!"

"괜찮아요, 금세 치료해서."

릴리언은 쉽게 믿지 못하며 수없이 하얀 팔을 뒤집어 살폈다. 겨우 문제가 없음을 확인한 그가 아힌에게서 빼앗듯 비비를 내려놓았다.

"못난 토끼 같으니라고. 이게 뭐 하는 짓이더냐, 혼쭐이 나야 정신을 차리겠느냐!"

목청껏 호통친 릴리언이 와락 비비를 끌어안았다. 우리 토끼가 얼마나 아팠을꼬, 꺼이꺼이 우는 릴리언에게 안긴 비비는 끝끝내 참지 못하고 눈물을 팡 터뜨렸다.

"이 못된 것!"

"죄송해요……."

래비안가에서는 끙끙 앓아누워도 아무도 관심을 주지 않았는데. 이렇게나 염려해 주는 사람들이 있다는 게 시간이 지나도 와닿지 않았다.

한바탕 눈물로 호수를 만든 후, 간신히 진정한 릴리언은 슬금슬금 비비를 등 뒤로 밀어 숨겼다. 그가 판단해도 지금의 아힌은 등골이 서늘할 만큼 따가운 기운을 흩뿌리고 있었다.

"……토끼는 내가 데려가서 아주 호되게 훈계하마."

비비가 릴리언의 화려한 로브 뒤로 완전히 감춰졌다. 어이없는 숨을 흘린 아힌은 고개를 모로 기울였다.

"나와, 비비."

비비란 이름이 이렇게 무시무시한 어감으로 불릴 수 있나. 로브 자락을 쥔 비비가 움찔 떨자, 릴리언은 수염이 흔들릴 만큼 고개를 저었다.

"응어리는 전부 여기서 해결하거라. 대화가 과열될 것 같으면 내가 중재해 주마."

"영감, 감싸지 말고 비켜."

릴리언도 결코 작은 신장은 아니나, 훌쩍 커진 아힌이 그의 위로 그림자를 만들었다. 이놈이 언제 이렇게 커졌을까. 릴리언이 새삼스러운 감회를 느끼는 도중, 비비가 그의 귀에 무어라 속삭였다. 음, 음. 고개를 끄덕인 릴리언은 이내 헛기침을 하며 아힌을 똑바로 바라봤다.

"아힌, 많이 놀랐어?"

일순 아힌의 동공이 미세하게 경련했다. 릴리언의 입에서 나오는 비비의 말투라니. 언제부터 중재가 말을 전달하는 거였는지 고찰하기 무섭게, 재차 비비와 릴리언이 숙덕거렸다.

"미안, 다시는 함부로 몸에 상처 내지 않을게."

릴리언은 토씨 하나 틀리지 않고 비비의 말을 전하기 시작했다.

"장로님들과 아힌의 관계가 틀어질까 봐 염려하느라, 미처 다른 부분은 헤아리지 못했어……."

"비비."

"왜?"

"영감, 자꾸 대신 대답하지 마."

복잡한 심정이 된 아힌이 짜증스레 은발을 흐트러뜨렸다. 저 걸걸한 목소리를 들으면서도 바닥을 친 기분이 한결 나아지는 중인 게 미칠 노릇이었다.

어……, 귓속말을 전하던 비비의 망설임으로 인해 릴리언의 말문도 막혔다. 비비는 까치발을 들어 릴리언의 어깨너머를 확인했다. 다행히 아힌의 살기는 막 회의장을 박차고 나왔을 때보단 누그러든 상태였다.

진심 반, 살고 싶은 마음 반으로 똘똘 뭉친 비비가 속삭였다. 정확히 전해 받은 릴리언은 흡족하게 풀어진 표정으로 아힌에게 전달했다.

"……너무 좋아하면 판단력도 흐려지는 건가 봐."

결국 아힌은 손으로 얼굴을 덮으며 몸을 돌리고 말았다. 그도 모르는 사이, 당년 칠십 세의 가짜 비비에게조차 함락되고 마는 처지가 되어 있었다.

> 4권에서 계속

토끼와 흑표범의 공생관계 3

초판 발행 2021년 9월 27일

지은이 야식먹는중
펴낸이 최재호
펴낸곳 주식회사 에이템포미디어

편집 디자인 s:now* **표지 디자인** Ad del edit
교정 교열 에이템포미디어 출판부

등록번호 2019년 2월 27일 제 2019-000012호
주소 경기도 부천시 부천로 198번길 18, 202동 1101호(춘의동, 춘의테크노파크 2차)
전화 070-4100-0600

전자우편 atempo_media@naver.com
블로그 atempomedia.com
인스타그램 @atempomedia_books
트위터 @atempomedia

ISBN 979-11-6428-547-1

잘못된 책은 구입하신 곳에서 바꿔드립니다.